NERI POZZA
I NERI

Titolo originale:
Kali barak (כליא ברק)

ISBN 978-88-545-2910-6

www.neripozza.it

DARIA SHUALY

LA CALDA ESTATE DI MAZI MORRIS

traduzione dall'ebraico di
Raffaella Scardi

NERI POZZA EDITORE

Ai miei quattro genitori, undici fratelli e sorelle, tre figli e all'unico Noam

L'umidità era calata sulla città come una cattiva notizia, alle sei e mezzo di sera, tre giorni prima dell'inizio di giugno. Mazi Morris era uscita dal salotto alla terrazza sul tetto e aveva sentito il corpo improvvisamente madido di sudore. Da allora era passato un mese e l'aria restava intrisa di umidità. Ormai fino a ottobre, pensò Mazi, non avrebbe potuto poltrire a letto fino alle sei; per andare a correre avrebbe dovuto alzarsi alle cinque. Ma non domani. Non per il suo compleanno. Erano passati due anni dalla notte di cui sapeva troppo e ricordava poco, la notte a causa della quale aveva perduto tutto. Indossò la parrucca bionda, mise le lenti a contatto verdi, infilò le scarpe tacco dieci e se ne andò in via Allenby, a bere e sfogarsi fino a dimenticare tutto un'altra volta.

1.

Fatti noti e certi: lunedì 2 luglio 2014 ore quindici Jasmin Shechter, della famiglia Shechter, era seduta al caffè Made in Israel di via Masarik a Tel Aviv insieme al marito David (Dudi) Peretz e alla figlia di tre anni e mezzo. In seguito Shechter era stata vista parlare con un uomo alla guida di un veicolo grigio metallizzato su cui subito dopo era salita. Da quel momento in poi se n'erano perse le tracce. Fuori c'erano trentacinque gradi all'ombra e l'ottantadue per cento di umidità. Mezz'ora più tardi era partita la prima sirena di allarme antimissile. Questi erano i fatti noti e certi.

Jasmin Shechter scomparve senza drammi. Addirittura, nessuno se ne accorse, almeno non subito. Forse perché non ci si aspetta che chi è ricco e bello scompaia senza motivo. Avrebbe dovuto cadere, o essere spinta, dal ponte di uno yacht. Sarebbe stato più appropriato. Ma a Jasmin Shechter non era mai interessato comportarsi in modo appropriato. In questo senso rappresentava una delusione, forse persino un problema, per la famiglia Shechter, una delle cinque famiglie più ricche di Israele e senza dubbio la più potente.

Secondo quanto suo marito, Dudi Peretz, riferì in seguito, la loro figlia, Lily, aveva rovesciato un bicchiere di succo di carota sul tavolo e lui era corso all'interno del locale a prendere dei tovaglioli di carta prima che si macchiasse il vestitino in cotone biologico écru. Dudi Peretz aveva asciugato il succo, che era già colato sul marciapiede attirando quattro mosche verdi, dopodiché, leggermente innervosito per il caldo insostenibile che lo faceva sudare in modo assai poco elegante nella sua camicia di lino, era andato a buttare i tovaglioli nel cestino vicino alla panchina, sotto il *Ficus religiosa*. A quel punto aveva cercato la cameriera con i capelli blu, quella lenta, perché pulisse a dovere tavolo e marciapiede. Insomma, non era certo compito di Dudi. Jasmin le aveva già chiesto tre volte di aprire lo stupido ombrellone e non era riuscita a fare nemmeno quello. Alla fine Dudi l'aveva aperto da sé e solo allora aveva notato che vicino a Lily non c'era nessuno: Jasmin era sparita. Non era insieme a Lily, né a fumare sulla panchina sotto l'albero, né a chiacchierare con il proprietario alto e baffuto. A Dudi era balenato in mente un pensiero ricorrente dopo la morte di suo padre: strano come una persona in vita occupi solo uno spazio per volta mentre l'assenza di chi non c'è più riempie tutto lo spazio in ogni istante. Aveva scacciato quel pensiero angoscioso ed era tornato al tavolo.

«Lily, amore, dov'è la mamma?»

Lily si era appena infilata in bocca il manico di un lungo cucchiaino su cui teneva in equilibrio un pomodoro ciliegino. Aveva mosso la testa lentamente nel tentativo di non farlo cadere.

«Lily, dov'è la mamma?»

Lily aveva tolto il pomodoro dal cucchiaino che poi si era cavata di bocca.

«La mamma è andata via con la macchina».

«Quale macchina?»

«La macchina d'argento».

«Quale macchina d'argento? La nostra?»

«No, papà, non una jeep, una macchina».

Dudi aveva fatto un profondo respiro.

«Lily, per caso la mamma ha detto che andava a comprare le sigarette?»

«No, papà, la mamma è andata via con la macchina d'argento» aveva ripetuto Lily seccata.

«Va bene, amore, e ti ha detto qualcosa?»

«Sì. La mamma ha detto di dire a papà "*siyu dilà*"».

Dudi inspirò di nuovo, frustrato, e decise che era il caso di interrompere quella conversazione. Si sedette accanto alla figlia, bevve un sorso della soda ormai tiepida e telefonò alla moglie. Dalla sua Birkin bag, posata sulla sedia vicino a lui, arrivò il suono di campanelli di caprette che aveva come suoneria. Dudi non ricordava un solo momento in cui Jasmin si fosse separata dal suo cellulare. Si sfregò la mandibola e sentì una certa tensione in corrispondenza della scapola sinistra.

«Vieni, andiamo a cercare la mamma» disse alla figlia.

Lasciò una banconota da cento shekel sotto il contenitore delle bustine di zucchero e con Lily in braccio e la borsa di Jasmin sulla spalla si diresse dal tabaccaio dove sua moglie comprava una sigaretta per volta a due shekel, perché le piaceva sentirsi come gli altri. Il primo allarme li colse per strada. Un profondo ruggito che proveniva dall'oltretomba. L'autobus 18 si fermò di fianco a loro e subito dietro alcune automobili. I passeggeri si precipitarono fuori e, non ricordando se ci si doveva accovacciare oppure sdraiare con le mani sopra la testa, tentarono di ripararsi facendo entrambe le cose. Una giovane donna tirò fuori un bebè dal seggiolino e corse verso il palazzo più vicino. Una signora anziana le aprì il portone e Dudi la seguì dentro, fino al rifugio.

«Bastardi figli di puttana, che brucino all'inferno» sibilò rabbioso un ragazzo tutto sudato.

«Già, perché Gaza non è già l'inferno» ribatté una ragazza in tenuta da pilates. «Come reagiresti tu a una settimana di bombardamenti aerei a pioggia?»

Lui ebbe solo il tempo di rispondere: «Buonista di merda», che una anglosassone con due gemelli di tre anni lo interruppe, chiedendo in inglese che la smettessero di parlare di bombardamenti, altrimenti quella notte i suoi figli avrebbero avuto gli incubi. Il sudaticcio le lanciò un'occhiata torva.

Comunque Pilates si era già ostentatamente voltata verso una pila di sedie di plastica e due biciclette, conservate in quello che tra un'Operazione e l'altra – l'eufemismo per dire guerra – era un ripostiglio.

«Papà, perché siamo venuti qui?» chiese Lily. I gemelli dell'anglosassone ripeterono subito la domanda, ma Dudi non aveva sottomano nessuna buona risposta. Si sfregò di nuovo la mandibola ripensando a tutte le conversazioni con Jasmin degli ultimi due giorni, inclusa la litigata. Il rifugio odorava come gli spogliatoi della palestra alle elementari; sudore, materassi muffosi e paura allo stato puro. La neomamma piangeva in silenzio e tutti aspettavano di vedere cosa sarebbe successo fuori. Sarebbe caduto un missile? L'avrebbero intercettato? Sentendo la suoneria del cellulare Dudi sobbalzò. Il contatto «Jasmin amore mio» era apparso sul display e Dudi sentì il sollievo rilassargli mandibola e petto.

«Amore, dove sei?» sussurrò nel telefono.

Nessuna risposta.

«Amore. Jasmin. Jasmin».

Silenzio.

Dudi chiuse gli occhi per un secondo, poi si cacciò il telefono nella tasca posteriore e con la mano libera prese quello di Jasmin dalla sua borsa e interruppe la chiamata partita per sbaglio. Salutò, augurò buona fortuna agli altri e uscì con Lily nella strada che cominciava a riempirsi di persone esauste e frastornate. Posò a terra la figlia e fu assalito da una sensazione sconosciuta di totale impotenza.

2.

«Sorellona, rispondi, per favore, rispondi» canterellò Tilly – poco più di vent'anni e faccino da Biancaneve – al quarto tentativo di mettersi in contatto con Mazi quel mattino. Si andava ripetendo, in tono razionale, che dal punto di vista statistico non aveva motivo di preoccuparsi. Anche tenendo in considerazione quella notte di due anni prima. Poi per un attimo pensò che forse, dal punto di vista delle statistiche, la storia famigliare di Mazi era un fattore di rischio e poteva influire sulla probabilità che tutto fosse a posto. Infine giunse alla conclusione che non era in possesso di dati sufficienti per decidere, e stabilì che alla prima occasione li avrebbe dovuti raccogliere. Stava pedalando sulla sua bicicletta non elettrica in viale Chen. All'angolo con via Netzach Israel ristagnava un forte puzzo di carogna e Tilly trattenne il respiro per non inalare particelle di gatto morto, pur sapendo che non aveva alcun senso. Percepiva, con disgusto, il sudore scorrere in rivoli da sotto il reggiseno verso l'ombelico e tirò in dentro la pancia per ridurre il contatto fra pelle sudata e maglietta.

Adesso aveva smesso di canterellare «Sorellona, rispondi» per passare a «Ti prego, fa' che non parta un allarme, ti prego, fa' che non parta un allarme». Nell'ultima guerra un allarme l'aveva sorpresa in bicicletta nel bel mezzo di una salita e, chissà perché, era smontata di sella e aveva cercato di correre portando la bici a mano, era inciampata in un pedale, era finita lunga distesa, si era slogata la caviglia e aveva desiderato disperatamente di scomparire dalla faccia della Terra. Per di più – tipico – si era trattato di un falso allarme. Adesso, mentre attraversava la piazza del teatro Habima, le tornò in mente che lì sotto una volta c'era un rifugio antiatomico, e si domandò se fosse diventato un parcheggio e se il parcheggio potesse costituire un buon rifugio. La piazza rifulgeva, tutta bianca, e due uomini di colore la stavano ripulendo, uno faceva luce con un faro e il secondo spazzava con una scopa enorme. Tilly attraversò via Marmorek, si fermò sotto il sole malefico e dovette legare la bicicletta a una panchina a bordo strada. Secondo gli incompetenti del comune, una rastrelliera da quattro biciclette era perfettamente sufficiente per le quaranta che parcheggiavano lì ogni mattina. Con i nervi a pezzi entrò in pasticceria per comprare la torta per il compleanno di Mazi.

Il brusco passaggio dal caldo all'aria condizionata le fece l'effetto di una lattina di Coca-Cola quando viene aperta. Leggermente più calma, si mise in coda dietro alcune persone che fingevano di essere in fila e rimase ad ascoltare le loro chiacchiere: dove si trovavano durante l'allarme delle nove di sera e poi durante quello dell'una di notte, e accidenti che caldo, non è il caldo è l'umidità, quando eravamo bambini non faceva così caldo, ricordo che ci bastava il ventilatore, dicono che questa sia l'estate più torrida degli ultimi cinquant'anni, ecco cosa s'intende quando si parla di riscaldamento globale. Creature ridicole, si disse Tilly, come fai a sorprenderti ogni anno del caldo, in estate, e a Tel Aviv. Lei detestava l'estate israeliana, gli israeliani e Israele, nonostante fosse nata proprio lì. Il suo telefono squillò.

«Sì» rispose Tilly nel tono antipatico che quella mattina le veniva facile.

«Buongiorno, cerco Mazi Morris» disse una voce femminile.

«Al momento non è disponibile». Le apparve all'improvviso e quasi senza volerlo l'immagine di Mazi semisvestita. «Le posso essere di aiuto?»

«Con chi parlo?» indagò la donna con un tono che diceva: soldi.

«Con Tilly» rispose Tilly.

«Mi scusi, Billy, ma lei chi è per la signora Morris?»

«Desidera lasciarle un messaggio?»

«Sì» rispose Soldi leggermente irritata. «Per favore, le riferisca che David Peretz desidera incontrarla oggi alle quindici. Hotel Intercontinental. Sala King Club. È urgente».

«Riferirò. Buongiorno».

Tilly alzò gli occhi al cielo e mandò un messaggio di buon compleanno stringato, nel quale incluse anche i dettagli della richiesta d'incontro. Dieci minuti più tardi era a casa di Mazi e consegnava la torta di compleanno al suo dirimpettaio, un ragazzo che la sua sorellona di certo doveva trovare attraente e che le lanciò il sorriso che rivolgeva unicamente a creature di sesso femminile normodotate tra i ventuno e i trentacinque anni. A quel punto, mentre pedalava e sudava dirigendosi in ufficio, il cellulare squillò di nuovo. Era Soldi. «Parlo con Billy? Il signor Peretz chiede di specificare che si tratta di una questione di vita o di morte».

Su per giù a quell'ora, Mazi si stava svegliando in un letto sconosciuto, vicino a un uomo dall'aspetto vagamente conosciuto. Non era affatto brutto. Grandi riccioli setosi incorniciavano un viso sereno, di marmo. Non aveva memoria del suo nome e non fece nessuno sforzo per ricordarlo. Voleva vestirsi e sparire prima che lui si svegliasse e diventasse sentimentale, oppure si accorgesse di essere andato a letto con una bionda dagli occhi verdi e svegliato accanto a una donna con i capelli rasati e gli occhi nocciola. Aveva i postumi di una sbronza pesante e si sollevò a sedere lentamente. Il pavimento intorno al futon era disseminato di spartiti, abiti, libri, cavi, plettri e posaceneri. Si alzò piano, calcolando come arrivare senza far rumore al miniabito bianco e agli slip abbandonati al lato opposto della camera. «La scena del delitto è come una partita a Shanghai» ripeteva sempre

Halevi all'accademia di polizia. «Bisogna procedere con cautela». Mazi procedé con studiata cautela, allontanandosi alla chetichella con i vestiti in mano verso il bagno. Era lercio. Fanculo, Mazi. Si lavò le mani sforzandosi di ignorare lo strato di sporcizia sul lavandino, si spalmò il dentifricio su un dito e si lavò i denti. Si guardò nello specchio. A parte la parrucca sghemba, la situazione avrebbe potuto essere peggiore. Se la tolse, si sciacquò la faccia e uscì.

L'umidità la schiaffeggiò come una sberla bagnata. L'aria immobile era satura dell'odore di spazzatura non raccolta e dei frutti dei *Ficus* che ricoprivano il marciapiede di una patina sugosa che si attaccava alle suole e ti portavi dentro casa. Rammentò che era il suo compleanno e decise di non accendere subito il telefono. Mezza intontita, si mise in cerca della sua Honda Cbr 250, dove teneva i vestiti di ricambio. Ma la moto non era lì. Si scervellò per recuperare informazioni sulla nottata e ricordò che era troppo sbronza per guidare. La moto doveva essere rimasta vicino al club. Si incamminò stando ben attenta a non muovere la testa più del necessario, svoltò a destra e nel giro di mezzo minuto si ritrovò in via Ibn Gabirol. Alzò un braccio e fermò un taxi, una Mercedes bianca, lustra.

Mazi prese posto sul sedile posteriore nella speranza di evitare qualunque conversazione. Aria condizionata e radio erano entrambe accese al massimo. Canale due. Tali Kahanov e Ofer Weiss parlavano dello scandalo della stazione di Mamilla. «È un'inchiesta» stava dicendo Kahanov, «del giornalista Amir Guetta».

«Amir Guetta, che ha fatto esplodere lo scandalo delle bustarelle» aggiunse Weiss.

«Lo scandalo delle bustarelle, lo scandalo della demolizione dei palazzi da ristrutturare, lo scandalo dell'industria aerospaziale e molti, molti altri. Insomma, secondo Guetta parrebbe che...»

«Parrebbe, certo, parrebbe soltanto».

«Esatto, parrebbe che il primo ministro abbia intascato una tangente grazie alla quale la Shechter Infrastrutture si è aggiudicata la gara d'appalto per scavare la fermata sotterranea a Gerusalemme...»

«La fermata di Mamilla» precisò Weiss.

«Quando ancora era, come senz'altro ricorderete, sindaco di Gerusalemme».

Il tassista abbassò la radio e avviò l'inevitabile conversazione. «Sono gerosolimitano al cento per cento. Sa cosa significa? Sono nato a Gerusalemme, la mia famiglia ci vive da otto generazioni. Da quanto tempo è qui la sua famiglia? Due generazioni? La mia bisnonna è della famiglia del re Davide. Glielo giuro sulla mia vita. Lo può controllare al Museo della Diaspora. Ora io dico, le pare ragionevole che io non possa comprare alle mie figlie un appartamento a Gerusalemme? Crede che possa? Ma neanche per sogno!»

Mazi si sistemò sul naso i Ray-Ban Wayfarer e tenne per sé i propri pensieri.

«A cosa gli servono altri soldi, me lo sa spiegare?» Il tassista non si lasciò scoraggiare dal silenzio. «È già pieno di grano. Possiede quattro palazzi. Non appartamenti: interi palazzi. Lei non lo sapeva, eh? Glieli posso mostrare. Mio nipote gli ha fatto l'impianto idraulico e mi ha raccontato tutto. Le propongo una visita guidata. A mie spese. Le interessa?»

«Magari un'altra volta. Oggi vado di fretta».

«Dove va così di fretta? Voi giovani d'oggi avete sempre fretta. Il tempo per fare dei figli l'ha trovato?» Alzò il volume della radio, dove adesso parlavano della guerra. «Basta, che se ne tornino tutti a casa loro. Che se ne tornino a Gaza. Se lì li amano così tanto, se li riprenderanno volentieri. Perché no?»

«Si fermi, per favore» lo interruppe Mazi. «Sto per vomitare».

Il tassista tagliò bruscamente verso destra, di certo pensando al suo immacolato sedile posteriore, e si fermò giusto in tempo per permetterle di aprire la portiera e sporgersi fuori. Dopo tre disgustosi conati, Mazi gli diede una banconota da cinquanta e scese senza aspettare il resto.

In pochi minuti a piedi raggiunse la moto. Recuperò i jeans e li indossò sotto il vestito cortissimo, poi partì diretta a sud, verso l'ufficio, per fare una doccia e vedere cosa le avevano preparato Tilly e Benji per il compleanno. Quando entrò dalla porta di ferro nel loft immerso nella semioscurità, sentendosi come una gomma già masticata rimasta schiacciata per tutta la notte sul pavimento di una discoteca, Tilly e Benji la assalirono con il consueto rituale del compleanno, che includeva scaraventarle addosso caramelle e cantare *Happy birthday to you* in duetto. Dopodiché Benji tornò a occuparsi del climatizzatore portatile che aveva trovato per strada e Tilly commentò: «Ti devi fare subito una doccia, sembri un fazzolettino usato».

«Un fazzolettino, eh? E la mia torta?»

«La torta ti aspetta dal tuo vicino. Presumo che vi conosciate».

Mazi ridacchiò e andò a lavarsi.

«Aspetta un attimo. Hai ricevuto il mio messaggio?» le gridò dietro Tilly. «Riguardo a David Peretz? Ti vuole incontrare, è urgente».

Mazi fece dietrofront. «David Peretz? Ne sei sicura?»

«Sì. Ha telefonato la sua segretaria. Chiede di incontrarti fra due ore, per una questione di vita o di morte».

Interessante, pensò Mazi. L'ultima volta che ci siamo visti mi ha dato della puttana davanti a mezza Londra.

3.

«Mazal, sei sempre un rospo». Dudi le aprì la porta della sala King Club, mostrandole una versione sciupata di sé, che era comunque più attraente delle migliori versioni di quasi tutti gli uomini del mondo.

«Ciao, Dudi». Mazi lo oltrepassò per raggiungere l'enorme vetrata della suite, che affacciava sul Mediterraneo dalla ragguardevole altezza del diciottesimo piano. Che noia, pensò. La spaccia per una questione di vita o di morte. Ha scritto in faccia «accordi di divorzio». Avrà bisogno che io trovi qualche porcheria su sua moglie perché lui possa ricevere un contentino, o, trattandosi degli Shechter, una fabbrica di contentini.

«Grazie di essere venuta, tesoro» disse Dudi rivolto alla sua schiena.

«Mi presento sempre, quando mi telefona un cliente».

Dudi incassò. Era alto, atletico, i capelli neri che cominciavano a ingrigire conferendogli ulteriore fascino e una personalità che spingeva gli altri uomini a desiderare di uscire con lui a bere una birra e parlare di Putin, o dell'Arsenal, o di investimenti immobiliari a Bucarest, o di qualunque cosa lui desiderasse. Tutto meno che di colesterolo.

«Ti ho chiamato per Jasmin».

«Che problema c'è?»

«È scomparsa. Sparita».

«Dici sul serio?» Mazi si voltò.

Dudi annuì.

«Stiamo parlando di Jasmin Shechter, vero? Perché non l'ho sentito dire da nessuna parte».

«Per questo sei qui tu. Fammi un piacere, siediti un secondo».

Mazi si accomodò su una poltrona e Dudi si sedette sul tavolino che le stava a fianco, si chinò verso di lei, il primo bottone della camicia di seta grigia aperto, a fissarla negli occhi. «Ascolta». Puzzava di whisky. «Lo so che mi sono comportato di merda e che non ho mai chiesto scusa per Londra». Si interruppe per prendere un profondo respiro. «Ma non è da ieri che ci conosciamo, Mazi, un paio di cosette insieme le abbiamo...»

«Va tutto bene, Dudi» tagliò corto Mazi. «Sul serio». Gli fece segno di indietreggiare un pochino. «Siediti un attimo come si deve. Raccontami cosa succede».

Dudi si alzò dal tavolino per sedersi in punta di poltrona di fronte a lei. Il tavolino si frapponeva mantenendoli a distanza.

«È pazzesco, Mazi... è pazzesco. È come in quel film, *The Vanishing – Scomparsa*, l'hai visto? Con come si chiama, Donald Sutherland. Te lo ricordi?»

«Mi pare che l'attore fosse Kiefer Sutherland» lo corresse Mazi, la cui cultura era soprattutto cinematografica.

«Esatto, Kiefer. È scomparsa. Introvabile. Svanita nel nulla». Iniziò a sfregarsi la mascella, un gesto che Mazi gli aveva sempre visto fare.

«Quando?»

«Lunedì pomeriggio. Appena prima che partisse il primo allarme».

«Lunedì? Dudi! E cosa aspettate? Sono passate quasi quarantotto ore, è...» Non voleva dire «Senza speranze». Non voleva dire «Tornatene a casa, non la troveremo mai», ma era quello che stava pensando.

«Sai che abbiamo una figlia?»

«No, non lo sapevo. Quanti anni ha? Cosa le hai raccontato?»

«Tre e mezzo. Niente, solo che sua madre è partita per lavoro».

«Ed è possibile che sia partita per lavoro?»

«Quale lavoro? Come fa a essere partita per lavoro? Un attimo prima siamo seduti in un caffè, un momento dopo, *puff*, non c'è più».

«Cosa dice la polizia?»

Si passò una mano tra i capelli come in una pubblicità dello shampoo. «Non abbiamo chiamato la polizia. Per gli Shechter non sarebbe ammissibile. Non si fa. Un no assoluto. Mi ammazzerebbero prima di permettermi di contattare la polizia. È... è complicato».

È sempre complicato quando ci sono di mezzo i soldi, si disse.

«Quindi fammi capire, vuoi che sia io a cercarla? Non è la mia specialità».

«Perché dici così? E quel tipo dell'inchiesta di Shitrit? Il collaboratore di giustizia che era scappato, non sei stata tu a ritrovarlo?»

Mazi sorrise stancamente. «Non proprio. Per puro caso, sono stata io a entrare nella stanza dove si trovava. Ma era un'indagine a cui avevamo lavorato per due anni e mezzo. Io e tutta la polizia giudiziaria. Ero agente. Avevo gli strumenti, avevo una squadra».

«Non ho alternative. Nessuna» insisté Dudi. «Guarda, lo so che abbiamo perso tempo, non sono un cretino, e so che non sei la candidata ideale». Finse un attimo di esitazione. «Ma sei l'unica. Insomma, cosa mi rispondi, Mazi?» Le si avvicinò quanto possibile senza sollevarsi dalla poltrona, e a Mazi tornò in mente che Dudi riusciva sempre a convincere le persone a fare cose per lui con quella strategia: metteva subito le carte in tavola. In un negoziato partiva dalla somma che era realmente disposto a pagare. «Questa è la cifra a cui posso arrivare, è la verità» diceva, aprendo le mani in un gesto di sincerità. Gli ricordava una vignetta appesa sulla scrivania di Halevi, il suo capo al commissariato centrale: due pecore osservavano un cartellone pubblicitario in cui un lupo si candidava a capo del governo con lo slogan «Vi divorerò tutte», e una pecora diceva all'altra: «Per lo meno è onesto».

Dudi la guardò dritto negli occhi. «Mazi, te lo chiedo per favore. Vuoi che ti preghi? Ti prego. Me la devi ritrovare».

Tra le sopracciglia di Dudi apparvero due solchi che lei aveva visto nascere il giorno in cui suo padre era morto e lui era diventato capofamiglia. Comparivano in situazioni di estrema stanchezza o grande tensione, quando doveva soldi a un fornitore o una delle sue sorelle usciva con il ragazzo sbagliato. «Trovamela, Mazal. Fallo per me e per Lily, ha solo tre anni e mezzo».

«Fanculo» rispose Mazi.

«Quindi accetti?» Dudi sapeva cosa le stava chiedendo. Non per le scuse mai offerte, nemmeno adesso, ma perché il padre di Mazi, Joshua Morris, era scomparso quando Mazi aveva dodici anni. Lei allacciò le mani dietro la nuca e ci si appoggiò guardandolo, poi si chinò verso di lui.

«Avanti, raccontami cos'è successo il giorno in cui è scomparsa».

Dudi raccontò. Del caffè dove erano seduti e del succo rovesciato e dei tovaglioli di carta e di Lily e della macchina d'argento e della sirena d'allarme. Per tutto il tempo Mazi non scrisse una parola, rimase seduta a succhiarsi il dorso della mano, concentrata su Dudi, sul linguaggio del corpo, sulle espressioni del viso, sull'ordine delle parole.

«Com'era il vostro rapporto?»

«Buono. Sai com'è... una coppia sposata. Io la facevo impazzire, lei faceva impazzire me, ma siamo grandi amici. Siamo una squadra».

«Fedeli?»

«Insomma, Mazi, non siamo mica dei ragazzini. Senti, te la ricordi Batya, del liceo? La stronza che mi ha mollato per quel surfista di Tel Aviv?» Mazi annuì con un sorrisetto. «Ecco, Jasmin è la prima donna di cui mi sono innamorato dopo Batya. È la mia vita. Lei e Lily». Mazi si domandò per un attimo che effetto dovesse fare una sensazione del genere.

«Lunedì avevate programmi per il resto della giornata?»

Dudi schioccò la lingua per dire di no. «Dovevamo lasciare Jasmin al Museo d'arte alle sei. Hanno inaugurato una nuova ala finanziata da suo padre e lei doveva presenziare in qualità di rappresentante della famiglia».

«E si è presentata?»

«No, macché. In realtà hanno comunque annullato l'evento per via dei missili».

«Quindi invece di andare al museo è salita su un'automobile grigio metallizzato?»

«Non ne ho idea. Non sono per niente convinto che la macchina grigio metallizzato esista davvero. È Lily a dirlo. Potrebbe esserselo inventato o averlo visto in un film. O potrebbe aver visto Jasmin entrare in una macchina grigio metallizzato un altro giorno. Dice ancora "ieri" per cose successe un anno fa». Faceva saltellare la gamba senza sosta e tamburellava con le dita sui braccioli della poltrona, due segni che Mazi conosceva e che di solito indicavano che aveva perso concentrazione. «Per fortuna ero lì. T'immagini cosa sarebbe successo se non ci fossi stato? Ti rendi conto che Lily avrebbe potuto essere sola con Jasmin? Ho telefonato a tutti gli ospedali. Tutti. Uno per uno».

«Hai telefonato a tutti gli ospedali?»

«Sì. Mi sono detto: se c'era una macchina e lei ci è salita su, forse hanno avuto un incidente e per questo non mi chiama. Forse è da qualche parte priva di sensi. In situazioni del genere ti assalgono i pensieri più cupi. Insomma, dov'è, eh? Ma non era in nessun pronto soccorso. Non hanno ricoverato nessuna "corrispondente alla descrizione", come dicono negli ospedali».

Non lo aveva mai visto così. Almeno non da quando suo padre era morto. Paralizzato. «Dudi aggiustatutto» non era in grado di aggiustare la situazione.

«Sai come si chiamava la cameriera che vi ha serviti lunedì al caffè?»

«Non lo so, ma aveva i capelli blu».

«Va bene. Fissami al più presto un appuntamento con gli Shechter».

«Quindi te ne occuperai?»

«Chiaro che me ne occuperò» gli rispose spazientita. «Cosa direbbe mio padre se non lo facessi?»

Dudi sorrise fiacco, il sorriso stanco della loro vita precedente, quando erano bambini, figli di due padri amici per la pelle.

«La mia segretaria ti manderà il contratto» concluse Mazi, immaginandosi divertita come avrebbe reagito Tilly sentendosi definire la sua segretaria.

«Come preferisci. Mazal, mi raccomando, qualunque cosa ti serva, chiedimela. I soldi non sono un problema».

«D'accordo. Fissami l'appuntamento con gli Shechter».

«Presentati oggi alle diciotto e trenta spaccate. Non un minuto di ritardo». Dudi prese in mano il telefono. «Ti ho mandato l'indirizzo. Sanno già che andrai».

Io invece non lo sapevo che sarei andata, pensò lei.

Dudi l'accompagnò alla porta. Lei uscì con passo deciso, senza lasciare spazio agli abbracci. «Dudi, che macchina hai?»

«Una Range Rover grigio metallizzato. Ho chiesto a Lily se Jasmin era salita sulla nostra macchina e lei ha risposto: "No, papà, non una jeep. Una macchina". Ti rendi conto? Mia figlia, a tre anni, mi prende per un deficiente».

«Ti tengo aggiornato. Ciao, Dudi».

Mazi scese nel parcheggio, individuò una Range Rover grigio metallizzato, fotografò le targhe e le spedì a Benji. «Controlla se l'auto appartiene a David Peretz o alla Shechter Holding. Se così fosse, va sorvegliata. Massima allerta».

4.

La lunga sagoma di Amir Guetta incombeva sul tavolo di Malki, la redattrice del supplemento. La donna era al telefono, ad ascoltare le scuse del giornalista che tardava nella consegna di un box di quattrocento battute sulle abitudini sessuali dei criceti in cattività. Fece segno a Guetta di sedersi un attimo e alzò gli occhi al cielo mentre emetteva una serie di «Ah ah» rivolti al giornalista in linea. «Ah ah» disse mentre scorreva fotografie di criceti ricevute dall'archivio fotografico. «Ah ah», ed estrasse un pacchetto di noccioline dal cassetto facendo cenno a Guetta di servirsi. Ancora un ultimo «Ah ah» e poi: «Va bene, ma mandamelo entro massimo un'ora, Roi. Ciao». Era una donna minuta, con lunghi capelli scuri e occhi grandi in cui si leggeva l'espressione di una che ha visto tutto e non si lascia impressionare da niente. Provava interesse nei confronti di Guetta e lui ne era vagamente consapevole, perciò ogni qualche mese la ospitava nei suoi sogni erotici. Ma dal momento che riversava nel lavoro la maggior parte della sua energia libidica, non faceva nessuna mossa. Una volta che lei ebbe finito di parlare le mostrò un errore nel cedolino dello stipendio. L'amministrazione aveva di nuovo «dimenticato» il benefit auto aziendale.

«Creativi» commentò lei. «Lior del desk mi ha appena raccontato che ogni mese si dimenticano di pagare a tutti loro un turno, e allo stesso tempo gli retribuiscono quello che avevano "dimenticato" il mese precedente».

Guetta ridacchiò. Il giornalismo, almeno per quanto riguardava la stampa, non era più un mestiere, era diventato un passatempo per persone abbienti. Tra i dipendenti del giornale circolava una barzelletta amara: lo stipendio era basso affinché il prestigio rappresentasse il guadagno principale. Ma di fronte al conto in banca non rideva nessuno, nemmeno Guetta, che era il più importante giornalista della testata e una delle uniche due persone al giornale con il posto garantito. Il secondo era l'ambizioso responsabile della redazione digitale, che faceva ogni sforzo per assumere giovani appena congedati dal servizio alla radio militare, come lui a suo tempo, e impedire loro di passare dall'esercito ai remunerativi incubatori di start up dove sviluppavano contenuti.

«Gli parlerai, vero?» chiese Guetta nel tono indifferente a cui molte donne erano tutt'altro che indifferenti.

«Certo. Ma non è per questo che sei qui». Entrambi si girarono verso la porta a vetri che divideva la scrivania di Malki dalla stanza del caporedattore del supplemento, Yoni Zak, chiuso nel suo ufficio a flirtare con la critica cinematografica, una giovane prosperosa con i capelli biondo fragola e una parlata lenta e vellutata come le sue recensioni. In quel preciso momento la giornalista uscì dalla stanza e Guetta abbandonò Malki per precipitarsi dal caporedattore.

«Ne ho ricevuta un'altra» comunicò e si sedette rilassato, con gambe e braccia ciondoloni, troppo lunghe per quel piccolo ufficio.

«Un'altra imbeccata da Gola Profonda?» Al caporedattore piaceva sfottere Guetta, che in cuor suo ammirava per la passione con cui si dedicava al lavoro. Per Zak era solo lavoro, l'unica cosa in cui, per puro caso, era bravo. Non se lo portava a casa. Preferiva guardare le stelle e avviare lunghe relazioni inutili con ragazze giovani e poco adatte a lui.

«Sì, sta' a sentire». Guetta aprì un quadernone a spirale pieno di foglietti gialli.

«Te li spedisce con un piccione viaggiatore?»

«Divertente. Mi stai ascoltando?» Guetta leggeva davvero dal quaderno. Detestava i dispositivi da accendere, oggetti inaffidabili dalle reazioni poco prevedibili. «Questa volta mi ha detto di controllare i libri contabili dell'associazione Cuore d'oro».

«Bene, e...?»

«E basta».

«E basta?»

«Sì. Ho cominciato a lavorarci. Non è particolarmente complicato. È un'associazione, quindi in teoria la contabilità è accessibile a tutti, ma mi ha detto di verificare gli ultimi sette anni, perciò è parecchia roba. Per farla breve, alcune cifre non mi convincono».

«Quali?»

«Ci sono molte donazioni al di sotto dei diecimila shekel».

«Cosa significa?»

«Significa che il donatore può restare anonimo. Negli ultimi anni ce ne sono decine, e stiamo parlando di novemilanovecento shekel. Sembra una scelta intenzionale».

«Capisco. C'è altro?»

«Ci sono molte spese per lavori di manutenzione, dagli impianti alla rete fognaria degli uffici centrali a Gerusalemme. Sembrerebbe tutto in ordine, le gare d'appalto sono state vinte dalla società Salman-Cohen, una ditta nota e seria, però, anche se non sono un ingegnere edile, le cifre e la frequenza non mi quadrano».

«Dunque che si fa?»

«Ancora non lo so. Qualcosa mi puzza. Bisogna scavare e poi collegare i puntini».

«D'accordo. Lasciami dare un'occhiata alla programmazione». Zak aprì il file in cui erano indicati tutti gli articoli previsti per i due mesi successivi. «Non c'è problema» rispose sbadigliando, «siamo a posto. A proposito, ho sentito che l'ex presidente sta per tirare le cuoia, ci sarà un supplemento dedicato a lui e farà slittare tutto di una settimana».

«Quell'uomo non morirà mai, ci seppellirà tutti» ribatté Guetta ricacciando il quadernone a spirale nella borsa. «Comunque benissimo, ti terrò aggiornato» e imboccò a grandi falcate il breve corridoio.

«Fatti sentire la prossima settimana» gli gridò dietro Yoni Zak. Si domandò chi fosse la fonte di Guetta. Lo incuriosiva non tanto l'identità, quanto la ragione per cui rivelava certe informazioni. Ma non era urgente. Si alzò, uscì dall'ufficio e varcò la porta a vetri, entrando nella stanza dell'anziano critico teatrale che, come tutti gli impiegati del piano seminterrato, climatizzato per produrre un gelo polare, sedeva di fianco a una stufetta in piena estate. Quel gentiluomo nascondeva sempre nell'armadio whisky di qualità e cioccolato fondente al settanta per cento.

«Lo sapevi» commentò il critico teatrale, che solo una parete in cartongesso separava dall'ufficio di Yoni Zak, «che il presidente dell'associazione Cuore d'oro è il vicesindaco di Gerusalemme?»

«Mi scambi per uno a cui interessa il mondo» gli rispose Zak. «Avanti, caccia fuori il tuo whisky migliore, ho una donna da lasciare».

5.

Benji e Tilly, appostati fuori dall'Hotel Intercontinental, si stavano sciogliendo dal caldo. Tilly sorvegliava l'entrata principale e Benji l'uscita del parcheggio, e passavano il tempo al telefono per evitare di destare sospetti, come gli aveva insegnato Mazi. Dopo un'ora, durante la quale Tilly si era trattenuta dal controllare se si bruciassero calorie sudando senza allenarsi, e Benji aveva maledetto baffi e barba cresciuti di recente, Tilly notò un uomo che poteva essere solo Dudi. Rimase perplessa perché Mazi nella descrizione che ne aveva fatto – «un metro e novanta, spalle larghe, capelli folti che cominciano a ingrigire, mandibola squadrata, portamento altero» – aveva per incomprensibili motivi omesso l'aggettivo «divino». Dudi entrò nella jeep che lo aspettava all'ingresso e partì.

«È lui» disse Tilly a Benji. «Corri fino all'angolo, vengo a prenderti lì». Schizzò con lo scooter all'angolo e aspettò che Benji montasse senza distogliere gli occhi dalla Range Rover di Dudi, che partì diretta a ovest e poi a nord, in via Hayarkon, dove, come ovvio, rimase imbottigliata nel traffico. «Chi passa da via Hayarkon a quest'ora?!» gridò a Benji seduto dietro di lei. Seguivano Dudi a lentezza esasperante, fradici di sudore, mentre gli autobus intorno a loro emettevano altro calore e smog. Tilly ripensò a un episodio successo l'inverno precedente: era al suo primo pedinamento per Mazi e aveva appena perso la persona che stava seguendo. Si sentiva inetta e infreddolita, e quando il tubo di scappamento del bus 25 le aveva buttato addosso il suo gas di scarico caldo ne era stata grata. Adesso era diventata piuttosto brava nei pedinamenti, ma si stava squagliando. Si domandò dove Mazi avesse conosciuto Dudi. A giudicare dall'aspetto di lui e da quanto sapeva di sua sorella – e soprattutto da quanto non sapeva –, dovevano essere stati amanti. Provò una punta d'invidia. Per Tilly gli uomini rappresentavano una faccenda complessa.

Alla fine, nonostante la lentezza, il viaggio arrivò al termine. Al Marina, il porto per le barche di Tel Aviv, senza spegnere il motore, Dudi scese scattante dalla jeep e lanciò le chiavi dell'auto a un ragazzo sopraggiunto di corsa.

«Che disastro» commentò Tilly. «Non ci lasceranno entrare, è un club privato».

«Non importa, proseguiamo lungo il recinto e vediamo cosa riusciamo a ottenere. Ho portato il microfono parabolico» rispose Benji, entusiasta di utilizzare la strumentazione tecnologica che il lavoro con Mazi aveva introdotto nella sua vita.

Si fermarono sul frangiflutti. La spiaggia era strapiena, come se fosse un normale luglio senza guerra. Alla spiaggia Gordon un gruppo di sette liceali – cinque ragazzi e due ragazze – ascoltavano *Happy* di Pharrel Williams a tutto volume e famiglie francesi con costumi da bagno abbinati, ciascuna con i suoi due figli educati a non disturbare mentre gli adulti parlavano, si rilassavano sulle sdraio.

Tilly e Benji si sfilarono i caschi e aspettarono un soffio di brezza che gli asciugasse la fronte, ma l'aria era immobile e appiccicosa. Guardarono dentro il Marina e videro Dudi su una delle banchine dirigersi verso lo yacht più grande e immacolato, salire con facilità la scaletta ed entrare. Rimasero in attesa di eventi.

Per molti detective i pedinamenti sono la parte noiosa. A Benji e Tilly invece non dispiacevano. Benji era sempre contento di stare in pace immerso nei suoi pensieri, e Tilly adorava osservare le persone. Ripensò all'appuntamento al buio a cui era stata una volta, con il solista di un gruppo che cominciava ad avere successo ed era appena rientrato da una breve tournée in Germania. «È emozionante?» gli aveva chiesto. Il solista sembrava avvilito. «La maggior parte del tempo la si passa ad aspettare» le aveva risposto. «Si aspetta di cominciare il soundcheck. Poi si aspetta di finirlo. Si aspetta nei camerini che inizi il concerto. Alla fine si aspetta di essere pagati. Si aspetta di arrivare in albergo. Nel pulmino si aspetta di raggiungere la tappa successiva. Si aspettano le chiavi delle camere. Si aspetta che arrivi un giornalista. Si aspetta sempre qualcosa».

Dudi ricomparve sul ponte, in pantaloncini corti bianchi e maglietta blu scuro, con un bicchiere di birra in mano.

«Mi farei volentieri una birra con lui su uno yacht» commentò Tilly.

«A me sembra sospetto» ribatté Benji. «Ehi, arriva qualcuno» aggiunse, aprì il bauletto dello scooter, lo coprì con un telo e dentro inserì il microfono parabolico grande. Lo attivò, lo direzionò e infilò gli auricolari. «Credo di avere appena scoperto un vantaggio dell'assenza di vento» disse, «per lo meno riusciremo a sentire cosa dicono». Fece un gesto a Tilly e insieme osservarono l'uomo che camminava in direzione di Dudi con un'andatura che le sembrò aggressiva. Era due spanne più basso di Dudi, magro e atletico, vestito sportivo elegante. Quando lo raggiunse, Dudi si portò un dito sulle labbra per intimare silenzio. L'uomo si guardò intorno e poi fissò di nuovo Dudi.

«Cosa succede?» domandò.

«Tutto annullato» rispose Dudi.

«Ne sei sicuro?»

Dudi annuì.

«Cosa devo fare dell'appartamento?»

«Quello che ti pare. Hai sentito qualcosa?»

«No».

«Okay».

«Tutto a posto?»

Dudi annuì. «Fammi sapere se senti qualcosa». Girò le spalle all'uomo, tornò dentro allo yacht e il tizio se ne andò. Adesso Benji sentì il rumore del motore dell'imbarcazione e il rumore ritmico dell'acqua espulsa. Tolse gli auricolari ed entrambi rimasero stupiti a guardare lo yacht che scivolava fuori dal porto.

Alle diciotto e venti Mazi parcheggiò la moto fuori da villa Shechter a Herzliya. A Tel Aviv le strade cominciavano a riempirsi, la gente andava o tornava dal mare o usciva dalle sedi delle start up per poi fermarsi nei supermercati aperti ventiquattr'ore. Ma a Herzliya i marciapiedi erano deserti, a eccezione di una colf che portava a spasso un cagnolino chiacchierando al telefono. In un batter d'occhio anche lei scomparve dietro un cancello di ferro, incastonato tra alti muri di cinta.

La proprietà di Eduardo Shechter, padre di Jasmin Shechter e fondatore dell'impero di famiglia, era circondata da muri altissimi. Si accedeva da un enorme portone di legno. Mazi si domandò quale legno fosse, suo padre era un appassionato di legnami. Si sfilò il casco, si deterse il sudore con un asciugamano, rassettò la maglietta bianca stirata sui jeans altrettanto stirati e suonò il campanello. Il portone si aprì silenziosamente su un tunnel di cespugli di gelsomino. Mazi lo percorse, salì tre scalini e spuntò su un sentiero di piante fiorite disposte ad arte. Di fronte a lei si levava un palazzo a due piani privo di finestre, con al centro una porta.

Una giovane donna aprì prima che Mazi avesse il tempo di bussare. «Signora Morris?»

Mazi la seguì in una sala da pranzo ampia e opprimente. Al lato più lontano del tavolo, ma non a capotavola, sedevano un uomo e una donna che bevevano un tè senza parlare. A quanto pareva, gli Shechter la aspettavano davvero, proprio come aveva previsto Dudi, e questo preoccupò Mazi. Gente come quella non aspettava gente come lei.

L'uomo si alzò. «Sono Shaul Shechter» disse tendendole la mano per una stretta fiacca. «E questa è mia moglie Ester. Lei è Mazal?»

«Mazi. Molto piacere. Il fratello maggiore di Jasmin?»

«Esatto». Si misero a sedere. Aveva un po' più di quarant'anni, capigliatura ancora folta per un israeliano della sua età, ma al di là di questo nessun segno particolare. Se fosse stato un criminale in fuga, pensò Mazi, i testimoni oculari avrebbero faticato a descriverlo. Altezza media. Corporatura media. Occhi azzurri acquosi, ciglia chiare, labbra sottili, naso per nulla aristocratico. Una faccia adatta a un agente segreto o al leader di un partito centrista.

Ester, invece, sarebbe stata facile da descrivere per qualunque testimone oculare. Stessa età del marito, soda e bassa, petto abbondante fasciato in un abito blu di sartoria. Capelli mori che le incorniciavano il viso. Impossibile sfuggire a quegli occhi nocciola. La chirurgia le aveva accorciato e assottigliato il naso e solo gli zigomi alti impedivano alla bocca di raggiungere le orecchie. Un donnino di grande presenza.

Mazi si versò del tè sforzandosi di non intavolare lei la conversazione. Non si vergognava di utilizzare i basilari stratagemmi da interrogatorio: il silenzio portava a risultati il novantanove per cento delle volte. Quando indiziati e testimoni cedevano e iniziavano a dire cose all'apparenza banali, l'argomento di cui decidevano di parlare conduceva sempre a qualcosa di più importante. Ma a quanto pareva, anche in questo gli Shechter appartenevano all'uno per cento della popolazione. Forse, pensò Mazi, li hanno educati a parlare solo quando interpellati. O forse sono abituati a non dare mai niente senza ricevere qualcosa in cambio. Vedendo che Shaul controllava il suo Patek Philippe, Mazi si trovò costretta a fare il primo passo. Se non sei in uniforme, sono gli indiziati a stabilire l'andamento dell'interrogatorio.

«Quando ha visto sua sorella per l'ultima volta, signor Shechter?»

Marito e moglie si scambiarono un sorrisetto imbarazzato. «Il signor Shechter è mio padre. Io sono Shaul. Venerdì sera».

«Dove?»

«Qui, a cena».

«Anche lei, signora, l'ha incontrata in quell'occasione per l'ultima volta?»

«No, sono stata a casa sua sabato».

«Per una visita?»

«Diciamo così».

«Ricorda di cosa avete parlato?»

«Stiamo progettando di risistemare la nostra piscina, volevo dare un'occhiata alla loro».

«C'era anche Dudi?»

«No».

«Per caso sa dove si trovava in quel momento?»

«Forse in barca. Non ho chiesto».

«Con voi c'era qualcun altro?»

«Lily, naturalmente, e Ari».

«Ari?» Mazi finse di non sapere chi fosse. Non aveva trovato informazioni interessanti sul minore dei figli Shechter.

«Nostro fratello» si affrettò a rispondere Shaul senza aggiungere altro. Mazi aveva incontrato diversi capi della criminalità organizzata più loquaci di lui.

«Ester, le è sembrato che Jasmin stesse bene?»

«Mi è parsa come al solito».

«Anche Ari era venuto a vedere la piscina?»

Qualcosa mutò nell'espressione del viso di Ester, un impercettibile, fulmineo guizzo.

«No, ha giocato con Lily quasi tutto il tempo».

«Capisco. E... Shaul, dove lavora Jasmin attualmente?»

«Cura la raccolta di opere d'arte di Yoel Mimon».

«Lui lo sa?»

«Chi sa cosa?»

«Yoel Mimon sa che Jasmin è scomparsa?»

Gli Shechter si scambiarono una rapida occhiata e poi Ester rispose con un sorriso forzato che non sfruttava tutta la larghezza della sua bocca. «Spero davvero che non si faccia un'impressione sbagliata, non siamo persone fredde» disse con esasperante freddezza. «Ma preferiamo non utilizzare quella parola».

«Quale parola?»

«"Scomparsa"» rispose Shaul stancamente.

«Scusate, temo che mi stia sfuggendo qualcosa» ribatté Mazi.

Gli Shechter si scambiarono una seconda occhiata, dopodiché Shaul si alzò. «Devo proprio andare. Rimarrà Ester con lei. È stato un piacere conoscerla». Era già sulla porta quando Mazi si ricordò. «Shaul, mi saprebbe dire di quale legno è fatto il portone d'ingresso della casa?»

«*Cedrus Libani*, cedro del Libano. L'albero usato per costruire il Primo Tempio di Gerusalemme. Importato dalla Shechter Holding». E con questo, uscì.

«Anche a me restano solo pochi minuti» disse Ester.

«Bene. Non mi sembrate freddi, Ester. Ma la mia opinione professionale è che non siete nemmeno molto preoccupati. Ha detto che preferite non usare la parola "scomparsa". La pregherei di spiegarmi il perché come farebbe con uno stupido». Mazi era abbastanza sicura che Ester fosse abituata a rivolgersi alle persone come se fossero stupide.

Ester fece un respiro profondo. «Non è la prima volta che Jasmin fa una cosa del genere». In assenza del marito parlava a velocità quasi doppia. «Sparire senza avvisare nessuno, intendo. L'ha già fatto almeno tre o quattro volte. L'ultima ci siamo effettivamente rivolti alla polizia. Alla fine c'è stata una fuga di notizie e una giornalista l'ha trovata sana e salva: serviva in tavola al palazzo dell'Eliseo. È stato un momento di notevole imbarazzo per la famiglia. Quindi, come forse potrà capire, adesso siamo molto cauti. Tutto qui. Sono convinta che Jasmin ricomparirà a breve. Adesso la devo proprio salutare».

«Certo. Capisco. Mi può solo dire come mi posso mettere in contatto con l'ufficio di Yoel Mimon?» Mazi continuava a recitare la parte della tonta.

«Mi pare che lei non abbia capito». Ester si alzò in piedi. «Le sto chiedendo di non mettersi in contatto con l'ufficio di Yoel. Non è il caso di importunarlo. Ed è meno che mai il caso che le impiegate comincino a spettegolare».

«Ma non si chiederanno dov'è?»

Ester parve sconcertata all'idea. «Jasmin non comunica *a loro* dove si trova».

«Capisco. Grazie. Come mi sarà possibile contattarla di nuovo?»

«Non ce ne sarà bisogno. Yulia la accompagnerà fuori. Buonasera».

Yulia accompagnò davvero fuori Mazi, fino al cancello, per assicurarsi che non rimanesse a ficcanasare in giro. «Buonanotte» la salutò Yulia. Mazi era tentata di chiedere a lei di Jasmin, ma riuscì a controllare l'impulsività con cui reagiva quando qualcuno cercava di infinocchiarla. Non si era bevuta la sceneggiata degli Shechter che fingevano di non essere preoccupati e ritenevano che Jasmin sarebbe riapparsa da un momento all'altro. Di un'unica cosa era certa, che non volevano nei paraggi lei, Mazi, a fare domande. Ma lei sarebbe rimasta. Sarebbe rimasta perché le servivano i soldi e perché lei e Dudi un tempo erano stati come fratelli. C'era anche un altro motivo che in quel momento si agitava al di sotto della soglia della sua coscienza, ma non riuscì a portarlo a galla.

6.

Mentre Mazi tornava a Tel Aviv, una giovane agente la fermò per un controllo documenti. Le tornarono in mente i suoi primi tempi in polizia e quanto avesse desiderato lavorare di pattuglia, in strada, invece che diventare un'agente della sezione investigativa. Si ricordò come aveva percorso l'odiata salita dalla stazione dell'autobus all'ingresso dell'accademia di polizia l'ultima settimana di corso, al termine della quale avrebbe dovuto cominciare la sua formazione di agente investigativo. Non lavoro di pattuglia. Sezione investigativa. Per lei niente azione né arresti, avrebbe interrogato detenuti, indiziati e testimoni. Avrebbe condotto indagini.

Aveva deciso di parlare con Halevi, che all'epoca era il direttore del corso. La probabilità di fargli cambiare idea era pari a zero, ma Mazi non aveva niente da perdere. Nell'accademia girava voce che per le pattuglie non prendessero donne.

L'ultimo giorno era entrata nel suo ufficio e si era messa sull'attenti.

Halevi l'aveva messa a riposo e aveva sorriso. «Mi aspettavo che ti presentassi già la prima settimana».

«Capo...» Voleva trovare le parole giuste, ma non le era venuto altro da dire che «Perché, perché non nelle pattuglie?»

«Non ci sono posti, Morris, almeno non al commissariato centrale di Tel Aviv».

«Per me va bene anche altrove».

«Sei già stata assegnata, Morris. E poi, fra pochi mesi io cambierò mansione».

«Dove andrà, capo?»

«Al commissariato centrale di Tel Aviv, sezione investigativa».

«Quindi mi vuole tenere d'occhio? È per questo che mi ha messo lì?»

«No, stupida. Voglio portarmi la migliore del corso. Dopo che avrai finito qui, arriverai da me».

Mazi era rimasta un momento in silenzio. Cercava di capire se ci fosse spazio per dire ancora qualcosa e si era resa conto con dispiacere di no. «È definitivo, capo?»

«Sì, Morris. È definitivo. Sei congedata, puoi andare».

Mazi era uscita dal colloquio con Halevi a testa alta. A chiunque le chiedesse se era riuscita a passare alla squadra pattuglie faceva segno di no con la testa e tutti capivano che non era il caso di insistere. Due settimane dopo frequentava già il corso per agenti investigativi e quattro mesi più tardi era al commissariato centrale di Tel Aviv, dove le avevano affiancato due ispettori esperti per fare il sopralluogo sulla scena di un delitto, un presunto regolamento di conti fra criminali.

Un uomo di sessantasette anni giaceva a terra morto, nel salone di casa, un proiettile nel cuore, e di fianco una donna in sedia a rotelle in stato di shock. Era il primo cadavere di Mazi, e invece di vomitare aveva provato un'emozione prossima alla felicità. I due ispettori che erano con lei, Kaplan e Sabag, le avevano detto che poteva guardare e prendere appunti ma non toccare né dire niente.

Mazi aveva guardato. Si era registrata la scena nella testa per non perdere la sua iniziale impressione prima che si trasformasse in parole. Gliel'aveva insegnato Benny Peretz – brillante investigatore e padre di Dudi – quando era ancora ragazzina. Non aveva detto niente e non aveva toccato quasi niente. Aveva sentito Kaplan e Sabag interrogare la moglie della vittima e i vicini. Li aveva ascoltati parlare con la squadra della scientifica. Era talmente silenziosa che si erano scordati di lei, e si erano stupiti quando aveva aperto la portiera posteriore del veicolo dopo che avevano già messo in moto, quasi dimenticandola lì, e dopo un minuto si erano scordati di lei di nuovo, o forse non gli importava che li sentisse commentare che la collega della scientifica aveva due poppe che si vedevano dalla luna e che la donna disabile era «proprio dell'altezza giusta».

Mazi aveva tradotto quelle parole in immagini. Aveva dovuto scacciare la visione della vedova che faceva un pompino a Sabag, dopodiché aveva ricostruito nella sua mente la scena del delitto, questa volta guardandola «dall'altezza giusta». Aveva osservato tutto daccapo da un metro e venti di altezza, soffermandosi sulle camicie stirate appese alla maniglia più bassa del guardaroba in camera da letto.

Più tardi quel giorno si era svolta la riunione settimanale degli ispettori della squadra investigativa del commissariato centrale, un esperimento che il nuovo comandante in capo aveva escogitato una sera mentre era seduto sul balcone di casa con un bicchiere di Chianti a leggere, entusiasta, un articolo intitolato *Come ridurre drasticamente il livello di delinquenza: trasparenza e cooperazione nel commissariato di Brandon, South Dakota.* Sventuratamente, Tel Aviv non era la sonnolenta Brandon: gli ispettori erano meno collaborativi, anzi, decisamente competitivi. Proprio per questo alla fin fine le riunioni settimanali si erano rivelate un successo: gli ispettori le usavano per darsi ottimi consigli reciproci finalizzati a dimostrare la propria esperienza e capacità o, meglio, la stupidità altrui. Mazi godeva dell'opportunità di stare seduta in disparte a osservare quelle schermaglie, rigorosamente tra maschi.

Quando era arrivato il turno di Kaplan e Sabag di presentare il caso, avevano riportato la loro ipotesi di partenza: l'uomo era stato ucciso durante una discussione con un malavitoso venuto a recuperare un credito. Kaplan aveva letto la testimonianza fornita da un vicino, un anziano con due dita mozze della mano destra. Senza badarci, Mazi si era lasciata malauguratamente sfuggire un «Non me n'ero accorta».

Wow. Una investigatrice che non notava due dita mancanti. Erano anni che tutti gli uomini nella stanza, e anche le due donne, non si godevano un siparietto comico di quel livello. Si erano sganasciati dalle risate, riuscivano a smettere solo per ripartire con una nuova battuta, tipo «Chiedo scusa, commissario, non avevo notato che l'aggressore era senza testa», o «Come fa un cieco a risolvere un caso di omicidio?» Quando finalmente le risate avevano cominciato a scemare, Mazi si era resa conto che, sebbene per le ragioni sbagliate, l'attenzione dei colleghi era concentrata su di lei. Aveva preso un respiro e detto: «È stata la moglie a ucciderlo. L'ha avvelenato e poi gli ha sparato. Veleno per uso domestico. Controllerei i vasi delle piante».

Era seguito un attimo di silenzio. Poi una nuova esplosione di risate e poi discussioni e una certa irritazione. Alla fine l'ispettore capo Versano aveva gridato: «Basta!» ed era calato il silenzio. «Come ti chiami? Morris? Hai cinque minuti. Spiega». E lei aveva spiegato. «La donna è disabile, in sedia a rotelle, ma stira ancora per lui. Si capisce che è lei a stirare perché appende le camicie alla maniglia inferiore del guardaroba, proprio alla sua altezza. La camicia della vittima però era molto stropicciata. Perché mai indossare una camicia stropicciata? Perché si era dovuto cambiare fuori casa».

«Perché si sarebbe dovuto cambiare fuori casa?»

«Perché ha una tresca».

«E perché la sua amante avrebbe dovuto dargli una camicia stropicciata?»

«Non ho detto che ha una amante. L'amante è un uomo. Giovane, non possiede ferro da stiro. La camicia gli andava stretta, era di una misura troppo piccola, e odorava di un dopobarba diverso da quello che lui tiene in bagno. I due s'incontravano ogni mercoledì. La donna se lo segnava sul calendario appeso sopra al suo tavolo. Nel cassetto del comodino della moglie c'erano dei campioni di dopobarba».

«Li ho visti» era intervenuto Sabag. «E allora?»

«Cercava di riconoscere l'odore».

«Oppure ha comprato un profumo a suo marito e ha ricevuto dei... come li hai chiamati... dei campioni».

«Basta così» aveva interrotto Versano. «Kaplan, Sabag, Morris, restate con me. Per tutti gli altri lo spettacolo è finito».

Lo show di Mazi era diventato leggenda. Aveva avuto ragione su molti dettagli: l'amante, la camicia, il dopobarba e la stiratura. Era vero che la donna sapeva della relazione, anche se i segni sul calendario registravano le date delle sue partite di bridge. Ci aveva anche visto quasi giusto nel sostenere che l'assassina era la donna, ma aveva sbagliato riguardo alla dinamica della morte: l'uomo era morto di infarto di fronte alla moglie che gli puntava contro la pistola. La donna intendeva solo spaventarlo e fargli confessare il tradimento. Quando era crollato a terra ed era rimasto disteso, morto, invece di rialzarsi e chiederle scusa, lei gli aveva sparato, in preda alla frustrazione e alla rabbia. Comunque fosse, nessuno aveva mai più menzionato a Mazi la faccenda delle dita mancanti e lei aveva cominciato nel commissariato centrale con il piede giusto: la consideravano un astro nascente. Peccato che alla fine si fosse dimostrata una stella cadente.

Mazi ripiombò nell'afa del presente e nei suoi amari ricordi, parcheggiò la moto davanti all'entrata posteriore del palazzo e lesse il messaggio arrivato da Benji. *Abbiamo perso D. Manda l'indirizzo di casa.* «Fanculo» sibilò lei, rendendosi conto, non per la prima volta, che per quanto geniali e leali fossero Tilly e Benji, restavano i suoi fratelli e non agenti di polizia. *Ecco l'indirizzo. Ci vediamo domattina alle 7:30 in ufficio,* rispose.

Salì i novantacinque gradini fino al suo appartamento augurandosi di trovare Gai, il dirimpettaio, in casa da solo, per proporgli una sveltina senza pretese. Di solito si addormentavano subito dopo e quello che si svegliava nel letto sbagliato si alzava e si trascinava a casa propria. Ma arrivando al loro piano sentì un brano dei Lovage provenire dall'appartamento di Gai, segno convenuto che lui aveva compagnia. Non aveva l'energia per una scopata con uno sconosciuto nel bagno di un bar ed evitava di portarsi a casa toy boy, perciò alla fine guardò un porno, si masturbò, venne troppo in fretta, mangiò una ciotola di latte e corn flakes in piedi e si addormentò un secondo dopo aver posato la testa sul cuscino.

Sognò suo padre. Non ricordava tutti i dettagli del sogno, solo l'atmosfera: vacanze, sole, famiglia. Si risvegliò con un buco nell'anima, troppo tardi per andare a correre, buttò giù un caffè nero, fece una doccia e scese a comprare il latte. Era sul pianerottolo quando partì l'allarme. Gai e una bionda piccoletta con una piuma tatuata sulla spalla uscirono mezzi nudi. La bionda era agitata. Gai la abbracciò da dietro e fece l'occhiolino a Mazi, che pensò alla sua erezione mattutina. Sentirono il *bum* dell'intercettazione riuscita, contarono fino a venti e rientrarono in casa. Mazi rinunciò al latte, fece un'altra doccia, si masturbò pensando a Gai, si sciacquò e uscì di casa.

Alle sette di quel mattino di luglio la città era già rovente. Su un cipresso dietro il palazzo, due corvi battagliavano con una banda di merli prepotenti. Il suono di un messaggio in arrivo fermò Mazi. Dudi le chiedeva di presentarsi da lui alle dieci. Gli rispose che andava bene e si diresse in ufficio.

Tilly e Benji erano già svegli e aspettavano Mazi nel loft che fungeva da ufficio e casa di Benji insieme. Tilly aveva una gran voglia di tè, ma sapeva che il fratello preferiva fare da solo, perciò si era piazzata sul pouf rosa in attesa che arrivasse Mazi e ammazzava il tempo controllando ossessivamente tutti i canali di comunicazione su cui avrebbe potuto ricevere il messaggio che aspettava con ansia, motivo di entusiasmo e insieme di profonda tensione. Benji finì di preparare il tè, lo portò in «salotto» e si sedette sul divano verde proprio mentre entrava Mazi.

«'Giorno» disse Mazi.
«Tè?» fece Benji.
«Con piacere» rispose Mazi e rimase in piedi rivolta verso di loro, appoggiata al tavolo dove ricevevano i clienti. Li aggiornò su quanto successo durante l'incontro con Dudi e poi con gli Shechter e, una volta finito, accese il timer per cinque minuti e rimasero tutti in silenzio. Era il loro rituale, cinque minuti di silenzio per permettere alle informazioni di essere assorbite, necessario soprattutto per Tilly e Benji, a cui piaceva pensare prima di parlare. Era anche un modo efficace di praticare il silenzio. Quando il timer suonò, Benji chiese: «Allora lo prendiamo il caso della scomparsa?»
Tilly non commentò, grata che Benji avesse fatto la domanda che le frullava in testa.
«Sì» rispose Mazi. «Metteremo da parte per un po' di tempo la ricerca di mio padre. Siamo comunque arenati e ci servono soldi. A me, per lo meno, servono».
Anche a Tilly servivano. Stava risparmiando nella speranza di essere ammessa alla scuola di recitazione di Lee Strasberg a New York, ma per il momento non voleva dirlo a nessuno. Per suo padre il fatto che la sorella fosse stata attrice, e il fatto che le avessero sparato, erano uniti da un nesso intuibile ma ben poco razionale. Quindi Tilly rimase in silenzio. Per sua fortuna Benji, che dei soldi non aveva bisogno, cercava di sforzarsi di uscire dalla sua zona di sicurezza, perciò assentì e Tilly gli fece subito eco.
«Allora siamo d'accordo, prenderemo in carico il caso di Jasmin Shechter. Benji, comincia tu».
«Bene». Benji bevve un sorso di tè, mise in ordine i pensieri e cominciò a parlare con lentezza. «Ieri Dudi ha incontrato un tizio al porto. Uno che evidentemente lavora per lui, ma non compare tra le fotografie del comitato direttivo della Shechter Holding, perciò al momento non sappiamo chi sia». Prese il suo telefono e sfogliò Note. «Dudi gli ha detto che era "tutto annullato" e di fare quello che voleva "con l'appartamento", e gli ha chiesto se aveva sentito qualcosa. Quello ha risposto di no. Dopo-

diché la sera Dudi ha fatto diverse telefonate dal giardino sul retro della casa. Nelle prime tre ha esordito domandando: "Hai sentito qualcosa?" e poi ha chiesto di fargli sapere in caso avessero "sentito qualcosa". Nella quarta conversazione ha solo ascoltato e poi ha concluso dicendo: "No! Niente russi, niente arabi, niente rumeni. Non voglio lavorare con nessuno che possa parlarmi dietro le spalle senza che io capisca. Questa volta solo israeliani. Chiaro?"».

«Già» confermò Tilly. «Non abbiamo la possibilità di sapere con chi parlasse, vero?»

«Non credo» rispose Mazi.

«Credi che sia coinvolto nella scomparsa della moglie?» chiese Tilly.

«Troppo presto per dirlo. Dava l'impressione di essere preoccupato, e più di quanto lo fosse il fratello di Jasmin».

«E le telefonate?»

Mazi fece spallucce. «Potrebbe trattarsi di qualunque cosa. Dudi è uno che aggiusta le cose. È così da quando aveva sedici anni».

«Quindi vi conoscete da quando eravate ragazzi?»

«Buona deduzione, Tilly» disse Mazi. «Ci conosciamo da quando siamo nati. Ma ve lo racconterò in un'altra occasione. Forza, impostiamo la lavagna. Un momento». Guardò il telefono. «Fanculo. Dudi vuole anticipare il nostro appuntamento, devo fiondarmi da lui adesso. Impostate voi la lavagna, ci becchiamo dopo».

7.

Dudi e Jasmin vivevano in una villa circondata da un alto muro di cinta nel quartiere signorile di Zahala. Mazi varcò il portone e si trovò davanti una costruzione degna delle pagine di *Architectural Digest*: ampia, tetto piatto, linee semplici e vetrate enormi. Una piscina turchese affiancava la facciata della casa e le girava intorno sul lato destro. Mazi adesso capiva come mai Ester era interessata a quella piscina. Tutto quello splendore era circondato da un prato perfettamente tosato e ombreggiato da alberi di *Poinciana*.

Dudi le aprì la porta e la baciò su entrambe le guance. Dentro, la temperatura precipitava a diciannove misericordiosi gradi. Mentre lo seguiva Mazi notò l'andatura stanca di Dudi, che di solito dava la sensazione di tenere il mondo per le palle. Adesso sembrava che fosse il mondo a tenere per le palle lui. Nella cucina open space, su uno sgabello da bar vicino all'isola, era seduta una ventenne con un taglio carré.

«Mazal, questa è Nataly, la tata di Lily» disse Dudi.

«Dudi si è dimenticato di mettere il succo nella borsa di Lily» spiegò Nataly con un sorriso forzato.

Lui versò del succo di mela e carota da un contenitore di acciaio in una borraccia rosa con disegni di unicorni e la diede a Nataly.

«Forza, fuori» la invitò.

«Ciaoooo» rispose lei sorridendo e uscì.

«Non la reggo» commentò Dudi. «Come ti posso viziare, Morris?» Nessuno l'aveva più chiamata così da quando aveva lasciato la polizia. «Guarda cosa mi ha comprato Jasmin, è una Angel Juicer. Riuscirebbe a produrre una centrifuga anche dalla ghiaia. È la Apollo 11 degli estrattori. Ti preparo un mela-sedano? Hai fame?»

«Sì, mela-sedano e zero fame». Mazi stava morendo di fame. Aveva sempre fame. «Tiri avanti?»

«Tiro, non so se avanti. Com'è andata con Shaul ed Ester?»

La cucina trasmetteva una sensazione di armonia domestica, due disegni di Lily sul frigorifero, fotografie di una vacanza di famiglia sul muro, loro tre sorridenti sul ponte di uno yacht, sorridenti su una spiaggia di ciottoli, sorridenti in una taverna. Da una mensola in un angolo pendevano due potus. Dudi le servì il succo.

«Mettiamola così» disse Mazi occupando lo sgabello lasciato libero da Nataly, «li ho incontrati e non mi sono sembrati particolarmente impensieriti».

«Mi fanno imbufalire, Mazi, giuro che prima o poi gliene dico quattro».

«Sapevi che non erano preoccupati? Allora perché hai voluto che li incontrassi?»

«Speravo che si ravvedessero. Non hanno idea di quello che dicono. Pensano di conoscere Jasmin, invece non la conoscono per un cazzo. Questa gente crede che se sei ricco devi essere per forza anche intelligente. I soldi confondono». Chi meglio di te lo sa, pensò Mazi. «Ma sono dei cretini. Giuro, quando si tratta di Jasmin, non capiscono un tubo. Lei non è come loro».

«E tu la capisci?»

«Sì, la capisco. Perché credi che abbia scelto me e non il figlio azzimato di uno con cui suo padre gioca a golf?»

«Sei sicuro che sono loro a non capirla? Perché non mi hai raccontato che è già sparita altre volte?»

«Allora è questo che ti hanno detto?» si scaldò Dudi. «Perché sono stronzate, ecco perché. Non è mai sparita prima. Semplicemente, partiva senza avvisare loro».

«E se questa volta fosse partita senza avvisare te?»

«Vedo che non mi segui. Aspetta, ti riordino un pochino le idee. Jasmin è già scomparsa in passato, è vero. Ma non è mai stata rapita da un uomo in macchina, in pieno giorno. Non è mai andata via senza salutare me e Lily. Non ha mai fatto niente del genere da quando è nata Lily».

«Capisco». Mazi bevve qualche sorso per prendere tempo e pensare. «Si può fumare qui?»

«No, neanche per sogno».

«Quindi lei e Lily non si sono mai separate?»

«Certo che si sono separate, ogni volta che Jasmin parte per lavoro. Ma mai a sorpresa, mai senza preparare Lily e fissare con lei una videochiamata ogni sera. Jasmin odia lasciare Lily. Partiva per tre, quattro giorni al massimo e ogni sera telefonava. Ti rendi conto che la sua borsa è qui, il suo telefono è qui e lei non c'è?»

Mazi si succhiò il dorso della mano. Era un'abitudine di suo padre, non un gesto istintivo, ma adottato consciamente per compensare il mancato conforto della sua presenza.

«Mi dispiace, Dudi, ma sono costretta per un attimo ad assumere la parte dell'avvocato del diavolo. Come mai gli Shechter la vedono in modo così diverso?»

«Perché sono stupidi e arroganti. Non escludo che provino una certa soddisfazione all'idea che lei l'abbia fatta anche a me una buona volta. Come se aspettassero di vedermi risvegliare dalle illusioni che ho su Jasmin e scoprire chi è realmente mia moglie».

Chi è realmente? Ecco una domanda interessante. Chissà chi lo sa, pensò Mazi.

Fissò Dudi negli occhi. Se Jasmin davvero non era mai scomparsa dopo la nascita di Lily, ci doveva essere qualcosa sotto. E Dudi sembrava realmente preoccupato, anche se quei due puntini non si univano a nessun altro. Dopotutto, i bugiardi sono bravi a mentire. Dudi sostenne il suo sguardo. Nel posto da cui loro due provenivano, uno sguardo sfuggente non si perdonava. Rimasero così per un pochino, occhi negli occhi, fino a che la pancia di Mazi emise un indubbio brontolio di fame. Dudi scoppiò a ridere, e lei anche. «Ti preparo un panino, Morris».

Pareva sollevato nel fare qualcosa con le mani. Le preparò un sandwich da operaio: due spesse fette di pane bianco, un bello strato di *hummus*, un cucchiaino di pasta di peperoncino, pomodoro e una pila di affettato. Le camicie Ralph Lauren gli potevano anche stare bene, ma restava un Peretz, prima che uno Shechter.

«Dimmi, Dudi, tu dove pensi che sia?» domandò Mazi dopo qualche boccone.

«Magari lo sapessi. Ho fatto diverse telefonate, ho chiesto in giro, ma nessuno ha sentito niente. Non mi piace, Mazi. Non mi piace per niente».

Mazi sentiva che Dudi stava omettendo qualcosa. Non perché glielo nascondeva, ma perché lo avevano nascosto a lui. Le tornò in mente il mago che avevano invitato una volta per una serata al commissariato centrale, che aveva fatto sparire Mali, la segretaria, in un baule.

«Ho bisogno di vedere l'agenda di Jasmin».

«Certo, qualunque cosa ti serva».

«Ottimo. Per adesso comincia a raccontarmi di tutte le altre volte in cui è partita senza avvisare la famiglia».

«Non so granché». Dudi prese bicchiere e piatto di Mazi e li trasferì nel salone luminoso alla cui estremità si apriva un'enorme vetrata che dava sulla piscina e sul giardino circondato da alberi da frutto. Dudi affondò in una poltrona quadrata di pelle marrone, mentre il fondoschiena di Mazi faceva amicizia con il più comodo divano mai incontrato. «Jasmin non ama parlare del passato» spiegò Dudi. «So soltanto che l'ultima volta che è "scomparsa" è stato per andare in Francia, alla scuola di business Insead, dove ci siamo conosciuti. Ma da adolescente scappava spesso. Sono tutti stati...»

«Chi sarebbero "tutti"?»

«Jasmin e i suoi fratelli. Fino al liceo sono tutti cresciuti in collegio. I maschi hanno frequentato un collegio per aristocratici in Inghilterra e Jasmin uno per ragazze in Svizzera, sempre per la *high society*. Da lì è scappata diverse volte».

«Per andare dove?»

«A trovare Ari, in Inghilterra. Anche lui scappava per andare a trovare lei».

«Si direbbe che siano molto uniti».

«Erano molto uniti, sì».

«Erano? Non più? Ester ha detto che sabato lui era qui».

«Davvero? Non lo sapevo. A ogni modo sì, a volte viene a trovare Lily. La adora». Dudi sorrise. «Insomma, lui e Jasmin, che dire... s'incontrano ogni venerdì alla cena di famiglia, ma non so, forse perché lei ha famiglia e lui no... forse per questo non sono più così uniti».

«Capito. Ed è "scappata" altre volte anche dopo l'adolescenza?»

«Sì, diverse volte. Io conosco i dettagli solo di un caso. Eduardo, il signor Shechter, voleva che si sposasse con un vecchio. Vecchio è dire poco, Mazi, era un pezzo di antiquariato. Perciò lei è scappata».

«Come si chiamava il pezzo di antiquariato?»

«Non lo so».

«Dov'è scappata? Per quanto tempo?»

Dudi scosse la testa. «Te l'ho detto, non le piace parlare di queste cose. Per questo si è sposata con uno venuto da fuori».

«A me però serve qualcuno cresciuto dentro. Con chi posso parlare? Chi è la sua migliore amica?»

Lo sguardo di Dudi per un secondo le ricordò quello di Ester: un adulto costretto a spiegare a una bambina i fatti della vita. «Non ha una migliore amica. Nessuna di queste donne ce l'ha. Quando sei così impaccata di soldi non ti puoi fidare di nessuno al di fuori della famiglia. Io l'ho conosciuta all'Insead. Ha scoperto che venivo da una famiglia semplice quando ormai era troppo tardi». Le rivolse il suo sorriso da famigliola in vacanza ai Caraibi. «A parte gli scherzi, credo che dovresti parlare con Ari. Neanche lui è molto loquace, preparati. Ma se c'è qualcuno che sa qualcosa, quel qualcuno è Ari».

«Cosa intendi dire?»

«Niente. Solo che è il suo fratellino, la ammira e un

tempo erano molto legati. Penso ti convenga parlare con lui». Dudi si spostò al tavolo nell'ingresso e prese dal cassetto tre eleganti biglietti da visita color crema con lettere dorate. Sui biglietti si leggeva: «Shaul Shechter, Viceamministratore delegato Shechter Holding», «Ester Shechter, Vicepresidente relazioni esterne e Fundraising Shechter International», «Ari Shechter, Shechter Holding».

Mazi sollevò un sopracciglio. «Di cosa si occupa Ari?»

«È il responsabile della sicurezza della famiglia».

«Intendi della società?»

«Insomma, Morris, non hai imparato niente quando facevi l'investigatrice?»

«Capito. Allora qual è il tuo ruolo "nella famiglia?"»

«Io? Per lo più mi occupo di incassi».

«Naturale. Allora scrivimi dove sei stato e chi hai incontrato nei giorni precedenti la scomparsa di Jasmin».

«Sono stati giorni di riscossione assegni, affitti, da persone non particolarmente affabili, diciamo».

«Penso di potermela cavare con qualche delinquentello. Mi servono anche il vostro accordo matrimoniale, la divisione dei beni, il testamento di Jasmin, assicurazioni sulla vita... qualunque cosa ti possa rendere sospetto. E ho bisogno del suo telefono».

«Te lo porto».

«Ti seguo».

Mazi seguì Dudi al secondo piano e dentro una camera da letto enorme con il pavimento in legno pregiato. Sulla parete destra c'era un'ampia cassettiera antica su cui erano posate alcune foto di famiglia. In una Dudi, intorno ai quindici anni, era vicino a suo padre, Benny Peretz, brillante investigatore e amico fraterno di Josh Morris, il papà di Mazi. Benny era più rude di Dudi, e più alto. Nella fotografia erano abbracciati. Sorrisi di denti bianchi rivolti verso la macchina fotografica. Mazi sollevò la fotografia e si ricongiunse per un secondo con il suo passato, con il suo amore per Benny e con il sorriso che aveva Dudi, il sorriso spensierato svanito alla morte del padre. Di fianco a quella fotografia ce n'era un'altra di Dudi, questa volta insieme a sua madre, alle quattro sorelle maggiori e a nonna Fortuna. Era stata scattata un paio d'anni dopo la morte di Benny. Dudi doveva avere diciotto anni e aveva già assunto l'espressione seria del giovane patriarca che era diventato dopo aver aperto un centro estetico a Mitzpe Ramon, la cittadina nel deserto del Negev in cui era cresciuto, perché le donne di famiglia lavorassero lì invece di pulire case.

Una cornice d'argento cesellato conteneva le fotografie, una a colori e l'altra in bianco e nero, di due bambine quasi identiche.

«Chi sono?»

«Quella a destra è Lily, e a sinistra Jasmin alla stessa età. Lily per sua fortuna ha ereditato i geni della mamma».

«Eh già, perché tu non avevi niente di buono da passare».

«Quand'ero ragazzino i poliziotti mi fermavano sempre perché mi scambiavano per un arabo».

«Tu però l'arabo non lo parli, vero?»

«Macché. I miei nonni insistevano perché parlassimo soltanto ebraico». Dudi aprì la porta della cabina armadio e prese da uno scaffale la borsa che Jasmin aveva con sé il giorno della scomparsa.

«Peccato» commentò Mazi.

«Inutile piangere sul latte versato. Tieni, prendi». Le porse il telefono di Jasmin. «La password è la data di nascita di Lily, 110111».

Mazi annuì. «E dimmi, Eduardo Shechter come lo incontro?»

«Non lo incontri, tesoro».

«Quindi non è minimamente preoccupato?»

«Non come potresti pensare. Mi ha chiesto di "aggiustare le cose"».

8.

Il meteo prometteva il giorno più caldo dell'anno. Mazi guidava la moto e pensava che quando apriva il forno della nonna Madeleine per controllare se i *Ba'ba betamar*, i biscottini di datteri, erano cotti, usciva una vampata di calore simile a quella che ora saliva dalla strada. Era diretta al poligono di tiro dove la segretaria di Ari le aveva detto che lo poteva trovare, e pregava che il poligono fosse al chiuso. Non ebbe fortuna. Nel parcheggio polveroso lasciò la moto il più possibile vicino al cancello. Arrivò un messaggio da Tilly: *Ho telefonato all'ufficio del signor Shechter per chiedere un appuntamento. Mi hanno detto di lasciare il numero. Ti aggiorno.* Mazi volse le spalle alla guardiola del vigilante, si asciugò il sudore dal viso, dalla testa e dal collo e cambiò la maglietta con una bianca, pulita.

«Cerco Ari» disse al vecchio sorvegliante seduto a bere tè caldo con una zolletta di zucchero tra i denti. Il piccolo ventilatore sul tavolo faceva del suo meglio.

«È amica di Ari?»

«No, però sarò felice di conoscerlo».

«Siete tutte felici di conoscerlo. Spiacente, ragazza, tu deve aspettare. Qui non si entra senza porto d'armi».

Mazi mostrò il suo porto d'armi.

«A cosa serve pistola a una ragazza carina come te?»

«A tutte le ragazze carine serve la pistola» fece lei sorridendo. «Io ce l'ho».

Il sorvegliante apprezzò la risposta e la ripagò con una

sonora risata. «Segui rumore e così tu trovi. Lui sembra Brad Pitt».

Niente male, pensò Mazi, che online non aveva trovato nemmeno una fotografia di Ari. Seguì il familiare rumore di spari finché non raggiunse dieci uomini in piedi sotto una tettoia intenti a sparare contro i bersagli. Avevano appena terminato un giro quando lei si avvicinò e tutti e dieci si voltarono a guardare nella sua direzione. Davanti al suo aspetto da ragazzino tornarono subito ai loro affari. Ari, appoggiato a una ringhiera con il viso rivolto verso gli uomini, si girò per vedere cosa li aveva distratti. Il sorvegliante non doveva essere un appassionato di cinema, oppure aveva uno strano senso dell'umorismo: Ari era bello come un attore di Hollywood, ma non somigliava a Brad Pitt. Era identico a Clint Eastwood da giovane, ne *Il buono, il brutto e il cattivo*, solo due spanne più basso. A Mazi tornò in mente che se n'era innamorata pazzamente, quando lei e nonno Sasson avevano visto il film in tv. Ari si tolse le cuffie.

«La posso aiutare?»

«Forse».

Si voltò di nuovo in direzione degli uomini della sicurezza, incuriositi. «Qui abbiamo finito, vero?»

In qualunque altro giorno avrebbero protestato. Ma quaranta gradi all'ombra riescono a raddolcire anche i duri. Soprattutto se il sole gli picchia sulla testa. Sparirono in un secondo, diretti all'aria condizionata delle loro Toyota Corolla e Mazda3.

«Vado a controllare i tiri. Prego, può unirsi a me».

Mazi lo seguì fino ai bersagli e lui passò da uno all'altro annotando su un taccuino i risultati di ciascuno.

«Ha intenzione di presentarsi?»

Mazi scosse la testa.

«Le faccio una proposta: se infilo sei proiettili nello stesso foro, lei mi risponde a sei domande». Lui si voltò a guardarla e tolse gli occhiali da sole. Pazzesco, ammiccava in modo identico a Blondie. Se li tolse anche lei e i loro occhi s'incontrarono.

«Con che pistola?»
«Avete una Jericho?»
«No» ridacchiò Ari, «ma ho una Glock 17».
«Vada per la Glock».
Tornarono insieme alla tettoia. Ari le porse cuffie e pistola. Gli occhiali da sole erano tornati al loro posto. Mazi mise le cuffie e si voltò verso i bersagli. Immaginò una linea retta che partiva dalla bocca della pistola e arrivava al centro del bersaglio, come le aveva insegnato suo padre quando lei aveva sei anni e lui era istruttore di tiro nell'unità speciale antiterrorismo Yamam. Non era lei a decidere quando sparare. Si limitò a mantenersi stabile e premette il grilletto finché non partì lo sparo. Mazi assorbì il rinculo: primo proiettile – svuota i pensieri; secondo proiettile – respira normalmente; terzo proiettile – in linea retta; quarto proiettile – il grilletto; quinto proiettile – questa è per te, papà; sesto proiettile – certe cose sono irreversibili. Tolse le cuffie e si voltò verso Ari che osservava i bersagli, turbato. Era un buon segno. Non sapeva se ce l'aveva fatta; era passato molto tempo dall'ultima volta che aveva fatto «l'esercizio di Lucky Josh», come lo chiamavano nell'unità speciale. Gli restituì la pistola, lui la smontò e andò al bersaglio. Mazi rimase dov'era, prolungando l'aspettativa.
«Bene, Billy the Kid» disse lui di ritorno. «Si è guadagnata le sue sei domande. Però trasferiamoci dove c'è l'aria condizionata».
L'ufficio di Ari era un prefabbricato arredato in un modo che si addiceva al direttore di un cantiere. Una scelta curiosa per un uomo che avrebbe potuto comprare l'ufficio migliore al cinquantacinquesimo piano di un grattacielo in qualunque città del mondo. Oppure proprio nessun ufficio, pensò Mazi. Le offrì acqua in un bicchiere di plastica e ne bevve diversi a sua volta. Sudavano entrambi e lasciarono qualche minuto al condizionatore per rinfrescarli. Dopodiché sedettero ai due lati del tavolo in formica. Mazi pensò a come aveva dovuto combattere per non perdersi in fantasie sessuali durante le riunioni al commis-

sariato centrale, in stanze piene di uomini duri. Aveva solo sei domande, doveva rimanere concentrata.

«Dov'è sua sorella?»

Ari strinse gli occhi, sorpreso. «Non ne ho idea».

Mazi si alzò per prendere un altro bicchiere d'acqua e lasciargli il tempo di aggiungere qualcosa, ma niente.

«Siete uniti?»

«Sì».

Le restavano quattro domande.

«Quando vi siete parlati per l'ultima volta?»

«Sabato». Tre domande già andate e lei non aveva niente in mano. Halevi diceva sempre: «Al bravo investigatore non servono più di dieci domande. A uno incapace non ne bastano cento».

«È preoccupato?» chiese.

Partì l'allarme, le onde sonore si spostavano veloci nell'aria calda. Gli altoparlanti dovevano essere vicini perché Mazi non aveva mai sentito la sirena così forte, il volume era assordante. Non si mosse e Ari nemmeno, due bambini che facevano a gara di sguardi. Rimasero immobili per quindici secondi, finché l'allarme cessò.

«Sì» le rispose. «Sono preoccupato».

Così va meglio, pensò Mazi. Era il momento per le domande dirette. «Cosa pensa di Dudi?»

Un'ombra gli velò per un attimo lo sguardo. Prese un sorso d'acqua. «È a posto, e di certo non oserebbe fare del male a Jasmin». «Non oserebbe» rifletté Mazi, non «Non farebbe del male a Jasmin» o «Non farebbe mai del male a Jasmin». Vivi in un mondo interessante, Ari Shechter. Le restava soltanto una domanda. La domanda provocatoria.

«Non mi vuole aiutare a trovare sua sorella?»

«Ah, è questo che vuole? Trovare mia sorella? Perché non me l'ha detto subito?» Mazi non riuscì a capire se fosse sarcastico. «Cosa fa stasera?»

«Perché le interessa?»

«Ecco il mio biglietto da visita. Mi mandi via sms il suo indirizzo. La passo a prendere stasera alle dieci».

Si alzò. «Sono Mazi Morris, investigatrice privata».

«Chi la paga?»

«Dudi».

Ari aggrottò la fronte per un secondo. «Bene. Ci vediamo alle dieci. E non si offenda, ma il suo abbigliamento dovrà essere un po' più... formale».

«Nessun problema con le formalità».

«Intendo abito da sera. Abito da sera nero e... capelli. Lisci, castani».

«So cosa significa "formale"». Gli sorrise e uscì.

Arrivata alla moto vide che qualcuno l'aveva spinta, era riversa su un fianco, a terra. La sollevò svelta e controllò che tutto fosse a posto. Stava di nuovo sudando, era esausta ed eccitata. Finalmente lavorava di nuovo a un vero caso. Non l'ennesimo marito adultero fatto pedinare dalla moglie o viceversa. Bastò qualche messaggio per organizzare il necessario: un invito da un vecchio amico che sapeva bene cosa serviva a Mazi. Venti minuti più tardi si rotolavano sudati su un tappeto che pungeva. Dopo altri venti era fuori, doccia fatta e mente sgombra.

Tilly e Benji andarono a interrogare la cameriera nel caffè da cui Jasmin era scomparsa. «Non rivelate che Jasmin è scomparsa, d'accordo? Dite che ha "ricevuto minacce di morte" e che voi aiutate la famiglia a indagare. Se finite presto, verificate anche con gli altri esercenti della zona, qualcuno potrebbe aver visto qualcosa» li aveva istruiti Mazi prima che uscissero. Portavano una foto di Jasmin a un evento di beneficenza, apparso nella cronaca rosa; tailleur in seta e zigomi alti. Jasmin era un connubio imbattibile di buona genetica, gusti sofisticati e budget senza limiti.

Individuarono con facilità la cameriera con i capelli blu e constatarono con soddisfazione che aveva una faccia da manga che si addiceva al colore dei capelli, occhi grandi, rotondi e nasino all'insù. Si sedettero a un tavolino in disparte e Tilly ordinò per entrambi tè freddo, nero per Benji e verde per sé. Quando la cameriera tornò con i tè, le chiesero se le potevano offrire un caffè e fare qualche domanda.

«A che riguardo?»

«La conosci, vero?» Tilly le mostrò la foto.

«Sì, certo, è Jasmin. Tutto a posto?»

«Sì, però...» Tilly si guardò intorno con ostentata circospezione e poi proseguì sottovoce: «Questa settimana ha ricevuto minacce di morte. La famiglia ci ha assunti per cercare informazioni».

«Oddio che paura». Gli occhi di Manga si dilatarono ancora di più. «Sta bene? L'ho vista questa settimana, è venuta da noi».

«Sì, lo sappiamo, per questo ci premeva parlare con te» continuò Tilly simulando assoluta serietà.

«Certo, sarò felice di poter essere d'aiuto. Lily è un tesoro».

«E sta bene» la rassicurò Tilly. «Sono tutti e tre in un posto sicuro. Noi stiamo aiutando la famiglia. Dunque ti possiamo rivolgere qualche domanda?»

«Sicuro, avviso solo che prendo una pausa».

Si allontanò, tornò con un caffè e si sedette. «Vi dà fastidio se fumo?»

«Niente affatto» rispose Tilly, nonostante desse un gran fastidio a entrambi. Manga accese una sigaretta rollata. Tilly parlava. Benji annotava sul Mac.

«Da quanto tempo lavori qui?»

«Ad agosto sarà un anno».

«Quanti turni alla settimana?»

«Di solito tre. Studio recitazione, perciò dipende dalle prove».

«Ah, davvero? Dove?» Tilly non aveva ancora ricevuto risposta dalla scuola di New York.

«Alla Nissan Nativ» rispose Manga. Tilly si sforzò di concentrarsi. Immagina di recitare la parte dell'investigatrice, si disse.

«Con che frequenza vedi Jasmin?»

«Ogni settimana». La cameriera sorrise. «Vengono ogni lunedì alle quattro. Lo so perché a quell'ora comincio il turno. Lily è proprio un amore. Sei sicura che stanno bene?»

«Sicura al mille per cento. Viene qualcun altro insieme a loro?»

«A volte una signora. Come ve la posso descrivere... sembra più vecchia di Jasmin. Potrebbe essere la sorella maggiore. Ha l'aria un po' supponente, no, anzi, direi fredda».

«La puoi descrivere? Alta? Bassa? Taglio di capelli?»

«Ah... mi pare bassa, e ha... ha il seno grosso». Arrossì. «E il naso rifatto! Si vede a chilometri di distanza». Era fiera di sé come se avesse appena raccontato di essere capace di passare attraverso i muri. Osservò il naso di Tilly. «Il tuo non è rifatto» la tranquillizzò, «come il mio, anche se non tutti ci credono».

Tilly sorrise dentro di sé. «Il papà di Lily a volte le accompagna?»

«Qualche volta. Di rado. Che bella coppia, vero?»

Tilly sorrise confermando. «Quindi che giorno hai visto Jasmin per l'ultima volta?»

«Lunedì. Erano tutti e tre, in effetti».

«Ottimo. Non so se ci hai fatto caso, ma vicino a loro si è fermata una macchina e Jasmin è salita. È successo poco prima che scattasse la sirena d'allarme. L'hai notata?»

«Non ricordo di averla vista salire in macchina, ma l'ho vista parlare con un uomo alla guida».

«Benissimo. Puoi descrivere l'automobile? È molto importante, pensiamo che ci sia un collegamento con le minacce ricevute». Mazi aveva insegnato a Tilly che le persone si sforzano di più se gli si dà la sensazione di avere un ruolo fondamentale nel risolvere un caso.

«L'hanno minacciata durante il mio turno di lavoro?» chiese Manga. Tilly e Benji si sforzarono di non ridere.

«È altamente probabile» rispose Tilly. «Adesso capisci quant'è importante che riusciamo a sapere tutto il possibile sulla macchina?»

«Sarei felice di poter essere d'aiuto» rispose Manga dispiaciutissima, «ma non m'intendo di automobili. Poteva essere una macchina grigio metallizzato? Sì, mi sembra che fosse metallizzata». Tilly aveva l'impressione di avere davanti un gattino che cercava di acchiappare un pesce rosso in un acquario. «Stavo lavorando ed è stata una giornata folle con gli allarmi e tutto il casino, perciò non ci ho badato tanto».

«Chiaro, capisco benissimo» disse Tilly. Decise di tentare un'altra tecnica che aveva imparato da Mazi. La tecnica serviva ad attivare la memoria di testimoni oculari riguardo a presunti sospetti, ma Tilly pensò che poteva funzionare anche per un'automobile.

«Cos'hai provato quando hai visto la macchina? Hai sentito che era la macchina di un ventenne? Di una donna anziana? O...»

«Di un uomo! Di un uomo giovane e ricco!» Manga si risvegliò entusiasta.

Il gattino ha acchiappato il pesce, pensò Tilly.

«Fantastico» disse. «Adesso descrivimela».

«Una macchina sportiva! Era una macchina sportiva bassa grigio metallizzato. Ne sono sicura».

«Grazie» intervenne Benji. «È un aiuto enorme per noi. Il caffè è videosorvegliato?»

Mazi aveva chiesto di controllare se c'erano videocamere, anche se riteneva improbabile che le trovassero installate in un piccolo caffè di quartiere.

A Manga brillarono gli occhi. «Sì! È videosorvegliato. Nelle ultime settimane si sono verificati un sacco di furti, all'improvviso. Hanno rubato borse, telefoni, portatili...»

«Sapresti dirci come possiamo ottenere il filmato? Va a finire nel computer dell'ufficio?» chiese Benji. «Ci aiuterebbe tantissimo».

«Certo, capisco, ma proprio non so dove vada a finire. Non abbiamo un ufficio o roba del genere. Dovete parlare con il proprietario, Michael. Vi lascio il suo numero».

«Scusatemi un attimo» disse Benji e si alzò per andare in bagno nel giardinetto del locale. «Grazie infinite per il numero» rispose Tilly. Passò a Manga un quaderno e una penna. «Potresti scrivermi anche il tuo? In caso dovessimo chiederti qualcos'altro».

Prima di andarsene, Tilly e Benji fecero giurare a Manga di non parlare con nessuno, «per non mettere a rischio l'indagine e Jasmin», come sottolineò Tilly con un certo piacere. Le lasciarono la mancia ed entrarono nel negozio accanto. Era una boutique con il pavimento in cemento spatolato e file di abiti monocromi, capolavori di deliberata trasandatezza curata fin nei minimi dettagli. Tilly non riusciva a immaginare di indossarli. Per quanto desiderasse apparire chic, si sentiva sempre vestita in maschera quando portava capi che non erano di Zara, Mango o H&M.

Mentre Benji si guardava intorno in cerca di una videocamera, Tilly trovò il coraggio di rivolgere la parola alla commessa nonostante la soggezione che le incuteva. Sfoggiava una morbida tunica in lino, ciabatte Adidas e smalto nero. L'espressione degli stupendi lineamenti slavi diceva: potevo fare la modella o la neuroscienziata, ma ho scelto di lavorare qui perché non ho pazienza per quelle stronzate. Gli sforzi di Tilly non sortirono alcun risultato, ogni speranza di ottenere informazioni si infranse di fronte ai monosillabi della commessa.

I due negozi successivi – ferramenta e apparecchiature elettriche – sembravano definitivamente chiusi. Tilly e Benji si diressero verso ovest. Un famoso parrucchiere, un veterinario, una merceria, un negozio di libri in francese. I venditori erano tutti rintanati in fondo ai negozi, immersi nei loro affari. Due bar erano chiusi di giorno. Il tabaccaio, dove Dudi non era riuscito ad arrivare per via dell'allarme, dichiarò che da dove stava lui non riusciva a vedere le auto. La proprietaria del negozio di abbigliamento per bambini disse che non capiva niente di macchine, e il proprietario della Galleria Aviv – che invece sarebbe stato in grado di smontare e rimontare un'automobile a occhi chiusi – spiegò che quel giorno era nel Sinai e aveva sentito gli allarmi da lì.

Tilly e Benji, sudati fradici, si sedettero a disperarsi

con un caffè shakerato su una sedia davanti al parrucchiere, che da oltre vent'anni riusciva a rimanere il salone più *cool* in città in cui tagliare i capelli. Il negozio era pieno come sempre, difficile credere che chi lavorava lì dentro potesse notare qualcosa al di là del fantastico riflesso di sé nelle vetrine lustre. Ma poi il proprietario, un uomo alto e magro di un'eleganza senza tempo, tornò dalla pausa pranzo insieme a un tizio più anziano che teneva in mano un telecomando con cui spingeva il nipotino, seduto su un'enorme macchinina giocattolo. Una macchinina giocattolo sportiva grigio metallizzato. Tilly e Benji si fissarono.

«Pensi anche tu quello che penso io?» chiese Tilly.

«Sì» rispose Benji, e cominciarono a parlare in contemporanea.

«È questa la macchina che ha visto Lily» disse Tilly nel momento esatto in cui Benji diceva: «Questo è un tipo che si accorgerebbe di un'auto sportiva grigio metallizzato».

«Cosa? No» ribatté Tilly. «Lily è una bambina, non noterebbe mai una macchina vera. Deve aver visto questa».

«Cosa?» ridacchiò Benji. «Se anche tu avessi ragione – e sbagli, perché anche la cameriera ricorda di averla vista –, uno che porta in giro un poppante in un'auto grande quanto il tuo appartamento di sicuro ha notato una macchina sportiva».

«Va bene, non c'è bisogno di offendere il mio appartamento. Avanti allora, va' a chiedere».

«Io? Vai tu. Io non sarei capace di convincere un senzatetto ad accettare una sigaretta».

«Ma se non fumi!»

«Appunto!»

«Uff» concluse Tilly, sapendo che era vero, ma anche che Benji approfittava un pochino della situazione. Superò la sua tremenda soggezione nei confronti dei bambini e si rivolse ai due. Con grande fastidio dovette ammettere che Benji aveva ragione, come sempre da quando aveva cominciato a parlare, e forse anche prima.

9.

«Forza, dritti al punto» disse Mazi quando si incontrarono tutti e tre nel suo appartamento. Si distese sul divano a due posti a bere caffè da una tazza che a Tilly sembrava una ciotola da minestra. «Tilly, comincia tu».

«La segretaria del signor Shechter non ha richiamato. Le ho telefonato di nuovo e ho chiesto di fissarci un appuntamento. La cameriera ha visto l'automobile, ritiene che sia una macchina sportiva grigio metallizzato. Le uniche persone che a volte si siedono al caffè con Jasmin e Lily sono Dudi e una donna che presumo sia Ester. Ha il seno grosso e il naso rifatto?»

«È lei».

«Allora loro due. A parte questo, il caffè è videosorvegliato, ma la cameriera non sa dove finiscano i video e il proprietario per adesso non ci ha risposto».

«Io mi sono annotato il nome della società di sicurezza della videocamera, perciò possiamo rivolgerci direttamente a loro».

«E quando lo avresti fatto?» domandò Tilly.

«Mentre tornavo dal bagno».

«Okay, wow. A ogni modo, abbiamo trovato un'altra persona che ha visto l'automobile. È un tizio che abita proprio di fianco al caffè e gironzola per il quartiere. L'abbiamo notato perché portava a spasso il nipote su una macchina giocattolo grigia gigantesca. Ha raccontato di aver visto un'auto sportiva grigio metallizzato il giorno dell'allarme. Dice che era una Shelby Cobra, pare che in Israele ce ne siano pochissime».

«Bravissima, sorellina. Ti è sembrato attendibile?»

«Mi sembra uno che di macchine se ne intende» rispose Tilly. Benji annuì, confermando.

«Bene. Non state con le mani in mano ad aspettare il filmato della videocamera. Verificate con gli importatori di quel modello in Israele. Se è raro e costoso potrebbero averla importata direttamente, e in questo caso sarà più facile individuare i proprietari. E state addosso al padrone del caffè. Tornate, convincetelo a fornirci i filmati. Dite che vi hanno rubato la bicicletta che era legata vicino al caffè quel giorno. Benji, qui c'è il telefono di Jasmin, vedi cosa riesci a cavarne» e glielo lanciò.

«Com'è andata con Dudi?» chiese Tilly.

«Poche novità. Insiste che questa sparizione è diversa dalle altre e che Jasmin non è mai scomparsa dopo la nascita di Lily. Ma non ha raccontato delle sparizioni precedenti, e non ha fornito nemmeno il nome di un amico o amica cari a Jasmin. Ha continuato a insistere perché parlassi con Ari Shechter».

«E quindi?»

«Quindi ho incontrato Ari. Dudi mi aveva preavvisato che è un uomo di poche parole. Be', minimizzava. Ari è praticamente muto. Sono riuscita a cavargli solo che è preoccupato e che, cito alla lettera, "Dudi non oserebbe fare del male a Jasmin"».

«Ah» commentarono Tilly e Benji.

«Esattamente quello che ho pensato io. Mi viene a prendere stasera alle dieci. Vediamo cos'altro riuscirò a tirargli fuori».

«Ti viene a prendere per andare dove?» chiese Tilly.

«Non ne ho idea. Ho saputo che è il responsabile della sicurezza degli Shechter. Ci siamo incontrati al poligono di tiro».

«Hai fatto colpo?»

«Ovvio. A proposito, in caso io non possa portarmi dietro la pistola o il cellulare, attacchiamo una microspia all'auto di Ari. Tilly, trova una scusa per fare un giro sotto casa mia quando mi passa a prendere e attacca la microspia all'auto, come abbiamo fatto la volta di quell'orribile dentista. Anzi, meglio se ne metti due. Come si chiamava?»

«Klein. Due microspie?»

«Klein. Esatto. Sì, le microspie le trovi in ufficio. Adesso stammi bene a sentire: la prima la attacchi in un posto abbastanza raggiungibile. La seconda il più nascosta possibile. Anche la guardia del corpo più diffidente smette di cercare qualcosa dopo averla trovata. Capito?»

«Capito».

«A te, Benji, manderò il numero di targa, verificalo».

Benji annuì e si alzò dirigendosi alla porta. Tilly lo seguì. Mazi si alzò per andare con loro.

«Forza, cominciate a lavorare sull'auto e sulla videocamera. Io vado a verificare l'alibi di Dudi nei giorni prima della scomparsa». Uscirono.

«Credi che correrà rischi stasera?» chiese Tilly a Benji quando arrivarono in fondo alle scale.

«Sa badare a sé stessa».

Tilly sospirò. «Non so... non mi fido del tutto della sua valutazione del pericolo. Tende un po' a minimizzare, non trovi?»

«Vuoi provare a dirglielo?»

«Figurati. Chissà se è questo il motivo per cui non è più nella polizia».

«Fossi in te glielo chiederei».

«Non ne ho il coraggio» rispose Tilly.

Mazi prese dallo scaffale dell'armadio la parrucca bionda per le nottate in via Allenby, la indossò e mise le lenti a contatto blu. Dudi aveva raccontato di essere andato a riscuotere gli assegni degli affitti da alcuni tipi poco raccomandabili i giorni prima della scomparsa di Jasmin. Mazi intendeva controllare se era vero. Aveva deciso di travestirsi da amante amareggiata, delusa di aver cavato troppo poco dalla storia con Dudi. Era abbastanza convinta che nessuno si sarebbe stupito. La sua amica Dana, barman in un club malfamato di Tel Aviv, che l'aveva vista parecchie volte con la parrucca, l'aiutò a vestirsi e truccarsi. Quando ebbe terminato, la Mazi bionda con gli occhi azzurri era strizzata in un reggiseno push-up, canottiera microscopica e shorts inguinali e portava delle ridicole sneakers con il plateau. Il contorno delle labbra ben definito, ciglia lunghe pesanti di mascara, aveva con sé uno zainetto di pelliccia e un telefono usa e getta con la cover a brillantini. Una sfilza di braccialetti ammalianti le tintinnava sul braccio.

La prima fermata fu a un'oreficeria in via Allenby. Gli occhi dei passanti scivolavano sulla vetrina senza notarla, attratti dagli abiti sportivi a poco prezzo del negozio a fianco e dal cartello «Tutto a un dollaro» subito dopo. Il negozio non aveva insegna né gioielli in esposizione. Aveva però il campanello e la videocamera di sorveglianza. Mazi non entrò subito, camminò avanti e indietro sul marciapiede fingendosi immersa in una telefonata, teneva il microfono degli auricolari attaccato alla bocca e diceva cose tipo: «Ma cosa si crede? Che può fottermi come gli pare? Che non ho chi mi copre le spalle? Ieri ho parlato con Assi e gli ho detto di portare tutti». Concluse con un «Dài, telefonami quando torni», guardò a destra, a sinistra e poi attraverso la vetrina del negozio e alla fine suonò.

Un russo alto due metri le aprì la porta senza salutare. «Da dove l'hanno tirato fuori un russo così alto?» immaginò di sentir commentare Sabag. Non aveva mai sopportato Sabag, ma le bastava ripensare all'ispettore del suo primo caso per mettersi a ridere. Nel negozio un vecchio che avrebbe detto rumeno era seduto dietro al lungo bancone con in testa una lente di ingrandimento da gioiellieri, intento ad aggiustare un braccialetto. Mazi tirò fuori dalla borsetta di pelliccia un anello d'oro e glielo porse.

«Me l'ha dato un amico».

«E quindi?»

«Quindi è troppo grande, ecco cosa».

«Vuole che glielo stringa?» disse osservando da vicino l'anello. «Non è un problema».

«Secondo me è di sua moglie» sibilò Mazi.

Il rumeno si strinse nelle spalle, indifferente.

«Dudi, Dudi Peretz».

Il rumeno sollevò la testa e guardò il russo. Attraverso lo specchio dietro al vecchio, Mazi vide il russo annuire e avvicinarsi alle sue spalle. Fece un rapido passo verso destra e si voltò a guardarlo in faccia.

«Signora, se ne deve andare» disse il russo.

«Non me ne vado da nessuna parte fino a che non mi dite se Dudi è stato qui questa settimana. Nessuno prende per il culo Mazal».

«Signora, deve uscire».

Mazi sventolò il telefono. «Gli telefono in questo preciso momento. Lo metto in vivavoce». Il telefono squillò e Dudi rispose.

«Sì?»

Il rumeno parlò subito nel cellulare. «Dudi, sono Andy, mi spiace, è entrata qui, non sapevo chi era. Mi sta facendo un mucchio di domande».

«Chi?» chiese Dudi. Il russo guardò Mazi dall'alto in basso con uno sguardo che mise tutti i muscoli di Mazi in allarme. «Sono io, Dudi» gridò Mazi. «Voglio sentirli dire che sei davvero stato qui quando mi hai detto che ci sei stato. Digli di rispondermi, brutta carogna, bugiardo...»

«Mazi» rispose Dudi con voce minacciosa, «tappati quella boccaccia, capito?... Andy, va bene, dille quando sono stato da te».

«Lunedì» rispose Andy laconico.

«Visto?» disse Dudi. «Adesso levati da lì e poi telefonami».

«Va bene, baby» fece Mazi con voce raddolcita e uscì senza salutare.

Non si prese la briga di telefonare a Dudi: lui sapeva benissimo che lei doveva fare quello che c'era da fare. Non era tipo da offendersi. Ripeté la sua scenetta in un ristorante yemenita nel mercato Ha'Carmel, dove tre fratelli, tutti magrissimi, si intenerirono sentendo che si chiamava Mazal, «come la nostra mamma, che Dio la benedica». E poi di nuovo davanti a una ruffiana che gestiva un postribolo nella zona della vecchia stazione centrale. Convinta che Mazi cercasse lavoro le aveva proposto «turni di dieci ore, una o due penetrazioni all'ora». Una volta capito che era la ragazza di Dudi, aveva protestato che Mazi aveva frainteso, il posto offriva solo massaggi, affermazione quasi subito smentita dall'allarme che aveva costretto tutti a precipitarsi fuori dalle undici stanze. Uomini e donne di tutte le età, alcuni coperti da lenzuola e altri completamente nudi, fuggirono nell'ingresso che puzzava di piscio mentre la maîtresse gridava in ucraino smozzicato alle due guardie di non permettere a nessun cliente di squagliarsela senza pagare. In tutti e tre i posti, l'alibi di Dudi risultò vero.

Questa volta, rientrando a casa sovreccitata – per essere uscita con la parrucca in pieno giorno, per il lavoro sul campo e per tutta quella miseria umana e corruzione –, Mazi ebbe fortuna: incontrò Gai nell'androne, che cercava di trasportare da solo un forno. Lo aiutò a portar su il forno fino a casa e poi fecero sesso due volte. Si domandò se lui e lei soffrissero della stessa condizione. In realtà Gai non sembrava affatto sofferente. In effetti, da quando suo padre era sparito, non aveva incontrato nessuno soddisfatto e sereno come Gai.

10.

Nel giro di un quarto d'ora Ari sarebbe arrivato a prenderla. Mazi tentò di tenere sotto controllo l'adrenalina. Si sedette fuori, sul tetto, immersa nel profumo dolce del caprifoglio cinese, con i fiori a grappolo che pendevano sulla porta. Fumò una sigaretta, bevve una vodka e mangiò una *pita* con *hummus*. Le tornò in mente Betty Ezra.

Prima che Mark adottasse Mazi, lei e Betty erano affidate a una famiglia nel kibbutz Ramat Hashofet che di solito accoglieva diverse ragazze insieme. Betty aveva insegnato a Mazi tutto quello che una sorella maggiore deve insegnare e tutto quello che nonna Madeleine non le aveva insegnato perché Mazi era la principessina del nonno. Come lavare il pavimento (rovesciare acqua calda e sapone, sfregare con la scopa, eliminare lo sporco e passare lo straccio bagnato), come piegare le magliette e impilarle nell'armadio in perfetto ordine, «come soldatini», come depilare baffi e sopracciglia con un filo alla maniera degli orientali e da dove non togliere mai i peli («perché per uno che togli te ne spuntano dieci grossi come pali»). Aveva cercato di insegnarle a cucinare, ma in quello aveva fallito. Mazi era disposta a mangiare qualunque cosa le mettessero nel piatto, o a non mangiare niente se non le mettevano niente.

Si erano perse di vista quando erano state affidate a due famiglie diverse. Le ragazzine come loro non si tengono in contatto. Ma si erano ritrovate in polizia. Betty era cambiata, molto dimagrita. Le doveva essere successo qualcosa di brutto. Una di quelle cose su cui non si fanno domande. Restava comunque acuta ed efficiente. Avevano lavorato insieme per alcuni giorni in una squadra speciale creata per fermare un pedofilo che adescava adolescenti nella zona nord di Tel Aviv, e un giorno era stata fissata una riunione con i pezzi grossi. La riunione, di quelle durante le quali si beve succo d'arancia in cui non c'è neanche l'ombra delle arance e si sbocconcellano biscotti, salatini e rondelle di carote e cetrioli «perché la verdura è salutare», era fissata per le dodici.

Quel giorno Mazi aveva finto di non accorgersi che Betty si era abboffata senza sosta fino all'ora della riunione. Uno yogurt e poi un panino e un frutto e una barretta energetica. Durante la riunione non aveva toccato cibo. Nemmeno le verdure. Dopo, nei bagni delle donne, Mazi l'aveva sentita vomitare. Aveva mangiato tutta la mattina per contenersi durante la riunione. Aveva mangiato prima perché nessuno la vedesse nella sua debolezza. Persino nel suo disturbo alimentare era disciplinata.

Per lei la vita nella polizia, circondata dal tipo di uomini che Mazi si sarebbe volentieri portata a letto o sul sedile posteriore della volante, era la stessa cosa che per Betty lavorare in una pasticceria. Mazi faceva tutto il possibile per «mangiare prima della riunione». Si alzava presto e usciva a correre. Guardava porno di prima mattina e veniva due volte prima di andare al lavoro. A metà giornata andava in bagno a masturbarsi. Nella sua squadra c'erano pochissime donne, perciò i bagni era come se fossero privati. Nei giorni di doppi o tripli turni passava per una «dose» da uno dei fissi: due meccanici e un vetraio. Uomini che facevano lavori manuali, che avevano una stanzetta sul retro e una moglie a casa. Mazi non voleva complicazioni. In casi di emergenza raccattava qualcuno per strada per una sveltina. Sapeva riconoscere chi avrebbe detto sì e non sarebbe stato violento. Quella sera, prima dell'arrivo di Ari, si era preparata nello stesso modo per spegnere il rumore bianco che aveva nella testa ed essere concentrata.

Una volta che aveva scaricato la tensione, poteva pensare con chiarezza. Ari si era convinto a invitarla alla serata dopo che lei gli aveva chiesto: «Non mi vuole aiutare a trovare sua sorella?», ma Mazi non sapeva cosa questo significasse. L'avrebbe davvero aiutata a trovare Jasmin? Forse, come Shaul ed Ester, anche Ari la voleva solo depistare. «Neanche lui è molto loquace, preparati» le aveva detto Dudi. Mazi sperava che menzionare l'amata nipotina rimasta senza mamma l'avrebbe spinto ad aprirsi un pochino.

Indossò un abito da sera attillato e difficile da sfilare, con una profonda scollatura sulla schiena, e una parrucca di capelli castani, lisci e lunghi come richiesto da Ari, la pettinò con la riga in mezzo, completò il tutto con un leggero trucco da sera e constatò di non essere affatto male. Mise le giarrettiere, prese la Glock 26 dalla cassetta di sicurezza e la infilò dentro la giarrettiera nell'interno coscia sinistro. La sicurezza le avrebbe potuto controllare la borsa, ma non era plausibile che qualcuno la tastasse lì. Sandali con il tacco, un telefono usa e getta dentro la pochette. Si travestiva per la seconda volta in un giorno.

Tilly avvisò che era sotto casa. Mazi scese e nel giro di mezzo minuto arrivò Ari al volante di una Mg sportiva grigio metallizzato. Non era la sua macchina. Dudi avrebbe detto qualcosa se il fratello di Jasmin avesse posseduto un'auto sportiva grigio metallizzato. Si chinò ad allacciare il sandalo che aveva lasciato volutamente slacciato e scandì il numero di targa. Ari scese con un doppiopetto blu che costava come l'affitto di Mazi per due mesi. Vide la sorpresa sul suo viso nel rendersi conto che il ragazzino di mezzogiorno si era trasformato in una donna.

«Stai bene» commentò.

«Anche tu sei niente male».

Ari le aprì la portiera e lei salì in macchina. Dallo specchietto retrovisore vide Tilly avvicinarsi in ciabatte, portando al guinzaglio un cane gigantesco. Il cane si sedette vicino alla macchina. «Non è possibile, stai di nuovo facendo la cacca!» disse Tilly ad alta voce e si chinò di fianco all'auto per raccogliere l'immaginaria deiezione. Ari avviò, e al disotto del rumore del motore Mazi ebbe l'impressione di sentire il leggero *clic* del magnete della microspia che si attaccava al pianale.

Partirono, svoltarono a sinistra e poi ancora a sinistra e si trovarono di fronte l'edificio del teatro Habima illuminato. Mazi pensò che ci era entrata solo una volta, quando l'avevano portata con la polizia a vedere uno spettacolo. Un pubblico ben vestito che usciva dalla Sala della Cultura attraversava la strada. L'auto proseguì in via Kaplan. I grattacieli Azrieli si levavano sulla sinistra e loro girarono a destra verso la circonvallazione Ayalon, immettendosi nel traffico del giovedì sera in direzione Gerusalemme. Mazi mandò a Benji un messaggio con la targa del veicolo.

«Mi hai chiesto di aiutarti a trovare mia sorella». Ari andrò dritto al punto, sorprendendo Mazi. «Mia sorella per me è tutto. Non so cosa ti abbiano detto gli altri».

«Hanno detto che un tempo eravate uniti».

«Uniti o meno, lei per me è tutto. Questa sera mi sto assumendo un rischio enorme».

«Sarei io il rischio?»

«No, su di te ho fatto dei controlli».

«Allora qual è il rischio?»

«Quello che ti mostrerò stasera è la punta di un iceberg».

«La punta di quale iceberg?»

«Bisogna che tu mi stia bene a sentire. È altamente probabile che ci separino appena arriveremo. Sappi che non puoi aprire bocca, per tutta la notte. Nemmeno per ordinare da bere. Chiaro?»

«Chiaro».

«E c'è dell'altro: non guardare nessuno negli occhi».

«E se qualcuno mi rivolge la parola?»

«Nessuno ti rivolgerà la parola. Mentirò sulla tua identità per farti entrare. Ma tu devi seguire le mie indicazioni. È vitale. E se qualcosa va storto, scappa. Hai una pistola?»

«Sì».

«Molto bene».

«Questo posto dove stiamo andando mi aiuterà a ritrovare Jasmin?»

«Ti aiuterà a capire la situazione. L'entità di... non posso dirti altro».

Una sirena d'allarme fendette la notte. Le automobili tagliavano le quattro corsie per fermarsi in quella di emergenza. Mazi rimase sorpresa vedendo che anche Ari si fermava. Uscì, girò intorno all'auto, si chinò e staccò la microspia. La depose davanti allo pneumatico destro e rientrò.

«Questa deve rimanere qui» disse.

Mazi fece spallucce. L'allarme continuava. Ari inserì la prima. La microspia rimase schiacciata sotto la ruota e Ari spinse l'acceleratore fino in fondo sulla strada vuota. Centoventi, centotrenta, centoquaranta, centosessanta. Quando l'allarme si spense, Ari rallentò e accese lo stereo. La voce di Caetano Veloso carezzò dolcemente il viso di Mazi e il suo cuore.

Maria Bethânia, please, send me a letter. I wish to know things are getting better, better better, Beta, Beta, Bethânia

Please, send me a letter, I wish to know things are getting better...

A Sha'ar Hagai, dove iniziava la salita verso Gerusalemme, aprirono i finestrini per fare entrare l'aria fresca delle colline.

«Alma, la migliore amica di Jasmin ai tempi del servizio militare, una volta viveva qui» disse Ari mentre passavano vicino alla fattoria di Sha'ar Hagai.

«Dove, nella fattoria?»

«Aha».

«Sono ancora amiche?»

«Macché».

«Allora chi è sua amica oggi?»

«Jasmin non intrattiene amicizie».

Benji mandò la risposta. *Quella targa non è registrata. Invece abbiamo recuperato il nome dei proprietari della Shelby Cobra.*

Mazi cercò di portare avanti la conversazione con Ari. «Collezioni macchine?»

«No, quella è la passione di Shaul, mio fratello. Questa macchina è sua. La mia è dal meccanico».

Mentiva come guidava, liscio e veloce. Entrarono a Gerusalemme. Ari viaggiava a ottanta all'ora. Una luce giallastra filtrava dalle finestre delle case dagli spessi muri di pietra, e Mazi immaginò stanze con pavimenti rivestiti di tappeti e muri coperti di libri, dove persone colte con occhiali dalla montatura sottile leggevano e sorbivano tisane di erbe del loro giardino. Via Pierre Koenig, Emek Refaim, King David. Ari si dirigeva verso la Città Vecchia. Mazi ripensò al suo primo lavoro a Gerusalemme, potenziamento degli agenti locali, dopo una settimana che era in servizio, al funerale del rabbino Akosta. Migliaia di studenti di *yeshivah* eccitati, odore pungente di sudore. Da allora aveva passato centinaia di ore in servizio in quella città. Ringoiò la nostalgia. Ari si fermò in uno stretto vicolo senza uscita e parcheggiò rasente al muro. Adesso la portiera di Mazi era bloccata.

Scese e la aiutò a uscire dalla parte del posto di guida. L'aria di Gerusalemme non addolciva niente. Si fermarono con le spalle alla macchina, a destra la via da cui erano arrivati e a sinistra, in fondo al vicolo, una porta di ferro nera. Le nottate in parrucca bionda in via Allenby avevano allenato Mazi a camminare svelta sui tacchi come le londinesi che aveva visto correre sotto la pioggia in tacchi a spillo. Dudi le aveva detto che erano niente in confronto alle parigine del Quartiere Latino. Era successo un attimo prima che fra di loro esplodesse la rabbia. Adesso Ari la prese a braccetto, per educazione o per via del ruolo di Mazi in quella serata. A ogni modo, era tutt'altro che spiacevole.

Musica orientale e risate maschili si mescolavano nella notte mentre loro si dirigevano verso una porta. Mazi notò la videocamera di sorveglianza mentre la porta veniva aperta da un colosso che la richiuse alle loro spalle e li osservò dall'alto. Ari gli porse un biglietto da visita argentato, che rifletteva la poca luce. Il colosso annuì e indicò che potevano proseguire lungo il sentiero, verso l'edificio in pietra alle loro spalle. Mazi aspettò di vedere se c'erano metal detector.

Scesero tre scalini che conducevano a una porta d'ingresso ad arco di vetro colorato, e rimasero in attesa lì davanti. Venne ad aprire una bionda platino, snella, in abito color argento. Prese con una mano fredda quella di Mazi, che, come d'accordo, abbassò gli occhi. Con l'altra s'impossessò della sua pochette e la passò ad Ari. Il telefono è andato, pensò Mazi, ma per lo meno non ci sono metal detector. Biondo platino si avviò tirandosi dietro Mazi, che si voltò per guardare Ari. Era bello come il sole al tramonto, e altrettanto triste. Lui le fece un cenno di saluto con la mano e si portò un dito alle labbra per ricordarle di tenere la bocca chiusa. Mazi non se n'era certo scordata.

La donna guidò Mazi, tenendola per mano senza voltarsi, attraverso un corridoio di pietra stretto e arcuato. Camminavano su tappeti che attutivano il rumore dei passi. Il corridoio si allargò in una stanza rotonda, dove sulla sinistra c'era un piccolo bar e sulla destra erano disposti dei divani rococò rossi, come nel club privato di Londra dove una volta l'aveva invitata Dudi. Tre uomini erano seduti a bere. Li superarono e si ritrovarono di nuovo in un corridoio stretto. Proseguirono ancora scendendo verso il basso.

Lungo i muri cominciarono ad apparire delle porte di legno, dietro le quali si sentivano voci smorzate. Si fece strada un nuovo rumore, che cresceva sempre più mentre scendevano sottoterra. Nel momento in cui una luce intensa comparve dietro un angolo e il mormorio aumentò fino a diventare riconoscibile come un sovrapporsi di conversazioni sussurrate, la bionda si fermò, si voltò verso Mazi, le afferrò il mento con la mano e lo sollevò verso di sé. La guardò dritto negli occhi, lo sguardo di un azzurro minaccioso. Di sicuro non ci sarà da annoiarsi, pensò Mazi. Biondo platino tirò fuori da chissà dove un rossetto rosa chiaro che stese sulle labbra di Mazi con un gesto rapido e preciso. Poi prese di nuovo per mano Mazi, che si affrettò a chinare il capo, ed entrarono insieme nella luce.

Mazi dovette fare uno sforzo per non fiatare. Erano in cima a una scalinata di pietra che portava a un salone sotterraneo illuminato da una luce dorata e morbida, pieno di uomini in smoking nero e di donne di due tipi, come se il mondo fosse composto solamente di quei due tipi di donne: biondo platino, snelle, in abito da sera argento, e brune in abito da sera nero.

Gli uomini erano riuniti in gruppetti di tre o quattro e chiacchieravano sottovoce stringendo bicchieri di alcolici. In quel girone infernale doveva essere inammissibile fumare. Le donne non parlavano. Si spostavano da una parte all'altra della sala in una specie di danza coordinata, in coppie in cui le bionde conducevano le brune vicino ai gruppi di uomini e lì le facevano fermare. Mazi, che nella sua vita aveva visto non poche donne sottoposte a tratta, rimase stupita dalla violenza della nausea che la assalì. Il buio della notte si addiceva a quello spettacolo. Alla luce del giorno sarebbe risultato intollerabile.

La sua bionda privata doveva aver finito di scrutare la sala e diede a Mazi un leggero strattone per segnalarle che era il momento di muoversi. Scesero i gradini di pietra, rasenti al muro perché non c'era corrimano. Mazi rinunciò al tentativo di scorgere Ari per concentrarsi a individuare uscite e videocamere, ma si rese conto che era difficile farlo stando a testa china.

Arrivarono al suo uomo. Mazi si guardò i piedi mentre lui le lanciava un'occhiata, come un commensale indeciso se rispedire il vino al sommelier. Poi il tizio annuì e Biondo platino le lasciò la mano. Mazi rimase ferma vicino all'uomo e ai due suoi amici, evitando ogni contatto visivo e ascoltando inespressiva come facevano le altre brune nella sala.

Il suo uomo era alto un metro e ottanta, capelli folti, guance incavate e il naso, in origine dritto, rotto in diversi punti. In un'altra situazione lo avrebbe trovato molto attraente, ma in quel momento Mazi sentiva che nessun uomo sarebbe mai più stato attraente, nemmeno per lei. Insieme a lui stavano un tipo basso e tarchiato con i riccioli bianchi e un altro dai capelli rossi, alto e asciutto, occhi acquosi, naso camuso, ciglia così chiare da essere trasparenti e labbra pronunciate, sembrava una creatura acquatica in movimento. Mazi provò un'immediata ripugnanza nei suoi confronti.

«E tu, Dani, cosa ne dici?» chiese il canuto al rosso.

«Che se ne può parlare. Senti, al momento per i terreni mancano ancora i permessi, ma ho capito che se l'amico qui» e indicò l'uomo di Mazi, «riesce a piazzare il nostro conoscente al ministero dell'Agricoltura, si aprirà una serie di possibilità».

«E cosa bisogna fare perché succeda?» chiese il canuto all'uomo di Mazi.

«Fare una proposta allettante all'attuale capo di gabinetto del ministro» rispose l'uomo di Mazi. «Da te, ad esempio, si libera qualche posizione?»

«Devo verificare» cominciò a dire, ma si fermò quando la bionda arrivò da loro con una bruna prosperosa che, come Mazi, guardava a terra. Il canuto non le diede nemmeno un'occhiata, si limitò a un cenno rapido di assenso, e la bionda se ne andò. «Dove eravamo? Sì, devo verificare. Ho una mezza idea, vi terrò aggiornati».

Mentre l'uomo di Mazi poneva alcune domande al canuto riguardo all'offerta con cui avrebbero potuto allettare il capo di gabinetto del ministero dell'Agricoltura, Mazi cercò di origliare anche la conversazione di due uomini alle sue spalle. Voleva capire se era un caso che il «suo» gruppetto cercava di fare intrallazzi per ottenere facili guadagni, o era la ragione per cui tutti erano riuniti lì. I due dietro di lei sussurravano, ma riuscì a cogliere alcune frasi. «Non mandare un contratto» diceva una voce nasale. «Meglio un colloquio faccia a faccia, invitalo a venire di persona». «D'accordo» rispondeva una voce bassa, «ma passo attraverso il grande...» Sperava di sentire altro, ma nel suo gruppetto si stava consumando un dramma. Il rosso sembrava irritato. Biondo platino gli aveva portato una bruna. Lui scuoteva la testa indispettito, con l'espressione di un bambino cresciuto. «Cosa vi prende stasera? Avevo chiesto esplicitamente che fosse piatta».

«Dài, cosa importa?» cercò di calmarlo il canuto. «Non vieni mica per questo».

L'uomo di Mazi sorrise. «Un pochino viene anche per questo». Diede una pacca sulla spalla al rosso. «Non è vero?»

Dani il rosso sghignazzò, poi acchiappò per un braccio la bionda che si stava per allontanare e le sussurrò qualcosa all'orecchio. Insieme volsero lo sguardo su Mazi. Lei si sentì gli occhi addosso, come un animale braccato.

«Ti spiace?» chiese Dani all'uomo di Mazi, che fece spallucce come a dire «servitevi pure». Dani sembrava felice. «Bene, amici, allora tenetemi aggiornato. Se ci sarà spazio per introdurre il nostro amico, ci sarà da guadagnare per tutti, non solo per me». Sogghignò e posò una mano sudaticcia sulla schiena di Mazi sospingendola verso un varco dall'altra parte della stanza. Camminavano lenti. Mazi individuò alcune guardie e alcune telecamere piazzate in punti poco visibili, ma non vide altri passaggi se non quello da cui era arrivata e quello verso cui la guidava il rosso, in fondo alle scale. Decise di permettere al rosso di condurla in un corridoio buio, fino a una delle porte in legno che aveva scorto prima.

Dietro la porta c'era una stanza in pietra, con il soffitto arcuato e al centro un enorme letto a baldacchino. Il rosso chiuse la porta con un chiavistello di ferro e tirò la tenda di velluto.

«Adesso mi puoi guardare negli occhi» disse. Mazi continuò a tenere lo sguardo basso, come fosse timida o non capisse la sua lingua. «*You can look me in the eyes now*» ritentò Dani. Mazi rimase muta. Aveva un piano, e l'occasione si presentò in fretta. Non se ne stupì: sapeva come si comportano gli uomini quando pensano che nessuno li veda. In un passo, l'uomo coprì la distanza fra loro fermandosi a pochi centimetri da lei. La sua mano sudata le afferrò il mento. Era la seconda volta, quella notte, che le afferravano il mento, e cominciava a stufarsi, ma il risvolto comico era troppo allettante. «Scusa, signore, tu mi fare male» disse in un accento che era un ridicolo miscuglio fra Sudamerica ed Europa dell'Est. Riuscì a sfuggire alla presa e gli volse la schiena con un gesto teatrale.

«Allora è così che lo vuoi, cagna». Mazi aveva azzeccato in pieno. Lui la afferrò da dietro. Le stringeva il collo con il braccio sinistro, esercitando una pressione leggera ma chiara sulla trachea. Con il destro le serrava la vita, premendole la schiena contro di sé. Le sussurrò all'orecchio: «So che non ti ha detto cosa mi piace, perché non dovevi essere mia. Quindi significa che è quello che vuoi tu, eh?» Sciolse la stretta intorno alla vita e le afferrò il seno sinistro, trattandola come una puttana.

Mazi ricordava come si era sentita quando suo padre le aveva insegnato quella mossa: stava ricevendo la chiave magica per liberarsi dagli incontri indesiderati. Poi, con il tempo, aveva capito un altro vantaggio di quella mossa insostituibile: rivelava fino a che punto il comportamento umano si basa sulla previsione di quello che sta per succedere. «Chi ti afferra da dietro» le aveva detto suo padre con un luccichio malizioso negli occhi, «si aspetta che tu cerchi di divincolarti e sfuggirgli. Tu, invece, muoviti verso di lui, muoviti all'indietro».

Mazi fece esattamente quello. Contro il peso del corpo del rosso, chino in avanti, Mazi fece un deciso passo indietro. Il rosso perse l'equilibrio e lasciò andare Mazi per evitare di cadere. Atterrò sulle mani aperte e fragili. Mazi si voltò giusto in tempo per vedere l'espressione di dolore sul suo volto, mentre il polso destro si rompeva e cominciava istantaneamente a gonfiarsi. Estrasse la Glock 26 dalla giarrettiera, gliela puntò addosso allontanandosi e sussurrò rivolta a lui: «Sst».

Il rosso scoppiò in lacrime. «Sst» ripeté Mazi e liberò

la sicura. «Sst» e mise l'indice sul grilletto. «Silenzio» gli ordinò in un sussurro. «Stammi bene a sentire, ecco com'è andata. Tu e io abbiamo iniziato a spassarcela alla grande e abbiamo perso il controllo della situazione. Sei caduto e ti sei rotto la mano. Hai un autista?»

«Chi ti ha mandato?» piagnucolò Dani umiliato.

«Hai un autista?» tornò a ripetere Mazi.

«Sì, mi aspetta nel parcheggio» rispose lui a fatica. «Ho bisogno di un medico».

«Andrai dal medico. Ti aiuterò io ad alzarti, ti sorreggerò e a quel punto chiamerai aiuto. Ma stai pur certo, Dani, che sparerò a te, e a chiunque altro sia d'intralcio, se non farai precisamente quello che dico. Sono stata chiara?» Lui annuì, tenendosi con l'altra mano il polso sempre più gonfio e sforzandosi di mantenere il controllo.

«Non è stata una mia idea, io volevo soltanto... sono venuto per un po' di affari e un po' di piacere, non sapevo che tu non... ahi».

«Adesso usciremo insieme da questa stanza. Appoggiati a me». Lo aiutò ad alzarsi e lo sorresse da sotto la giacca, puntandogli la pistola nelle costole. Lui non sentì che reinseriva la sicura. Non aveva nessuna intenzione di aprire uno scontro a fuoco. «Chiamali e insisti che devo essere io ad accompagnarti al pronto soccorso. Ci siamo?» domandò Mazi, premendogli la canna contro le costole. Lui tirò su con il naso e annuì. Mazi aprì al posto suo la tenda e la porta.

«Scusa, scusa, Tasha» chiamò con voce rotta. «Mi serve aiuto urgente, Tashaaaa». Due uomini e una bionda arrivarono in un secondo. Mazi tenne la testa china mentre lui recitava le sue battute, mostrava la mano gonfia e ripeteva di continuo che doveva correre al pronto soccorso e che Mazi lo doveva accompagnare.

«Seguitemi» disse la bionda. Uscirono dalla camera, percorsero il corridoio per una ventina di metri, varcarono una porta di legno e di colpo si trovarono in un'altra dimensione, nella realtà, nel corridoio di un palazzo di uffici nuovo con il pavimento di marmo grigio, luci bianche e tre ascensori argentati. Aspettarono l'ascensore mentre la bionda mormorava in un auricolare: «L'autista di 326 pronto in attesa agli ascensori del -3. La gatta può uscire con lui».

L'ascensore arrivò. Entrarono tutti e cinque e salirono due piani per fermarsi in un parcheggio. L'autista del rosso lo stava già aspettando in una Bmw Serie 3 nera.

«Signore, la chiave?» chiese la bionda a Dani.

«Ma...»

Allungò verso di lui una mano aperta, esigente. L'uomo le porse la chiave con una smorfia afflitta. «Non torni mai più» disse la bionda e se ne andò.

Mazi aiutò il rosso a entrare in macchina e lo seguì, assicurandosi che fosse a tiro.

«Cassutto, portami all'ospedale Hadassa Ein Kerem e poi accompagna lei dove vuole» ordinò il rosso.

L'autista gli lanciò un'occhiata attraverso lo specchietto retrovisore. «Sì, signor comandante» rispose. Mazi immagazzinò l'informazione che il rosso poteva avere un passato da militare. Partirono, fuori dal parcheggio e nel buio dell'una e mezzo di notte. Di fianco a lei il rosso fece una telefonata. «Michal, ti ho svegliata?... L'una e mezzo... no, niente di serio, mi sono rotto il polso... nella doccia dell'albergo... sì, sto bene, sto andando al pronto soccorso... Ein Kerem... no, lascia perdere, non c'è nessun bisogno, aspetteresti per niente. Telefono a Rafael per chiedere che mi vedano d'urgenza... esatto... certo... ciao, buonanotte».

Lo lasciarono all'ingresso del pronto soccorso. «E adesso dove si va?» chiese Cassutto, per niente turbato dagli eventi. «Tel Aviv. Viale Har Zion angolo Kibbutz Galuyot» disse Mazi sottovoce, per farsi lasciare nelle vicinanze del loft. Non voleva essere portata a casa. Non c'era motivo di far sapere dove abitava, nemmeno la zona.

Si sentiva svuotata da quella giornata senza fine. Da quando aveva lasciato il commissariato centrale non aveva conosciuto giornate del genere, casi che la impegnavano fino a notte fonda. L'adrenalina era calata, lasciandola esausta. I pensieri su quanto aveva visto, le supposizioni sui motivi per cui Ari le aveva mostrato quel mondo, erano vaghi. Aprì il finestrino per non addormentarsi. Cassutto procedeva a centoquaranta all'ora sulla strada libera, finché d'un tratto smise di esserlo.

Tre volanti la bloccavano appena prima dell'imbocco della circonvallazione di Tel Aviv e sei auto erano già in coda davanti alla loro. Mazi si rincantucciò nel suo vestitino attillato. Non voleva essere riconosciuta da qualcuno della polizia, a quell'ora, con quell'abito, in un veicolo la cui targa poteva riservare sorprese. Sapeva esattamente come avrebbero commentato. Richiuse il finestrino, grata ai vetri oscurati. Il traffico era fermo. Le ambulanze arrivavano con le sirene accese. Quando la macchina davanti alla loro si spostò nella corsia di emergenza, Mazi riuscì a vedere la ragione del rallentamento. La Mg grigio metallizzato di Ari Shechter, completamente distrutta, era ribaltata e schiacciata contro lo spartitraffico.

11.

L'autista di Dani il rosso lasciò Mazi dove aveva chiesto. Con quel vestito e i tacchi alti in quella zona della città avrebbe ricevuto proposte da gentaglia nel giro di un minuto. In effetti anche in jeans e maglietta riceveva proposte da gentaglia per la quale tutte le donne erano puttane, per scelta o per forza. Si levò le scarpe e proseguì scalza, domandandosi come le donne diverse da lei – quelle che non erano esperte di autodifesa, non giravano armate, non avevano mai fatto a botte, insomma, la maggior parte delle donne – dovevano sentirsi quando giravano da sole, la notte. Spaventate, se avevano un minimo di sale in zucca.

Salì le scale, recuperò le chiavi da dietro l'insegna «Agenzia investigativa Morris» ed entrò nel loft in punta di piedi per non svegliare Benji. Benji però non c'era. Strano. Dove poteva essere a quell'ora? Mazi accese il cellulare dell'ufficio e mandò alla chat con lui e Tilly un messaggio. *Sto bene. Sono al loft. Faccio una doccia e vado a dormire. Svegliatemi quando arrivate.* Accese la radio. Al notiziario delle tre comunicarono di un ingorgo fuori dall'ordinario sulla superstrada numero 1 fra Gerusalemme e Tel Aviv a causa di un incidente.

Nonostante fosse passato almeno un anno da quando l'aveva digitato per l'ultima volta, Mazi ricordava a memoria il numero di Amir Guetta, grazie all'ottima memoria visiva di cui era dotata e a un sentimento a cui non sapeva dare un nome. *Sono io dal telefono che uso per lavoro,* gli scrisse. *Penso che Ari Shechter sia morto. Se ho ragione, è lui la vittima dell'incidente sulla 1. Spero sia un'informazione utile.* Finalmente riuscì a cacciarsi nella doccia. Si sfregò via di dosso i marciapiedi sporchi, le mani sudaticce del rosso e il rossetto rosa di Biondo platino. Le nottate più dissolute nei più miserabili club della città non le avevano lasciato il sapore amaro di quella notte. Il posto più infimo in cui era stata nella sua vita era comunque chilometri al di sopra di quella sala. Si lavò i denti, uccise due scarafaggi con un tomo voluminoso, indossò una maglietta e dei boxer puliti presi dall'armadio di Benji, si stese sul divano che adorava e si addormentò all'istante.

Radio Voce di Israele da Gerusalemme buongiorno, notiziario delle dieci presentato da Ilana Yakir. Ari Shechter, figlio di Eduardo Shechter, è rimasto ucciso in seguito allo schianto della sua automobile questa notte sulla superstrada numero 1 fra Gerusalemme e Tel Aviv. Nell'incidente non ci sono altre vittime o feriti. Ari Shechter era il terzo figlio di Eduardo Shechter, uno dei magnati e filantropi più importanti di Israele. Lavorava nell'impresa di famiglia, era una persona schiva e riservata. I funerali si terranno in forma privata. La famiglia Shechter ha chiesto di rispettare il suo dolore.

«Noi dobbiamo esserci. Lente telescopica, strumentazione per registrare, tutto il necessario» disse Mazi a Benji e Tilly mentre si chiedeva quale unità avrebbe fornito sorveglianza e quale avrebbero mandato a potenziare le forze, e se conosceva qualcuno abbastanza anziano e logorato da farsi corrompere. Bevve un caffè nero, forte, preparato da Benji, e divorò la brioche che aveva portato Tilly.

«Sai quando e dove sarà?» domandò Benji.

«Ancora no. Organizzeranno una sorveglianza pazzesca. Non possono permettere che la gente cominci a chiedere dov'è Jasmin. Non so come se la caveranno. Tutto il mondo della finanza e della politica vorrà partecipare, e parlo solo dei grossi calibri».

«Bene, allora aspettiamo da te le informazioni necessarie».

«Certo» disse Mazi distratta. «Per caso siete passati da casa mia?»

«Ovvio» rispose Tilly e le allungò una shopper contenente il suo cellulare e abiti puliti: jeans, una canotta bianca e le Air Force alte.

«Sei unica» la ringraziò Mazi.

«Vero» le rispose Tilly.

Mazi andò nella camera piccola. Lì, vicino alla lavagna bianca dove annotavano gli elementi dell'indagine sulla scomparsa di suo padre, ferma alle ultime notizie su Santiago del Cile, si cambiò e si accoccolò per terra con il caffè, la brioche e il telefono per scrivere di nuovo ad Amir, che non aveva risposto al messaggio precedente. *Se mi procuro delle fotografie del funerale di Ari Shechter, le guardi con me e mi dici chi è chi?* E poi a Dudi. *Ho passato la notte con Ari. Dobbiamo vederci. Urgente.* Sapeva cosa avrebbe immaginato Dudi leggendo il messaggio e quali tasti stava premendo. Era la sua unica possibilità di spingerlo a incontrarla prima del funerale. Finì il caffè e la brioche e rimase in attesa. Arrivò un messaggio di Dudi. *Cosa significa ho passato la notte con Ari? Il funerale è alle 16:00. Siamo tutti sotto shock. Vediamoci allo yacht fra un'ora.* Mazi confermò e rimase seduta, trattenendo il respiro, in attesa della risposta di Amir. Arrivò, laconica come sempre.

Stasera?

Sì.

Ciao.

L'avrebbe visto quella sera. Era passato più di un anno dall'ultima volta. Lunghi mesi di silenzio assoluto. Nemmeno un incontro casuale per strada. Per tutto quel tempo lei aveva letto ogni riga che lui aveva pubblicato. Guardato in loop videointerviste a cui partecipava. Gli scriveva messaggi che poi cancellava senza mandarli. E quella sera l'avrebbe visto. Scoppiò a ridere ad alta voce rendendosi conto di non conoscere nemmeno il suo indirizzo. Poi si impose la calma. L'euforia non era lo stato d'animo adatto a un'indagine. Assunse un'espressione professionale e uscì dalla camera.

«Esco, vado a incontrare Dudi sullo yacht. Voglio capire cosa pensa del finto incidente».

«Il finto incidente?» ripeté Tilly.

«Tilly, le persone come gli Shechter non rimangono coinvolte per caso in un incidente».

«Però Lady D, Dodi Al-Fayed...» iniziò a elencare Tilly.

«Tecnicamente è lo stesso incidente» considerò Benji.

«Sì, ma...» ribatté Tilly. Mazi sorrise. Sentiva il calore dell'appartenenza a quel microcosmo famigliare. Le tornò in mente il giorno in cui era arrivata a casa di Mark, il fratello di sua madre, vedovo, giunto dall'Inghilterra, che aveva accettato di accoglierla a sedici anni. Non solo le potenziali famiglie adottive non la volevano, a quel tempo. Persino chi la teneva in affido cercava di liberarsi di lei in fretta. Tutti preferivano bimbi piccoli i cui genitori erano morti in circostanze decorose lasciandoli affamati d'amore ma perfettamente educati. Nessuno gradiva quell'uragano di adolescente scapestrata, a cui avevano assassinato la madre sotto gli occhi a due anni, il cui padre era scomparso quando lei ne aveva dodici, e i cui nonni erano morti in un incidente. Una tale quantità di iella doveva per forza essere contagiosa. E pensare che si chiamava Mazal, che significa proprio «fortuna». Sembrava una presa in giro.

Ricordò sé stessa ferma davanti alla porta dell'appartamento a Rishon LeZion. Aveva visto abbastanza brutti film da sentirsi un cliché: fradicia di pioggia, uno zaino zuppo in cui stava tutto quello che possedeva al mondo. Aveva bussato alla porta aspettandosi che aprisse Mark. L'aveva visto alcune volte per poco tempo, quando era venuto a sistemare le pratiche dell'adozione, e sapeva che aveva un figlio e una figlia, ma non li aveva ancora incontrati. Non era stato Mark ad aprire la porta, ma una bimbetta mingherlina sugli otto anni che teneva in mano un blocco da disegno. Le aveva detto: «Ciao, io sono Tilly e sarò la tua sorellina finché resterai qui». Dietro di lei era apparso un bambino di sei anni con le ciglia lunghissime. Tilly aveva aggiunto con la massima serietà: «E lui è Benji. Io sono una saputella irritante che sa tutto. Lui invece sa tutto e basta». Mazi era talmente affascinata dai due che si era dimenticata di assumere l'aria svogliata e dura che era diventata il suo segno distintivo. Era entrata e aveva posato la borsa.

«Sorella, sei con noi?» La voce di Tilly adulta la riportò nel presente. Mazi le sorrise. «Sì. Bene, vado da Dudi. Voi che programmi avete?»

«Abbiamo ricevuto il filmato della videocamera di sicurezza del caffè e adesso usciamo per incontrare il proprietario della Shelby Cobra».

«Wow. Grandi. Allora telefonatemi dalla strada, vi darò qualche dritta» rispose, e uscì.

Tilly vide la sorpresa stampata sulla faccia di Roi Zohar, il proprietario della Shelby Cobra, quando le aprì la porta del suo attico in via Antokolsky. La sera prima, quando gli aveva telefonato dall'Agenzia investigativa Morris, doveva aver supposto che lei fosse la segretaria di due investigatori di mezza età sempre sudati nei loro abiti troppo grandi di stoffa scadente. Invece si trovava davanti lei e Benji, con i loro zainetti Kanken e le cuffie Jbl. Roi Zohar si riscosse, spalancò la porta blindata grigio scuro e li invitò a entrare.

«Posso offrirvi qualcosa da bere?» Era già davanti al frigorifero aperto quando entrambi risposero di no, ringraziandolo. Per sé prese dell'acqua con ghiaccio e si accomodò sul divano in pelle pieno fiore. Tilly e Benji si sedettero davanti a lui su una coppia di poltrone gemelle.

«Ha telefonato ieri in merito alla Shelby» disse a Tilly, «e poi ha aggiunto che volevate parlare con me di Jasmin Shechter. Gradirei sapere di cosa si tratta».

«Prima la vorrei pregare di mantenere riservata la nostra conversazione» disse Tilly. «Sono certa che lei è una persona discreta».

Lui accennò un sorriso di circostanza e mescolò il ghiaccio nel bicchiere con un movimento circolare.

«Grazie» proseguì Tilly. «Jasmin Shechter è irrintracciabile».

Roi Zohar inarcò le sopracciglia, ma non aprì bocca. Benji cominciò ad annotare con le sue dita affusolate sul Mac. Tilly proseguì.

«Suo marito si è rivolto alla nostra agenzia per ritrovarla. La titolare dell'agenzia è un'ex agente investigativa del commissariato centrale di Tel Aviv. La polizia per il momento non è coinvolta e la famiglia preferisce che le cose rimangano così».

«Sì, evidente che non vogliono coinvolgere la polizia».

Tilly non capiva come mai fosse evidente, ma decise di non fare domande al riguardo. «Le saremmo grati se accettasse di rispondere ad alcune domande».

«Con piacere, per quanto mi è possibile».

«Di che natura erano i suoi rapporti con Jasmin Shechter?»

L'uomo bevve un sorso. «Eravamo amici. Niente di romantico, sia chiaro».

«Come vi siete conosciuti?»

«Come ci siamo conosciuti? Grazie ai nostri genitori, grazie a... sarebbe esagerato chiamarlo quartiere...» Ridacchiò. «Diciamo il posto in cui siamo cresciuti. Jasmin e il fratello minore erano in classe insieme al liceo, e il nostro rapporto si è rinsaldato per via di un ragazzo con cui lei usciva».

«Quando?»

«Poco prima che conoscesse suo marito, l'uomo che vi ha assunto».

«Come si chiamava il ragazzo con cui lei usciva?»

«Ron Lipman».

«È... lui?» chiese Benji e girò il portatile verso Roi Zohar.

Roi Zohar parve meravigliato per un attimo. «Sì, si direbbe proprio lui».

«Per quanto tempo sono stati insieme?» domandò Tilly.

«Niente di che, forse un mese».

«E come si sono conosciuti?»

«Non sono sicuro di saperlo».

«Cerchi di fare mente locale, per favore». Tilly gli rivolse il suo sorriso da cucciolo birichino, quello che ti morde delicatamente un dito per gioco. In presenza di pubblico dava il meglio di sé.

«Ok... ah, se ben ricordo è stato tramite il padre di Jasmin. Secondo me sperava che si sposassero».

Calò il silenzio. Benji scriveva senza far rumore mentre Tilly rimaneva a osservare Roi Zohar a occhi spalancati. Funzionò. Eduardo Shechter era in affari con Dan Lipman, il padre di Ron, aggiunse Roi.

«E lei di cosa si occupa, signor Zohar?»

«Roi. Ho una piccola azienda che produce vini pregiati. Vi posso offrire un bicchiere? Il Gewürztraminer è perfetto con questo clima».

«Magari un'altra volta» lo ringraziò Tilly.

Benji sollevò la testa dal computer. «È pronto» disse a Tilly. Lei annuì.

«Ci ha detto che siete solo amici, niente di romantico» proseguì, rivolgendosi a Roi Zohar. «Allora come mai era tanto felice di vederla?»

«Chi?»

«Jasmin, lunedì. Si è fermato vicino a lei con l'automobile. Questo è lei, esatto?»

Benji girò di nuovo il computer verso Roi Zohar e fece partire la ripresa della videocamera di sicurezza. La qualità non era delle migliori, ma poteva bastare. Videro la Shelby Cobra arrivare e fermarsi e Jasmin, di schiena, avvicinarsi alla macchina con passo allegro e chinarsi a parlare attraverso il finestrino aperto, e poi Roi Zohar allungarsi verso il finestrino e aprire la portiera.

Benji girò di nuovo il computer.

«Dunque, come mai Jasmin era felice di vederla?» tornò a ripetere Tilly.

«Non glielo saprei dire. I vecchi amici sono contenti di rivedersi».

«Dove vi siete recati, da lì?»

«Da dove?»

«Dopo che Jasmin è entrata in macchina, dove vi siete recati?»

«Non ci siamo recati da nessuna parte. È entrata in macchina solo per qualche minuto. Riaccendete e lo vedrete».

«Non è possibile, qualcuno nel caffè ha aperto un ombrellone davanti alla videocamera».

Benji girò di nuovo il computer e schiacciò play. Un ombrellone si apriva, la videocamera veniva nascosta, non esisteva alcuna prova che Jasmin fosse mai uscita dall'automobile di Roi Zohar. Tilly lo guardò. Roi cominciava a sembrare meno a suo agio.

«È stato un incontro casuale?» chiese Tilly e si alzò in piedi per scrutare le opere d'arte appese ai muri.

«Non, non casuale. Avevamo stabilito che sarei passato di lì. Voleva darmi una cosa».

«Cosa?»

«Questo, per la verità». Indicò uno schizzo a matita di un fico d'India tagliato e un coltello, appeso al muro esattamente sopra di lui.

«Perché proprio questo?»

«Sono un collezionista e lei è curatrice».

«Ah» disse Tilly.

«Non lo sapevate? Cura la collezione di arte di Yoel Mimon».

«Questo lo sapevamo» disse Tilly, «invece non sapevamo che fosse una curatrice professionista. È un'opera di Samah Shehadeh, vero?»

Sembrava sorpreso. «Sì».

«I suoi disegni valgono parecchio, no? È stupendo. Le spiace?» Fece segno che voleva guardare il disegno da vicino e Roi Zohar si fece da parte sul divano per lasciarle spazio. Lei si mise con le ginocchia sul divano e il viso rivolto al quadro.

«Sì, è... molto bello» confermò lui per nascondere l'imbarazzo causato dalla vicinanza di Tilly, che adesso si era seduta di fianco a lui e lo guardava.

«Quindi Jasmin gliel'ha semplicemente regalato? In onore di cosa?»

«Le risponderò appena ritorno». Sorrise un secondo, prima di alzarsi. «Scusatemi».

Tilly guardò Benji. Sentirono la porta del bagno aprirsi e poi richiudersi.

«Tu che ne dici?» le sussurrò lui. Tilly aveva un innato talento per leggere le persone, che aveva affinato durante il servizio militare, allo sportello di supporto psicologico.

«Nasconde qualcosa» mormorò lei di rimando.

Benji stava per aggiungere qualcosa, ma sentirono il rumore dell'acqua che scorreva e poi la porta che si apriva e richiudeva di nuovo, e un secondo dopo Roi Zohar era tornato in sala e si sedeva sul divano, questa volta alla giusta distanza da Tilly.

«Dunque, dove eravamo?» chiese.

«Al motivo per cui ha ricevuto questo disegno» rispose Tilly.

«Ah, già. È stata Jasmin a telefonarmi, circa una settimana fa. Ha detto che ricordava che mi piace Shehadeh, in passato mi ero dimostrato interessato e mi voleva regalare un suo disegno. Ha chiesto se potevo passare dal caffè a ritirarlo. Naturalmente ho risposto di sì, con gioia».

«È rimasto sorpreso?»

«In che senso?»

«In qualunque senso».

«No, non sono rimasto sorpreso. A gente come noi capita spesso di regalare opere d'arte agli amici». Sorrise e fissò Tilly negli occhi. «Capisco che voi le possiate considerare oggetti superflui».

Tilly comprese perfettamente l'allusione alla distanza sociale e la manipolazione di Roi Zohar. Non aveva funzionato, ma finse di sì. Spalancò gli occhi e rispose: «Ah, non ne avevo idea. Sa per caso se Jasmin aveva programmi per quel giorno?»

«Sì, li aveva. Ha detto che sarebbe andata al museo per l'apertura della nuova ala intitolata a suo padre».

«Al Museo d'arte di Tel Aviv?»

«Presumo. Shechter è uno dei maggiori finanziatori».

«Okay, grazie mille per il tempo che ci ha dedicato». Tilly si alzò e Benji seguì il suo esempio. «Ecco il mio biglietto da visita. Per favore, telefoni qualora dovesse tornarle in mente qualcosa di rilevante». Un pochino sperava che lui la chiamasse indipendentemente da tutta quella faccenda. Era sempre attratta dagli uomini magri e azzimati che sembravano appartenere all'aristocrazia inglese.

«Dubito che capiterà» li congedò lui.

12.

Mazi lasciò la moto fuori dal porto, sulla spiaggia dell'Hilton. Dudi le aprì il cancello e insieme si diressero lungo la banchina fino al suo yacht *Princess*, che avrebbe di certo impressionato qualunque donna, qualunque donna eccetto Mazi, che pur di non salire a bordo si sarebbe legata alla banchina. Lui salì e lei lo seguì riluttante.

«Prendiamo il largo» disse Dudi, come se non l'avesse vista vomitare l'anima oltre il parapetto del gommone quando aveva dieci anni e lui dodici, e insieme recitavano la parte degli ostaggi durante un'esercitazione congiunta di incursori della marina e dell'unità antiterrorismo. Mazi lo seguì nello spazioso salotto dello yacht. La maggior parte di coloro che vi accedevano raggiungevano subito le gigantesche, lustre finestre che occupavano l'imbarcazione per tutta la sua lunghezza. Mazi invece si rifugiò subito sul divano chiaro, la testa fra le gambe, sforzandosi di non vomitare, mentre Dudi prendeva il largo. Quando furono in mare aperto, la raggiunse.

«Vieni, vieni fuori. Credimi, ti sentirai meglio».

Le porse la mano e lei la afferrò controvoglia. Era forte e calda e le ricordò, tristemente, la mano di Benny, suo padre. Salirono sul ponte, dove c'era un altro divano chiaro, ampio. La brezza marina in effetti giovava. Mazi lasciò che le inondasse i polmoni e poi trattenne il respiro. Dudi le sedette a fianco ed entrambi guardarono l'orizzonte.

«Quindi sei andata a letto con Ari?»

Mazi non sapeva se era più colpita dal fatto che Dudi avesse detto «sei andata a letto» invece che «hai scopato», o dal fatto che quella fosse la sua preoccupazione in un momento simile.

«Non è quello che ho detto. Ho detto che ho passato la notte con Ari. Mi ha portata a vedere una cosa. A Gerusalemme. Sai di cosa sto parlando?»

«Quindi non ci sei andata a letto?»

«No, non ci sono andata a letto, però questa notte sono quasi stata violentata».

«Ari ha cercato di violentarti?» Era sconvolto, come se Mazi avesse raccontato di essere stata violentata da Topolino. Si alzò, raggiunse il parapetto dello yacht, si sporse fuori e vomitò, dopodiché si ripulì la bocca con un fazzoletto e lo lasciò portare via dal vento. Poi tornò da Mazi, cadde a terra ai suoi piedi e nascose la testa fra le ginocchia. Mazi scivolò giù vicino a lui e gli posò delicatamente una mano su una spalla.

«No, non Ari. Cosa succede, Dudi?»

Dudi sollevò la testa, la guardò con gli occhi rossi e le fece segno di non parlare. Temeva intercettazioni. «Sediamoci sopra» disse. Lei annuì e tornarono a sedersi sul divano, dove il vento avrebbe disturbato eventuali ascoltatori.

«Cosa succede nella famiglia Shechter?» gli bisbigliò all'orecchio. «Questa volta mi devi raccontare la verità».

Dudi inspirò, tormentato da un conflitto interiore tanto evidente che era come vederlo proiettato su uno schermo. Mazi gli sussurrò di nuovo, questa volta ancora più vicino, mentre calcolava l'effetto delle sue labbra a contatto dell'orecchio di Dudi. «Perché sei venuto a cercarmi, Dudi? Cosa vuoi da me?»

«Te lo racconto solo per via di quello che è successo ad Ari. Ma ho bisogno che tu mi creda se ti dico che non avevo intenzione di metterti in pericolo. Non ti farei mai una cosa del genere. Lo sai, vero?» le mormorò altrettanto vicino, e Mazi non avrebbe potuto affermare che le labbra di Dudi sul suo orecchio la lasciavano indifferente.

«Continua» disse lei.

«La situazione è fuori controllo. Non so dove sia Jasmin. Però c'è una cosa che non ti avevo rivelato: era quello che volevamo. Quello che voleva Jasmin. Scomparire. Scappare. Ma non così. Avevamo un piano. Ha iniziato a parlarmene subito, la notte del matrimonio. Ma all'inizio erano solo parole. Poi, qualche mese fa...»

«Quanti mesi?»

«Più o meno quattro... ha detto che non ne poteva più, che era convinta di mettere in atto il piano, così abbiamo iniziato a organizzare. Abbiamo acquistato una casa a Sifnos e ho comprato nuove identità per tutti e tre. Avrebbe dovuto partire lei per prima, poi io l'avrei raggiunta con Lily a ottobre. Ma era chiaro che gli Shechter non l'avrebbero mai lasciata andare, perciò Jasmin ha avuto un'idea: avremmo finto che fosse scomparsa. Ha detto che, visto che era scappata già tante volte, non l'avrebbero presa sul serio e intanto il tempo sarebbe passato. Volevamo che si stufassero di lei. Proprio perché ha già fatto cose del genere, poteva funzionare. Ho preparato tutto: biglietti con il suo nome falso, l'appartamento a Eilat. Doveva passare lì la prima notte, poi attraversare la frontiera del Sinai con la nuova identità e da lì arrivare al Cairo, prendere un aereo per Roma e spostarsi in treno fino a Salonicco, infine un traghetto per il Pireo e poi un altro per Sifnos. Avevamo programmato tutto per agosto. Invece è scomparsa adesso, senza preavviso».

«È andata nell'appartamento a Eilat?»

«No. Non è stata lì. Non ha attraversato la frontiera con il Sinai. Non è passata dall'aeroporto. Non ha oltrepassato il confine con la Giordania. Non si è messa in contatto con me».

«Dunque credi che sia ancora in Israele?»

«Non ci sono tracce di espatrio, ma in Israele non è possibile scomparire. A meno che non... a meno che non ti succeda qualcosa». Parlava a denti stretti. «E adesso dimmi di Ari».

Mazi non avrebbe voluto conoscere la risposta alla domanda che stava per fare, ma ne aveva bisogno.

«Dudi, guardami negli occhi: io facevo parte del vostro piano originario?»

«Sì».

«Perché?»

«Perché sapevo che gli Shechter non mi avrebbero permesso di rivolgermi alla polizia, ma dovevo sembrare preoccupato».

«Per sembrare preoccupato ti sarebbe bastato qualunque altro detective privato».

«Qualunque altro detective privato si sarebbe lasciato comprare dagli Shechter. Mi serviva qualcuno che... che nonostante tutto è leale nei miei confronti».

«Nonostante tutto, eh?»

Dudi abbassò gli occhi.

«Cosa importa adesso, Mazi? Jasmin è scomparsa davvero, e davvero non ho nessun altro a cui rivolgermi. Ci sei solo tu. Lo capisci?»

«Perché hai aspettato fino a ora per dirmelo?»

«Ero sicuro che si sarebbe fatta viva. Ero sicuro che avesse deciso di anticipare. Che mi avesse lasciato fuori dalla messinscena perché risultasse più convincente. Per essere più sicura».

«E Ari?»

Dudi rimase in silenzio e la guardò negli occhi.

«Non credi che sia stato un incidente».

Dudi fece segno di no con la testa. «Adesso devo rientrare. Non posso presentarmi in ritardo al funerale».

«Fatti sentire quando torni. Ho bisogno di risposte».

«D'accordo. Ma, Mazi, ti prego, nel frattempo sta' alla larga dagli Shechter, possono essere pericolosi».

«Va bene» gli rispose, e sentì risuonarle in testa la voce di suo padre. «Di' sempre di sì e poi fai quello che vuoi».

Tornarono verso il porto in silenzio. Raggiunta la banchina, Mazi saltò sulla moto e rientrò a casa. Erano giorni che non correva e il suo corpo aveva incamerato energia negativa. Lungo la strada si fermò a comprare *pita* e *hummus* da mangiare a casa, ma quando ci arrivò era esausta. Si fece una doccia in terrazza con l'acqua troppo calda e svenne in camera. Avrebbe dormito fino a che non fossero arrivati Tilly e Benji. Venti minuti dopo venne svegliata dal segnale di famiglia alla porta. Si avvolse in un lenzuolo e aprì.

«Guarda» disse Tilly e piazzò il telefono davanti a Mazi senza tanti preamboli. Era un titolo di Ynet. *Il giorno dopo la morte di Ari Shechter in un incidente, vandalizzati gli uffici della Shechter Holding.* Mazi cercò di scrollare per leggere la notizia.

«Non si può, ho fotografato la schermata» disse Tilly.

«Datemi un secondo per vestirmi» disse Mazi. «Tilly, telefona per ordinare una corona di fiori bella grande e mandala a casa del signor Shechter con un biglietto, "Condoglianze dall'investigatrice privata Mazal Morris". Usa uno dei biglietti dell'agenzia».

Tilly annuì. Quando Mazi tornò, si sedette sul divanetto a due posti di fianco a Tilly. Benji servì birra Goldstar e *hummus* preso in cucina.

«Ci sono anche verdure?» chiese Tilly.

«Mi prendi per un ristorante?» rispose Mazi a bocca piena. «Allora, voi come mai avete capito di dover fotografare la schermata?»

«Non l'abbiamo capito» rispose Benji. «È stata una botta di fortuna. L'abbiamo trovato su Reddit». Tilly le passò di nuovo il telefono. Mazi osservò le immagini che accompagnavano il trafiletto. Nell'immagine più grande si vedeva l'edificio di vetro blu che ospitava il quartier generale della Shechter Holding. Sulla facciata del palazzo qualcuno aveva lasciato una scritta rossa: SAPPIAMO COSA HAI FATTO, A, e accanto due primi piani, il volto di Ari e quello del signor Shechter. Entrambi sembravano risalire a una quindicina d'anni prima.

«Chi è A?» chiese Tilly.

«Non so. Potrebbe essere Ari. Ho l'impressione che

siano stati interrotti a metà dell'opera. Sappiamo qualcosa del funerale?»

Benji scosse la testa in segno di diniego. «Sarà sepolto al kibbutz Einat. Ho parlato con la persona che mi hai indicato. Ha risposto che la polizia ha bloccato ogni via di accesso al kibbutz con un dispiegamento di volanti, e in più, tutto intorno, c'è anche l'apparato di sicurezza degli Shechter».

«Merda» commentò Mazi, rendendosi conto che non avrebbe avuto le fotografie da portare ad Amir quella sera. Cercò di rammentare a sé stessa perché si dava tanto da fare. Pensò all'affitto di quel mese e del successivo, alla noia mortale dei casi di adulterio, all'indagine sulla sparizione di suo padre che era a un punto morto. Ma non era abbastanza. Allora pensò a Dudi: si era di nuovo comportato da stronzo. C'era Lily, la cui mamma era scomparsa nel nulla. Eppure neanche così riusciva a trovare la forza di andare avanti. Non adesso che era evaporata la prospettiva di incontrarsi con Amir.

«Dividiamoci fino a domani» disse.

Dopo che l'ebbero lasciata sola uscì di nuovo sul tetto, bagnò il pavimento caldo e si sdraiò a terra. Si sentiva oppressa da quella montagna di menzogne. Si doveva abituare all'idea che inizialmente non doveva davvero trovare Jasmin e adesso invece sì. Abituare all'idea che Ari era morto, ma che poteva anche essere stato assassinato. Abituare al fatto che probabilmente non avrebbe visto Amir. L'ennesimo rinvio del momento in cui i loro corpi si sarebbero sfiorati. Per qualche ragione era convinta che sarebbe stato il corpo di Amir a portarle una consolazione duratura, invece del solito sollievo momentaneo. Tu non sei una principessa Disney, si rimproverò, sei la mutante di un fumetto noir. A te non spetta il lieto fine.

Si distese sul materasso vicino al muro, quello su cui l'ombra si sarebbe allungata mentre il sole declinava verso ovest, senza riuscire a smettere di pensare ad Amir. Lo conosceva ancor prima di incontrarlo. Era stato il responsabile della cronaca nera in un giornale locale, poi era diventato commentatore politico a livello nazionale e alla fine un importante giornalista d'inchiesta. L'aveva incontrato per caso in un chiosco in via Allenby una sera, mentre era in giro con un amico giornalista di cronaca nera che conosceva Guetta, e si erano fermati a parlare. L'amico non li aveva presentati e Amir non sembrava nemmeno averla notata. A lei era bastato guardarlo in faccia per sentire che era l'uomo della sua vita, un tipo di sentimento che Mazi non aveva alcuna tendenza a provare, nemmeno a considerare possibile. Strano come un viso potesse produrre un simile effetto. Era uscita, aveva acceso una sigaretta, si era appoggiata alla macchina e l'aveva osservato con il cuore che batteva all'impazzata.

Amir Guetta era lungo più che alto, leggermente curvo, un tipo ruvido, con gli occhi da cane, il naso come lo deve avere un uomo e una sottile catena d'oro al collo. Aveva ascoltato la conversazione tra i due. Amir usava parole ricercate. Quando se n'era andato e l'amico cronista era tornato da lei, l'aveva sbolognato con una scusa ed era scappata in un androne per recuperare il fiato. Dopodiché era tornata in via Allenby e per riprendersi aveva fatto sesso con tre poeti ventenni uno dopo l'altro, senza trarne alcun sollievo.

Il tempo era passato e Mazi aveva continuato a pensare ad Amir, o piuttosto a sentirlo presente nel mondo. Una sola volta, da adulta, aveva provato attrazione per una certa persona, un'attrazione diversa dall'impulso ossessivo a fare sesso con chiunque. Quella volta la tensione si era protratta per quasi cinque anni, e quando il desiderio si era realizzato ne erano usciti tutti e due ammaccati. Aveva cominciato ad aguzzare le orecchie quando qualcuno intorno a lei parlava di Guetta e a leggere i suoi articoli. Aveva avuto anche occasione di vederlo intervistato: parlava con una serietà quasi comica.

Poi l'avevano cacciata dalla polizia. L'avevano spinta ed era rotolata giù, giù nel baratro che l'aspettava da sempre al di sotto della sua vita quotidiana. Il baratro di chi aveva perso la madre a due anni e il padre a dodici. Il baratro di chi non aveva mai avuto un compagno, di chi aveva solo uno zio e un fratello e una sorella adottivi, che l'avevano guardata cadere e solo dopo aver capito che non ne sarebbe uscita da sola l'avevano aiutata a venirne fuori, con la caparbietà e la pazienza di due ragazzi che erano sempre andati a dormire sazi in un letto pulito.

Proprio allora, quando si era trascinata fuori a fatica e rimessa in piedi con le gambe tremanti, Guetta l'aveva trovata. Stava lavorando a una storia grossa. Nutriva sospetti già da due anni. Il suo nasone, quello che lei voleva sentir premere nell'incavo del collo, aveva fiutato qualcosa. Guetta aveva collegato i puntini con la pazienza del cacciatore finché l'odore si era fatto così forte da non lasciare dubbi. Adesso gli serviva la conferma dei suoi sospetti. Qualcosa di piccolo, ma concreto. Il rumore di un ramo spezzato fra i cespugli.

Voleva sapere quanti soldi c'erano sul conto dei suoi sospetti: il ministro della Difesa, suo figlio e la sua responsabile della comunicazione. Se solo avesse saputo quanto avevano in banca, avrebbe potuto premere l'acceleratore. Al giornale cominciavano a scalpitare. «Piantala di covarla, 'sta notizia» gli aveva detto il direttore, «tira fuori qualcosa». Ma Guetta era un uomo cauto.

Aveva sentito che Mazi non era più nella polizia e si era informato sui posti che bazzicava. Una notte, mentre era seduta in un buio fitto di fumo di sigarette all'angolo del bancone del Lucifer, mentre una musica atroce e la vodka le addolcivano lo spirito senza attutire la lucidità dei pensieri, gli occhi fissi sulla televisione a circuito chiuso da cui avvistare i vigili che arrivavano a multare i fumatori, l'aveva visto e aveva avvertito una scossa elettrica in tutto il corpo. Un secondo dopo era entrato. I suoi occhi avevano catturato quelli di Mazi. Le si era seduto vicino.

«Come te la passi, Morris?»

«Come te la passi, Guetta?»

Mazi aveva fatto cenno alla barista di versargli una vodka, per partire alla pari. Avevano bevuto. Da quando se n'era andata dalla polizia, non aveva visto nemmeno una partita e non riusciva a pensare a nessun altro argomento di conversazione. Perciò aveva aspettato, e lo stesso aveva fatto lui. Alla fine Amir le aveva sussurrato nell'orecchio cosa gli serviva e lei aveva risposto che d'accordo, era disposta a essere il terzo uomo.

Il terzo uomo era fuori dall'inchiesta. Non era un poliziotto. Con il massimo riserbo avrebbe trasferito le informazioni da un commissario della polizia al giornalista. Mazi sapeva chi era l'ispettore da cui avrebbe ricevuto le informazioni per Guetta. Un tipo decente, tutto sommato. Si domandò se era uno dei tanti che avevano visto il video che la riguardava. Senz'altro sì. Dovevano averlo visto tutti, nessuno si sarebbe lasciato sfuggire un'occasione simile: vedere la faccia della ragazza di cui parlava tutto il paese, capire se davvero era consenziente. La ragazza la cui identità era rimasta celata perché la polizia l'aveva protetta, salvo poi sbatterla fuori, come un fratello che uccide la sorella per salvaguardare l'onore della famiglia.

Così erano cominciati gli incontri fissi fra lei e Guetta. Incontri durante i quali lei passava le informazioni che riceveva da Erlich, l'ispettore. In un bar. In un negozio. Ai giardinetti. All'angolo di una strada. Si scambiavano mezza parola come fossero due sconosciuti, si accendevano a vicenda una sigaretta, guardavano un indirizzo sul cellulare, i corpi si sfioravano come per caso, le mani s'incontravano consegnando una chiavetta Usb.

Lo desiderava talmente che pensava che prima o poi sarebbe andata a fuoco sotto i suoi occhi, lasciandosi dietro solo un mucchietto di cenere. Il numero di uomini con cui faceva sesso a quell'epoca era talmente cresciuto che aveva temuto di dover cambiare città, o per lo meno quartiere. Chiudeva gli occhi e pensava a lui, ma così non godeva. Erano passati tre mesi di incontri irregolari e pochissime parole, quando un giorno l'aveva beccato a guardarla come un uomo guarda una donna.

«Cosa guardi, Guetta?»

Lui aveva sorriso e continuato a guardarla. Alla fine era stata lei ad abbassare gli occhi.

«Vuoi venire da me?» aveva chiesto Amir.

Lei aveva fatto segno di no con la testa. Lui era rimasto sorpreso.

«Scusami, Guetta, ma mi piaci troppo».

«Avanti, dillo che non ti attiro».

«Mi attiri molto, Guetta».

«Bene».

«Bene».

Non molto tempo dopo, l'indagine di Guetta si era conclusa e il suo reportage era stato pubblicato. Era seguito un grande scandalo. Loro avevano lasciato che le acque si calmassero un pochino e poi iniziato a frequentarsi. Solo che Mazi non aveva idea di come ci si frequentasse. Al primo appuntamento avevano parlato tutta la notte, seduti sulla spiaggia, con alle spalle l'ambasciata degli Stati Uniti e davanti il mare e l'odore di salsedine. Un gruppo di uomini giocava a beach volley sotto un lampione e la macchina puliscispiaggia del comune appianava la sabbia. Non avevano parlato di sé stessi. Nessuno dei due amava raccontare da dove veniva, perciò avevano chiacchierato di lavoro, di cinema, di storia. Al secondo appuntamento Mazi aveva convinto Amir a sgattaiolare sul tetto dell'Hilton. Questa volta non avevano parlato affatto. Solo guardato la città in basso, bella, i boiler solari sui tetti piatti, il verde che divideva i blocchi bianchi delle case, il giardino dell'Indipendenza vicino all'albergo e il mare. Si erano tenuti la mano e Mazi aveva pensato che era meraviglioso trovare qualcuno con cui stare insieme in silenzio. Al terzo appuntamento, nell'oscurità di un giardino pubblico trascurato, sotto il volo dei pipistrelli della frutta, si erano baciati. Era stato un tale piacere che Mazi era quasi scoppiata a ridere. Ma quando Amir aveva proposto di andare da lui, o da lei, non ce l'aveva fatta. Era paralizzata dal terrore. Mazi non era mai rimasta paralizzata, men che meno dal terrore. E se dopo non lo avesse più voluto? Tutto quello che desiderava nella vita era desiderarlo. Continuare a desiderarlo.

Aveva rifiutato ed era scappata. Sparita per una settimana. Non aveva risposto al telefono né ai messaggi, finché un giorno lui si era fatto trovare sotto casa. Lei l'aveva fatto entrare e aveva cercato di spiegare. Non sapeva come definire ciò che provava, o come spiegare quanto temesse di perderlo. Non sapeva nemmeno cosa significava dovere una spiegazione a qualcuno. «Ti desidero tantissimo» gli aveva detto, «però non sono sicura di desiderarti come una donna dovrebbe desiderare un uomo».

«Quindi vorresti che fossimo solo amici? È così?»

«No, assolutamente no, tu sei un vero uomo, sei l'uomo che voglio, solo che io non sono capace di desiderare come una donna. Mi capisci?»

«No. Per niente. So solo che non mi desideri come io desidero te. Sono innamorato di te, Mazi. Però adesso me ne vado, e non cercarmi se non sei disposta ad avere una relazione con me».

Perciò lei non lo aveva cercato.

Adesso sul tetto si addormentò e dormì sei ore filate. Si alzò che era già sera e l'aspettava un messaggio di Amir.

Quando?

Sono stata troppo ottimista, gli rispose con il fiato sospeso. *Non è stato possibile avvicinarsi. Vengo ugualmente?*

No, giunse immediata la risposta.

Mazi fu sommersa da un misto di delusione, sensazione di essere respinta e rabbia. Non era colpa sua se il servizio di sicurezza impediva l'accesso. Non era colpa sua se era quella che era. Non era colpa sua se Amir non poteva sopportare il suo modo di essere. Che andasse a fare in culo. Che andassero a fare in culo lui e i suoi sentimenti delicati. Mangiò, fumò, bevve e si fece una doccia. Poi rimase seduta ad aspettare che calasse la notte. A quel punto mise la parrucca bionda, le lenti a contatto verdi, indossò il vestito bianco attillato e i sandali bianchi tacco dieci e raggiunse via Allenby percorrendo vie secondarie, nella speranza di trovare uomini come una volta, uomini che avevano perso la verginità a dodici anni e facevano sesso come ci si taglia le unghie: perché necessario. Ultimamente era diventato complicato rimediare sesso senza prendere botte. Nuovi ragazzetti arricchiti avevano riempito la città e modificato il mercato degli immobili e del sesso. Avevano i capelli sempre in ordine, camicie pulite e bocca zozza, e non appena fiutavano una debolezza infierivano. Mazi cercava di tenersi alla larga, ma facendolo con tanti uomini diventava difficile evitarli. La guerra, intanto, risvegliava in tutti i demoni peggiori.

13.

Mazi non ricordava di essersi addormentata sul materasso sul tetto in un qualche momento fra sabato e domenica, né cosa aveva fatto nelle ventiquattro ore precedenti. Si svegliò alle cinque del mattino, l'ora più bella a Tel Aviv, l'ora del perdono, e poi si riassopì fino alle sette, quando la svegliò la sirena dell'allarme. Udì genitori che gridavano ai figli di alzarsi, porte sbattute e passi di corsa sulle scale. La bellezza svanì. Il sole oltrepassò la jacaranda blu che ombreggiava l'appartamento sul lato nord-est e si andò a posare esattamente sul mal di testa di Mazi. Il camion della spazzatura si era fermato proprio sotto casa sua, bloccato da una macchina parcheggiata sul marciapiede. Il grattacielo in stile brutalista Fortezza Zeev svettava davanti ai suoi occhi come un monte Fuji di cemento.

La Mazi del mattino si tirò su a sedere in mutandine e reggiseno. La Mazi della notte era un cumulo stropicciato di vestiti, parrucca e lenti a contatto colorate che si indurivano accartocciate sul pavimento. Si alzò lentamente, coperta del sudore di luglio, e si stiracchiò per sgranchirsi. Si sciacquò con il tubo dell'acqua fredda e bevve, doveva essere l'ultima rimasta a bere dal rubinetto. Teneva lì fuori sapone, spazzolino e dentifricio. L'acqua sciacquò via saliva, sudore, sperma e un po' di sangue e calmò il prurito delle punture di zanzara. Si insaponò e si lavò i denti, canticchiando *SOS* degli Abba. Aveva l'impressione di averla sognata quella notte.

Finita la doccia, mandò un messaggio a Tilly e Benji. *Venite direttamente da me. Avvisatemi quando uscite. Il frigo è vuoto.* Si vestì, fece sparire le ultime tracce della notte dalla terrazza, aprì le finestre per arieggiare le stanze, passò la scopa e uno straccio bagnato, si coprì di nuovo di sudore e non smise un attimo di pensare ad Ari. Ari così bello. Ari per il quale sua sorella «era tutto». Ari che aveva giudicato accettabile trasformarla in puttana per qualche ora pur di mostrarle «la punta dell'iceberg». Non c'era da stupirsi se non le aveva raccontato dove andavano e cosa sarebbe successo. Non la conosceva abbastanza da sapere che Mazi lo avrebbe seguito comunque.

Mazi non aveva difficoltà a leggere le persone, di solito. I bambini presi a schiaffi dalla vita imparano in fretta. Poi l'esperienza con gli interrogatori aveva affinato il suo talento. Ma per leggere Ari le sarebbe servito ancora un pochino di tempo, e il tempo era scaduto. Aveva la sensazione che avrebbe potuto ricevere aiuto da Ester, riguardo ad Ari. Ester era coriacea, ma se tua cognata scompare e dopo meno di una settimana ti muore il cognato, magari ti ammorbidisci. Quando Tilly avvisò che erano in arrivo, Mazi accese il bollitore e l'aria condizionata, e alle otto in punto telefonò all'ufficio di Ester.

La segretaria aveva un'insopportabile vocetta da bambina. Mazi si domandò come non irritasse Ester, ma, sentendosi rispondere in tono irremovibile che non l'avrebbe disturbata con la richiesta di incontrare la signora Morris, si rese conto che aveva altre qualità. La ringraziò e chiamò direttamente al cellulare di Ester riportato sul biglietto da visita che le aveva dato Dudi. Con sua sorpresa, le rispose.

«Buongiorno, Ester, sono Mazi Morris, desidero porgerle le mie condoglianze ma ho anche bisogno che mi conceda dieci minuti del suo tempo» disse tutto d'un fiato.

«Se proprio ne ha bisogno» rispose Ester, «la contatterà la mia segretaria».

Tre minuti dopo la segretaria con la vocetta telefonò

per fissare a Mazi un appuntamento alle undici di quella mattina.

«È fortunata, le è saltato un appuntamento».

«Non è un caso se mi chiamo Mazal, lo sa che significa "fortuna"?» le rispose Mazi, e ripensò alla nonna di Dudi, nonna Fortuna. Quando Mazi e Dudi erano piccoli, lei e Fortuna avevano un rapporto speciale, iniziato per via dei nomi e rinforzato dai suoi deliziosi *ma'amul*. Dopo la scomparsa di Josh, Mazi aveva visto Fortuna soltanto due volte. Una con Benny. Fortuna se l'era trascinata in cucina e le aveva detto: «Non hai un papà. Ma non lasciarti confondere, Mazal. Dudi sarà un bravo marito per te». Mazi era scappata e mai più tornata. Il loro incontro successivo era avvenuto un anno dopo, al funerale di Benny. Mazi si domandò se Fortuna fosse ancora viva e lucida. Stava giusto riaccendendo il bollitore quando Tilly bussò.

«Ciao, sorellina» le disse Mazi.

«Grazie a Dio hai acceso l'aria condizionata» disse Tilly con la faccia madida di sudore. «Fuori è disgustosamente caldo».

«Hai portato qualcosa da mangiare?»

«E me lo chiedi?» Tilly tirò fuori dei panini, formaggio a fette, pomodori e cetrioli.

«Benedetto tu sia, o Signore, per avermi dato una sorella» commentò Mazi.

«Esiste davvero questa benedizione?» domandò Tilly, che a volte non sapeva se classificare i comportamenti di sua sorella come ebraici, tradizionali oppure presa in giro nei suoi confronti.

«Deve esistere per forza». Mazi sorrise. «Hai tenuto lo scontrino?» Tilly annuì e Mazi ringraziò Dio sul serio, perché almeno da questo punto di vista l'indagine dava soddisfazioni. Dudi prendeva le ricevute senza nemmeno degnarle di un'occhiata. Lavò le verdure, le affettò, le dispose su un piatto e condì con sale e olio mentre Tilly apparecchiava il bancone che divideva la cucina dal salotto.

«Hai richiamato l'ufficio del signor Shechter?» chiese Mazi con la bocca piena di pane e formaggio.

«Non si parla con la bocca piena, e sì, certo che ho telefonato. Abbiamo fatto un passo avanti».

«Davvero?»

«Sì» rispose Tilly e aprì la porta a Benji. «Questa volta mi ha chiesto come stavo, prima di informarmi che Shechter non ha tempo per i prossimi due mesi e consigliarmi di richiamare a settembre».

«Wow, l'hai proprio intenerita».

«Dov'è il tè che mi hai promesso?» chiese Benji, la voce arrochita di chi non ha ancora detto una parola.

«Ancora un secondo» disse Mazi versando l'acqua bollente nella teiera. «Ti devo chiedere una cosa».

«Qualcosa a cui posso rispondere prima del tè?»

«Forse. Saresti in grado di sottrarre dei dati all'anagrafe?»

«Penso proprio di aver bisogno del tè» rispose Benji. Mazi glielo versò e lui ne bevve un sorso.

«Avresti fatto meglio a lasciarlo riposare un pochino».

«Anche tu avresti fatto meglio ad aspettare con la tua domanda. A ogni modo ritengo di sì, ma forse dovrò sondare il terreno con Mark».

«Non ci aiuterebbe mai con una faccenda del genere» intervenne Tilly.

«Non intendevo chiedergli un aiuto pratico. Gli farei qualche domanda sui sistemi di gestione che usava per gli uffici, così, in modo casuale».

«Ti pare un comportamento etico?» domandò Tilly. «Non lo dico per criticare, chiedo se ti sentiresti a tuo agio nel farlo».

«Sì, e ti spiego perché. Se Mazi fosse ancora un'agente e seguisse questa indagine da dentro la polizia, avrebbe accesso a questa risorsa».

«Okay» disse Tilly, che non si era ancora formata un'opinione in merito. Era molto tesa. Le era arrivato un messaggio che diceva che aveva superato il primo step per le selezioni della scuola di recitazione di Lee Strasberg a New York. Adesso la aspettava una videointervista che la paralizzava dal terrore. Aveva trovato a casa di suo padre una fotografia di Eve, la mamma di Mazi, negli anni in cui studiava nello stesso istituto, e sembrava radiosa, felice: le serviva per farsi coraggio. Non sapeva cosa la spaventasse di più, se fallire oppure essere ammessa e dover dire a Mazi che se ne andava e a suo padre che avrebbe seguito le orme della sorella morta.

«Bene» disse Mazi. «Ho bisogno che controlli se Jasmin ha lasciato il paese. Dudi sostiene di no, ma di lui non ci si può fidare. Se fosse possibile usare un programma di riconoscimento facciale sarebbe meglio, potrebbe essere espatriata sotto falso nome. La cosa migliore sarebbe usare un metodo che ci informi anche più avanti se dovessero comparire il suo nome o una sua foto».

«Questo è già più complicato, ma farò il possibile».

«Perfetto. Ah, Tilly, ti ho mandato via e-mail il testamento di Jasmin e l'accordo matrimoniale. Ignorali, fra un momento ti spiego perché».

Mentre mangiavano, Benji e Tilly aggiornarono Mazi sull'incontro con Roi Zohar. Lei li mise al corrente della conversazione con Dudi sullo yacht. Quando ebbe terminato, Benji attivò il timer per la solita pausa di silenzio di cinque minuti.

«Possiamo fare dieci?» chiese Tilly. Era agitata e non sapeva come sarebbe riuscita a concentrarsi su qualcosa, quel giorno.

Quando il timer suonò, Benji e Tilly non aprirono bocca. «Mettiamo un po' d'ordine» disse Mazi. «Adesso sappiamo che Jasmin aveva in programma di scomparire, ma in un altro momento e in un altro modo».

«Bisogna verificare se l'automobile faceva parte del piano originario» suggerì Benji.

«Ci arriveremo. La cosa più importante è capire perché, e perché adesso. Perché dovevano scappare dagli Shechter quando la loro vita sembra un letto di rose, e perché tanta fretta. Perché Jasmin ha anticipato?»

«Come facciamo a scoprirlo?» Tilly si stava mangiando le unghie, per la prima volta dopo due anni. Mazi se ne accorse ma non commentò.

«E c'è un'altra cosa: bisogna ancora capire se l'incidente di Ari Shechter è stato davvero un incidente e se è in qualche modo collegato alla sparizione di Jasmin».

«Fantastico, quindi tutto semplicissimo» intervenne Tilly con voce più acuta del solito.

Mazi le sorrise. «Questo è un caso da incubo. Ma non ti devi angosciare, alla peggio non la troveremo».

«Lo dici così per dire» ribatté Tilly.

«Non lo dico per dire, è davvero un caso da incubo» disse Mazi sorridendo. «Ma non c'è motivo di scoraggiarsi, non siamo nemmeno vicini a esaurire le possibilità. Anzi. Abbiamo solo molto lavoro da fare, e adesso dobbiamo cambiare approccio: finora abbiamo pensato a Jasmin come a una vittima, una persona a cui era successo qualcosa. Adesso dobbiamo considerare la possibilità che sia l'artefice della situazione. Significa che dobbiamo capire con chi abbiamo a che fare. Prima di individuare cosa c'è di anomalo, dobbiamo sapere cos'era normale per lei».

«Come?» s'informò Benji.

«Disegneremo il suo profilo. È un gran lavoro, ma non vi annoierete. Dudi, e anche Ari, hanno detto che non ha amiche. Lo dobbiamo verificare interrogando altre persone. Il suo parrucchiere, l'estetista, il personal trainer, le impiegate che lavorano nell'ufficio di Yoel Mimon, altri curatori, gente con cui fa affari all'estero. Scoprire cosa faceva, chi incontrava, dove andava...»

«Cosa stiamo cercando?» chiese Tilly.

«Ottima domanda, sorellina. Anche se Dudi e Ari affermano che non ha amiche, una persona che sparisce volontariamente deve ricevere aiuto da qualcuno. Da chi, quindi? Come convince gli altri ad aiutarla? Vogliamo sapere se è affabile o introversa. Parla della sua vita privata o è una tomba? È generosa con le mance? Con le raccomandazioni? Si interessa agli altri? Ricorda i nomi dei loro figli? Cose del genere. Vogliamo anche sapere se vuole avere sempre tutto sotto controllo, se manipola. Come spinge le persone a fare cose per lei? Come si conquista, ammesso che lo faccia, la lealtà di chi la circonda? Tilly, saprai che domande porre?»

«Sì» rispose Tilly.

«Ottimo. Cominciamo oggi stesso. Benji, prepara una lista di persone, indirizzi, numeri di telefono. Tilly, tu scrivi un copione e i vostri personaggi, chi sarete e come vi presenterete. Io fra poco vado a incontrare Ester. Ricordate qualcosa del colloquio con Roi Zohar che mi potrebbe aiutare con lei?»

«È più uno spunto che un aiuto» rispose Benji, «ma le chiederei di Ron Lipman, il tizio che Roi Zohar ha menzionato. Quello con cui Jasmin è uscita per un po'».

«Buona idea. Poi, quando avremo fatto qualche progresso con il profilo di Jasmin, sarà il caso di disegnare quello di Ari e di scoprire tutto il possibile sulla sua vita privata. Avete carta bianca, per me potete anche fingervi giornalisti, basta che non vi facciate beccare. Ci vediamo alle due».

Benji e Tilly presero le loro cose e se ne andarono. Mazi uscì fuori sul tetto e si sedette sul pavimento caldo, all'ombra. La situazione sembrava sotto controllo, ma d'improvviso sentì quel dolore lancinante. Quello che aveva la forma di suo padre. L'assalì con la potenza e la velocità di un'ondata. Non ebbe il tempo di decidere se cavalcarla o abbassare la testa, perciò le si abbatté addosso in tutta la sua violenza, la sprofondò nell'acqua salata. Com'è possibile che mi manchi ancora così tanto?, pensò mentre s'inabissava fino a toccare il fondo. Ormai sono una donna. Una persona adulta. È assurdo. Sono passati tanti anni. E poi, quando finalmente era tornata a galla, arrivò la seconda ondata, l'ondata di Benny, ad abbattersi di nuovo su di lei spezzandola, togliendole il respiro, annegandola.

14.

«Andiamo a sciare insieme a Courchevel. Vorrei poterti invitare ma lo chalet è piccolo» diceva un tizio incravattato a un altro tizio incravattato mentre l'ascensore del grattacielo triangolare Azrieli saliva al quarantacinquesimo piano a tale velocità che Mazi non ebbe il tempo di vedere l'espressione delusa sulla faccia dell'interlocutore prima che uscissero. *Ting*, fece l'ascensore, e Mazi uscì in un ampio corridoio con il pavimento in moquette, la cui parete di legno era interamente occupata da un quadro astratto.

La temperatura all'interno dell'edificio era mantenuta costante a diciassette gradi, cosicché gli avvocati potessero indossare giacca e cravatta anche a luglio. Sulla destra vide la porta dello studio Weissman-Belkind-Strauss dove un uomo anziano in abito scuro, vicinissimo a una donna molto più giovane, ignorava il modo in cui lei stringeva il portatile al petto per evitare il contatto fisico. Lui notò Mazi. Doveva averla scambiata per un corriere. Afferrò il gomito della giovane e si chinò verso di lei per sussurrarle qualcosa all'orecchio. Il bacino di lui premeva contro quello di lei, che adesso stringeva convulsamente il computer.

Mazi si strappò via da quella scena per dirigersi verso sinistra. A differenza dell'altro studio, dentro l'ufficio della Shechter International non si poteva curiosare attraverso le porte di vetro. Si accedeva attraverso una lobby deserta, arredata con un divano, alcune poltrone e il commovente dipinto di un *matador* in piedi di spalle, solo, in una camera d'albergo. Un ronzio del campanello e Mazi entrò nella lobby vuota. Un secondo ronzio e varcò una porta di quercia da cui si accedeva agli uffici, dove venne fermata dalla segretaria.

«È arrivata puntuale» disse Ester, che si era materializzata al suo fianco. Eleganza color caramello, scarpe, abiti, manicure e make-up tutti in tinta. «Dorit» disse Ester all'impiegata, «portaci un americano, un espresso doppio e una soda». E poi a Mazi: «Mi segua pure».

Entrate nel suo ufficio e chiusa la porta, Ester si sedette su una poltrona lasciando a Mazi il divanetto di fronte a lei.

«Le mie condoglianze» ripeté Mazi.

«Grazie».

«Com'è stato il funerale?»

«Come previsto».

«Jasmin non è arrivata, vero?»

«No».

«E lei è ancora convinta che tornerà presto?»

«La storia ci insegna questo».

«Sa che ero con lui quella sera?»

«Con chi?»

«Con Ari».

«Con Ari? Cosa aveva a che fare Ari con lei?»

«Mi voleva mostrare qualcosa che riguarda Jasmin».

«Davvero?» Ester pareva scettica. Mazi decise di tentare un'altra strategia. «Qualcosa che riguarda la famiglia, per essere precisi».

«E dunque?»

«Lei conosce "l'operazione" a Gerusalemme?»

«La fermata di Mamilla?»

«No, non Mamilla. Un'altra cosa... un club privato».

«Non so di cosa lei stia parlando».

Mazi fissò Ester. Ester ricambiò lo sguardo. Cosa le aveva affidato Ari? Cosa intendeva quando aveva detto che l'avrebbe aiutata a capire la situazione? Mazi sentiva di avere in mano un'arma che era incapace di usare. Non aveva scelta, doveva giocare d'azzardo.

«Ari mi ha mostrato qualcosa che non avrebbe dovuto mostrare, e poche ore dopo è morto».

«È rimasto ucciso in un incidente. Guidava come un pazzo. A volte sembrava sfidare la morte, purtroppo».

Tentativo fallito. L'incontro stava per terminare. Doveva parlare chiaro.

«Ester, perché ha accettato di incontrarmi se non mi vuole aiutare?»

«Sarei felice di aiutarla, ma non so cosa le serva. Jasmin è scappata. Ari si è ammazzato. È davvero una terribile sfortuna. Mi ha chiesto di vederci, il mio appuntamento per il fundraising era saltato...»

«Fundraising per cosa?»

«Ricerca e prevenzione del tumore alle ovaie. Ogni anno organizziamo un evento per raccogliere fondi in memoria della signora Shechter. È il tumore che l'ha uccisa».

«Jasmin ha fatto il test genetico?»

«Certo, ma devono farlo tutte le donne. Anche lei, se non ha ancora provveduto. Le posso dare i contatti del medico migliore di Israele».

«Grazie, molto gentile da parte sua» rispose Mazi, senza precisare di non avere più né ovaie né utero.

Ester si alzò diretta alla scrivania per cercare un biglietto da visita. Mazi la seguì, sfruttando il momento per osservare le fotografie incorniciate sugli scaffali. Vide una foto di Ester, Shaul e i due figli e un'altra di Shaul ed Ester il giorno del matrimonio, in cui notò una vaga somiglianza con la famiglia reale britannica, nel bene e nel male.

«Ecco» disse Ester consegnando a Mazi il biglietto da visita dello specialista. «Gli dica che sono io a mandarla, altrimenti le darà appuntamento fra un anno».

«Grazie» rispose Mazi senza muoversi. Esaminava le fotografie di Ester in compagnia di politici e capi di Stato, in cerca di qualcosa di interessante. Ne indicò una a caso, Ester con uno sconosciuto, e tentò la sorte.

«È per caso Dan Lipman, il padre di Ron?»

«Chi, quello? No, macché. È... come si chiama... Buchnik, Yaakov Buchnik».

«Ester, come mai le cose non hanno funzionato fra Ron e Jasmin?»

«Uff, era un'idea stupida fin dall'inizio. Ron è un bambino. Non fa per Jasmin. Ecco». Ester tirò giù una grossa cornice contenente diverse fotografie. «Ecco qualche bello scatto di Ari. Guardi, questi sono lui e Jasmin subito dopo la morte della signora Shechter».

Un bambino bellissimo dallo sguardo serio teneva la mano di una bambina più grande che gli somigliava in modo stupefacente, nei cui occhi Mazi lesse una tristezza a lei ben nota, la tristezza della bambina che non ha più una madre.

«Ed ecco tutta la famiglia» aggiunse Ester.

Erano lì: il signore e la signora Shechter, seduti uno vicino all'altra. Dietro al signor Shechter, Shaul, in piedi, sui diciassette anni, superbo. Di fianco al signor Shechter, sempre in piedi, una Jasmin di nove anni guardava dritta dentro l'obiettivo. Sulle ginocchia del signor Shechter era seduto Ari, sette anni, bello, i tratti delicati, gli occhi rivolti verso la sorella, le mani del padre posate sulle sue spalle. La mano sinistra di Ari era stretta in quella della madre, che teneva l'altra sul petto, su cui pendeva un ciondolo d'oro a forma di cuore, con un piccolo diamante al centro. La mano destra di Ari stringeva quella della sorellina in piedi vicino a lui. Il signor Shechter era l'unico che sorrideva, il sorriso soddisfatto di chi ha tutto.

«Purtroppo non posso dedicarle altro tempo» concluse Ester e si diresse verso la porta per accompagnare Mazi, nonostante il caffè e la soda non fossero mai arrivati. Mazi annuì e si avviò a sua volta, ma gli occhi le caddero su una fotografia in cui si vedeva Ester insieme a quello che avrebbe dovuto essere il «suo» uomo quella notte a Gerusalemme.

«Lui chi è?»

«Non ricordo» rispose Ester. «Non dimentichi di fissare l'appuntamento con il dottore. È molto importante».

«Sì, grazie».

Ester aprì la porta. Fuori Dorit aspettava già per accompagnarla all'uscita. Questa gente non lascia niente al caso, pensò Mazi. Si soffermò su quel pensiero: già, non lasciano niente al caso. Allora perché Ester aveva accettato di incontrarla? E giusto per qualche minuto? Di certo non per cortesia. Mazi aveva bisogno di un attimo di tranquillità per ripercorrere mentalmente la conversazione. Dopo aver incontrato gli Shechter aveva sempre bisogno di una dose per ripulirsi la testa dalla spazzatura emotiva. Ma gli avvocati in quell'edificio non sarebbero mai andati con una come lei, nemmeno la vedevano. «Sembri un profugo» la sfotteva Betty ogni volta che Mazi si rasava la testa. Ma forse Mazi poteva puntare a un corriere, o a una guardia. L'idea della guardia le piacque. Il vecchio all'entrata non era adatto, ma fuori un suo collega più giovane fumava una sigaretta. Gli andò vicinissimo.

«Sei impegnato?»

«Cosa posso fare per te?» Il ragazzo tentò la fortuna, senza immaginare quanta gliene fosse capitata.

«Vieni con me sul tetto» lo invitò, portandosi a un centimetro da lui. «Ci vorrà un minuto».

Ci volle davvero un minuto. Quando lui venne, erano entrambi talmente sudati che le sue mani scivolavano di continuo sui fianchi di Mazi. Lo pregò di scendere senza di lei e lasciarla sul tetto da sola con la porta aperta. «Solo per qualche minuto, il tempo di una sigaretta».

«Lasciarti qui sola è proibito, e se poi decidessi di buttarti giù?»

«Non ti preoccupare, non sei stato così male».

«Sei proprio un fenomeno» commentò lui, poi finì di abbottonarsi i pantaloni, accese a Mazi una sigaretta e scese dal tetto, lasciando la porta aperta.

Mazi rimase seduta a fumare ripercorrendo l'incontro con Ester. Ester non aveva accettato di incontrarla per capire cosa sapeva lei, e infatti non si era mostrata interessata ad ascoltarla. "L'operazione" a Gerusalemme non la conosceva, oppure non le pareva rilevante. Riguardo ad Ari, non si poteva dire che la sua morte non la toccasse, ma non era interessata a saperne di più. Mazi continuò a riflettere sulla loro conversazione. Cercava un'informazione che le fosse stata fornita senza che lei la richiedesse.

Bingo! Trovato! «Il mio appuntamento per il fundraising è saltato». Le persone come Ester non elargivano informazioni sui propri impegni. Era un'esca, e Mazi aveva abboccato. All'apparenza avevano parlato del più e del meno, ma alla fine Ester le aveva dato il numero del miglior ginecologo di Israele e aveva insistito perché Mazi fissasse un appuntamento dicendo che era stata Ester a mandarla. Ester non le avrebbe dato spontaneamente il numero del suo idraulico nemmeno se Mazi fosse stata immersa nell'acqua di fogna fino al collo. Invece un ginecologo sì? Uno da cui era stata Jasmin? Mazi spense la sigaretta, si alzò, tirò fuori il biglietto da visita del medico e chiamò.

Il professor Roni Neria abitava in un grazioso quartiere di Ramat Gan. A poca distanza dalla via principale in cui gli autobus lasciavano uno strato di smog sui palazzi scrostati, d'un tratto vicoli ombreggiati e tetti di tegole rosse. Nella sala d'aspetto della clinica privata, il cui ingresso era separato da quello della villetta, due donne sedevano immobili, senza sfogliare riviste né guardare il telefono. Eppure la segretaria fece entrare Mazi per prima. Cose che succedono quando è Ester Shechter a mandarti. Il medico era seduto nella sua stanza e terminava di aggiornare la cartella di una paziente. Non alzò gli occhi.

«Sì» disse.

«Mi manda Ester Shechter».

«Capisco. Come si chiama?»

«Mazal Morris».

«Morris?» Il dottore sbirciò Mazi da dietro lo schermo gigante. «È per caso parente di Josh Morris?»

L'aveva presa alla sprovvista. «Sì, sono sua figlia».

La fissò. «È vero, sei tu» disse come se si trattasse di una diagnosi. «L'hanno ritrovato?»

«Sono l'unica che lo cerca».

«Allora devi continuare finché non lo troverai. Tuo padre mi ha salvato la vita durante la guerra».

Le lacrime cominciarono a colare, inaspettate, dagli occhi di Mazi, come fosse logico piangere in pieno giorno e per di più davanti a un estraneo. Il professor Neria proseguì. «Ero molto giovane. La mia prima guerra. Mi avevano mandato come infermiere sulle Alture del Golan e mi ero perso. Non riuscivo a ritrovare la mia unità. Una paura da morire. Giravo in cerca dell'avamposto. I siriani sparavano senza sosta. Avrai senz'altro sentito usare l'espressione "le pallottole fischiano". Le pallottole non fischiano. Schioccano, come una frusta. Le sentivo colpire a un metro da me. Una paura da morire, nel senso letterale del termine. D'un tratto tuo padre è saltato fuori da un bunker, mi ha acchiappato per il braccio e ha detto: "Tu resti qui vicino a me". Rideva. Te lo giuro». Mazi non stentava a crederci. «Mi ha portato con sé nel bunker e basta. Non mi sono più allontanato da lui fino all'ultimo giorno della guerra. Dove andava, io lo seguivo».

Mazi inspirò e si asciugò le lacrime con il dorso della mano.

«Sai, tu e la mia figlia maggiore, Shachar, giocavate insieme quando avevate tre anni o giù di lì. Dopo che sei guarita».

«Non lo sapevo».

«Sì, ho persino una foto di voi due da qualche parte. Alla fine fai l'addestratrice di leoni?»

«Cosa?»

«Era il tuo sogno da piccola».

«No, a quanto pare alla fine non l'ho realizzato». Mazi sorrise. «Ero in polizia e adesso sono un'investigatrice privata».

Il ginecologo annuì, meditabondo. «Ricordo cosa hai passato. Con molta chiarezza. Quindi non sei qui per un controllo».

«No, però ho ugualmente bisogno del suo aiuto».

«Farei qualunque cosa per la figlia di Josh Morris. Dimmi cosa ti serve».

«La nostra conversazione è coperta da segreto professionale anche se non sono malata, esatto?»

«Certo, parla».

«Bene. Sto indagando sulla scomparsa di Jasmin Shechter e spero che lei mi possa aiutare a capire perché Ester Shechter ha insistito perché io venissi qui da lei».

«Jasmin è scomparsa?»

«Sì».

«Oh, no» sospirò il dottore e s'immerse un attimo nei suoi pensieri. Poi si raddrizzò. «Bene, adesso devo rimettermi al lavoro e lo farò; riceverò le pazienti in attesa. Puoi venire da noi questa sera? Vieni a cena da noi e poi parleremo. Otto e mezzo?»

«Sì» rispose Mazi, «ci sarò».

15.

«Cos'è successo alle tue sopracciglia?» chiese Mazi a Tilly che entrava nel loft.

«Non osare chiedere delle mie sopracciglia. È stata l'estetista di Jasmin».

«Ti stanno benissimo, davvero».

«Sì, perché tu adesso ti intendi di sopracciglia?»

«Ce le ho anch'io!»

«Va bene, d'accordo» tagliò corto Tilly, a cui premeva soltanto che ricrescessero prima del colloquio di ammissione. «Cominciamo».

«Allora, qual era la vostra storia di copertura?»

«Abbiamo raccontato che stavamo scrivendo un articolo su Jasmin per il supplemento femminile annuale di *The Marker*, perché è al terzo posto nella classifica delle donne più influenti d'Israele sotto i quaranta» disse Tilly. «Abbiamo controllato l'elenco dei suoi contatti sul cellulare. Io ho cominciato con la maestra di pilates. È andata a casa di Jasmin a farle lezioni private due volte la settimana per tre mesi. Jasmin l'aveva avvisata fin dall'inizio che l'impegno era per un periodo breve, per cui le aveva proposto tariffa doppia».

Mazi si alzò, si diresse alla lavagna cancellabile e scrisse: *controlla le situazioni, compra il silenzio, persone in debito con lei.*

«C'è altro?» chiese.

«Sì». Tilly lesse dal telefono. «Era brava, capiva in fretta, disciplinata, gentile ma non cordiale né espansiva».

«La maestra è rimasta in contatto con lei?»

«No, non sono rimaste in contatto, ma mi ha raccontato di aver incrociato Jasmin alcuni mesi più tardi e in quell'occasione è stata molto affabile e le ha detto che il pilates "le aveva cambiato la vita". Ha aggiunto anche che Jasmin ha mandato da lei due amiche che sono diventate clienti fisse».

«Ha fatto nomi?»

«No. Ha detto che "sono persone che tengono molto alla privacy e chi vuole lavorare con loro lo deve tenere a mente"».

«Quindi gente ricca o celebrità» disse Mazi. Sulla lavagna, di fianco a *persone in debito con lei*, aggiunse *x 3*.

«Io ho cominciato con il parrucchiere» disse Benji, leggendo dal telefono lentamente e in tono piatto. «Non va da uno famoso, ho controllato e non lo frequenta nessun vip. Ma è comunque un salone grande e sembra caro. Le fa il taglio il proprietario, Roni Kolka, che mi ha detto: "Adoro quella donna, è unica"».

«Ha spiegato perché?»

«Sì. Ha detto che non parla di questioni personali, perché "le mie clienti non possono parlare di cose del genere, sono donne dalle quali tutti vogliono qualcosa, pettegolezzi, informazioni su affari riservati, insomma, cercano tutti di spillare qualcosa. Quindi non parlano mai di questioni personali". Però si scambiano consigli su ristoranti, viaggi all'estero, vino e arte. Roni ha detto che "ha giusto iniziato a interessarsi di arte", e lei gli ha organizzato alcune visite in studi di artisti che raccomanda come buon investimento, tipo Noa Yafe, Roee Rosen, Roni Hajaj».

«Era puntuale?»

«Sì».

«Annullava appuntamenti?»

«Mai. Arrivava precisa come un orologio, una volta ogni quindici giorni, il lunedì alle dieci».

«Un momento, allora significa che l'aspettano per domani!» constatò Mazi.

«Sì, a meno che...» proseguì Tilly entusiasta.

«A meno che non abbia annullato» concluse Mazi con un gran sorriso.

In tutti i casi arriva un momento in cui hai la sensazione che si apra una porta. È il momento per cui gli investigatori vivono. Mazi lanciò a Tilly un cellulare usa e getta. «Avanti, *sister, do your thing*. Benji, passale il numero».

Benji lesse il numero a Tilly e lui e Mazi rimasero seduti in silenzio, in attesa di vedere quale personaggio Tilly avrebbe impersonato stavolta.

«Buongiorno, chiamo da parte di Shlomit Malka» esordì Tilly nel tono dell'assistente personale di Dio. «Abbiamo un'emergenza. Shlomit ha un servizio fotografico domani e Miki è impegnato per una faccenda personale, vogliamo venire alle dieci... sì, domani». Tilly chiuse gli occhi concentrandosi per sentire cosa succedeva nel salone e mentre aspettava fece cenno a Mazi e Benji di tacere. «No, le undici è troppo tardi... una cliente fissa? Ma come fissa... non la potete spostare per Shlomit? Va bene, vedremo, spero non sarà troppo tardi, sarebbe un peccato per voi perdere un'occasione del genere». Riattaccò e Benji e Mazi poterono lasciarsi andare alla risata che avevano trattenuto fino a quell'istante.

«Uff» commentò Tilly, «quanto mi dispiace per loro. Adesso pensano di aver perso l'occasione di agganciare una super cliente e domani Jasmin non si presenterà. Per loro sarà una botta».

«Sei un tesoro» disse Mazi. «Ha menzionato il nome di Jasmin?»

«No, si è scusata tantissimo e ha detto che è una cliente fissa da un sacco di anni».

«Ottimo lavoro. Dunque domani alle dieci la aspettano, e siccome non ha mai tirato un pacco le telefoneranno di sicuro al cellulare, e quando non risponderà c'è da supporre che chiameranno il suo ufficio. A quel punto ci sono buone probabilità che una delle impiegate si chieda cosa succede, e questo ci fornirà l'opportunità di fare una mossa con lei, chiunque sia. Quindi il piano è questo: io mi presenterò nell'ufficio vestita da corriere. Tilly, procurami gli accessori necessari. Benji, fai un po' di ricerche in modo che la copertura risulti credibile. Mi fermerò lì mentre loro cercheranno la busta che fingerò di essere andata a ritirare, e nel frattempo si spera che arrivi la telefonata dal parrucchiere. Vi manderò il nome di chi risponderà al telefono. Tilly, tu dopo mezz'ora chiamerai la stessa ragazza e fingerai di essere un'agente di polizia, ma non dirlo in modo esplicito. Perfetto!» concluse, e Benji e Tilly si scambiarono un sorrisetto. Adoravano vederla entusiasmarsi per il lavoro. Era contagiosa.

«Avete notato come tutti sono leali nei suoi confronti?» chiese Mazi.

«Be', dal loro punto di vista è denaro» rispose Benji.

«Non hai torto, ma ci sono clienti fissi da incubo, che pensano che tutto gli sia dovuto. Jasmin è fissa ed è sempre puntuale, li tratta come fossero al suo stesso livello. Cosa ha detto delle mance?»

«A lui non lascia mancia, è il proprietario» spiegò Benji a Mazi, che non entrava da un parrucchiere da quando, a sedici anni, aveva iniziato a rasarsi la testa da sola perché gli uomini avevano cominciato a rivolgerle attenzioni. Mazi era disposta a riceverle quando faceva piacere a lei, non su iniziativa altrui. «Lascia la mancia alla ragazza che le fa lo shampoo, non direi mance stravaganti».

Mazi scrisse sulla lavagna: *fidelizza.* «Bene, che altro?»

«L'estetista» intervenne Tilly parlando velocissima. «A lei non ho detto che mi mandava *The Marker* perché non mi pareva realistico. Quindi l'ho dovuta implorare di fissarmi un appuntamento. Non era per niente disponibile, continuava a chiedermi da chi avevo avuto il suo numero, e non potevo darle un nome a caso perché avrebbe di certo verificato. Allora ho inventato una storia complicata sul fatto che avevo letto il suo nome su una rivista e che mi dovevo sposare ma la madre della mia estetista era morta, poi ho dovuto aggiungere che abitava fuori città perché mi ha chiesto il nome, insomma, una di quelle palle che producono altre palle che si sposano con altre ancora e partoriscono nuove piccole palle. Un incubo. Per farla breve, ha capito che mi poteva rifilare un prezzo da sposa disperata, perciò alla fine ho ottenuto il mio quarto d'ora, e a quel punto lo voleva sprecare in chiacchiere su dove mi sposavo e dove avevo comprato il vestito, perciò ho deciso di giocare pesante e ho detto che volevo le sopracciglia come Jasmin Shechter. Bingo! A quel punto mi fa: "E tu come mai conosci Jasmin Shechter?", come a dire: non esiste che fate parte dello stesso giro. Pazzesco come certa gente ti fiuta i soldi addosso. Allora le ho detto che lavoravo nell'ufficio di Jasmin, un colpo di genio da parte mia, per lo meno a mio parere, perché così mi sono guadagnata la sua fiducia all'istante, ormai eravamo due donne che lavorano con Jasmin, e lei mi fa: "Le sopracciglia di Jasmin a te non staranno bene, sono pochissime le donne a cui donano le sopracciglia dritte" e io le faccio: "Sì, hai ragione, lei è proprio stupenda" e lei mi fa: "Sì, è chic dentro", e poi ha chiesto se Jasmin sarebbe venuta al matrimonio e ho risposto che l'avevo invitata, naturalmente, ma non sapevo ancora se sarebbe riuscita a venire visti tutti i viaggi e gli impegni, e lei ha detto che me lo chiedeva solo perché Jasmin non si era presentata al suo appuntamento venerdì e quando le aveva telefonato non aveva risposto, e allora ho detto... per inciso, lampo di genio numero due...»

«Hai bevuto molto caffè oggi?» Mazi guardava sospettosa sua sorella che parlava a duecento all'ora.

«Sì, si nota? Non ho dormito molto» rispose Tilly e arrossì. Aveva passato la notte a leggere consigli su come superare il colloquio. «Comunque, lampo di genio numero due, le ho detto che doveva essere per via del funerale di Ari, e lì l'ho colta impreparata, se n'era proprio dimenticata, era imbarazzatissima, tutta "sì, infatti, è quello che ho pensato anch'io", allora ho preso la palla al balzo e le ho chiesto se aveva in programma di andare a fare una visita di condoglianze e se erano vicine loro due, e lei ha risposto che gli Shechter non ricevevano visite, al che io ho confermato: "Sì, anche dell'ufficio è andato solo Yoel

Mimon". E poi lei ha detto: "Comunque sì, siamo vicine, guarda" e ha indicato qualcosa sul muro dietro la mia testa, era coperto di foto sue con una serie di vip con quattro peli al posto delle ciglia, ce n'era anche una di lei insieme a Jasmin e a un'altra donna, allora le ho chiesto chi era e lei ha risposto che non si ricordava il nome, Jasmin l'aveva portata una volta e aveva detto che era un'amica venuta dall'estero e parlava soltanto inglese. Dopodiché mi ha sistemato le sopracciglia. Poi ho avuto un colpo di fortuna, la cliente successiva era in anticipo, perciò lei è uscita un attimo dalla cabina per scambiare bacini e bacetti e io sono riuscita a fotografare la foto».

«Brava. Fammela vedere. Come si chiama l'estetista?»

«Etty. *Etty sopracciglia.* Ecco la foto». Tilly passò a Mazi il telefono. Mazi osservò e lo passò a Benji.

«Facciamo una ricerca usando la foto».

«L'ho già fatta» disse Tilly. «Non si trova niente, e neanche nel cellulare di Jasmin ci sono fotografie di quella donna».

«A me sembra araba» disse Mazi

«Araba-araba?» domandò Tilly.

«Non ci metterei la mano sul fuoco, ma così, a prima vista, sì, mi sembra araba-araba, come dici tu». Mazi doveva essere la cosa più simile a un'araba che Tilly avesse mai incontrato. Come Benny, il padre di Dudi, anche Mazi aveva imparato l'arabo a casa: i suoi nonni, che erano nati in Iraq, lo parlavano tra loro perché lei non capisse. Ricordava il giorno in cui nonno Sasson – l'uomo che più amava al mondo e che amava lei più di chiunque altro – si era reso conto che Mazi invece lo capiva e le aveva detto in arabo: «Non lo dire alla nonna, sarà il nostro segreto». Era stato l'ultimo segreto che Mazi aveva mantenuto con gioia.

«Tu dove sei stata?» chiese Benji.

Mazi abbozzò un sorriso. «Avete fatto un ottimo lavoro. Alle otto ho una cosa, vi aggiornerò dopo. Avete la forza di proseguire oggi? Di andare un po' avanti anche con Ari?»

Benji aveva intenzione di fare un tentativo per convincere la sua ex, della quale nessuno sapeva niente, a tornare con lui. Ma dal momento che non voleva parlarne rispose di sì, e Tilly rispose di sì per imbarazzo, nonostante fosse distrutta e avesse solo voglia di rinchiudersi in casa. A Mazi, che non poteva leggere nei loro pensieri, bastò quel «Sì», perciò disse: «Benissimo. Io vado a casa, ho bisogno di raccogliere informazioni su un certo argomento. Ci becchiamo alle sei e mezzo, sette e vediamo un po' cosa c'è di nuovo».

«D'accordo» rispose Benji, e accese subito il bollitore per preparare un tè.

16.

«Al di fuori di una vecchia fotografia, in internet non si trova niente su Ari Shechter. Da morire» disse Tilly a Benji dopo due ore di ricerca.

«Credi che l'espressione "da morire" sia la più opportuna in questa situazione?»

«È mai opportuna?»

«Ricordi Jerry?»

«Jerry, che tipo assurdo. "Mi scoppia la testa. Da morire!" Che scemo». Risero tutti e due. «Insomma, forza, recupera l'indirizzo di Ari e andiamo a curiosare intorno a casa sua».

Mentre Benji scovava l'indirizzo segreto di Ari in modi che Tilly preferiva non conoscere, Tilly sfogliava la lista dei contatti sul suo telefono in cerca di qualcuno da cui trarre ispirazione per una storia di copertura. Si rese conto di aver trovato la persona giusta quando incappò nel nome Nuni, un tizio con cui aveva avuto una storia infernale: si era quotato in borsa, aveva fatto i milioni e l'aveva mollata per la sua ex fidanzata, una bietolona inglese di nome Charlotte.

«Fatto!» disse Benji in quel preciso momento.

«Hai trovato l'indirizzo? Dove abita? Cioè, dove abitava?»

«È curioso, in effetti. Abitava abbastanza vicino al caffè».

«Il caffè di Jasmin?»

«Già. Guarda».

«Vicinissimo, davvero. Interessante. Ascolta. Saremo una coppia. Tu sei Nuni, scusa, Yoni, un imprenditore di high tech che si è appena quotato in borsa per centottantaquattro milioni di dollari. Inventati da solo cosa fa la tua start up».

«Facile, *open source distributed ledger*».

«Perfetto. Okay. Io sarò... Valery. Val. La tua fidanzata inglese. Siamo due arricchiti un po' tonti, a cui piace l'idea di abitare in viale Chen perché crediamo che quello è il quartiere degli alternativi danarosi. Siamo in cerca di un appartamento da acquistare. Siamo molto espansivi, cioè, io sono molto espansiva e tu sempre al telefono. Ah, chiaramente quello che vogliamo davvero sapere è se ci sono persone "interessanti" che abitano in zona, chiaro?»

«Sì. Presumo di non essere vestito nel modo più indicato per il ruolo».

«No. Fatti una doccia. E, Benji, saresti disposto a rasarti?»

«Sì» rispose Benji, lasciando Tilly interdetta. Non sapeva che suo fratello aveva già deciso di tagliarsi la barba in previsione della serata. «Ah, fantastico, e aftershave. E deodorante. Scendo giù al negozio di abbigliamento sportivo e ti procuro qualcosa da indossare».

Tre quarti d'ora più tardi salivano su un taxi vestiti come una coppia laureata in un'università della Ivy League diretta a una partita di doppio a tennis. Tilly portava un cestino da picnic nel quale Benji aveva nascosto un microregistratore potente. Il taxi li lasciò nel quartiere chic dove si trovavano fianco a fianco una *Fromagerie*, una *Charcuterie*, un fioraio e un fruttivendolo che sembrava una gioielleria.

«Caro, cosa ne dici di assaggiare il St Môret?» propose Tilly enfatizzando il suo accento britannico e pronunciando la *t* di «St Môret» in modo da suonare più credibile come Val. Ma nonostante vari assaggi e l'acquisto di tre formaggi squisiti e scandalosamente cari, dal venditore dai capelli rossi non riuscì a cavare niente.

Anche la visita dal fioraio risultò inutile, cosa che non li stupì: entrambi stentavano a immaginare Ari Shechter che coltivava felci in bagno e piante grasse sul balcone. Ma dal fruttivendolo la conversazione si fece più vivace.

«Sapete» disse l'uomo togliendo il picciolo da una fragola cicciottella prima di offrirla a una Val deliziata, «Ari Shechter si serviva regolarmente da me. Che tragedia. Lo conoscevate? Era l'israeliano più... come si dice, *charmant* che abbia incontrato. Sembrava Clint Eastwood in miniatura. Educatissimo. Mai il solito "oggi non ho contanti" e tutte quelle storie» e scoppiò a ridere quando un cliente gli scoccò un'occhiata risentita.

«Che tragedia, vero, *darling*?» rincarò Tilly. «Aveva moglie e figli?»

«Oh, no. Anche se le potrei raccontare che a volte cucinava per due». Il francese scoppiò di nuovo a ridere e fece loro l'occhiolino. Splendido, siamo dentro uno sketch dei Monty Python, pensò Benji. «Il giovedì comprava tutto in quantità doppia, e solo i prodotti migliori. Porcini, asparagi, topinambur, scalogno».

«Di chi sono i segreti che stai rivelando, Henry?» chiese un'elegante signora scura di carnagione che controllava con cura una patata Désirée.

«Di Ari, *ma chère*, penso che ormai non gli dispiaccia».

«Perché siete interessati ad Ari?» domandò la donna.

«Ah, non siamo particolarmente interessati a lui» bamboleggiò Tilly alias Val. «Siamo venuti a vedere un appartamento nel quartiere, e ci sembrava...»

«Quale appartamento?»

«Nel palazzo ristrutturato, quello dove c'è l'ambasciata canadese». Tilly le porse la mano. «Molto piacere, io sono Val e lui è Yoni, il mio fidanzato». Non potendo rifiutare, la donna strinse la mano di Tilly, una stretta rapida e sicura con una mano curata, adorna di una sfilza di anelli d'oro.

«Piacere, Malka. Gli appartamenti in quel palazzo sono piuttosto cari» disse, e Tilly considerò che solo un israeliano può pensare di dire una frase del genere a un perfetto sconosciuto. Per tutta risposta fece una breve risatina che significava «non che la cosa ti riguardi, ma per noi è l'ultimo dei problemi, affoghiamo nel grano», e disse con fierezza: «Il mio futuro marito, Yoni, ha appena venduto la sua start up».

«Complimenti» rispose Malka. «Ari era un uomo molto riservato. Torno più tardi, Henry» e uscì.

«Non preoccupatevi» commentò Henry, deciso a mantenere allegra l'atmosfera. «Doveva essere innamorata di lui, come tutte».

Tilly gli rivolse un sorriso da Val, pagò le cipolle e i funghi e proseguirono verso il macellaio.

«Salve» li salutò il macellaio che prima era chiuso. «Cosa posso servirvi oggi?»

«*Hello*, io sono Val».

«Ah, è inglese. *Welcome, welcome.* Io sono Eli. Siete qui in vacanza?»

«No, adesso vivo qui. È stato il mio fidanzato, Yoni» e indicò Benji, che sollevò un secondo gli occhi dal cellulare per un rapido «Salve», «a portarmi qui. Confesso che adoro il vostro clima!»

«Le piace questo clima? Io vorrei morire».

Val-Tilly scoppiò in una breve risata. «Di sicuro non è peggio dei cento giorni di pioggia all'anno di Londra».

«In effetti, ha ragione. Quindi, Val, dico bene? Come la posso aiutare?»

«*Darling*» disse rivolgendosi a Benji e poi a Eli, «in casa è lui che cucina... *Darling*, cosa prendiamo?»

«Una bistecca» rispose Benji senza sollevare gli occhi dal cellulare.

«Allora una bistecca» disse Val. «Il pezzo migliore che ha, per tre».

«*Yes, madam*» disse Eli.

«È il taglio che avrebbe comprato Ari?» chiese Val-Tilly, che non era riuscita a pensare a nessuna mossa meno diretta.

«A che Ari allude? Ari Shechter?»

«Sì. Henry ci ha raccontato che era un *foody*. Poveretto».

«Era *achla*, Ari. Lo sa cosa significa *achla*?»

«No, non proprio».

«Yoni, dia una mano alla sua fidanzata. Cosa vuol dire *achla*?»

«Vuol dire che era un *Mensch*» spiegò Benji, questa volta guardandolo negli occhi.

«Un *Mensch*, un vero uomo, esatto. Eravamo amici. Guardi». Si tolse i guanti di gomma, andò in una stanza sul retro e tornò con una fotografia incorniciata di lui e Ari seduti su una jeep in cima a una montagna verdeggiante. «Ci credete che la famiglia non accetta visite di condoglianze? Non ho potuto nemmeno dirgli addio».

«Che cosa terribile» disse Val-Tilly. «La fotografia è stupenda. Dove siete?»

«È di qualche mese fa. Gli avevo raccontato che ho costruito una casetta – ho comprato un terreno in un posto stupendo, isolato – e mi aveva proposto di venirla a vedere. Ci siamo andati di domenica perché sono chiuso per la macellazione, *you know*».

«Di sabato è vietato macellare, perciò la domenica non c'è carne fresca» chiarì Yoni-Benji a Val-Tilly.

«Ah. Quindi avete fatto una gita insieme, che meraviglia! Dov'è questa casetta? Per caso la affitta? Io e Yoni non abbiamo ancora fatto nemmeno una vacanza insieme in Israele».

«È così, Yoni? Perché non porta fuori la sua fidanzata per il fine settimana?» Nel frattempo stava tagliando tre belle costate spesse. «Però no, non l'affitto. Non è *business*, solo *pleasure*, con mia moglie e i figli. Nella zona di Kerem Maharal, *you know? Very beautiful*».

«Mi dispiace tanto per Ari. Dev'essere terribile perdere un amico in quel modo» gli disse Tilly mentre pagava con una banconota da duecento shekel. «Aveva famiglia?»

«No. Era quel che si definisce un lupo solitario. Tutte le donne lo amavano. Ma lui amava solo... la sua nipotina». Scoppiò a ridere. «Un tesoro di bambina. Ecco le bistecche. E lei, chef, padella bollente, mi raccomando. Non le uccida» e porse il resto.

«Grazie, Eli, è stato un vero piacere conoscerla».

Se ne andarono. Tilly si sentiva sfinita e si domandò se la recitazione era il mestiere adatto a lei. Non che non si divertisse, si divertiva molto, ma si sentiva spossata. Forse era la paura di essere beccata a mentire a stancarla tanto. «Telefona a Mazi» disse a Benji, «avvisala che ci vediamo da lei. Dobbiamo mangiare le bistecche e i formaggi prima che si guastino per il caldo».

«Sorella» esordì Benji al telefono.

«Venite da me» rispose Mazi, «e portate qualcosa da mangiare, muoio di fame».

Mazi sentì la bussatina di famiglia e si affrettò a chiudere il browser, aperto su un articolo intitolato *Settimane di gravidanza, tutto quello che ti serve sapere.*

Aprì la porta. «Wow, vi si addice essere ricchi. Cosa avete portato?»

«Cibo e informazioni. Cosa vuoi per prima cosa?»

«Cibo. Non sono ancora in grado di digerire le informazioni». La capacità di Mazi di differire la gratificazione durante un'indagine li impressionava sempre. La sua spiegazione era che prove e informazioni non scappavano da nessuna parte, mentre rimandare un pasto causava irritabilità ed errori di valutazione.

«Ecco, prendi un po' di formaggio mentre la bistecca cuoce» disse Tilly. Mazi e Tilly si sedettero sugli sgabelli da bar mentre Benji si dedicava alle costate.

«Ci racconti com'è andata stamattina con Ester?»

«Ve la faccio breve. Penso che abbia tentato di aiutarmi, ma non ho del tutto chiaro in che modo. Cercava di dirmi qualcosa o di farmi pensare a qualcosa, però non sono nemmeno sicura se riguardasse Jasmin, o Ari, o chi altro. Naturalmente potrebbe anche essere uno stratagemma per depistarmi. Ma la mia sensazione di pancia è diversa».

«Cosa ti ha detto?»

«Da un lato, niente. Dall'altro, mi ha ricevuta nel suo ufficio, dove ci sono molte fotografie, inclusa quella di un tizio che ho riconosciuto dalla notte a Gerusalemme, ma lei ha finto di non ricordare chi fosse. La cosa più rilevante è stata che mi ha dato il numero di telefono di uno specialista di cancro al seno e alle ovaie, ha insistito che io andassi a farmi visitare e mi ha detto di avvisare che era lei a mandarmi». Mazi sollevò una mano per impedire a Tilly di interromperla con le domande. «Perciò ci sono già andata. Non avevo idea di cosa stavo cercando di scoprire, e suppongo che non avrei cavato un ragno dal buco, non fosse che...»

«Hai detto "non fosse che"?»

«Sì, il vostro esperimento nell'adottare una bambina cresciuta con i lupi è stato un successo, e adesso so usare i congiuntivi». Mazi sorrise. «Non fosse che mi è capitato un colpo di fortuna pazzesco: quel medico conosceva benissimo mio padre e sa qualcosa che ci tiene a raccontarmi».

«Su Josh?»

«No, presumo su Ester o su Jasmin. Mi ha invitato a cena da lui stasera. E no, Tilly, non penso che sarà pericoloso».

«Non è quello che intendevo chiedere. Volevo sapere se c'erano delle foto di famiglia nell'ufficio di Ester». Mazi si sentì scoppiare di orgoglio per come si erano affinati i sensi di Tilly, ma disse solo: «Ce n'erano diverse, ma non sono riuscita a desumere molto».

«Non sei riuscita a desumere molto? Quindi significa che sei riuscita a desumere comunque qualcosa».

Mazi sorrise. «Ho un'ipotesi, ma è prematura, non sono ancora pronta a condividerla».

«Okay. Vuoi sentire cosa ci siamo procurati noi?»

«Bistecche» disse Benji e posò sul bancone tre piatti: bistecche succulente con contorno di cipolle e funghi saltati. Tilly prese la senape dal frigorifero che conteneva poco altro e Mazi riempì una brocca d'acqua del rubinetto a cui aggiunse della menta *nanah* dalla terrazza. Iniziarono a mangiare.

«Allora» partì Tilly dopo aver lanciato un'occhiata alla lista sul suo telefono, «Ari abitava poco distante dal caffè di Jasmin. Viveva solo ed era un uomo riservato di cui tutte le donne si innamoravano. Era molto gentile. Il giovedì sera cucinava per due. Ha dimostrato interesse nei confronti di una casetta isolata nei pressi di Kerem Maharal di proprietà del macellaio del quartiere ed è anche andato a visitarla insieme a lui».

«Non male. Forza, cominciamo a suddividerci i compiti».

Mazi staccò dal muro una piccola lavagna cancellabile con un pennarello verde e la passò a Tilly, l'unica dei tre che aveva una scrittura leggibile. La scrittura di Mazi era selvaggia e quella di Benji sembrava alfabeto Morse. Mazi dettò a Tilly: «1. incontrare il ginecologo – Mazi; 2. trovare la fotografia di Ester con l'uomo – Tilly. Te lo descriverò, ricordo anche cosa indossa Ester nella foto; 3. individuare la posizione esatta della casa del macellaio e andare a controllarla – Benji e Tilly».

«Perché ci interessa la casa?» domandò Benji.

«La sorella di Ari scompare e poco tempo prima lui s'interessa di case isolate? Mi pare valga la pena verificare. 4. cercare di scoprire chi ospitava Ari il giovedì sera – Benji e Tilly». Prese una pausa per masticare e commentò a bocca piena: «Da sogno». Poi aggiunse: «Non credo che abbiamo speranze di introdurci nell'appartamento di Ari, ricordiamoci che era il responsabile della sicurezza della famiglia Shechter. Ma spero di convincere Dudi a permettermi di accedere. A questo penso io».

Prese un altro boccone. «Cacchio, che carne squisita. C'è un'altra cosa, non ricordo se ve l'ho già detta. Durante il viaggio, Ari mi ha detto che una tipa di nome Alma, che era la migliore amica di Jasmin durante il militare, un tempo abitava nella fattoria di Sha'ar Hagai. In quel posto vivrà una decina di persone, perciò anche se Alma non è più lì qualcuno saprà qual è il suo cognome e magari dove si è trasferita. Scoprite qual è il suo cognome e come la si può contattare». Loro annuirono.

«Allora, 6. trovare Alma di Jasmin – Tilly e Benji.

Un'ultima cosa e compito fisso: chiamare l'ufficio del signor Shechter».

«Mi alzo apposta al mattino» rispose Tilly. Fotografò l'elenco, lo mandò nella loro chat con lucchetto e poi cancellò la lavagna. Benji impostò il timer su cinque minuti. Si disse che doveva ricordarsi di confrontare il prezzo di quelle bistecche con quello che gliele faceva pagare il suo macellaio, dopodiché fu libero di dedicarsi a suddividere il compito di trovare la casa in sotto-obiettivi. Quando il timer suonò, Mazi disse: «Bene, vi aggiorno dopo il ginecologo. Lasciatemi i piatti da lavare, ma portate via i formaggi».

«La pistola lasciala, pigliami i cannoli» citò Benji dal *Padrino*.

17.

La moglie del medico le aprì la porta. «Benvenuta» la salutò con un sorriso allegro. «Entra, entra. Piacere, io sono Sarit. E tu sei la figlia di Josh. Gli somigli, lo sai?»

«Sì» rispose Mazi con un sorriso. «Me l'hanno detto qualche volta quando ero ancora in polizia. Ecco, ho portato dei formaggi». Porse a Sarit i due ottimi formaggi che la saggia Tilly aveva insistito per farle prendere.

«Non ce n'era bisogno, grazie. Tuo padre era fatto a modo suo, sai? Lo chiamavamo "il fenomeno"». Sarit non distoglieva gli occhi da Mazi. «Roni» chiamò in direzione della cucina.

Il medico fece capolino da un muretto divisorio e agitò la mano salutando Mazi. «Sto cucinando. Spero che tu non sia vegetariana, mi sono dimenticato di chiedertelo».

«Neanche per idea». Mazi sorrise pensando al secondo pasto di carne in un giorno. La dolce vita.

«Roni, ricordi che Josh girava scalzo per la base dell'unità speciale antiterrorismo?»

«Sì, sì, ma ne parliamo dopo, sono in un momento critico per il roast beef».

«Era un uomo affascinante» proseguì Sarit e posò i formaggi sul tavolo da pranzo. «Hai voglia di vedere delle fotografie tue insieme a nostra figlia maggiore? Ho sfogliato tutti gli album finché non le ho trovate. Ma non ti ho offerto niente, vuoi bere qualcosa? Vino?»

«Perché no?» Mazi sorrise. Devo frequentare più spesso persone normali, pensò.

Sarit tornò con due bicchieri di rosé freddo. «Alla salute dei vecchi amici, spero che lo ritroverai sano e salvo al più presto».

Sarit si accomodò sull'ampia chaise-longue foderata di morbido velluto beige e picchiettò sul divano con la mano per invitare Mazi a sederle a fianco. Sul tavolino erano sparsi alcuni album. Sarit posò il bicchiere di vino e ne aprì uno verde scuro. «Ecco, guarda, questa sei tu con la nostra Shachar». Nella fotografia in bianco e nero si vedevano due bimbette in stivali di gomma e impermeabile, che si tenevano per mano e saltellavano in una pozzanghera. C'era una serie di fotografie simili. Mazi osservò la Mazi bambina. Sembrava felice.

«Eccone delle altre». Sarit le passò delle fotografie a colori, alcune ingiallite, altre diventate violacee. Ritraevano due famiglie che trascorrevano la giornata al mare. Mazi riconobbe Sarit, stupenda, con un bikini marrone e un paio di occhiali da sole giganteschi, e pensò che adesso era ancora più bella. C'era anche il medico, con una massa di ricci, e poi lei, sui tre anni e mezzo, scura come sempre d'estate, con addosso solo uno slip che non nascondeva la cicatrice chiara che le deturpava l'addome. Shachar, la figlia del dottore, e la piccola Mazi erano sedute a costruire un castello di sabbia con una mano e a leccare un ghiacciolo stretto nell'altra. Sua mamma non c'era già più, ma suo padre era lì. L'uomo più attraente del mondo, con i capelli scompigliati e gli occhi che gli ridevano. Sembravano tutti felici.

«Non me ne ricordo» disse Mazi sorridendo, un po' dispiaciuta di non aver conservato quel ricordo piacevole.

«Be', eri piccolina, e ti erano già successe tante cose. Noi ci siamo trasferiti negli Stati Uniti poco dopo, per il lavoro di Roni, e ci siamo persi di vista».

«Cosa fa Shachar?»

«È medico, come suo padre. La minore invece ha seguito le mie orme, è architetto».

«Ah, per questo avete una casa così bella. È un tuo progetto?»

«Sì, grazie, tesoro» rispose Sarit e lanciò un'occhiata alla sua stessa casa, spaziosa e insieme intima, decorata con piante enormi, rigogliose.

«La cena è servita» le chiamò Roni, e si riunirono tutti e tre intorno al tavolo per una cena a base di roast beef, purè e insalata di pomodori e cipolle. Per Mazi non era un problema aver mangiato la bistecca a pranzo. Fin da bambina, aveva l'abitudine di rimpinzarsi ogni volta che trovava cibo.

«Mazi, cos'è successo a Josh?» domandò Roni. Non sarà una serata di chiacchiere banali, pensò Mazi con un certo sollievo.

«Vorrei tanto saperlo» rispose Mazi. «Avevo dodici anni. Aveva lasciato l'unità speciale già da diversi anni e si manteneva facendo quello in cui eccelleva, l'istruttore di tiro. Addestrava guardie di sicurezza in Israele. All'epoca la richiesta era inferiore rispetto a ora, non c'erano guardie all'ingresso dei centri commerciali e delle scuole come adesso. Papà lavorava soprattutto per le grosse compagnie, la compagnia elettrica, quella dei trasporti, cose del genere, e partiva spesso per l'estero insieme a un tizio che aveva servito nella valle del Giordano con lui e poi aperto una società. Sono partiti per la Colombia con l'idea di restare qualche mese. Da lì è passato in Cile. L'ultima volta che l'ho sentito era in Perù. Poi più niente. Le lettere hanno smesso di arrivare».

«Oh santo cielo» disse Sarit e si versò un bicchiere di vino rosso.

«Ho avvisato la polizia che era scomparso tramite l'assistente sociale che si occupava di me e tramite Benny Peretz, non so se conoscevate anche lui...»

«Il nome non mi è nuovo. Erano insieme nell'unità speciale antiterrorismo?»

«Sì. È il padre di Dudi Peretz, il marito di Jasmin».

«Ah... interessante questo collegamento».

«Te lo spiegherò dopo. A ogni modo, grazie a lui e all'assistente sociale...»

«L'assistente sociale?» la interruppe Sarit.

«Sì, in quegli anni non avevo nessuno. Già prima che Josh scomparisse, visto che viaggiava spesso all'estero, abitavo con i miei nonni, i suoi genitori, ma sono morti in un incidente stradale...»

Sarit si coprì la bocca con una mano e scosse la testa. Mazi scoppiò a ridere.

«Cos'hai da ridere?» chiese Sarit, ridendo a sua volta con gli occhi umidi.

«Sto bene, Sarit. È successo tanto tempo fa. Lo vedi che sto bene, no?»

Sarit portò di nuovo la mano alla bocca e scosse la testa. «Dài, continua a raccontare. Io cerco di ricompormi». Roni strinse la mano di sua moglie al di sopra del tavolo.

«Per farla breve, abbiamo denunciato la scomparsa e per un periodo hanno mostrato un certo interesse. Poi l'amico che aveva aperto quella società è stato accusato di aver venduto segreti militari all'estero e hanno messo in giro la voce che Josh fosse scappato per quello. A quel punto la polizia ha abbandonato le indagini e i media hanno perso interesse. Ed è finita lì. Il caso è stato archiviato. Di tanto in tanto riemerge, quando un giornalista decide di scrivere dei "Dieci israeliani scomparsi all'estero" o roba del genere. Ma niente di più».

«E tu dove hai vissuto? Con chi?» chiese Sarit.

«Prima che lui scomparisse vivevo un po' con lui e un po' con i nonni. Erano meravigliosi. Dopo che sono rimasti uccisi ho girato... collegi, affidi a famiglie, un po' per strada, poi quando avevo sedici anni è comparso il fratellastro di mia madre da parte di padre, inglese. Non l'avevo mai conosciuto prima e ho scoperto che si era sposato con un'israeliana e trasferito in Israele, avevano avuto due figli e poi era rimasto vedovo». Sarit si lasciò sfuggire una involontaria risatina di strazio e Mazi le sorrise. «Tranquilla, è una storia a lieto fine. Si è rivolto al tribunale per ottenere di adottarmi ufficialmente e così mi sono trasferita da lui. I suoi figli avevano otto e sei anni, erano dolcissimi. Erano entusiasti all'idea di avere una sorellona. È stato lui a insegnarmi ad andare in bicicletta, a mangiare con forchetta e coltello, un po' di storia e molto cinema». Sorrise di nuovo. «Siamo diventati una famiglia. Con il suo aiuto mi sono diplomata come privatista. Era quella la casa in cui tornavo in licenza durante il militare».

«Wow» commentò Sarit. «Siete in contatto?»

«Se siamo in contatto? Sono la mia famiglia. Lavorano con me nell'agenzia investigativa». Per la prima volta considerò che quello era il lato positivo del licenziamento dalla polizia.

«Chi? I fratelli e lo zio?» chiese Sarit sbalordita.

«Solo mio fratello e mia sorella, due geni. Benji e Tilly».

«Benji e Tilly?» Sarit adesso piangeva dal ridere e si asciugò le lacrime dagli occhi. «Roni, bisognerebbe fare un film su questa donna, non pensi?»

Il dottore sorrise.

«Va bene, so che avete cose serie, cioè ancora più serie, di cui parlare» disse Sarit. «Andate pure. Io sparecchio e vi porto il caffè e il dolce».

«Facciamo pure whisky e dolce» disse il medico. «Vieni, usciamo in giardino. Prendo solo lo spray antizanzare. Spalmati in abbondanza, le stronze picchiano duro».

Mazi lo seguì fuori e si sedettero uno di fianco all'altra in comode poltroncine in vimini imbottite, rivolte verso un muretto in pietra su cui si riversava con un piacevole gorgoglio una cascatella che rinfrescava l'aria. Sarit li raggiunse, posò sul tavolino davanti a loro il whisky, i bicchieri e una torta biscotto e rientrò in casa.

«Sai senz'altro tutto del segreto professionale medico». Roni Neria non perse tempo a tergiversare. «E sai anche che in certi casi lo si può violare, per esempio quando la polizia indaga su un omicidio. Ma tu non sei nella polizia e non sappiamo se si tratta di omicidio».

«Vero» ammise Mazi.

«Nonostante questo, per ragioni che preferisco tenere riservate, risponderò ad alcune domande. Se però la cosa dovesse emergere in un'indagine ufficiale, negherò tutto. Tu cerca di formulare le domande in modo che possa rispondere con un sì o un no».

«Bene» disse Mazi. Prima di arrivare aveva pensato che il medico quella sera le avrebbe riferito qualcosa che gli premeva raccontare. Invece aveva appena scoperto che si sarebbe trattato di un interrogatorio. Immaginò di essere al commissariato centrale. Immaginò di non conoscere il medico, era un testimone da interrogare nell'ambito dell'inchiesta per l'omicidio di una donna di nome Jasmin Shechter, e si mise al lavoro.

«Jasmin Shechter era tua paziente?»

«Sì».

«L'hai mai curata per un tumore?»

«No».

«Sai come è arrivata da te?»

«L'ha mandata Ester Shechter».

«Ester Shechter è tua paziente?»

«Non ti posso rispondere».

«Hai avuto occasione di conoscere Ester Shechter al di fuori del tuo studio?»

«Sì, sono stato ospite come oratore in un evento di fundraising per la ricerca e prevenzione del tumore alle ovaie organizzato da lei».

Mazi versò del whisky a entrambi. Porse al medico un bicchiere e prese un sorso dal suo.

«Ester Shechter ti ha contattato personalmente per presentarti Jasmin Shechter?»

«Sì».

«Eliminando i dati medici, mi puoi riferire cosa ti ha detto?»

«Eliminando i dati medici...» Rifletté un momento. «"Vorrei che vedesse mia cognata, credo che soffra della stessa condizione di cui ho sofferto io"».

«Prima hai detto di non aver mai trattato Jasmin Shechter per un tumore, esatto?»

«Esatto».

«Jasmin Shechter si è sottoposta a test genetici per il tumore?»

«Sì».

«È portatrice del gene?»

«No». Le domande professionali lo mettevano a disagio. Ma non per caso Mazi aveva raccontato a lui e alla moglie la tremenda storia della sua vita con tanta facilità. La vita le aveva messo in mano alcune carte, e lei se le giocava. Prese un altro sorso e rifletté su come procedere. Riteneva di conoscere la «condizione» di cui sia Jasmin sia Ester avevano «sofferto». Non per niente quel pomeriggio aveva cercato informazioni sulle settimane di gravidanza. Sapeva cosa chiedere.

«Quando si è messa in contatto con te Jasmin?»

«Quattro settimane fa».

«Quindi era alla quattordicesima settimana?»

Il dottore non rispose, ma dal suo imbarazzo Mazi capì di aver colto nel segno. Si alzò, si chinò verso di lui e lo abbracciò forte, velocemente. «Grazie» gli disse. Poi attraversò la casa di corsa per uscire, ma Sarit la richiamò. «Tutto bene?»

«Sì, grazie di tutto» le gridò di rimando Mazi. Un attimo dopo aveva acceso il motore e si stava allontanando dalla casa dei Neria.

18.

«Alma abita ancora nella fattoria di Sha'ar Hagai» riferì Benji a Mazi, che l'aveva chiamato mentre tornava in moto da casa del medico.

«Benissimo. Telefonale. Dille che vorrei passare da lei già stasera per parlare di Jasmin, che è una questione di vita o di morte. Dille anche che se avvertisse qualcuno del mio arrivo metterebbe in pericolo Jasmin».

«Okay. Ti mando il suo numero. Se non sarà possibile, ti avviserò. Altrimenti considerala cosa fatta. Fra quanto sarai lì?»

«Un'ora e mezza».

Mazi sapeva che sarebbe stato meglio andare direttamente da Alma. Ma la conversazione con il medico e la sensazione di essere prossima a una scoperta importante le avevano dato una scarica di adrenalina, e l'adrenalina è una droga che scombussola. Infonde un'energia esplosiva e una sensazione ingannevole di onnipotenza. Mazi doveva smaltirla per concentrarsi al meglio su informazioni e ipotesi. Si diresse dal falegname.

Il falegname viveva nella sua officina, nella zona industriale di Yahud, in fondo era sulla strada per Sha'ar Hagai. La porta di ferro non era chiusa a chiave. Mazi entrò e fiutò il miscuglio di odori che amava, segatura, colla da falegname e il suo sudore. Una cassettiera si asciugava su dei giornali stesi a terra. Il falegname era seduto al tavolo della cucina a mangiare pane fresco con olio d'oliva e formaggio stagionato il cui odore intenso ben si combinava con gli altri, accompagnati da un vino rosso da due soldi.

«Hai fame?» chiese come se si incontrassero tutti i giorni, e le rivolse il suo sorriso amaro. Aveva anche un sorriso allegro, ma lo sfoggiava di rado e mai grazie a Mazi. Quando si alzò per stringerla a sé, con una mano sulla sua nuca rasata e l'altra sul sedere, a Mazi tornò in mente a ripetizione il ritornello di una canzone, *Wine, then bed, then more, then again. Wine, then bed, then more, then again.*

Non ricordava il titolo. Caddero sul letto, un grosso materasso appoggiato su bancali di legno sul pavimento, i corpi avvinghiati come quando avevano quindici anni, e di nuovo quando ne avevano ventidue e di nuovo in quell'ultimo anno. Membra intrecciate, poi separate e di nuovo intrecciate. Odori dolci e densi di corpi. Avrebbe potuto essere una serata perfetta se lei non avesse avuto fretta di raggiungere Alma. Ma forse era meglio così. Dopo l'amplesso tra loro calava sempre il disagio di due persone il cui affiatamento fisico era inversamente proporzionale all'affiatamento emotivo. Mazi uscì dalla doccia e si vestì.

«Ci vediamo» lo salutò.

«Il mio avvocato si metterà in contatto con il suo» le rispose lui.

Dal momento che Benji non le aveva dato indicazioni contrarie, Mazi partì diretta da Alma a Sha'ar Hagai. Aveva preso informazioni sul posto: non più di sette case, tutte costruite all'epoca del Mandato britannico, e un allevamento di Canaan dog, l'unica razza di cani originaria di Israele, gestito da una donna. All'inizio degli anni Ottanta alcune persone si erano insediate nelle case abbandonate, avevano rinforzato gli edifici con traverse ferroviarie e piantato gerani nei giardini. Vivevano lì senza pagare affitto, senza elettricità né linea telefonica, arrivati dopo, solo negli anni Novanta. Da quando gli abitanti della fattoria si erano collegati alle reti, sulla loro testa era calata la spada di Damocle dell'espropriazione, che restava un rischio permanente.

Mazi guidava nell'aria umida e densa, pregustando il

momento in cui avrebbe raggiunto Sha'ar Hagai, in collina, e l'aria si sarebbe fatta più secca e fresca. Andava veloce. All'ingresso di Sha'ar Hagai la stazione di benzina si estendeva come una macchia gialla alla sua sinistra e una costruzione di epoca ottomana lampeggiò per un secondo nel buio, sulla destra. Rallentò, sterzò a destra e imboccò uno sterrato ripido e non illuminato, accendendo gli abbaglianti per evitare le buche. La sua moto era perfetta su strada, ma non adatta alla guida off-road. A metà della salita i cani dell'allevamento cominciarono ad abbaiare. Non era un posto dove presentarsi di sorpresa.

Lasciò la moto al margine di uno spiazzo di terra battuta. La luna era quasi piena, illuminava le gabbie dei cani più in basso. Alcuni animali si erano calmati, altri continuavano a latrare. Mazi guardò in alto, sul pendio. Una stringa di luci rivelava due case vicine. Nonostante la luna, accese la torcia del telefono e cominciò a inerpicarsi sui terrazzamenti in direzione delle case, finché trovò degli scalini in cima ai quali una donna agitò la mano verso di lei.

«Mazi?»

«Sì. Alma?»

«Vieni, sali».

La stringa di luci era appesa alla facciata della casa di Alma, sotto le grandi finestre di una camera in legno costruita come ampliamento aggettante alla facciata. Sembrava una baita. «Ho appena addormentato la bambina, sediamoci fuori» disse sottovoce.

«Scusami, l'hanno svegliata i cani abbaiando?»

«No, a quello è abituata. Le sta spuntando un dente». Alma si sedette su un dondolo da giardino con un'espressione imbarazzata. «Mi spiace, è l'unico posto dove ci possiamo accomodare». Fece una risatina. «Non è grave, vero? Possiamo fingere di essere amiche da tanto tempo. Insomma, dimmi, è vero quello che mi ha raccontato il ragazzo che ha telefonato? Che sei amica di Jasmin e hai urgenza di incontrarmi?»

«È quasi vero. Ti spiego subito» disse Mazi. Posò il

casco sull'erba con dentro chiavi e guanti, si sedette sul dondolo e guardò Alma.

«Ho preparato una tisana alla salvia» disse Alma e si chinò verso una teiera posata su un tavolino di fianco al dondolo, versò in due tazze e ne porse una a Mazi. «È già zuccherata, va bene?» Mazi annuì. Le tazze che tenevano in mano creavano una separazione necessaria. Come primo incontro era molto intimo, al buio, su un dondolo.

Alma aveva l'età di Jasmin. Capelli lisci, chiari e sottili, tagliati in casa, lunghi fino alle spalle. Occhi celesti infantili non truccati, dietro a occhiali rotondi. Un dente davanti scheggiato. Aveva una sua segreta bellezza. Mazi era pronta e cominciò.

«Tutto quello che ti sto per raccontare è riservato. Mi chiamo Mazal Morris. Sono una ex agente di polizia, adesso investigatrice privata. Ti farò moltissime domande, rispondi a quelle che vuoi e puoi. Sei pronta?»

«Pronta». Alma sorrise. «Mi sento come a un esame».

Mazi rispose con un sorrisetto. Voleva stimolare le chiacchiere imbarazzate di Alma, ma solo per le cose importanti.

«Jasmin è scomparsa».

Alma guardò Mazi come se ascoltasse una favola.

«Sono passati sei giorni da quando l'hanno vista l'ultima volta. Suo marito, Dudi Peretz, non sa dove si trova».

«Chi ti ha chiesto di trovarla?»

«Mi ha assunto Dudi».

«Quindi lui crede che sia scomparsa?»

«Ne è convinto, sì. Il punto è che per trovarla devo sapere di più della storia di Jasmin prima di Dudi. Capisci? Ho bisogno di sapere di più della famiglia... di Ari...»

«È vero quello che ho letto sui giornali? Ari è morto?»

«Sì. Lo conoscevi?»

«Sì, certo. Ma, scusa se lo dico, sapevamo tutti che sarebbe finito male».

«Perché?»

«Perché era innamorato di sua sorella». Alma fece spallucce. «Come poteva finire bene?»

Mazi non abboccò. Doveva decidere lei in che direzione condurre la conversazione. «Mi puoi raccontare come hai conosciuto Jasmin e Ari?»

«Sì, certo. Li ho conosciuti durante il servizio militare. Ci hanno arruolati nel 269, l'unità speciale Sayeret Matkal. Ero sottufficiale dell'unità e avevo appena firmato per prolungare il servizio. Ari è arrivato e ovviamente mi sono innamorata di lui, come tutte. Poi è arrivata anche Jasmin, anche lei aveva firmato per prolungare la leva, era nei servizi segreti. Fra noi è stato un colpo di fulmine. Niente di romantico, sia chiaro. Jasmin era spassosissima. All'apparenza non sembra, ma è capace di sussurrarti nell'orecchio la cosa più oscena senza che nessuno la senta, così tu sei l'unica a ridere, capisci?»

Mazi annuì per incoraggiarla.

«Era la persona più affascinante che avessi mai incontrato nella mia vita. Ogni momento con lei era una festa. Immaginati una serata moscia, sedute insieme nella base a mangiare toast al formaggio e vedere roba noiosa in televisione. Di colpo Jasmin ti tira fuori dalla borsa un accessorio esagerato, tipo un paio di sandali con il tacco dodici, sciarpa, rossetto, mette su una musica irresistibile, scioglie una tavoletta di cioccolata nel microonde, la rovescia su una banana e di colpo sei a un party. Con lei era così». Si fermò in attesa di essere spronata a continuare.

«Insomma, eravate buone amiche» la incitò Mazi.

«Ci chiamavano la strana coppia». Alma sorrise. «Devi capire, io sono cresciuta qui. I miei genitori erano mezzi hippy. Avevo i dreadlock. Avevo fatto gli scout e lavorato nell'allevamento, aiutavo Mirna con i suoi cani. Una famiglia di fricchettoni» e scoppiò a ridere. «Jaz invece, nell'unità la chiamavano così... bastava avvicinarsi per sentire odore di nobiltà. Come se la sua divisa arrivasse da una boutique e non dal magazzino. Come se... non si può spiegare, si vedeva che aveva classe. Non so... da come si raccoglieva i capelli, dalle unghie sempre perfette con lo smalto rosa chiaro, dagli orecchini di diamanti. “Punto luce”. Mi ha insegnato che si chiamano così, “punto luce”. E che tutte le ragazze ricche li ricevono per il *bat mitzvah.* Mi ha regalato i suoi».

«Davvero?»

«Sì. Capisci? Era il genere di follie che le piaceva fare. Una volta avevamo una mini licenza e siamo andate con la sua macchina in una cittadina di periferia, Jaz adora fare cose da gente normale. Lì abbiamo trovato una farmacia dove mi hanno fatto i buchi con un paio di orecchini punto luce, semplici, di vetro. E Jaz ha proposto: “Facciamo a cambio. Scommetto che nessuna delle principessine” chiamava così le altre ragazze ricche, “avrà mai il coraggio di dirmi che non sono diamanti quelli che porto”. Così abbiamo fatto a cambio. Era anche un modo per farmi regali senza offendermi. Pensava che mi imbarazzasse essere povera».

«Sei povera?»

«Per gli standard di Jasmin siamo tutti poveri». Alma sorrise. «Io non lo vivevo come un problema, né ero in imbarazzo. E non mi dispiaceva permetterle di viziarmi. Una volta mi ha chiesto cosa facevano i miei genitori e le ho raccontato che allevavano capre e producevano formaggi. Lei ha ribattuto che suo padre allevava e produceva soldi».

«Per quanto tempo siete rimaste amiche?»

«Finché non si è trasferita a Parigi».

«Quando l’hai vista per l’ultima volta?»

«Allora. Avevamo in programma di partire per un fine settimana lungo al Mitzpe Hayamim. Albergo offerto da lei, naturalmente. Doveva passare a prendermi verso le dieci. Invece niente, non si è presentata. Ho aspettato e telefonato, ma lei non è mai arrivata».

«Così, non si è presentata e basta?»

«Sì. Poi ha cominciato a girare voce che era scomparsa, svanita nel nulla... cose strane. Ero davvero preoccupata. Non potevo parlare con nessuno, non avevo i numeri delle principessine, e suo padre non è il tipo a cui telefoni... Ho chiamato Ari e lui non ha risposto, né al telefono né ai messaggi. Ho cominciato a pensare... Nemmeno lo so cosa ho pensato». Bisogna capire cos'ha pensato, si disse Mazi senza interromperla. «Ho telefonato alla polizia per denunciare la scomparsa, mi hanno anche convocata al commissariato, ma non si sono attivati nelle ricerche. E poi, una settimana più tardi, leggo sul giornale che è a Parigi a fare la cameriera in un castello. Fine. Non mi ha mai chiamata, mai mandato un'e-mail, un messaggio, non mi ha fatto arrivare notizie tramite qualcuno. Nulla. Come se nulla fosse mai esistito. Come se io non fossi mai esistita. Come se non fossimo state amiche. *Nada.* E questo...» fece di nuovo spallucce e sorrise imbarazzata, «mi ha spezzato il cuore. Come quando un ragazzo ti pianta di punto in bianco senza darti spiegazioni».

Mazi rimase un attimo in silenzio. Evitava di esprimere empatia durante gli interrogatori. Chi raccontava un episodio doloroso si aspettava qualcosa, si aspettava di sentire sollievo o consolazione. L'empatia offriva proprio questo e rendeva superfluo il bisogno di continuare a parlare. Se Mazi non offriva consolazione, proseguivano. Ci voleva autocontrollo.

«A Jasmin interessavano i ragazzi?»

«Tutto quello che dico resta fra noi, vero?»

«Sarà usato solo ai fini dell'indagine, sì».

«Bene. Allora: no, non molto. Usciva per qualche appuntamento e flirtava, questo sì. Però così. Cioè, magari ti suonerà strano, ma a me sembrava che le interessasse solo mantenersi in forma. Capisci cosa intendo? Oppure voleva ottenere qualcosa. Era manipolativa. Non in modo rozzo, ma era manipolativa».

«Prima di incontrare Dudi è uscita con un tale Ron Lipman. Ti ricordi qualcosa di quella storia?»

«Chiaro, non è una cosa che si dimentica. Il padre di Jasmin e quello di Lipman avevano organizzato una specie di matrimonio combinato. Lui era un figo spaziale, ma Jaz diceva che era noioso quanto una partita di golf. Però, chissà perché, ci è uscita. Poi, al secondo appuntamento, lui l'ha fotografata a sua insaputa mentre dormiva nuda nel suo letto, cioè, non è che si vedesse molto...»

«Sicuro che era lei?»

«Sì, si vedeva che era lei e che era, insomma, che lo avevano appena fatto...»

«Capito. E?»

«Lui ha mandato la foto a tutti i suoi amici...» Di colpo l'espressione di Mazi cambiò, era raggelata, come se fosse entrata in un obitorio. «Facevano tutti parte del loro giro...» Il freddo le si diffuse in tutto il corpo. «E Jaz si è sentita così umiliata». Mazi avvertì una strana sensazione dapprima alle gambe e poi alle braccia, come se fossero prive di peso. «E a ragione, insomma. Penso sia per questo che è scappata a Parigi. Per sfuggire all'umiliazione».

Mazi appoggiò la tazza di tè. Non le era mai successo niente di simile durante un interrogatorio. Inspirò senza far rumore. Avvicinò il dorso della mano alla bocca e lo succhiò nel tentativo di calmarsi.

«A te può sembrare stupido» proseguì Alma. «Le persone si mandano fotografie ben più esplicite. Ma non quel tipo di persone e men che meno quel tipo di donne. Dal loro punto di vista era grave, come se si fosse prostituita».

Una seconda ondata di gelo investì Mazi. Rabbrividì. Mi devo essere ammalata, pensò. S'impose di concentrarsi.

«Capisco» rispose. «Era tipico di Jasmin perdere il controllo della situazione in quel modo?»

Alma si soffermò a riflettere. «Per la verità, no... Ripensandoci, proprio per niente».

«Ma all'epoca questo pensiero non ti ha nemmeno sfiorata».

«No».

Allora forse non è successo realmente, pensò Mazi, e archiviò l'informazione.

«E perché hai detto che Ari era innamorato di lei?»

«Perché lo era. Le altre donne non le vedeva nemmeno. Hai avuto occasione di conoscerlo?»

«Sì».

«Allora capirai cosa intendo. Quell'aspetto da duro» sorrise. «Gli uomini come lui attirano milioni di donne. Anche di uomini, in effetti. Ma lui non usciva mai con nessuna. Nemmeno per fare sesso o per una storia. E non perché fosse snob, era gentilissimo con tutti. Ma non vedeva nessun'altra. Non era solo affetto fraterno, la guardava in un modo... come un uomo guarda la donna che ama».

Mazi soppesò per un attimo l'utilizzo della parola «ama» invece di «è innamorato». Inspirò a fondo, non per disagio, piuttosto come preparandosi a sparare. Alma le pareva un po' fra le nuvole, ma non ingenua. Però non si può mai sapere come una persona reagirà alle domande quando si menziona l'incesto.

«Pensi che fra loro sia successo qualcosa?»

Un'espressione nuova si fece largo sul viso fino ad allora sorridente e imbarazzato di Alma. Come se cercasse di valutare se Mazi faceva la stupida oppure lo era davvero. Mazi mantenne la sua faccia da poker e smise quasi di respirare mentre aspettava che Alma decidesse.

«No. Assolutamente no».

Mazi non reagì. Prese la tazza e bevve un sorso di tisana. La salvia era rimasta in infusione troppo a lungo, era amara.

Anche Alma rimase zitta. Bevve a sua volta, fece una smorfia disgustata ed evitò di prenderne altra. Strinse più forte la tazza e poi disse, parlandoci dentro: «Suo marito lo saprà di sicuro, non può non saperlo. Avrebbe dovuto dirtelo lui. Non ce la faccio più a parlare di Jaz. Non sono più arrabbiata con lei, davvero, ma se anche lo fossi... non potrei raccontarti cose del genere».

Mazi si alzò. «Ti ringrazio molto del tempo che mi hai dedicato a quest'ora tarda. Mi hai aiutato tantissimo».

Posò la tazza e finse di cercare nelle tasche le chiavi della moto, che erano nel casco. Nell'attesa Alma si alzò a sua volta e rimase ferma, impacciata, vicino a Mazi. «Eccole qua» disse Mazi e sollevò il casco con le chiavi dal prato. Poi porse la mano ad Alma. «Ancora grazie. A proposito, Jasmin era incinta quando è scomparsa».

Alma si portò una mano alla bocca. «Che Dio l'aiuti» disse. «Suo marito lo sa?»

«Non ne ho idea, io l'ho scoperto solo stasera» rispose Mazi sincera. «Per favore, chiamami se ti torna in mente qualcosa di utile».

«Sì» promise Alma e rimase, sbigottita, a guardare Mazi che se ne andava.

19.

Mazi arrivò a casa sfinita. Le faceva male dappertutto e si sentiva prossima ad ammalarsi. Con quanti uomini ho fatto sesso oggi? Non ne era sicura. Padri, figlie, madri e feti le vorticavano in testa. Aveva freddo, di certo per la stanchezza. Si fece una doccia bollente e si infilò a letto.

Quanto le piaceva quell'appartamento. Era casa. Magari avessi i soldi per comprarlo, pensò, magari potessi non andarmene mai da qui. Nella strada su cui affacciava il suo appartamento, via Michal, il proprietario di un palazzo era morto e aveva lasciato gli alloggi in eredità ai suoi inquilini. Purtroppo, come avevano osservato alcune delle famiglie che l'avevano presa in affido, il nome Mazal a lei non aveva dispensato poi tanta fortuna. Si addormentò.

Quando il telefono squillò era ancora immersa in un sogno in cui scene della sala parto di *Tommy* e di *Priscilla – La regina del deserto* si mescolavano in uno spettacolo pirotecnico.

«Pronto» rispose con voce roca.

«Non ti sei fatta più sentire da quando ci siamo visti».

«Dudi». Si stiracchiò, allungò un braccio e aprì le veneziane che aveva sopra la testa. «Ieri sono successe talmente tante cose» disse sbadigliando. «Ci dobbiamo incontrare. Ma prima di tutto questa mattina mi devo occupare di una cosa urgentissima». Era lunedì. L'appuntamento fisso di Jasmin dal parrucchiere era la loro occasione per sapere se l'aveva cancellato. E, in caso contrario, forse avrebbe scoperto cosa sapevano le impiegate dell'ufficio di Yoel Mimon.

«Dopo ti chiamo» concluse, e riattaccò. Lui la richiamò subito, ma Mazi non rispose.

Avvisò Benji e Tilly di raggiungerla in fretta con il travestimento da corriere e scese nel negozietto sotto casa. Mentre aspettava in coda, scorse i giornali. C'era un nuovo articolo di Amir Guetta in prima pagina. *Il governo concede permessi straordinari per scavi vicino alla Città Vecchia di Gerusalemme. Rabbini e archeologi si oppongono.* Chissà se c'entra con quello che Ari ha cercato di mostrarmi, pensò Mazi.

Tilly era già in attesa fuori dalla porta.

«Hai un aspetto tremendo» commentò.

«Non tutte possiamo essere splendide come te».

«Uff, non intendevo in quel senso» disse Tilly.

«Io invece sì» rispose Mazi, «questa mattina sono piena di gratitudine per la nostra famigliola. Ci sono famiglie, senza fare nomi, in confronto alle quali la nostra è banale».

«Allora va bene». Tilly sorrise. «Fra parentesi, ieri la segretaria del signor Shechter mi ha offerto un lavoro. Ha detto che cerca una persona efficiente come me».

«Dille che accetti in cambio di un appuntamento» disse Mazi e cominciò a preparare la colazione. Quando arrivò Benji erano già pronte uova strapazzate, verdure tagliate, toast al burro e acqua con menta *nanah.* Il giornale, con il titolo in bella vista, era posato sul tavolo.

«Potrebbe esserci un collegamento con quello che Ari ti ha mostrato a Gerusalemme, non pensi?» disse Tilly.

«Lascia perdere questa storia, per stamattina. Non dobbiamo disperdere le energie. Mangiate».

Iniziarono a mangiare.

«Tutto chiaro il nostro piano?» chiese Mazi con la bocca piena.

«Ha telefonato la regina» le rispose Benji. «Manda a dire che alla fine stasera ha un altro impegno, non le sarà possibile riceverti per cena».

Mazi alzò gli occhi al cielo e deglutì.

«Tutto chiaro il nostro piano?» chiese di nuovo senza cibo in bocca.

«Sì» rispose Tilly. «Appena esci da lì avvisaci di come è andata, saremo in allerta».

«Sicuro» disse Mazi. «E ricordate, se vedo che non hanno chiamato dal parrucchiere, Tilly farà la telefonata al posto loro. Dov'è la tuta da corriere?»

Mazi arrivò agli uffici di Yoel Mimon ai piani alti del centro commerciale di Ramat Aviv alle dieci, con indosso una tuta arancione della società di spedizioni, il casco ancora in testa e l'auricolare collegato. Tre ragazze impeccabili sulla ventina, dall'aria indaffarata, occupavano il grosso bancone. Una bruna con i ricci perfetti e una seconda bruna con i capelli stirati parlavano al telefono. La terza, biondo miele e capelli lisci naturali, stava registrando un documento al computer. Mazi si tolse il casco e parlò ad alta voce nell'auricolare. «Sono arrivata» e poi rivolgendosi alla ragazza al computer: «Questo è l'ufficio di Yoel Maimon?»

«Mimon» la corresse Biondo miele.

«Non è Maimon, è Mimon» ripeté Mazi nell'auricolare. «Cosa devo ritirare?» e poi alla ragazza: «Devo ritirare un contratto firmato per lo studio legale Meitar».

Biondo miele sembrò perplessa. «Mi lasci controllare» disse. Digitò qualcosa e poi si voltò verso le altre due al telefono con un cenno per indicare che voleva chiedere qualcosa. Ricci perfetti le fece segno come a dire «non adesso» e Capelli stirati «ancora un attimo».

«Ci vorrà qualche minuto. Vuole attendere nella sala d'aspetto?»

«No, tesoro, qui sto una favola» e poi nell'auricolare: «Richiamo fra un attimo, stanno cercando».

Tirò fuori una bottiglietta d'acqua per bere. «Fuori fa caldo» disse alla ragazza, che non poteva essere meno interessata ai commenti sul clima di un corriere tutto sudato. Il telefono dell'ingresso squillò esattamente nel momento previsto, dieci minuti dopo l'ora in cui Jasmin avrebbe dovuto presentarsi dal parrucchiere. Mazi si finse immersa in *Candy Crush* mentre Biondo miele rispondeva al telefono.

«Jasmin al momento non è disponibile, le vuole lasciare un messaggio?... Ha provato sul cellulare?... Sono spiacente, allora dovrà lasciare un messaggio... No, non sono la sua segretaria, perché? È urgente? Allora attenda un istante, per favore, verifico se la sua segretaria è libera». Mise la conversazione su muto e si rivolse a Ricci perfetti.

«Shiran, cercano Jasmin, pare sia urgente».

La segretaria di Jasmin fece una smorfia eccessiva di fastidio, concluse la sua telefonata e si alzò per rispondere. «Buongiorno, sono la segretaria di Jasmin, come posso essere di aiuto?... È sicura che sia oggi? Attenda un secondo, controllo sulla sua agenda... ha ragione, era oggi. Sono molto spiacente di non aver telefonato per avvisare che non sarebbe venuta. È in viaggio per lavoro. Addebiti pure sul nostro conto, certo... sì, naturalmente è tutto a posto, è partita per lavoro e io ho dimenticato di annullare, è colpa mia. Mi scuso. Arrivederci».

Posò il ricevitore e a quel punto si accorse di Mazi. «Cosa sta aspettando?»

«Il contratto firmato per l'avvocato Meitar».

Lo sguardo della segretaria rivelava il fastidio per quella giornata che si stava trasformando in una sequela di grane. «Hadar» disse girandosi verso Biondo miele, «vai da Ahuva, controlla se ha lei il contratto per Meitar». Rivolse a Mazi un sorrisetto forzato. «Vuole accomodarsi laggiù?»

«No, grazie, qui sto da favola. Già passo la giornata con le chiappe sul sellino della moto» rispose Mazi.

«D'accordo» disse la segretaria distratta e si voltò verso la terza collega, facendole segno di chiudere in fretta la telefonata. Le si avvicinò, si chinò e mormorò: «Era il parrucchiere di Jasmin. Non si è presentata neanche lì».

La collega non si scompose. «Vedi, te l'ho detto, sarà partita senza programmare».

«Ma ho controllato la mail, non è arrivata nessuna conferma di prenotazioni, né per l'albergo né per i voli...»

«Magari le ha fatto una sorpresa Dudi. Insomma, cosa ti prende? Perché sei tanto in ansia?»

«Lascia stare» ribatté la segretaria di Jasmin in tono acido e poi guardò Mazi.

«Controllo cosa succede con quel contratto». Andò e tornò nel giro di un minuto. «Sono spiacente, dev'esserci stato un malinteso, Meitar non aspetta nessun contratto da noi».

«Ma guarda un po'» disse Mazi scocciata. «Mi può lasciare il suo nome? Così posso riferirlo in sede».

«Shiran».

Mazi infilò il casco e uscì. Montò sulla moto e si fermò a un caffè poco distante per telefonare a Tilly.

«Com'è andata?»

«Benissimo. Ci vediamo al loft fra poco, ma ti anticipo: la segretaria di Jasmin si chiama Shiran ed è preoccupata. Non ha prenotato per Jasmin voli o alberghi e di sicuro non sa dove si trovi. Raccontano a tutti che è in viaggio per lavoro. Chiama fra venti minuti e assicurati di parlare con Shiran. Chiaro?»

«Certo».

Mazi arrivò in ufficio proprio mentre Tilly riattaccava. «Com'è andata?»

«Ha accettato di incontrarmi tra mezz'ora» rispose Tilly leggermente tesa, «però dobbiamo organizzarci un attimo perché le ho praticamente fatto credere che sono una poliziotta e mi restano solo ventinove minuti. Mi ha chiesto se volevo che mi portasse un caffè. È stato strano. Cioè, non ci sono abituata». Mazi e Benji si scambiarono un sorriso. «Ah, forse ha finto di uscire per incontrare un'amica, in effetti l'ha chiesto a voce alta e con allegria eccessiva».

«Allegria eccessiva?» Benji la scimmiottò con un sorriso.

«Uff, cretino. Comunque spero che me lo porti davvero».

Mazi sorrise. «Ti do uno strappo in moto, altrimenti non arrivi in tempo». Si liberò della tuta arancione, bevve un sorso d'acqua e ripartirono.

Mazi lasciò Tilly in una viuzza nei pressi dei giardinetti del quartiere. «Resto in zona e passo a prenderti dopo. Riguardo alla questione "poliziotta", in un primo momento potrebbe sorvolare, supporrà che tu sia in borghese, ma appena vi sedete le dovrai dire la verità per creare un clima di fiducia. Attenta a non dirglielo prima che vi siate sedute. Può sembrare stupido, ma dopo essersi seduta una persona prova più imbarazzo ad alzarsi e andare via. Mai sottovalutare il potere dell'imbarazzo. Appena finisci chiamami».

Tilly aspettò Shiran su una panchina di legno in un giardinetto deserto. Erano tutti partiti per le vacanze, la calura di luglio e agosto in quella città era insostenibile. Gli abiti le si incollavano addosso persino all'ombra, perciò fu grata di vedere Shiran che si avvicinava con due caffè in ghiaccio e due bottigliette d'acqua. Agitò il braccio per chiamarla e vide la sorpresa dipinta sul volto di chi si aspettava una poliziotta in divisa, probabilmente più anziana. Shiran raggiunse Tilly e rimase in piedi, incerta su come comportarsi. Tilly si alzò.

«Buongiorno, sono Tilly Harrison». Si presentò con nome e cognome, con l'intenzione di suscitare fiducia e trasmettere autorevolezza, come le aveva insegnato Mazi. «Sono la persona che le ha telefonato riguardo a Jasmin Shechter. Per favore, si sieda, le spiegherò tutto».

La segretaria si sedette, sempre tenendo le tazze di caffè.

«Lei è Shiran?» domandò Tilly.

«Sì, Shiran Cohen» rispose la ragazza.

«Molto piacere. Tutto quello che sto per dirle è riservato e potrebbe anche risultare un pochino sorprendente, quindi si senta libera di prendersi un momento per metabolizzare, d'accordo?»

Shiran annuì. Posò le bevande fra loro sulla panchina e si sedette con il corpo rivolto verso Tilly e le braccia incrociate davanti al petto. Tilly sentì che era il momento giusto per informare Shiran che non era una poliziotta.

«Lavoro per un'agenzia investigativa privata. David Peretz, Dudi, ci ha assunti per ritrovare Jasmin. È scomparsa lunedì scorso nel pomeriggio».

«Oddio» fece Shiran portandosi una mano sulla bocca.

«Posso proseguire?»

Shiran annuì.

«Allora, Jasmin è scomparsa. Dudi non sa dove si trovi. Lui e anche la famiglia Shechter – Shaul ed Ester – hanno specificato che non sono in alcun modo interessati all'intervento della polizia. Più importante ancora, non vogliono assolutamente che la notizia trapeli. Shaul ed Ester pensano che sia tutto a posto, che Jasmin sia partita per un viaggio e abbia avuto le sue buone ragioni per non informare nessuno, nemmeno Dudi. Noi siamo qui per trovare Jasmin, perché Dudi è preoccupatissimo. Cerchiamo di capire cosa le è successo. Vorremmo sentire cosa ne pensa lei, Shiran».

«Ha un documento identificativo o un biglietto da visita?»

«Sì, certo. Scusi» disse Tilly ed estrasse un biglietto da visita e la patente. Li consegnò a Shiran, che li osservò e li restituì a Tilly. «Quello che le racconto... chi lo verrà a sapere?»

«Come ho premesso, si tratta di informazioni riservate. Metterò al corrente solo la squadra che indaga e Dudi. Nessun altro, mai». Tilly fece attenzione a catturare lo sguardo di Shiran e fissarla negli occhi mentre pronunciava queste parole, un altro gesto di cui Mazi sottolineava di continuo l'importanza.

«Prima ho un'altra domanda».

«Certo, mi chieda tutto quello che vuole».

«Jasmin ha telefonato a Lily da quando è partita? O le ha lasciato un disegno o qualcosa del genere?»

«No» rispose Tilly laconica, dispiacendosi di non averci pensato lei e felice che Shiran avesse menzionato la cosa.

«Allora cosa avete raccontato a Lily?»

«Per quanto ne so, Dudi le dice che la mamma è in viaggio per lavoro. Lui però non crede che sia così».

Shiran annuì e Tilly sentì di essere riuscita a convincerla.

«Allora, quello che penso io» proseguì Shiran, «è che è impossibile che sia partita. Prima di tutto, non è lei a organizzare i viaggi. Per questo esiste un'assistente personale. Non è pensabile che una signora della sua posizione si prenoti un volo. Cioè, saprà anche come farlo. Jasmin lo sa di certo. Ma non creda che tutte siano in grado. La moglie di Mimon, per esempio, non è capace di prelevare al bancomat. Almeno così mi hanno riferito. Ma non è solo questo. Insomma... perché? Lily è la vita di Jasmin, capisce? È sul suo salvaschermo, tutto il suo ufficio è tappezzato di disegni di Lily, foto di Lily, quando parte riserva mezz'ora ogni sera per parlare con la figlia, è inconcepibile che parta e non si sentano. È...» Ammutolì, la bocca serrata, e scosse la testa. «Io non ci casco. Al militare ero responsabile delle condizioni di servizio dei soldati, non è facile darmela a bere».

«Intende dire che Jasmin non ha mai fatto niente del genere? Non è mai partita così, senza preavviso?»

«Assolutamente no».

«Da quanto tempo lavora per lei?»

«Sono nell'ufficio di Mimon da nove anni e da due e mezzo lavoro solo con Jasmin».

«E in tutto il tempo che ha lavorato con lei, non ha mai fatto un colpo di testa di questo tipo?»

«Mai. E stia a sentire anche un'altra cosa». Sollevò un sopracciglio. «Oggi Jasmin non è andata al suo appuntamento dal parrucchiere. Non esiste che Jasmin non si presenti a un appuntamento senza disdire. Non esiste, punto e basta. È fatta così... potrebbe benissimo non lavorare un giorno nella sua vita. Potrebbe far venire a casa sua la parrucchiera di Kim Kardashian e annullare all'ultimo secondo. Ma non è da lei, capisce? Jasmin vale tanto oro quanto pesa, porta lo stesso rispetto a tutti». Scosse di nuovo la testa. «Glielo ripeto, a me non la danno a bere. Qui qualcosa non torna».

«Shiran, la prossima è una domanda un po' personale, ma in casi del genere sono costretta a chiedere: come descriverebbe il suo matrimonio con Dudi?»

«Mi ha detto che lavorate per Dudi... dovreste chiederlo a lui».

«Ha ragione, e naturalmente glielo abbiamo chiesto, ma abbiamo bisogno di saperne di più. Dudi non ha niente da nascondere, desidera solo che facciamo un lavoro accurato e troviamo Jasmin. Capisce?»

Shiran sorrise. «Ho l'impressione che sia un ottimo matrimonio. Cioè, per quello che posso saperne io. Sa, non è come... per esempio, quando mia madre era segretaria dell'amministratore delegato della compagnia dei telefoni, i cellulari ancora non c'erano, perciò tutte le telefonate passavano attraverso di lei. Parlava con sua moglie ogni giorno, alla fine erano praticamente sorelle. Oggi non è più così. Le coppie sposate si sentono al cellulare, non attraverso la segretaria. Però guardi, lei e Dudi pranzano insieme una volta alla settimana, non sgarrano mai, una volta alla settimana escono la sera, lui a volte le manda i fiori, così, senza motivo. E fanno molti viaggi, spessissimo partono in barca tutti e tre insieme».

Tilly sorrise come se appartenesse a quel roseo quadretto famigliare. «Qual è il posto che preferiscono per i viaggi?»

«Adorano le isole greche. Le persone come loro vanno alle Maldive, alle Canarie. Ma gliel'ho detto, Jasmin è una persona speciale, non le interessa mettersi in mostra. Adora Sifnos, Corfù, persino Creta».

Tilly decise di dare un'accelerata. «Shiran, noi la pensiamo come lei. Anche noi siamo convinti che qualcosa non quadri. Non so quanto sia esperta di casi di scomparsa, ma ogni momento sprecato nell'indagine riduce le probabilità di trovare la persona, perciò adesso le chiederò un grosso favore, un aiuto che potrebbe dimostrarsi fondamentale per rintracciare Jasmin. Va bene?»

«Dica».

«Non mi deve rispondere adesso, ma cerchi di ricordare se è successo qualcosa di insolito circa due settimane fa. Quando dico qualcosa di insolito» Mazi le aveva insegnato a spiegare con precisione cosa intendeva per stimolare l'interlocutore a ricordare, «intendo nel comportamento di Jasmin, naturalmente, ma anche incontri fuori dall'ordinario, telefonate ricevute da persone sconosciute, spese anomale da parte di Jasmin, liti o conversazioni dai toni accesi».

«Dovrò verificare» disse Shiran, «sono stata a casa in malattia per alcuni giorni. Per questo ci è voluto del tempo prima che mi rendessi conto che qualcosa non tornava. Verificherò con Hadar che mi ha sostituita. Fingerò di voler controllare che sia andato tutto come al solito. Poi la aggiorno. Come la posso contattare?»

«Ecco il mio biglietto da visita». Tilly lo porse a Shiran. «Mi faccia uno squillo e riattacchi, la richiamerò io da un numero sconosciuto. D'accordo?» Shiran annuì. «Jasmin è molto fortunata ad averla al suo fianco» concluse Tilly.

«Farei qualunque cosa per lei» rispose Shiran. «Sono contenta che vi siate rivolti a me».

Mazi passò a recuperare Tilly ai giardinetti e la lasciò al loft con l'istruzione di trovare la ragazza nella fotografia appesa dall'estetista. «Non serve attivare l'artiglieria pesante» disse, alludendo al talento di Benji nell'hackerare siti. «Iniziate cercando di immaginare dove una donna come Jasmin può fare amicizie. Potrebbe avere studiato anche lei all'Insead, in quel caso comparirebbe nell'annuario dei laureati. Potrebbe essere una compagna di liceo. Potrebbe averla conosciuta a un evento di fundraising di Ester. Potrebbe essere un'artista. Una gallerista. Cercate di sfruttare il poco che sappiamo di Jasmin per orientarvi. E mandatemi la sua foto, la mostrerò a Dudi».

«Okay» rispose Tilly, sentendosi di colpo esausta. Fino ad allora la collaborazione con Mazi era stata decisamente meglio del lavoro come baby-sitter. Tilly aveva paura dei bambini e detestava risvegliarsi sul divano di un salotto a Tel Aviv, mentre un giornalista e una scrittrice diventati genitori a quarantatré anni la fissavano con un sorriso comprensivo. Però fino ad allora i suoi compiti erano stati abbastanza semplici e persino divertenti. Mazi le aveva insegnato i princìpi del pedinamento e Tilly aveva scoperto che non era complicato inseguire persone normali. «Liberi cittadini» li chiamava Mazi. Quando mariti e mogli erano diretti dai loro amanti o tornavano dopo averli incontrati, non badavano a niente. Erano immersi nei loro sensi di colpa o in preda all'euforia. Non si aspettavano di essere pedinati, men che meno da una come Tilly. Persino fotografarli risultava semplice. Pensavano che si stesse facendo un selfie, ammesso che si accorgessero di lei.

Ma quell'indagine era diversa. Da una settimana la sua vita era stravolta. Stentava a credere che fosse passato così poco tempo da quando Jasmin era scomparsa. In quei sette giorni aveva imparato sulle indagini, e forse sulla vita, più di quanto avesse imparato nei diciotto mesi trascorsi da quando Mazi aveva aperto l'agenzia. Tilly non aveva mai desiderato essere un'investigatrice. Non era della stessa pasta di Mazi. Non faceva a botte con gli uomini, non andava a letto con gli sconosciuti, non fumava, non beveva e non giocava a biliardo. E di certo non sapeva centrare lo stesso foro con sei proiettili. D'un tratto si sentì sfinita.

Al contrario di Mazi, Tilly non aveva problemi con l'autocommiserazione. Il rifiuto di piangersi addosso è tipico di chi avrebbe realmente motivo di farlo. Quindi si autocommiserò un pochino. Si trovava in quel paese caldo e umido, in mezzo a una cazzo di guerra, non aveva un compagno e dormiva sul divano di una coppia di amici innamoratissimi per risparmiare i soldi per studiare in un'accademia alla quale non era stata ancora nemmeno ammessa. Entrando nel loft scoprì che Benji aveva acceso l'aria condizionata, preparato un tè e cucinato dei biscottini alla marmellata. Si rinfrancò in fretta e pensò che quell'esperienza le sarebbe tornata utile una volta diventata attrice.

20.

Mazi aveva bisogno di un posto per pensare. Uno spazio fisico ed emotivo. Il meccanico, uno dei suoi fissi quando era al commissariato centrale di Tel Aviv, stava poco lontano dal loft. Non era più andata da lui da quando aveva lasciato la polizia. Né da lui, né dall'altro meccanico, né dal vetraio. Temeva che le chiedessero cos'era successo. Dov'era sparita. E temeva di incontrare qualcuno della sua unità, anche se il rapporto fra i fissi e la polizia era solo nella sua testa. Ma ormai era passato abbastanza tempo e a lei serviva una dose.

Il meccanico aveva uno spazio, una sorta di magazzino-galleria espositiva. Mazi avrebbe potuto rimanere lì dopo, a pensare con calma mentre lui tornava al lavoro. L'uomo stava giusto spiegando a due sessantenni perché non gli conveniva comprare una Harley Street Rod se non avevano le gambe lunghe ed elastiche. Al rombo della Honda Cbr si voltarono tutti. Quando Mazi si tolse il casco, sulla faccia del meccanico apparve un sorriso di felicità.

«Scusatemi un momento» disse ai due tizi e si avvicinò a lei, le afferrò la nuca e passò una mano affettuosa sulla testa rasata. «Mi hai fatto preoccupare» le disse, «sgancia un abbraccio».

Mazi si lasciò abbracciare senza sapere bene come reagire. «Salgo» lo informò.

«Certo, tesoro. Sali. Ho risistemato un pochino lassù, va' a vedere». Al piano di sopra notò che lui aveva intonacato, appeso le tende e aggiunto una doccia. Adesso la stanza sembrava più una camera da letto che un magazzino. Sperò che non fosse perché aveva divorziato. Sbirciò giù, gli vide la fede ancora al dito e si tranquillizzò. Dopo essersi lavata rimase nuda e si sdraiò sul letto, in attesa. Lo sentì mettere fretta ai due, che avevano tutto il tempo del mondo per parlare di cruiser e cilindrate. Alla fine comunicò loro che doveva uscire per un sopralluogo. Lo sentì chiudere il portone di metallo, sciacquarsi le mani e salire la scala di ferro.

«Dov'eri finita?» chiese con un sorriso, poi si spogliò senza cerimonie e le saltò addosso. Era forte e gentile. Non aveva fretta e nulla gli metteva fretta. Dopo la seconda volta, quando pur volendo non ce la faceva proprio più, sorrise e le disse che tornava a lavorare.

«Hai appena fatto un ottimo lavoro».

«Allora perché non mi paghi?»

«Posso rimanere qui un'oretta? Devo non trovarmi in un certo posto».

«Certo, dolcezza, resta pure quanto vuoi». Si sciacquò rapidamente e scese. Mazi sentì il portone di metallo riaprirsi, la radio accesa, e dopo qualche minuto arrivò un cliente in moto. Si fece una seconda doccia, si vestì e si sedette a pensare. Aveva pochi fatti e molte ipotesi. La prima era che Jasmin avesse subìto un abuso sessuale. Forse durante l'adolescenza. Mazi aveva avuto questa sensazione quando Dudi le aveva raccontato delle continue fughe di Jasmin, e poi alla reazione di Alma alla domanda sull'incesto. E dopo anni di indagini, le sue sensazioni erano più di una vaga intuizione. Aveva anche idea che Ari fosse coinvolto, ma non capiva in che modo. Sapeva dell'abuso e questo l'aveva reso tanto protettivo con la sorella? Poteva essere stato Ari ad abusare di lei, il che spiegava la sua possessività? Quali erano le ragioni dell'allontanamento fra i due?

Da bambini erano legatissimi. Mazi pensò alla foto di famiglia, alla mano di Ari stretta in quella della sorella maggiore. Erano uniti anche durante l'adolescenza, considerato che, come le aveva raccontato Dudi, scappavano dal collegio per raggiungersi a vicenda. Durante il servizio militare, stando a quanto diceva Alma, quella di Ari nei confronti della sorella era già un'ossessione. E poi, di botto, l'allontanamento. Ma Ari era affezionatissimo alla nipotina e andava spesso a trovarla. Qual era la storia del loro rapporto? La storia nel senso di inizio, svolgimento e conclusione?

Mazi sapeva anche che a quello stadio della gravidanza Jasmin poteva già conoscere il sesso del nascituro. Forse era una femmina e Jasmin temeva che quello che era successo a lei accadesse anche alla figlia? Per mano di chi? E perché temeva per la bambina in pancia e non per Lily? Cosa c'entrava Ester in tutto questo? Aveva detto al professor Neria che sua cognata soffriva della stessa condizione di cui aveva sofferto lei. Questo significava che Ester era stata incinta di una femmina e aveva abortito? E se sì, per quale motivo? Di cosa aveva paura?

Mazi, che aveva attivato la modalità silenziosa sul cellulare, vide sette chiamate senza risposta da Dudi. Lo doveva incontrare. Cosa poteva dirgli? Cosa gli avrebbe chiesto? Un'improvvisa folgorazione la colpì come un pugno nelle costole, e con una violenza tale che per poco non vomitò. Lily era la nipote di Benny. Se Benny fosse stato vivo, sarebbe stato il nonno di Lily. Benny, il suo Benny, era il nonno di Lily. Come poteva non averci ancora pensato? Ecco cosa aveva continuato ad assillarla ai margini della coscienza, sfuggendo ogni volta che cercava di afferrarlo. Si sdraiò, si masturbò con furia e venne in fretta e forte. Fu un sollievo minimo, ma sufficiente per permetterle di riprendere a pensare. Si rimise a sedere e rimuginò su nipoti e nonni. Il suo amatissimo nonno, nonno Sasson, l'aveva cresciuta fino a quando non era morto. Chi aveva cresciuto Jasmin? Se sua madre era morta quando aveva nove anni e suo padre era impegnato a costruire l'impero Shechter, chi aveva cresciuto lei e Ari? Doveva esserci una donna. Una nonna, una zia, o più probabilmente una tata o una ragazza alla pari. Era quella donna che doveva cercare. Mandò a Dudi un messaggio per avvisarlo che stava arrivando.

Dudi le aprì la porta in jeans, canottiera e barba di due giorni. «Dove diavolo eri finita?»

«Prima di parlarmi vatti a lavare la bocca con il sapone, Dudi». Mazi non aveva mai visto tanta superficie del suo corpo adulto esposta. Scacciò dalla testa il confronto con Benny, nonostante il pensiero di lui la assillasse.

«Forza, entra, vado a mettermi una camicia».

Mazi andò in sala e rimase a guardare fuori. Aveva voglia di tuffarsi nella piscina che circondava la casa appena oltre la vetrata. Sentì i *bum* prima ancora che partisse l'allarme. D'un tratto Dudi le afferrò il polso. La tirò verso destra attraverso una porta, giù per qualche scalino, e si ritrovarono nel rifugio. Dudi aveva un aspetto atroce; atroce considerando che era Dudi. Più magro, bastonato. Quando i loro occhi s'incontrarono, non le piacque quello che vi lesse. Uno sguardo carico di violenza. Con tutto il kung fu del mondo – e lei non conosceva tutto il kung fu del mondo – non era certa che sarebbe riuscita a bloccarlo se lui le avesse opposto resistenza. L'allarme cessò e uscirono dal rifugio. Mazi andò in cucina in cerca di una birra e trovò solo soda. Dudi, in sala, parlava al telefono.

«Nataly, dove siete?... Lily sta bene?... Si è spaventata... Non uscite. Vengo a prendervi fra mezz'ora».

«Dov'è?»

«A casa della tata. La situazione è disastrosa. Si addormenta piangendo... chiede tutto il tempo della mamma... perché la mamma non le telefona».

«Ho bisogno che tu risponda ad alcune domande, Dudi».

«Hai sempre avuto un cuore d'oro, eh? Che ne dici di rispondere tu a qualche domandina? Tipo dove sei stata? Cosa stai facendo per trovare mia moglie? Come sprechi i soldi che ti verso?»

«Per il momento non mi hai versato proprio niente,

perciò datti una calmata. Siediti e ti dico cosa ho saputo finora. Non è moltissimo, ma è meglio che tu sia seduto».

Dudi la fissò in un modo che le ricordò da dove proveniva.

«Lo sai che...»

«Cosa?»

«Lascia perdere. Niente. Racconta, Mazi, mi siedo».

«Jasmin era incinta».

Nel giro di un secondo se lo trovò davanti, in piedi, vicinissimo. Chissà come, anche lei era scattata in piedi.

«Mazi, Mazi, ti avverto, se è una balla ti ammazzo, capito?»

«Non è una balla. Jasmin era incinta».

Lo vide stringere i pugni. Vide che avrebbe voluto fare a pezzi qualcosa, o qualcuno. Buttò fuori un lungo respiro e si strofinò il mento avanti e indietro. «Cos'altro hai scoperto?»

«Non molto. Ha tagliato i ponti di colpo con quella che era la sua migliore amica al militare, più o meno fra la storia con Ron Lipman e il viaggio a Parigi...»

«Chi è Ron Lipman?»

«Davvero non lo sai?»

«Mazi, mi stai irritando. Chi è Ron Lipman?»

«Uno con cui il signor Shechter l'avrebbe voluta vedere sposata».

«E chi è l'amica del servizio militare?»

«Si chiama Alma. Una hippy. Era al militare con lei e con Ari».

Dudi chinò la testa. La sua mano passò dal mento alla fronte e alle tempie.

«Ci beviamo un bicchiere? Hai qualcosa di alcolico?»

Lui annuì, si alzò, aprì un'altra porta nel muro dietro la quale c'era un minibar ben fornito, e versò a entrambi da bere. Mazi non era un'intenditrice di whisky, ma ne riconosceva uno buono quando le sfiorava le narici. Profumava di club esclusivo. Dudi tornò a sedersi sul tavolino davanti alla poltrona di Mazi e le allungò il bicchiere.

Adesso erano seduti uno di fronte all'altra, le ginocchia quasi si sfioravano. Dudi sollevò il bicchiere nel gesto di un brindisi e lei fece lo stesso, poi bevvero. Mazi non aveva mai provato l'eroina, ma aveva la sensazione che il whisky fosse l'eroina degli alcolici. L'effetto era immediato e buono, se si può chiamare buona l'ingannevole sensazione di calma mentre il mondo ti si disintegra intorno.

«Sto cercando di capire come abbia fatto Jasmin a evitare che tu le facessi domande sul suo passato» disse Mazi.

Dudi prese un altro sorso. Mazi vide la sua faccia passare gradualmente da tesa a rilassata. Si alzò per cambiare poltrona. Sembrava che si stesse ponendo la stessa identica domanda.

«Lo terrai per te?»

Mazi annuì.

«Con Jasmin è stato amore a prima vista. Te lo giuro. Sai che non ho più avuto una storia seria dopo Batya. Non avevo la testa per una storia. Non ero un monaco, sia chiaro. Ma non lo dico perché odio le donne, sai in che casa sono cresciuto, per me essere amici non è possibile. Non m'interessa parlare con una donna così, tanto per parlare. Cioè, si fa quel che c'è da fare e finisce lì. Però...» Si interruppe per prendere un altro sorso, nel tentativo di raccontarsi. «Insomma, avevo avuto storie qua e là. E non ti credere, anche tipe dell'alta società, persino più di Jasmin. Al livello di principesse, intendo. Ma una noia... fai conto, come pranzare a tofu. E poi si presenta questa Jasmin». Sorrise. «Argento vivo. Sveglia. S'intende di affari, s'intende di whisky, s'intende di automobili, di calcio, di mercato azionario, parla una cosa come sette lingue, somiglia a Cindy Crawford ma senza tirarsela, senza atteggiamenti da stronza. Una sera usciamo, una cosa spontanea, dopo la fine delle lezioni. E parliamo, fino alle quattro del mattino».

«Di cosa avete parlato?»

«All'inizio, degli altri studenti dell'Insead. Sapeva di ognuno chi era, cos'era, chi era suo padre e chi sua madre. E faceva morire dal ridere. Anche se ci era dentro fino al collo, non si lasciava impressionare. Poi continuiamo a parlare. Mercato immobiliare a Londra. Acuta. Grande capacità di analisi. Passiamo a parlare di me. Fa domande e io le racconto cose che... cose che non ho mai tirato fuori, né prima né dopo. Quando le chiedo di lei, mi risponde così: "Sappi che, comunque vada, non parlerò mai della mia famiglia". E io dico: "Chiaro, capisco, questione di lealtà". E lei risponde: "No, non lealtà. È perché è disfunzionale a un livello che nemmeno una persona come te può immaginare. Ma io non ne parlerò mai, perciò non ci provare. Il giorno in cui ci provi, non mi vedi più. Capito?" Quasi sapesse che saremmo stati insieme. E come si permetteva di parlarmi in quel modo? Giuro, mi ha fatto ribollire il sangue».

«E poi?»

«Poi abbiamo preso una camera in un bed and breakfast lì a Fontainebleau e ci abbiamo passato tutta la notte e tutto il giorno dopo, e da allora stiamo insieme e io non faccio domande sulla sua famiglia».

«E nove mesi dopo è nata Lily».

«Esatto».

«E tu eri tranquillo».

«Certo. Non ho mai guardato indietro».

Mazi non chiese se si fosse guardato di fianco. «E il matrimonio? Come sei entrato a lavorare con gli Shechter?»

«Non ho mai avuto voce in capitolo. Jasmin mi aveva chiarito come funzionano le cose nella sua famiglia: o sei dei loro, o sei fuori. La via di mezzo non esiste. E se sei dei loro, fai quello che ti dicono. Ti sposi dove ti dicono, fai il lavoro che ti dicono...»

Mazi non sapeva come formulare la domanda successiva. Dudi si era costruito da solo, da zero. Dopo che Benny era morto, Dudi aveva creato dal nulla il salone di bellezza. E poi il negozio. E poi la ferramenta. In quanto Dudi «aggiustatutto» aveva sempre trafficato in una zona grigia, ma poi aveva lavorato sodo per ripulirsi, guadagnarsi legittimità come uomo d'affari a Londra e farsi accettare all'Insead. Quando era arrivata Jasmin, l'aveva introdotto in famiglia, e gli Shechter l'avevano ridotto di nuovo a Dudi aggiustatutto. Dudi dei bassifondi. Riscossione crediti e rapporti con delinquentelli di piccola taglia. E lui eseguiva. Mazi non riusciva a pensare a un modo indiretto per chiederlo.

«Non ti è scocciato rinunciare ai tuoi affari? Tornare a essere Dudi aggiustatutto?»

Lui finì il whisky e si alzò per versarsene un altro. Mazi non poteva e non voleva spiegarsi perché in quel momento, per la prima volta da quando lo conosceva, lo desiderasse. Tornò con la bottiglia e ne versò anche a lei, poi si sedette di nuovo sul tavolino. «Passa alla prossima domanda» disse alla fine.

«Obiezione accolta. Quindi non sai niente del passato di Jasmin. Chi mi può dire chi l'ha cresciuta?»

«Cosa intendi?»

«Dopo la morte della signora Shechter, chi si è preso cura di Jasmin e Ari? Shaul era già grande, ma lei e Ari erano ancora bambini. Chi è stato ad allevarli?»

«Sarà stata una tata o qualcosa del genere».

«Esatto, e io devo sapere chi. Mi serve un nome».

«A che pro, Mazi? Perché scavare tanto nel passato di Jasmin? La dobbiamo trovare adesso, non nella macchina del tempo!»

«Usciamo un attimo, Dudi, mi pare che il tuo prato necessiti di essere tagliato urgentemente».

L'erba era rasata alla perfezione, ma Dudi raccolse. Uscirono e si chiusero la porta alle spalle.

«Ti pare che so dove Atef tiene il tagliaerba? Prendi». Le diede il suo bicchiere di whisky e si diresse al magazzino in fondo al prato. Lo aprì e ne uscì con una sega elettrica. La attivò e Mazi portò automaticamente la mano alla pistola, infilata nella tasca posteriore dei jeans.

Dudi andò verso di lei, poi posò la sega accesa sul prato, abbastanza vicino da far rumore ma non tanto da impedirgli di capirsi parlando a bassissima voce.

«Non ti preoccupare» ironizzò lui con un sorriso.

«Va' al diavolo» rispose Mazi. «Prendi». Gli restituì il suo whisky e si sedettero su due sedie da giardino all'ombra. Mazi avvicinò la sua sedia e gli sussurrò nell'orecchio: «Mi hai raccontato che il vostro piano è nato perché Jasmin voleva scappare dalla famiglia. A chi vi guarda da fuori, la vostra vita sembra un letto di rose. Perciò il mio compito è capire da cosa scappa. Se tu non mi sai indicare qualcosa nella vostra vita attuale, vuol dire che devo scavare nel suo passato. Capito?»

Dudi annuì.

«Quindi adesso pensaci bene di nuovo. Chi mi sa dire il nome della tata di quando erano bambini?»

«Yaffa Shechter».

«Chi è?»

«La madre di Shaul. La prima moglie di Eduardo».

«Accidenti. Non sapevo che non fossero figli della stessa madre». Ecco cosa succede quando non hai una squadra di investigatori alle spalle, Mazi.

«Sì. Ti cerco i suoi contatti».

«Bene. Fallo seduta stante. E un'altra cosa...» Prese il telefono e aprì la foto di Jasmin con Etty sopracciglia e l'amica non identificata. La allargò in modo da mostrare solo il viso dell'amica e la passò a Dudi. «Chi è?» gli domandò.

«Chi è?»

Mazi rimpicciolì la fotografia così che fossero visibili anche Jasmin ed Etty sopracciglia. Dudi riprese il cellulare, allargò di nuovo la fotografia concentrandosi su Jasmin, che portava jeans chiari, una camicia bianca e mules dorate di Gucci. Nella foto aveva un sorriso contento che saliva fino agli occhi. Anche la sua amica sorrideva. Dudi passò a ingrandire il viso dell'amica.

«A quando risale?»

«Non lo so, ma non alle ultime due settimane. Sai di chi si tratta?»

«La bassa?»

«Quella è Etty sopracciglia».

«E Jasmin si è fatta fotografare tutta allegra abbracciata a lei?» Dudi serrò la mascella.

«Etty sopracciglia dice che Jasmin le ha presentato quella donna come un'amica arrivata dall'estero, e che tra loro parlavano inglese. Potrebbe essere una compagna dell'Insead?»

Dudi schioccò la lingua per dire di no, il volto di nuovo cupo. Mazi annuì e rimise in tasca il telefono.

«Ti tengo aggiornato. Mandami i contatti di Yaffa Shechter».

E se ne andò.

21.

Il telefono di Tilly squillò una volta. «È Shiran, la segretaria di Jasmin» disse Tilly a Benji. «Dammi un burner phone». Benji le mise in mano un telefono usa e getta e pensò che non era male avere un'indagine ben pagata. Il caso di Jasmin Shechter gli aveva stravolto la vita. Era stato costretto a rifiutare la proposta di un gruppo di persone che avevano raccolto diciotto milioni di dollari per la loro start up e volevano che lui individuasse bug nel sistema di sicurezza. Per lui erano soldi facili, gli era dispiaciuto rinunciare. Ma per la prima volta da quando Mazi lo aveva convinto ad affiancarla nell'agenzia come responsabile tecnico, per ritrovarsi di fatto a risolvere qualsiasi esigenza dal «collegami la stampante» all'accesso a database riservati, il lavoro era quello che Mazi gli aveva promesso.

Tilly chiamò Shiran dall'usa e getta. «Shiran, sono Tilly, cosa succede?»

Shiran sussurrava. «Ho parlato con Hadar, la collega che mi ha sostituito quando non c'ero, e ho scoperto che sono successe un paio di cose».

«Cosa?»

«Allora, innanzi tutto, prima che Jasmin scomparisse, Hadar una volta l'ha cercata al telefono per un'urgenza e al suo posto ha risposto un uomo. Hadar ha riattaccato e poi richiamato, l'uomo le ha risposto di nuovo e ha detto: "Qui non c'è nessuna Jasmin". Poi l'ha sentito parlare con qualcuno in arabo, lui stesso aveva l'accento arabo. Alla fine ha riattaccato».

«Bene. È sicura di aver chiamato il numero giusto?»
«Sì, ha usato la chiamata rapida dall'ufficio».
«Per caso Hadar parla arabo?»
«Perché dovrebbe parlare arabo?»
«Così, c'è chi lo parla...» Tilly alzò gli occhi al cielo guardando Benji.
«E poi cos'altro?»
«Qualche giorno dopo, Hadar ha chiamato Jasmin per informarla che la cercavano con urgenza e non è riuscita a rintracciarla, né in quel momento né dopo. Cioè, la mattina Jasmin era ancora in ufficio e poi è sparita. Da quel momento il suo telefono è spento».
«Hadar per caso ricorda quando è successo? Ha riferito giorno e ora?»
«Certo, da noi è tutto registrato. Il 2 luglio alle diciassette. Hadar se ne ricorda bene perché è successo subito dopo il primo allarme».
«E chi cercava Jasmin con urgenza? Di chi era il messaggio che Hadar doveva trasmettere?»
«Di un uomo, si chiama... un secondo... Roi Zohar».
«Wow, Shiran, grazie, grazie mille. È un aiuto enorme».
Tilly riattaccò nell'istante in cui Mazi entrava nel loft. «Sentite un po', Shaul Shechter ha una madre diversa, ancora viva» annunciò Mazi.
«Roi Zohar ha telefonato per cercare Jasmin in ufficio due ore dopo che lei era scomparsa» la contraccambiò Tilly.
«Ma guarda guarda!» esclamò Mazi. Avvicinò una sedia e si sedette di fronte a Tilly. «Te l'ha raccontato la sua segretaria? Cos'altro ha detto?»
«Su questo non ha aggiunto altro. Un'altra cosa che le pareva importante è che, qualche giorno prima della scomparsa di Jasmin, la segretaria che la sostituiva l'ha cercata al cellulare e le ha risposto un uomo con un accento arabo».
«Sappiamo cosa le ha detto?»
«No».
«Peccato. A ogni modo, hai fatto un ottimo lavoro. Io

sono stata da Dudi. Non ha riconosciuto l'amica, non era all'Insead. Dudi ha un aspetto pessimo, Lily la sta vivendo malissimo».

«E cosa c'entra quello che hai detto della madre di Shaul? Perché è importante?»

«Perché mi sono resa conto che non sappiamo chi ha cresciuto Jasmin e Ari. Avevano nove e sette anni quando la madre è morta e, a differenza di voi, di certo non li ha allevati il padre, perciò voglio sapere chi è stato».

«A che pro? Sembra che tu abbia una qualche teoria di cui non ci hai detto niente» disse Tilly.

Mazi sorrise e si chinò in avanti. «Non è nemmeno una teoria. È solo l'inizio dell'inizio di qualcosa. Lo volete sentire?»

«Ah ah» disse Tilly, e Benji si tolse le cuffie che non erano collegate a niente e stavano a indicare che aveva bisogno di silenzio.

«Bene, allora ecco. Innanzi tutto, ritengo che Jasmin sia stata vittima di un abuso sessuale. Non so in che fase della sua vita. Me lo fanno pensare il suo rapporto con gli uomini, per lo meno da come lo descrive Alma, le fughe e sparizioni reiterate, le menzogne e il modo in cui Ari la proteggeva... E se prendiamo per buona questa ipotesi dobbiamo tenere a mente che l'ottanta per cento degli abusi sono opera di una persona conosciuta, e quanto più la vittima è giovane, tanto più è probabile che si tratti di un famigliare, uno zio, il padre, un fratello... quindi questa è una cosa. La seconda è che quando è scappata era incinta. La mia ipotesi è che si tratti di una femmina. A mio avviso l'idea di avere una seconda figlia, insieme al fatto che Lily sta per compiere quattro anni e all'abuso subìto, devono averle fatto scattare dentro qualcosa, ed è scappata».

Benji e Tilly fissavano Mazi con lo sguardo di chi ha letto cose simili sui giornali e non si capacita di quella supposizione in assenza di prove. E Mazi, be', Mazi aveva molto da insegnare sugli interrogatori e sulle tecniche di investigazione, ma non poteva trasmettere quanto aveva visto e vissuto. Non poteva spiegare cosa volesse dire essere una ragazzina di quattordici anni innamorata di un uomo di quarantadue e ricambiata. E le parole non bastavano per descrivere tutte le donne incontrate quando era agente investigativa, donne comuni e colleghe, i cui fratelli, zii, padri, vicini di casa, insegnanti, comandanti...

«Mi occuperò io di interrogare Yaffa Shechter» disse Mazi. «Tilly, tu hai fatto un ottimo lavoro con la segretaria di Jasmin. E Benji, la tua sensazione che Roi Zohar non fosse del tutto estraneo era giusta. Chissà perché l'ha cercata. Tilly, com'è stata la dinamica fra te e questo Roi? Se lo richiami per fissare un secondo appuntamento, accetterà?»

«Secondo me, sì».

«Bene. Allora queste sono le prossime cose da fare».

Mazi parcheggiò la moto all'ingresso del palazzo di Roi Zohar. Lei e Tilly tolsero i caschi, si asciugarono il sudore dovuto alla cappa di afa serale ed entrarono nel lussuoso ingresso dell'edificio.

«Ti va bene quanto abbiamo convenuto?» chiese Mazi a Tilly in ascensore.

«Sì, va bene».

«Non ti agitare. Non estrarrò subito la pistola».

«Adesso sì che sono tranquilla» ribatté Tilly, che provava rancore nei confronti della sorella e non capiva perché.

Roi Zohar aprì la porta, perfettamente rasato e in abiti da casa grigio mélange.

«Roi, molto piacere». Porse la mano a Mazi.

«Mazi Morris». Lei la strinse, e lo seguirono attraverso la sala fino a un enorme terrazzo sul tetto.

Fuori, il tramonto estivo di Tel Aviv, arancione e limpido. La piscina con le pareti della vasca di vetro rammentava a Tilly un acquario sottomarino per squali. Se uno squalo viene ribaltato a pancia all'aria entra in uno stato di paralisi temporanea, l'aveva visto in un documentario tempo prima. Lei e Mazi si sedettero su un divano in rattan rivolte verso la piscina, mentre Roi Zohar si allontanava per poi tornare con un altro bicchiere, visto che sul tavolo ce n'erano soltanto due. Versò acqua frizzante Perrier a tutti e tre e si sedette di fronte a loro.

«Come vi posso essere di aiuto?» domandò, con le gambe incrociate e un bicchiere panciuto in mano.

«Volevamo chiedere ancora qualche dettaglio su Jasmin» rispose Mazi. «Non l'abbiamo ancora ritrovata. Quanti anni aveva quando l'ha incontrata per la prima volta?»

«Mi lasci pensare... Jasmin era in classe con mio fratello ed erano appena tornati dal collegio per iscriversi qui al liceo, quindi doveva averne sedici».

«Lei quanti anni aveva?»

«Venti».

«Ricorda come vi siete conosciuti?»

«Non il giorno e l'ora. Faceva parte del gruppo che frequentava mio fratello, tra le nostre famiglie c'era un rapporto d'amicizia, può essere stata qualunque situazione, magari a una festa in famiglia... non ne sono sicuro».

«Ron Lipman è suo coetaneo?»

«Sì».

Mazi lo lasciò con il pensiero di Ron Lipman e cambiò direzione. Tilly aveva descritto Roi Zohar come una persona attenta a fare buona impressione e a mantenere il controllo. Mazi lo voleva scuotere.

«Era innamorato di lei?»

«No» sogghignò.

«Però le era affezionato?»

«Senza dubbio».

«A suo parere, qual è il segreto più grande di Jasmin Shechter?»

«Cosa intende?»

«La famiglia Shechter nasconde un segreto» affermò Mazi con sicurezza, per nascondere che si trattava di una congettura. «Qual è?»

«Non penso di sapere a cosa allude».

Mazi estrasse la pistola dal retro della cintola dei jeans. «Scusi, lì dietro mi dà fastidio» spiegò e la posò sul tavolo fra loro due. Roi Zohar si raggelò per un secondo. Per Tilly, la pistola era il segnale convenuto. Si alzò.

«Dov'è il bagno?»

«Dentro, a sinistra dopo la sala, la porta in fondo al corridoio» rispose Roi Zohar. Poi tornò a rivolgere l'attenzione a Mazi. Si era seduta comodamente sul divano, lontano dalla pistola, ma quando lui tornò a guardarla si chinò in avanti, posando i gomiti sulle ginocchia.

«Chi l'ha abusata sessualmente?» domandò con la voce del poliziotto cattivo.

Il volto di Roi Zohar si serrò come una persiana. Mazi intuì il suo turbamento. Quello che provava, quello che sapeva, quello che aveva sempre pensato. Si stava chiedendo cosa di tutto ciò poteva condividere con l'investigatrice, e cosa avrebbe pensato Mazi di lui per quei pensieri immondi.

«Non lo so».

«Quindi lei non sa chi sia stato, ma sa che è successo».

Roi fece un profondo respiro risucchiando le guance in dentro. «Non so che è successo, ma non mi sembra inconcepibile».

Mazi sentì una scarica di adrenalina. Tilly tornò a sedersi vicino a lei e rivolse a Roi Zohar un sorriso incoraggiante, come se non avesse notato la pistola e l'atmosfera carica di tensione.

«Roi ha appena affermato di non trovare inconcepibile la possibilità che Jasmin Shechter abbia subìto un abuso». Mazi aggiornò Tilly, tenendo gli occhi fissi su Roi Zohar. «Tu cosa gli volevi chiedere?»

«Volevo chiedere per cosa Jasmin l'ha ringraziata. Cosa aveva fatto per lei?»

Roi annuì e sorrise, un sorriso amaro. «Dunque non è andata davvero in bagno?»

«Ci sono andata, ma mentre tornavo mi sono fermata a controllare cosa c'è scritto dietro al quadro che Jasmin le ha regalato». Tilly si strinse nelle spalle sorridendo.

«Cosa c'è scritto?» domandò Mazi a Tilly senza distogliere gli occhi da Roi Zohar.

«"Grazie per quello che hai fatto per me"» disse Tilly,

la poliziotta buona, anche lei senza spostare lo sguardo da Roi nemmeno per un secondo. Roi la fissò di rimando.

«Dunque, cosa ha fatto per lei?»

«Vado a prendere qualcosa da bere» disse Roi alzandosi. «Se permettete».

Mazi gli fece cenno di andare. Tornò con un bicchiere pieno di whisky e si risedette davanti a loro.

«Ho fatto in modo che chiunque avesse ricevuto le foto di lei nuda da Ron Lipman le cancellasse senza inoltrarle» rispose, e bevve.

«E cos'altro?» chiese Mazi.

Sorrise, un sorrisetto infastidito. «Poi le ho inviate da un numero sconosciuto ad Ari Shechter, scrivendo che era stato Ron Lipman a scattarle e mandarle in giro».

«Perché?»

«Perché cosa?»

«Perché ha fatto tutto questo?»

«Perché era la cosa giusta. Perché era quello che una persona perbene avrebbe fatto».

Mazi si lasciò di nuovo andare contro lo schienale. Incrociò le mani dietro la nuca e lo guardò. Lui le restituì lo sguardo, poi bevve un sorso e scoccò un'occhiata di lato, lontano da lei e Tilly. Mazi si alzò per affacciarsi alla balaustra del tetto e osservare la città sulla quale era già calato il buio, dove le luci si erano accese, la cappa di calura permaneva, e su cui i razzi cadevano diffondendo in uguale misura panico e indifferenza. Si girò in direzione di Roi Zohar.

«Capisco perché si è preoccupato di far cancellare le fotografie. Ma perché mandarle ad Ari Shechter e perché restare anonimo?»

«Lo sa cos'è successo dopo?» ribatté lui in tono di sfida.

«Conosco solo una parte del quadro» rispose Mazi franca. Aveva la sensazione che lui ormai si fosse aperto, da lì in poi la sincerità sarebbe stata l'arma migliore. «So che subito dopo quella storia Jasmin si è trasferita a Parigi. Le sarei grata se potesse aiutarmi a completare le tessere mancanti».

«Non ci sono prove, ma pare che la sera dopo Ari abbia trovato Lipman in un bar, lo abbia trascinato fuori e massacrato di botte. Dopodiché è saltato un grosso affare fra gli Shechter e i Lipman».

«Quindi è per questo che ha mandato la fotografia ad Ari?»

Roi Zohar annuì. «Non per l'affare, di quello non m'importava, ma perché Lipman fosse punito».

«E qualcosa è trapelato ai giornali? Le botte? L'affare saltato?»

«Le botte no, è solo una voce che gira. L'affare sì, ne hanno parlato sui giornali economici».

«Le voglio fare una domanda e ho bisogno che mi risponda di getto, senza riflettere. Crede di essere in grado?»

Roi Zohar rifletté un secondo, poi trangugiò il resto del whisky in un sorso. «Lasci un attimo che faccia effetto» disse. Rimasero in silenzio, Mazi e Tilly per abitudine e Roi Zohar perché abbastanza turbato da voler prendere tempo.

«Adesso?» chiese Mazi.

Lui annuì.

«Chi ha abusato sessualmente di Jasmin?»

«Suo padre» rispose Roi Zohar ancor prima che la domanda fosse terminata. Abbassò la testa e posò la fronte tra le mani. Rimase così, a testa china, per diversi secondi. Poi si alzò e si avvicinò a Mazi e al parapetto, per guardare fuori. Tilly rimase seduta al suo posto, a digerire gli sviluppi. «Grazie» disse Mazi a Roi Zohar che le stava a fianco, due spanne più alto di lei.

«Non c'è di che».

«Ha energia per altre domande?»

«Forse soltanto una».

«Allora due». Mazi gli rivolse il suo sorriso storto. «La prima, perché ha telefonato a Jasmin il giorno in cui lei le ha regalato il quadro, verso le diciassette? E la seconda, cos'è che ha sentito o visto e che l'ha portata a rispondere che è stato il padre ad abusare di lei?»

Roi le rispose con il sorriso turbato che Mazi conosceva da testimoni e indiziati consapevoli che di loro sapeva molto più di quanto avessero raccontato. «Ho telefonato perché la volevo ringraziare. Ringraziare per il quadro e per la sua riconoscenza. Ma al cellulare non l'ho trovata, perciò ho lasciato un messaggio in ufficio. Per quanto riguarda la seconda questione, dovremo riparlarne in futuro, sono esausto».

«Non c'è problema».

Mazi tornò a prendere la pistola, mentre Tilly sentiva di avere di nuovo bisogno del bagno, cosa che le creava imbarazzo. «Vengo subito» disse a Mazi e si allontanò.

«Per favore, la avvisi che la aspetto giù» disse Mazi a Roi Zohar.

«Dov'è Mazi?» domandò Tilly una volta tornata dal bagno.

«Ha chiesto di avvisarla che l'aspetta giù».

«Bene. Grazie ancora» disse Tilly in imbarazzo, sorpresa che Mazi l'avesse lasciata sola con un uomo che aveva appena minacciato con la pistola.

«Le posso chiedere una cosa, Tilly?»

«Certo» rispose lei, prevedendo, amareggiata, come sarebbe andata a finire.

«Spero non sia fuori luogo...» Adesso Tilly ne era certa: Roi stava per chiederle se Mazi era libera, come sempre succedeva appena sua sorella lasciava una stanza. «Potrei avere il suo numero di telefono?»

«Il mio?» ripeté stupita Tilly.

Lui annuì.

«Ma ce l'ha già».

«Lo so. Intendevo, posso usarlo per invitarla a cena?»

«Ah, sì». Sorrise. «Sì, può». E uscì, sentendosi d'improvviso molto leggera.

Mazi aspettava vicino alla moto accesa e fumava. Porse il casco a Tilly. «Che piscina, eh?»

«Sì».

«Allora, ti ha invitata a uscire?»

«Gli hai messo una microspia?» Tilly arrossì, a disagio.

«No, sono brava a leggere le persone». Mazi sorrise alla sorella, spense la sigaretta sul marciapiede, s'infilò il casco e montò in sella. Tilly sentì evaporare il rancore che aveva provato prima.

22.

La sirena partì nel momento preciso in cui Mazi e Tilly stavano per svoltare a sinistra da via Shoken verso il loft. Un ragazzino sullo skateboard arrivo quasi a schiantarsi addosso a loro e ruzzolò a terra. Mazi riuscì a schivarlo e, invece di proseguire verso casa, s'infilò con la moto dentro al parcheggio sotterraneo della sede del giornale, il giornale di Guetta. Proseguì fino in fondo al parcheggio e si fermò. Udirono le esplosioni e Mazi percepì la pressione della stretta di Tilly. Pensò ad Amir. Quando Tilly si fu calmata e allentò la presa, riavviò il motore e uscirono dal parcheggio dirette al loft, per un aggiornamento con Benji che stava facendo una pausa per un tè. Durante gli allarmi non si prendeva la briga di cercare riparo, in base ai suoi calcoli le probabilità che un razzo colpisse il loft erano pari a zero.

Quando entrarono, il tè era già sul tavolo. Mazi si lasciò cadere sul divano. Tilly si rannicchiò sul pouf e Benji si sedette in poltrona dopo aver servito tutti.

«Mi ero dimenticata di dirti che dall'ufficio del signor Shechter mi hanno chiesto di smettere di telefonare» disse Tilly.

«Pensavo avessero cominciato ad apprezzarti».

«Era un'altra segretaria».

«Tu continua comunque».

«Va bene».

Mazi aprì sul telefono la fotografia della lavagna cancellabile con gli obiettivi dell'indagine. Lesse ad alta voce.

«Incontrare il medico. Fatto. Fotografie di eventi di fundraising di Ester?»

«Un migliaio» rispose Tilly ed estrasse il portatile dalla borsa.

«Fatto» proseguì Mazi. «Avete trovato l'indirizzo della casa del macellaio?»

«Non lo definirei indirizzo» rispose Benji. «Comunque sì. È in un posto che si chiama Makura, vicino a Kerem Maharal. Magari lo conosci, è nel Nord di Israele».

«Lo conosco. Procediamo: chi invitava a cena il giovedì sera Ari? Questa in effetti è difficile...»

«Ma Tilly l'ha scoperto» intervenne Benji.

«Bugiardo» ribatté Mazi.

«No, è la verità» confermò Tilly.

Mazi posò il telefono e si sollevò a sedere. «Siamo state insieme per due ore e non mi hai detto niente? Uff... Avanti, chi ospitava?»

«Una psicologa».

«Una donna che fa la psicologa, o la sua psicologa che è una donna?»

«A mio avviso era suo paziente, sì».

«La sua psicologa cenava da lui ogni giovedì?»

«Ti immagini Ari che va da qualcuno in studio, aspetta in sala d'attesa, corre il rischio di essere riconosciuto da altri pazienti?»

«No. Hai ragione. Come l'hai scoperto?»

«Ho avuto una sensazione di pancia».

«Hai avuto la sensazione di pancia che lui invitasse a cena la sua psicologa ogni giovedì?»

«Uffa, ascolta fino in fondo».

«Va bene, rilassati, stavo solo scherzando. Racconta».

«Quando io e Benji siamo andati a sondare il quartiere, dall'ortolano c'era una donna. Ha sentito che l'ortolano parlava con noi di Ari e mi è parso che la prendesse molto sul personale. L'ortolano ha detto che doveva essere innamorata di Ari "come tutte". Ma io non ho avuto quell'impressione».

«Che impressione hai avuto?»

«Come se lei credesse di conoscere Ari molto meglio, lo considerasse una sua proprietà».

Mazi pensò che Tilly avrebbe potuto essere un'eccellente investigatrice. «E quindi, cos'hai fatto?»

«Quindi ho gironzolato un altro po' per il quartiere finché non l'ho vista di nuovo, e l'ho seguita fino al suo studio».

«Come hai fatto a capire che era uno studio? E che era il suo?»

Tilly alzò gli occhi al cielo. «Sono rimasta lì. Non è uscita fino a sera mente altre persone entravano e uscivano ogni ora, e poi sulla cassetta della sua posta c'era scritto "Dr. Malka Fitussi"».

«Grande Tilly. Ottimo lavoro. Ma resta ancora soltanto un'ipotesi».

«Vero, però c'è dell'altro».

Mazi rise e si mise comoda. «Racconta...»

«Insomma, è stata una cosa un po' da deficiente. Cioè, mi sentivo una deficiente» disse Tilly, ma pensò che in effetti doveva proprio fare l'attrice, sarebbe stata straordinaria. «Ho stampato dei volantini con la foto di un gatto e la scritta "Smarrito" e li ho attaccati nei dintorni del palazzo di Ari. Dopodiché sono entrata nell'androne e mi sono fermata vicino alla lavagna in sughero all'ingresso, come se stessi per appenderne uno. È lì che mi sono sentita una deficiente, perché per tutto il tempo dovevo far sembrare di essere sul punto di appenderlo. Continuavo a darmi da fare con lo scotch, cose così. La prima ragazza che è uscita dall'ascensore mi ha ignorata. Poi è passata una coppia che è entrata e ha fatto: "Oh, povera, hai perso il gatto, buona fortuna. Speriamo che lo trovi". Dopo è arrivato un ragazzo, si è avvicinato, ha letto il volantino e chiesto se avevo perso un gatto. Allora ho finalmente avuto l'occasione di dire: "No, non è il mio, è quello della mia vicina, una donna alta, bella, con un mucchio di braccialetti e anelli", e allora lui: "Sì, mi pare di sapere chi è. Ma abita qui? Perché la vedo solo qualche volta", e io: "Ah, avrà degli amici nel palazzo. Lei abita due case più in là", e lui mi fa: "In effetti potrebbe essere. Io la vedo solo una volta alla settimana, e ci ho fatto caso perché coincide sempre con la mia serata di poker", e io: "Ah, wow, giochi a poker, caspita che tipo interessante! Guarda, io sono brava a sbattere le ciglia, le ho lunghissime, che giorno giochi?", e lui: "Tutti i giovedì"».

«Santo cielo» commentò Mazi, «in questo momento mi fai un po' paura».

«Sì» disse Benji, «chi sei?»

Tilly arrossì come se le avessero chiesto il bis. Per lei era una giornata buona, e comunque aveva davvero le ciglia lunghe.

«Tilly» disse Mazi, «lavoro eccellente. La domanda è: cosa possiamo fare con una psicologa? Quello che emerge in terapia è riservato, e dubito che mio padre abbia salvato anche lei durante una guerra».

Tilly e Benji scoppiarono a ridere, ma Mazi era serissima. «Forza, finiamo di rivedere gli obiettivi, incluse le fotografie di Ester, e poi penseremo a come proseguire».

Tilly inspirò a fondo e si disse che si poteva sradicare Mazi dalla polizia, ma non era possibile sradicare la polizia da Mazi: non erano mai il livello di interesse o la curiosità a determinare le priorità in un'indagine. Mazi continuò a leggere ad alta voce.

«Parlare con Dudi dell'appartamento di Ari – da fare; incontrare Alma – fatto. Bene. Tilly, vediamo le fotografie».

Tilly aprì il Mac e si trasferì di fianco a Mazi. C'erano settecentottantatré fotografie nella cartella «Eventi di fundraising di Ester», tutte di uomini e donne in abiti lussuosi che riuscivano ad apparire allo stesso tempo tracotanti e annoiati. Mazi riconobbe alcuni visi noti: un attore, l'amministratrice delegata di una banca, alcuni ministri. Ester compariva in poche foto ed era l'unico membro della famiglia Shechter presente. Non ce n'era nemmeno una di Shaul, Jasmin, Ari o del signor Shechter. A un certo punto emerse la foto che Mazi cercava, quella che aveva visto da Ester: Ester insieme all'uomo a cui l'avevano originariamente destinata la notte a Gerusalemme.

«È lui» disse Mazi. «Tilly, cerca chi è dal computer di Benji. Io intanto continuo qui».

Benji fece segno a Tilly di lavorare al suo computer, mentre Mazi continuava a studiare le fotografie sul portatile della sorella. Due foto di Dudi, alto e attraente, mano nella mano con una donna rimasta fuori dall'inquadratura. Jasmin? E poi un'altra di Dudi di fianco a Dani il rosso, un sorriso stampato sulle labbra carnose. Mazi ebbe un conato di vomito.

«Mi serve anche l'uomo della foto sei-sei-cinque-zero» disse a Tilly. «Qualcuno vuole da bere? Benji, c'è della vodka?»

Si diresse al minibar del loft, prese la vodka dal freezer e la versò nella tazza con l'immagine della regina Elisabetta.

«Vado un attimo fuori a riflettere».

Mazi uscì sul balcone dove fumava e si appoggiò al parapetto. Prese una bella sorsata dalla tazza che lei stessa aveva portato a Benji per scherzo da Londra, la volta che lei e Dudi si erano incontrati lì, cinque anni prima. Lei era partita perché lo zio Mark aveva venduto la casa dei genitori a New Eltham, in Inghilterra, e le aveva chiesto se poteva svuotare la proprietà. Mazi aveva preso alcuni giorni di ferie dalla polizia ed era partita, piuttosto emozionata. Non si ricordava dei nonni materni, ma quella era la casa in cui era cresciuta sua madre. Quando era già a Londra, aveva rintracciato Dudi. Si erano persi di vista da qualche anno, impegnati a ricostruirsi una vita dalle macerie che i loro padri si erano lasciati alle spalle. L'aveva chiamato senza preavviso per dirgli che era in città. Dudi era entusiasta di vederla e lei si era sentita scaldare il cuore.

All'epoca Dudi possedeva già abbastanza per fare colpo, ma gli mancava qualcuno su cui farlo. Stava verificando quanto in alto potesse arrivare a Londra con i soldi che aveva fatto. Mazi aveva avuto l'impressione che non bastassero solo quelli. Come un amico di talento le aveva spiegato una volta: «Londra non è New York, non basta essere straordinari e ricchi. Serve anche un lignaggio».

Dudi le aveva dato appuntamento per quella sera in un nuovo club esclusivo, fondato dal figlio del proprietario del club privato più antico e prestigioso della città. Il capitale per creare il nuovo club arrivava dai membri senza casato e avidi di riconoscimenti come Dudi. Mazi si era presentata prima di lui e l'aveva aspettato su un divanetto rococò rosso nella lobby. Tre addette all'accoglienza, età diverse e abiti identici, le avevano chiesto, una dopo l'altra, di consegnare il telefono. «Qui è vietato fotografare» le avevano spiegato.

Nel giro di cinque minuti Mazi aveva scoperto la ragione di quel divieto: da una piccola sala sulla sinistra era apparso il principe Edoardo. Dudi morirà quando saprà cosa si è perso, aveva pensato Mazi. Invece Dudi era spuntato in quel preciso istante e, con sua sorpresa, era molto più emozionato di vedere lei che non il principe. Aveva stregato il terzetto dell'accoglienza con il suo sorriso mediterraneo e le aveva convinte a restituire a Mazi il telefono. Dopodiché avevano sceso alcuni gradini per rintanarsi in una piccola stanza rivestita di moquette in velluto e illuminata dalla luce fioca di lampade a parete.

Ci sono incontri che cominciano esattamente dove ci si è lasciati, anche dopo anni. Non era stato uno di quelli. Nessuno dei due voleva tornare esattamente dove si erano lasciati. Perciò Dudi aveva raccontato di avere comprato una catena di negozi a Soho e Mazi che le avevano proposto una promozione in polizia. Dudi le aveva detto che poteva sempre lavorare per lui, se non fosse andata bene, e Mazi aveva ribattuto: «Ti piacerebbe, eh?» Dopodiché Mazi si era catapultata sul cibo mentre Dudi cercava di affascinare cinque Barbie sedute al tavolo vicino.

Le cinque si erano dimostrate più resistenti delle responsabili del piano di sopra alla sua pelle abbronzata e ai denti bianchi. Avevano raccontato a Dudi (non sembravano notare la presenza di Mazi) che loro cinque insieme avevano venti figli. Mazi stentava a immaginare una di loro partorire qualcosa di più grande di una miniatura in porcellana. Con Dudi erano educate quanto i soldi vecchi lo possono essere con i soldi nuovi entrati nel loro territorio. Un'altra persona avrebbe potuto trovare Dudi patetico. Ma non Mazi. Lei sapeva da dove proveniva, e comunque non amava giudicare. Giudicare era una deformazione inutile per una investigatrice, e anche un privilegio. Le persone come Mazi e Dudi vedevano le cose come stavano, tutt'al più decidevano se prendere o lasciare.

«Mi hanno ammesso all'Insead» le aveva raccontato al momento del dolce. «Ne hai mai sentito parlare? È la migliore business school del mondo».

«Qui a Londra?»

«Macché. Fontainebleau, Francia. Inizio fra sei mesi».

«Sta' attento, Peretz, o finirai per diventare una persona rispettabile».

«Sì, eh? Ho sentito dire che è un posto pazzesco. Di sicuro sarò l'unico che non è figlio di uno sceicco. Ho partecipato a un primo incontro per i futuri studenti. Chiedo a una: "Di dove sei?" Sta' a sentire la risposta: "Sono originaria di Parigi ma mio padre è svizzero e mia madre mezza indiana, perciò ho girato tanto. Sono cresciuta a Hong Kong, Lussemburgo, Kuwait City e New York"».

Mazi era scoppiata a ridere. «E tu come sei riuscito a farti prendere?»

«Mi hanno chiesto: "Cosa vuole diventare da grande?" Gli ho risposto: "*I want to be filthy rich but I'm okay with being clean too*", cioè voglio essere schifosamente ricco ma...»

«Tesoro, non mi serve una traduzione, il mio inglese è migliore di quello della regina» aveva ribattuto Mazi e chiesto il sale alle Barbie con il suo accento più *british.*

Dudi era scoppiato a ridere. «Gattina randagia, mi ero dimenticato che sei stata raccolta da quell'inglese strambo. Hai l'accento di un giornalaio».

«E piantala».

Erano rimasti un altro paio d'ore a buttar giù cocktail con nomi tipo *God save the Queen* e *M'lady Has a Hole in Her Petticoat.* Mazi aveva visitato una toilette con i muri in pelliccia rosa ed enormi specchi di rame, era passata davanti a una giraffa impagliata e a persone brillanti sopraggiunte nel frattempo e riunite in gruppetti nei vari angoli, tutti gli uomini rigorosamente in completo e tutte le donne in abiti sbrilluccicanti. Mazi portava il suo completo migliore, senza cravatta e senza reggiseno, tre bottoni aperti della camicia stirata e capelli quasi del tutto rasati. Di uno dei gruppetti faceva parte un tipo che era uno schianto, e quando lei gli era passata davanti aveva incorniciato il volto di Mazi con le dita e così l'aveva seguita fino a che non era sparita. Quando era tornata da Dudi, era piacevolmente ubriaca e le girava la testa per tutta quell'abbondanza. Dudi aveva già pagato il conto e l'aspettava con l'ultimo shot. Era contenta di averlo chiamato e che avessero passato una serata così gradevole dopo tanto tempo. Era contenta che le nuove persone che avevano costruito dalle macerie andassero d'accordo proprio come i bambini che erano stati. Erano usciti insieme per strada, nell'aria fredda e carezzevole, poi di colpo Dudi l'aveva attirata a sé e baciata sulla bocca.

Qualunque altro uomo che avesse tentato una mossa del genere con Mazi senza un esplicito invito non avrebbe ottenuto una seconda opportunità. Ma si trattava di Dudi, che per lei era stato come un fratello. Doveva essere sbronzo. Mazi si era staccata e l'aveva allontanato con gentilezza. Ma lui ci aveva riprovato. Questa volta di forza. Evidentemente aveva dimenticato con chi aveva a che fare. Lei aveva alzato una gamba e gli aveva pestato il piede e, sollevato il ginocchio verso l'inguine, gli aveva assestato un colpo. Lui si era piegato per un attimo, poi si era risollevato e aveva cercato di mollarle uno schiaffo. Non era tipo da dare un pugno a una donna, nemmeno a Mazi e nemmeno in quel momento. Quando Dudi aveva mosso il braccio destro verso di lei Mazi aveva reagito, con la sinistra gli aveva assestato un pugno preciso e doloroso appena sotto la spalla, e con la destra gli aveva bloccato il braccio e aveva usato il gomito per far leva e piegarlo. Aveva alzato di nuovo il ginocchio, questa volta per mirare alla faccia. Non intendeva colpirlo, solo mostrargli cosa sarebbe potuto succedere.

«Sei come un fratello per me».

«Come un fratello? Brutta troia, se avessi un fratello te lo scoperesti».

«Ce l'ho un fratello, pezzo di merda».

E prima che lui potesse reagire, dire quello che veramente gli premeva, che sapeva di lei e Benny e non aveva mai capito quale tradimento fra i due lo avesse ferito di più, lei era scappata via, scomparendo fra le case. Era già lontana e ancora lo sentiva gridare: «Puttanaaaaaaa! Puttanaaaaaaa!»

Adesso, sul balcone, si domandò cosa Dudi sapesse dei rapporti fra Jasmin e suo fratello Ari. Secondo la versione di Alma, Jasmin era partita per Parigi pochi giorni dopo la storia con Lipman. Gli Shechter e Alma sostenevano che fosse semplicemente scomparsa e poi riapparsa all'Eliseo. In realtà mentre faceva la cameriera aspettava di cominciare a studiare all'Insead, una scuola per la quale l'iter di ammissione doveva essere durato un anno. Aveva presentato la domanda ed era stata ammessa, ma non lo aveva detto a nessuno. E nonostante il presunto trauma dell'incontro con Ron Lipman, già alla prima settimana di studi aveva passato la notte con un uomo appena conosciuto, Dudi. Poco dopo era saltato l'affare fra i Lipman e gli Shechter. Nove mesi dopo era nata Lily. E Jasmin e il fratello si erano allontanati. Quanto di tutto questo era stato programmato da Jasmin? Di chi era figlia Lily? Mazi si alzò e rientrò da Benji e Tilly, ognuno concentrato a lavorare al suo computer.

«Ho una teoria» disse, «vediamo se tutti i pezzi s'incastrano».

23.

Tilly e Benji partirono la mattina presto per Makura, diretti alla casa del macellaio. Il paese era talmente piccolo che non era pensabile passare inosservati, perciò Tilly trascorse diverse ore la sera prima, fino a tarda notte, a documentarsi per reggere un travestimento da ornitologo. È così che gli attori si preparano alla parte, si spronò, tuffandosi in un forum di ornitologi da cui dedusse che si trattava di persone pazienti, ossessive, un po' disadattate. Si immaginò mentre riceveva l'Oscar per una parte da ornitologa introversa.

Scoprì che nell'area di Makura a luglio gli unici uccelli presenti e considerati interessanti erano gli avvoltoi. Avrebbero dovuto portarsi dei binocoli potenti: gli avvoltoi erano sensibili a qualunque rumore e inavvicinabili. L'ornitologia, a quanto pareva, era sorprendentemente simile al pedinamento, e come quello imponeva attese e immobilità.

Alle sei e mezzo Tilly e Benji erano già arrivati, ma aspettarono fino alle sette per avere conferma che il macellaio aveva aperto il negozio a Tel Aviv: impossibile che lo incontrassero. Appena ricevuto il messaggio da Mazi, tolsero le mountain bike a noleggio dalla macchina a noleggio e s'inoltrarono lungo un sentiero sterrato. Di tanto in tanto si fermavano a bere o guardare attraverso i cannocchiali, riuscirono persino a vedere un uccello, ignari se fosse di una specie comune o rara.

Due ore più tardi si sedettero a bere e mangiare i panini preparati da Benji con gli avanzi del roast beef e i cetrioli sottaceto di produzione casalinga.

«Di fatto è una sorta di collezionismo» rifletté Benji.

«Cosa?»

«L'ornitologia. È una sorta di collezionismo. Come con le carte Pokemon. Collezioni gli uccelli che hai trovato. Dire "ho avvistato un airone bianco maggiore" è un po' come dire "ho Bulbasaur"».

«Interessante. Non l'avevo considerata da questo punto di vista. Lo sapevi che li chiamano gli spazzini della natura?»

«Chi? Gli ornitologi?»

«No». Tilly scoppiò a ridere. «Gli avvoltoi. A quanto pare, il fatto che mangino carogne impedisce la diffusione di molte malattie. Mi secca non averci mai pensato prima» proseguì con la massima serietà.

«Interessante. È vero, neanch'io ci ho mai pensato».

«Il punto è: ora che ci abbiamo pensato siamo persone migliori?»

Benji sorrise, ma non ebbe il tempo per replicare alla battuta. Un pick-up si fermò vicino a loro. Si scambiarono un'occhiata e si alzarono, tesi.

«In cerca di uccelli?» Una donna sulla sessantina con una treccia bionda, cappello da pescatore e accento anglosassone rivolse un sorriso a entrambi.

«Sì, avvoltoi» rispose Tilly.

«Ah no, per gli avvoltoi dovete salire molto più in alto» disse la donna. «Volete un passaggio? Potete caricare le biciclette sul retro».

«Grazie mille, ci farebbe davvero un piacere» rispose Tilly. Sistemarono le biciclette e salirono in macchina, Benji dietro e Tilly davanti.

«Molto piacere» disse Tilly. «Io sono Dafna e lui Doron».

«Piacere mio, sono Ruth. Tutti gli uccelli più belli adesso sono al kibbutz Ma'agan Michael. A voi interessano proprio gli avvoltoi?»

«Sì. Siamo stati a Ma'agan Michael la settimana scorsa, ma Doron è affascinato dagli avvoltoi» spiegò Tilly.

«Fanno i nidi sulle pareti rocciose» disse Ruth rivolgendosi a Benji nello specchietto retrovisore, «nel posto più alto che riescono a raggiungere. Questa settimana ne ho visti due. Spero che siano ancora in zona».

«Vive da queste parti?»

«Sì. Sono nata in Australia ma vivo qui da trentacinque anni».

«Viene dalla fattoria o dal paese?»

«Né l'una né l'altro, abitiamo fuori dal paese, un po' più in alto. Siamo come gli avvoltoi». Scoppiò a ridere. «Ci piace stare isolati».

«È parecchio socievole per amare l'isolamento» commentò Tilly con il sorriso dolce grazie al quale si concedeva i commenti più inappropriati.

«Sono le due facce dell'isolamento. Ti godi il silenzio e a volte desideri la compagnia. Ma la soluzione è semplice: quando hai una casa grande con un bel panorama ci sono sempre persone felici di passare a trovarti. Il problema sorge quando non hanno voglia di andarsene». Scoppiò di nuovo a ridere.

Mentre le due donne chiacchieravano, Benji cercava di assorbire più dettagli possibile dell'abitacolo: portachiavi all'uncinetto rosa e celeste, peli chiari di un cane, sabbia di mare sul sedile. Il caso di Jasmin Shechter era il loro primo vero caso da quando lui e Tilly si erano aggregati a Mazi, e in assoluto il primo in cui non si limitava a semplici pedinamenti nell'area di Tel Aviv e dintorni, a intercettazioni telefoniche e qualche banale accesso abusivo a caselle di posta elettronica o, in qualche rara occasione, a un conto in banca. Era emozionato e spaventato, aveva la strana sensazione che sarebbe potuto succedere di tutto. Se quella donna era sotto copertura, proprio come loro? E se Ari non era morto? Se era tutta una trappola? Forse i cattivi li aspettavano in una casetta nel bosco e nessuno avrebbe mai più trovato i loro corpi. Mentre vagliava tutte queste ipotesi e poi si sforzava di tornare nella sua zona di sicurezza valutando in modo ragionevole le probabilità e riducendole grazie a calcoli statistici, Tilly cercava un modo naturale per sollevare l'argomento casa.

«Sai, Ruth, mi è tornato in mente che un amico ci ha raccontato di aver costruito una casetta da queste parti. Doron, te ne ricordi?»

«Vagamente. Poteva essere Roni?»

«No, non Roni, loro sono a Had Nes» rispose Tilly improvvisando, nel tentativo di coinvolgere Ruth nella conversazione.

«Qui è difficile che concedano permessi edilizi» abboccò Ruth. «I terreni sono di proprietà pubblica. Però in effetti qualcuno ha costruito di recente, sull'altro versante. Non credo che la casa sia abitata. Volete un passaggio fino a lì?»

«Ah, no, grazie, magari un'altra volta» rispose Tilly, che voleva raggiungere la casa al riparo dallo sguardo indiscreto di Ruth. «Per oggi ci dedichiamo agli avvoltoi».

«Voi ornitologi siete tutti uguali» disse Ruth ridendo. «Tutti dei fissati».

Tilly sbirciò Benji attraverso lo specchietto laterale. Notò che anche lui era sulle spine. «Siamo arrivati» disse Ruth fermandosi. «Se vi appostate lì, vicino ai corbezzoli, e aspettate con pazienza, avrete ottime possibilità di vederli. Buona giornata».

«Grazie mille. Un attimo solo che recuperiamo le bici. Buona giornata a lei». Scesero dall'auto, tirarono fuori le biciclette e osservarono sollevati Ruth che si allontanava.

«Impossibile che ce la facciamo a raggiungere l'altro versante in bici» commentò Benji. «Dobbiamo scendere fino alla macchina e andare in auto».

«Sei riuscito a capire dov'è dalla sua descrizione?»

«Ho una mezza idea. Caspita, se era strana».

«Allora anche tu hai pensato che ci avrebbe tagliati a pezzi e dati in pasto al suo criceto assassino?»

«Ho pensato esattamente questo». Scoppiarono a ridere e si fermarono un attimo a bere. Se Ruth voleva preavvisare qualcuno della loro visita, aveva un mare di tempo. Cominciarono a scendere in bicicletta e scoprirono abbastanza in fretta che muoversi a piedi aumentava le probabilità di arrivare integri. Faceva sempre più caldo, ma per lo meno era un caldo secco, non la perenne umidità di Tel Aviv. Abbandonarono le biciclette sul ciglio del sentiero e scesero fino all'auto in silenzio, per non rallentare l'andatura con le chiacchiere.

L'aria nella jeep era bollente, ma il condizionatore la rinfrescò in fretta. Risalirono, recuperarono le biciclette e proseguirono, Tilly al volante e Benji al navigatore. Passarono due ore tra quando avevano salutato «la sedicente Ruth», come avevano cominciato a chiamarla in preda a una paranoia crescente, e il momento in cui individuarono la casa, lungo un sentiero sterrato percorribile solo con un fuoristrada. Si congedarono con dispiacere dal condizionatore e proseguirono a piedi. Ebbero l'impressione che qualcuno fosse passato da lì di recente, perché la vegetazione lungo la strada era stata calpestata. Alla fine raggiunsero la casa.

«Wow, è davvero una casetta delle favole» bisbigliò Tilly. «Guarda com'è piccola e tutta di legno».

«Perfetta per Hansel e Gretel» sussurrò Benji.

«Grazie davvero, come se non fosse abbastanza inquietante già così».

Era raro che Tilly sentisse che stava facendo qualcosa che non era il caso di fare, perché solo di rado faceva cose che non era il caso di fare, e la sensazione non le piaceva. Ammutoliti, continuarono ad avvicinarsi il più silenziosamente possibile, fermandosi di tanto in tanto per tendere l'orecchio. L'aria era calda e ferma, con l'eccezione del ronzio di api e mosche che svolazzavano qua e là. Si avvicinarono filmando. La casa era chiusa. Porta e imposte sprangate. Entrambi desideravano che Mazi fosse lì per indirizzarli nella ricerca e anche semplicemente per sentirsi più sicuri. Si resero conto d'improvviso, ciascuno per conto suo, che in presenza di Mazi non provavano mai paura.

Vicino alla casa c'era un barbecue. «È di ottima qualità» mormorò Benji, che adorava la carne.

«Logico» sussurrò Tilly. «È la casa di un macellaio...» Si vedeva che era stato usato, ma non riuscivano a capire quando. Un tubo era collegato a un rubinetto basso, arrotolato e appeso a un gancio sul muro della casa. Tilly aprì il rubinetto e dopo un attimo sentì uscire l'acqua, bollente. Si affrettò a richiuderlo. Non c'era nient'altro. Nessuna impronta di scarpe evidente, nessun oggetto personale. Nessun suono, nessun movimento. Fotografarono meglio la casa, la porta, la serratura, l'area circostante, e poi mandarono un messaggio a Mazi. *Trovata, vuota e chiusa. C'è qualcosa da controllare prima di andarcene?*

Sì. Se è un prefabbricato, cercate se da qualche parte c'è l'adesivo di un importatore o produttore. E fotografate i dintorni.

Fotografarono i dintorni. Cercarono e trovarono un'etichetta su una piccola targhetta in un angolo e fotografarono anche quella. Dopodiché poterono finalmente andare via. Stanchi, camminarono in discesa, entrarono in macchina e proseguirono per le strade sterrate immersi nei loro pensieri. Quando stavano per lasciare la strada di accesso a Makura, apparve il pick-up di Ruth, che si accostò. Ruth aprì il finestrino e Tilly fece lo stesso.

«Allora, siete riusciti a vedere gli avvoltoi?»

«No, nemmeno uno» rispose Tilly.

«E la casa l'avete vista?»

«Sì, è molto carina» disse Tilly, preferendo dire la verità piuttosto che farsi pizzicare a raccontare frottole.

«Non c'era nessuno, vero?»

«Nessuno».

«Ve l'avevo detto. Bene, buona giornata».

«Grazie, altrettanto».

Si allontanarono con enorme sollievo. Tilly sognava una doccia calda e Benji una birra fredda. Quando intravidero profilarsi all'orizzonte i grattacieli della città sentirono il piacere riservato a chi è davvero innamorato di Tel Aviv. Era sempre gradevole allontanarsi, ma Tel Aviv è l'unica casa per chi sa di non poter appartenere a nessun altro luogo.

Yaffa Shechter abitava nel vecchio quartiere nord di Tel Aviv. Non manifestò sorpresa e neppure curiosità quando Mazi, che aveva trovato senza difficoltà il suo numero, le telefonò e le chiese di incontrarla per parlare di Jasmin Shechter. L'unica cosa che disse fu: «Di Jasmin? Non di Ari?»

«Di tutti e due» rispose Mazi, e Yaffa Shechter la invitò per un tè, «freddo, ovviamente», già alle undici di quella mattina.

Quando Mazi arrivò, la porta era aperta. Sentendo bussare, Yaffa Shechter la invitò a entrare. La sala era piccola, invasa dal sole e piena zeppa di libri, tappeti, cuscini, piante, opere d'arte e oggetti etnici. Il condizionatore era acceso e la finestra socchiusa, l'aria profumava di narghilè alla mela.

Mazi si trovò davanti un grosso specchio tappezzato di fotografie in bianco e nero e ritagli di giornale scoloriti. Tutte le fotografie, a eccezione di una, ritraevano una modella che somigliava a Brigitte Bardot. Quando Yaffa Shechter si presentò, scalza, con indosso una palandrana di cotone banco, la riconobbe all'istante. A sessant'anni suonati il volto di Yaffa Shechter era già molto ritoccato, ma l'altezza, la postura, gli occhi chiari e il sorriso impostato rivelavano il legame con la donna ritratta nelle foto.

«Molto piacere» disse con voce roca e infantile e si avvicinò per dare un bacio a Mazi.

Mazi si affrettò a porgere la mano e presentarsi. «Mazal Morris, investigatrice privata. La ringrazio per aver accettato di incontrarmi».

Yaffa Shechter prese la mano di Mazi con entrambe le sue e la strinse. «Certo, certo, tesoro». Strascicava le parole. «È un piacere. Vieni, accomodati».

Yaffa si sedette a gambe incrociate su dei cuscini e invitò Mazi a mettersi seduta di fronte a lei. «C'è una tisana fredda, la preparo io stessa con le mie piante» spiegò e la servì.

Mazi la assaggiò, entusiasta a priori. Yaffa Shechter le

era subito sembrata bisognosa di rinforzi positivi. «Squisita» disse. «Grazie mille».

«Allora, come sta Edi?» chiese Yaffa Shechter.

«Edi?»

«Eduardo, Eduardo Shechter, il mio caro ex marito».

Mazi non sapeva quanto fosse ironica. Per tutta risposta sorrise, decisa a rimanere vaga. «Bene, mi pare. Per quanti anni siete stati sposati?»

«Dodici. Da quando ero una bellissima passerotta diciottenne fino ai trenta. A quel punto ero diventata una gallina vecchia». Accese il narghilè. «A Edi non piacciono le vecchie. Non fanno per lui. Caterina per sua fortuna è morta giovane, si è risparmiata il divorzio e la rottamazione in favore del nuovo modello».

«Caterina sarebbe la mamma di Jasmin e Ari?»

«Sì, è lei. Hai visto una sua foto? Era uno splendore. Non una modella, ma la giovinezza conta più della bellezza».

Mazi si rese conto che Yaffa Shechter non vedeva l'ora di parlare del suo passato, non sarebbe stato difficile ottenere informazioni. Restava solo da sperare che avesse archiviato notizie anche su persone diverse da Yaffa Shechter.

«Quindi quanti anni aveva quando è nato Shaul?»

«Ventidue. L'hai incontrato? È un uomo attraente, vero? E i suoi figli...» Non disse «i miei nipoti». «Uno gioca a pallacanestro nella nazionale giovanile e l'altro è campione di scherma. Il mio Shaul ha sposato un'argentina, come suo padre. Ma in fin dei conti non è poi così male».

A Mazi dispiacque che Tilly e Benji non fossero con lei ad assistere a quell'esibizione da suocera scorbutica. «Ester è argentina?»

«Certo, come Edi. È per questo che lui ha approvato. Quando lei e Shaul si erano appena conosciuti, Edi ha costretto Ester a scendere in cucina da Samira, la cuoca, per insegnarle a preparare *enchiladas*, *osobuco* e tutte le pietanze che facevano in casa di sua madre, vicino a Bariloche. Solo dopo le hanno permesso di ritornare al piano di sopra. Adesso avrà anche un biglietto da visita, la segretaria, la borsetta di Chanel, ma quando Shaul l'ha raccattata dal nulla, per prima cosa l'hanno messa in cucina. Solo perché era argentina Edi ha acconsentito a quel matrimonio».

«E il vostro divorzio è stato tranquillo? Consensuale?»

Yaffa esplose in una risata roboante, improvvisa, scoppiettante, sembrava che si riaccendesse ogni volta che stava per spegnersi. «Ho rotto tutti i soprammobili di casa. Vasi di cristallo, lampade Tiffany... Samira e Atef sono riusciti a fermarmi un attimo prima che squarciassi un Picasso con un coltello da cucina. Devi capire: Eduardo si era portato Caterina già incinta di Jasmin dall'Argentina e a me ha mandato un corriere, a casa nostra, con i documenti da firmare. A ogni modo, il pandemonio che avevo combinato non gli ha fatto la minima impressione. È tornato a casa, mi ha buttato in faccia le fotografie che dopo sono finite su tutti i giornali, le avrai viste se mi hai cercato su Google, mi ha preso il braccio così» Yaffa Shechter afferrò il braccio di Mazi, «mi ha ficcato la penna in mano e mi ha fatto firmare i documenti». Mazi preferì fingere di sapere di quali foto si trattava per non deluderla.

«Allora Shaul è venuto con lei?»

«Ma figurati. Come avrei potuto fare una cosa simile a mio figlio? Io arrivavo dal nulla e sono tornata nel nulla. Non sono una materialista, a me non è dispiaciuto. Mi addolorava essere sostituita, essere stata usata e poi buttata via come uno straccio. Ma Shaul... Per lui volevo il meglio. Che avesse tutto. Istruzione, possibilità. Io non ho studiato. Tutto quello che vedi qui» fece un gesto a indicare i libri, «l'ho imparato da sola. Sono autodidatta».

«Quindi di cosa vive?»

«Non sono una che ha bisogno di molto. Ho ricevuto questo appartamento – almeno avevo un tetto sopra la testa – e un piccolo assegno, e me li sono fatti bastare. Il minimo del minimo per non finire in strada».

«Serba ancora rancore verso Eduardo?»

«Da' retta a me finché sei ancora giovane: il rancore fa venire le rughe».

«Però ha tenuto il cognome Shechter».

«Certo. Se ti chiamassi Yaffa Leipzinger terresti Shechter anche tu. E comunque, nell'ambiente mi conoscevano tutti così».

«Ha mantenuto i contatti con la famiglia?»

«Shaul veniva da me un fine settimana su due. Pensa, ancora oggi vado a cena a casa di Shaul ogni sabato sera. Il venerdì non si può perché sono da Edi. Ma mi sono sempre tenuta aggiornata. Ho le mie fonti. Mi piace sapere cosa succede, si tratta pur sempre della vita di mio figlio e dei figli di mio figlio e della moglie di mio figlio, e anche di Edi. Alla fine sono stati dodici anni di matrimonio, mica poco».

«Naturale. È un ruolo fondamentale quello della prima moglie di un uomo, la madre del suo primogenito, del braccio destro». Mazi optò per l'adulazione più spudorata.

«Esatto. Chi poteva essere il suo braccio destro, se non il mio Shaul? Quel buono a nulla di Ari? Jasmin la selvaggia? Si vede sempre da dove proveniamo, chi ci ha educati, chi ci ha cresciuti».

«Ha perfettamente ragione, Yaffa. Chi ha cresciuto Jasmin e Ari?»

«Oh, poveretti. Anche quando era ancora viva, Caterina era sempre indisposta, deboluccia, soffriva di misteriosi mal di testa, passava il tempo in camera con le tapparelle abbassate. Edi si trascinava dietro Ari in avventure per niente adatte a un bambino. E Jasmin, Jasmin passava ore e ore con i domestici, in cucina con Samira e sua figlia, o fuori con Atef il giardiniere, oppure con il fratello di Atef, l'autista di Edi... accidenti, come si chiamava, Khaled forse, o qualcosa di simile, iniziava per *K*. E quando è cresciuta, ohi, ohi, ohi, quante ne ha combinate. Edi se la portava in giro e lei lo mortificava, scappava, una volta con lo skipper dello yacht, una volta con il maestro di sci, e lui la doveva rincorrere per tutta l'Europa. Edi pensava che se l'avesse spedita in un collegio per l'alta società l'avrebbero raddrizzata, ma niente, Jasmin scappava anche da lì per andare da Ari, Ari scappava per andare da Jasmin. Non puoi immaginare cosa non hanno combinato».

«Poveretti» commentò Mazi. «Le spiace se uso il suo bagno?»

«Vai pure, prego. A destra, seconda porta sulla sinistra».

Mazi chiuse a chiave la porta dell'enorme, lussuoso bagno tutto specchi, piante e tappetini soffici. Aprì il rubinetto e si fermò a pensare. Yaffa Shechter non le aveva nemmeno chiesto perché era lì. Doveva aver supposto, ammesso che la questione la interessasse, che la visita di Mazi riguardasse la morte di Ari, e Mazi non aveva interesse a specificare il motivo della sua visita. Cercò di riflettere su cos'altro poteva cavare da quella donna. Yaffa Shechter aveva parecchio da perdere. Due cose erano chiare. Uno, ci teneva a mantenere i pochi rapporti rimasti con la famiglia Shechter. Due, Eduardo Shechter non avrebbe esitato a privarla di ogni cosa che possedeva se l'avesse anche solo sospettata di agire contro di lui. Da Yaffa Shechter Mazi non avrebbe ottenuto segreti. Spettegolare sulla moglie morta del suo ex era una cosa, altro era accusare qualcuno della famiglia di abusi sessuali nei confronti dell'unica figlia. Scaricò giusto per far rumore e uscì.

«E tu su cosa stai indagando?» chiese Yaffa Shechter, che aveva a sua volta avuto tempo per pensare.

«C'è una ragazza che sostiene di essere incinta di Ari. La famiglia si è rivolta a me per avere aiuto e mi servivano i retroscena da qualcuno che li conosce davvero bene, come lei».

«Che avvoltoi, si avventano sul cadavere ancora caldo. Era un ragazzo confuso, troppo sensibile, ma tutto sommato un bravo ragazzo».

«Quindi chi è stato a occuparsi di lui quando era bambino, dopo la morte di Caterina? Avevano una tata?»

«Una? Ne avranno cambiate venti, scappavano tutte, come in *Mary Poppins*».

«Se ne ricorda almeno una?»

«Nessuna. Era la segretaria di Edi, Nava, a occuparsene. Assumeva, licenziava, assumeva, licenziava».

Mazi sentì una porta chiudersi, era in un vicolo cieco. Poi ebbe un'idea. Di sicuro anche Yaffa Shechter – una donna che definiva un appartamento di quattro stanze a Tel Aviv nord «il minimo del minimo per non finire in strada» – un tempo, quando abitava nella tenuta degli Shechter, doveva aver avuto una tata per suo figlio.

«Yaffa, anche ai suoi tempi era Nava ad assumere la tata?»

«Ai miei tempi? Ai miei tempi non c'erano problemi, la tata non se ne andava. Vera, che Dio la benedica, era capace di mettere in riga i bambini, di educarli. Per questo ero tranquilla all'idea che Shaul rimanesse lì, capisci?»

«Ah, quindi Vera è rimasta dopo di lei, Yaffa?»

«Molto a lungo. Se n'è andata dopo il *bat mitzvah* di Jasmin, quando la bambina aveva dodici anni».

«Dopo così tanti anni? Perché li ha lasciati?»

«Mi pare che si fosse ammalata sua madre, o qualcosa del genere».

«È ancora viva? Ricorda il suo cognome?»

«Perché non dovrebbe essere viva? Avrà una sessantina d'anni. Una volta, per Capodanno le mandavamo i fiori, sa come sono questi immigrati dalla Russia, festeggiano le festività cristiane. Ma poi ha cambiato indirizzo o non so che altro e ci siamo perse di vista. Si chiamava... ahi, lasciami ricordare... Vera... Vera... Portnoy. Vera Portnoy, ecco come si chiamava. Che donna. A suo tempo abitava in una cittadina non lontano da Tel Aviv, a Rishon LeZion».

La porta chiusa si era riaperta e Mazi tirò un respiro di sollievo. «Yaffa, grazie per la straordinaria ospitalità» disse e si alzò diretta all'uscita. «A proposito, questo chi è?» Indicò l'unica fotografia in cui non si vedeva Yaffa Shechter, il primo piano in bianco e nero di un ragazzo sorridente con i capelli chiari.

«Il mio amato fratello. È morto in guerra, nel 1973».

«Mi dispiace. Grazie per il tè squisito e per l'aiuto».

«È stato un piacere, cara». Yaffa l'accompagnò fuori. «Salutami Edi».

«Non mancherò» mentì Mazi già per le scale. Avviò la moto e mandò un messaggio a Dudi. *Sto arrivando, avvisa se non sei in casa.*

24.

«Devo entrare nell'appartamento di Ari» disse Mazi quando Dudi aprì la porta, questa volta vestito e rasato, un auricolare Bluetooth nell'orecchio.

«Vieni dentro, sono un attimo impegnato».

Lo seguì in sala. La piscina al di là della vetrata era di nuovo una tentazione. Quando finisco questa indagine parto per un posto dove c'è dell'acqua, pensò. Dudi parlava al telefono. «Non esagerare, cerca di andarci piano... non dico che gli devi mandare fiori e cioccolatini, ma trattalo con i guanti di velluto, chiaro? Forza, dopo mi aggiorni».

«Chi deve essere trattato con i guanti di velluto?»

«Non ti riguarda».

«Tutto mi riguarda, Dudi. Se non la smetti di nascondermi le cose, mollo l'indagine e tua moglie può andare a farsi fottere». Aveva schiacciato quel pulsante di proposito e lui reagì come previsto: le afferrò la maglietta, la inchiodò al muro e le si chinò addosso.

«Tu con me non parli in questa maniera, mai. Io non sono mio padre, Mazi». Era la prima volta che accennava alla cosa quasi esplicitamente. La lasciò andare, non senza un'altra spintarella. «Shasho si occupa di un giornalista che caccia il suo nasone in faccende che non lo riguardano e non interessano a nessuno».

Mazi conosceva bene il nasone di cui parlava Dudi, non poteva che appartenere a Guetta. Aveva trascorso parecchie notti a sognare quel naso e non solo. Si contenne e si assicurò che la sua voce fosse calma prima di chiedere: «In che modo se ne occupa?»

«In modo amichevole. Un piccolo avviso. Sai come vanno queste cose».

«Sì, so come vanno. Dudi, devo entrare nell'appartamento di Ari. Mi serve una cosa».

«Cosa?»

«Non ti fidi di me?»

«E di chi altro mi potrei fidare? Di nostro padre che sta nei cieli?»

«Quindi mi ci porti?»

«Ti ci porta Shasho».

Telefonò a Shasho. «Cambio di programma. Aspetta con l'altra faccenda. Ho bisogno che tu venga subito qui da me per portare qualcuno in un posto».

«Sarei io il qualcuno in un posto?»

«Sì. Io non posso farmi vedere lì. Arriverà fra poco. Ma tu poi mi devi dire cos'hai trovato, chiaro?»

«Chiaro. Questo Shasho era il tuo vicino di Mitzpe Ramon?»

Dudi sorrise. «Te lo ricordi?»

«Mi diceva sempre che mi avrebbe scaraventato fuori dalla finestra».

Dudi scoppiò a ridere. «Sì, è lui».

«Simpatico».

«La simpatia non è una qualità. Adesso scusami, ho da fare».

Dudi, fermo davanti alla vetrata, riprese a fare le sue chiamate. Mazi andò in cucina, si versò una soda e mangiò una barretta energetica trovata in un armadio mentre ascoltava distrattamente Dudi che non diceva niente di interessante. Per lo meno era riuscita a ottenere che si occupassero più tardi di Amir. Forse avrebbe fatto in tempo ad avvertirlo. Fuori un clacson suonò due volte. Dudi riattaccò e fece per uscire, ma Mazi lo bloccò.

«Digli che con me può parlare liberamente, d'accordo?»

Dudi la guardò negli occhi.

«Diglielo».
«Va bene».
«E digli anche di non scaraventarmi fuori dalla finestra».
Uscirono e attraversarono il prato impeccabile. Shasho – il vicino di Mitzpe Ramon nonché l'uomo dello yacht – aspettava dentro una Mercedes nera con i finestrini oscurati. Dudi aprì la portiera a Mazi e lei entrò. Shasho era diventato un uomo magro ed elegante, con le guance scavate. Impossibile che riconoscesse Mazi. Con la testa rasata e gli abiti larghi era troppo diversa dalla ragazzina riccioluta in shorts di jeans di un tempo. Mazi chiuse la portiera e aprì il finestrino. Dudi si chinò e si appoggiò al finestrino aperto.
«Portala da Ari, falla entrare e restale vicino. Quando finisce riportamela qui. Ma comportati bene, eh? È una di noi. Chiaro?»
«Chiaro» rispose Shasho, e partirono.
«Posso fumare?» domandò Mazi.
«Perché no?»
«Hai una sigaretta?»
Lui ridacchiò. «Lì, accendine una anche per me».
Accese la prima per lui e lanciò un'occhiata al corpo atletico, al volto duro, alle mani grandi, sinistra sul volante con la sigaretta e destra sul cambio. Conosceva il genere. Shasho menava. Era pronta a scommetterci. Osservò le unghie pulite, l'anello d'oro, e pensò che se lo sarebbe fatto.
«Conoscevi bene Ari?»
«Abbastanza».
«Era una brava persona?»
«Abbastanza».
Mazi continuò a osservarlo. Ben pettinato, sneakers Kenzo, jeans nuovi scuri, cintura in pelle Versace, polo Ralph Lauren, porta caffè, iPhone ultimo modello, videocamera per auto. Voleva fare colpo e amava gli oggetti di marca.
«Com'è l'appartamento di Ari? Bello?»

«Una figata. Di ottimo gusto. La gente crede che tutti i ricchi hanno la casa bella. Stronzate. I soldi non comprano il buongusto. Ari aveva buongusto».

«E tu lavori con Dudi da tanto?»

«Fai un sacco di domande».

Proseguirono il viaggio in silenzio fino a destinazione. Shasho posteggiò la Mercedes in un parcheggio per disabili ed estrasse un contrassegno invalidi dal vano portaoggetti. La via era in una zona dove gli alberi erano verdi e gli appartamenti carissimi. Mazi e Shasho salirono al quarto piano. La porta aveva una serratura elettronica. Shasho digitò il codice, diciannove numeri, 968 3786 7684 6822 2646, e Mazi li memorizzò. La porta si aprì verso l'esterno e dietro ne trovarono un'altra. Mazi cercò di immaginarsi mentre rientrava ubriaca in una casa con un codice così lungo e due porte. Che persona diventi se devi entrare ogni giorno in casa tua in quel modo? E chi sei per vivere dentro una casa del genere? Cosa nascondi? O forse, considerando il modo in cui era morto, da chi ti nascondi?

Entrarono in un salotto color crema. La luce filtrava attraverso le grandi vetrate e le cime degli alberi.

«Faccio un giro» lo avvisò.

«Dudi non mi ha nemmeno detto cosa devi fare».

«Un lavoretto per lui. Prima ero al commissariato centrale di Tel Aviv».

«Ah, per questo hai l'aspetto che hai. Pensavo fossi lesbica».

«Anche» mentì Mazi, sapendo che gli uomini come Shasho non trovano disturbanti dettagli del genere.

Mazi cominciò a gironzolare in cerca di qualcosa che contenesse informazioni sull'uomo che aveva abitato lì fino a poco prima. Qualcosa di personale. Ma la casa di Ari sembrava non vissuta, celava ogni segreto come una lapide. Era stata arredata per nascondere, in uno stile neutro e internazionale. Non c'erano da nessuna parte fotografie di famiglia, note scritte a mano, pubblicità magnetiche di idraulici o ricevute stampate.

Mazi passò da una camera all'altra. Shasho la sorvegliava, ma senza starle addosso. Nella stanza degli ospiti c'era un letto singolo, alto, con un copriletto color crema. Sotto una finestra ampia, due poltrone erano disposte una di fronte all'altra con un'angolatura che faceva pensare allo studio di uno psicologo. L'armadio a muro conteneva lenzuola e asciugamani color crema e grucce di legno vuote. Nel bagno degli ospiti i saponi erano intonsi e gli asciugamani piegati, e in fondo al corridoio una scala portava al secondo piano. Shasho salì dietro di lei, adesso più dappresso.

«Puoi fare quello che vuoi, ma io ti tengo d'occhio».

«Nessun problema, basta che non mi dai fastidio». Notò che cominciava a irritarsi. «Dudi ha bisogno urgente di quello che cerco, chiaro?» Shasho le fece cenno di proseguire.

Mazi entrò in camera da letto. Il letto era in ordine. Andò dritta al comò, aprì il primo cassetto e cominciò a esaminare il contenuto: una colt M1991, pistola efficiente e affidabile, da soldato, un lubrificante ma niente preservativi, una torcia, un telefono usa e getta. Mazi finse di frugare in fondo al cassetto e si chiamò dal telefono usa e getta. Quando sentì il suo cellulare vibrare in tasca, riattaccò. Tirò fuori il lubrificante e lo sventolò a Shasho.

«Palese» ridacchiò lui.

Lei sorrise e lo rimise a posto. Nel cassetto non c'era altro.

«Dov'è il suo guardaroba?»

Shasho fece spallucce. Mazi cominciò a camminare lungo le pareti della camera, scrutandole. Quando arrivò all'ultima, a sinistra del letto, notò un'anta scorrevole a scomparsa. Mazi sentì Shasho accendere una sigaretta, l'odore la raggiunse, e poi aprire la finestra. Niente da fare, la combinazione di Shasho con una finestra aperta continuava a metterle i brividi. Entrò nella cabina armadio. Venti camicie bianche e a fianco venti camicie azzurre, dieci abiti blu, dieci abiti grigi, tre smoking. Le polo erano piegate in un cassetto, le mutande bianche stirate e piegate, le calze arrotolate nei loro riquadri, le cinture ordinate in quelli vicini. Mazi pensò ad Ari al poligono: indossava un paio di jeans e una maglietta grigia. Cercò e trovò il cassetto dei jeans e quello delle magliette. E poi, dietro il porta cravatte, la cassaforte. Non chiusa, svuotata degli oggetti di valore. Uscì.

«Ci siamo, ancora solo una camera».

Shasho lanciò la sigaretta dalla finestra e la seguì nell'ultima stanza. La porta era chiusa a chiave.

«Hai le chiavi?»

«No».

«Spero non ti dispiaccia». Mazi estrasse dalla tasca dei grimaldelli tubolari.

Shasho sembrava perplesso.

«Vuoi telefonare a Dudi per chiedere l'autorizzazione?»

«Vai» sibilò lui.

Mazi dovette armeggiare con la serratura più a lungo del previsto. La porta emise un *clic* e si aprì. Era un ufficio casalingo, molto diverso dal prefabbricato al poligono. Aveva l'aspetto che Mazi immaginava dovesse avere lo studio di uno Shechter, rifinito in legno, tappeti e poltrone di pelle. Ma sembrava più una stanza da esposizione in un negozio di mobili di lusso che un ambiente vissuto. Non c'erano polvere né ditate. Nulla di scurito dall'uso. Nel cassetto della scrivania tre quaderni vuoti con copertine nere, due matite appuntite, una penna a sfera blu e un sottobicchiere. Che lavoro faceva Ari in quello studio? Non c'era nemmeno un computer. Shasho era appoggiato allo stipite della porta e non distoglieva gli occhi da Mazi, che passò a studiare i libri. Volumi su volumi, tutti in serie, dieci blu, dieci marroni, dieci neri e poi, in fondo allo scaffale, fra alcuni libri con copertine tutte diverse, un logoro libretto giallo che attirò la sua attenzione. Lo prese. Era un libro per bambini. In copertina, due bambine bionde in gonnelline gialle si tenevano per mano, su un prato fiorito. Mazi lo sfogliò. Era in spagnolo. Dalle pagine cadde una busta marrone. Shasho fece un passo verso di lei.

«Penso di averlo trovato» si affrettò a informarlo, e sollevò la busta. Shasho si fermò. Mazi la svuotò sulla scrivania. Fotografie. Mazi riconobbe Ari e Jasmin ragazzi, in uniforme, abbracciati, sorridenti. Nel secondo scatto Jasmin e Alma in uniforme. Altri due erano primi piani molto belli di Jasmin in divisa, ignara della presenza del fotografo. Ancora due su una barca, nella prima si vedevano Jasmin e Ari, nella seconda, Jasmin, Alma e una terza ragazza, l'amica misteriosa.

Si era appena aperta una porta.

Mazi sistemò le fotografie sul tavolo e le fotografò tutte insieme e poi una per una, infine le rimise nella busta e le consegnò a Shasho.

«Ecco, sono per Dudi». Per fortuna aveva trovato qualcosa, poteva sembrare quello che Dudi cercava.

«Allora, possiamo andare?»

«Ancora un secondo».

«Forza, lesbica, non ho tutto il giorno per te».

Mazi posò il libro sulla scrivania e lo fotografò, poi lo sfogliò di nuovo e si accorse che la prima pagina era stata strappata e qualcuno ci aveva scritto sopra *Tu quoque, Brute?* con una penna a sfera blu, in una grafia grande e nervosa. Mazi rovesciò il foglio. Dall'altra parte, era scritto piccolissimo, a matita, *MAGARI FOSSI FULMINE*.

«Qui abbiamo finito» avvisò e rimise a posto il libro con gesti ampi per impedire a Shasho di notare che si ficcava in tasca il foglio scritto. Uscirono.

In ascensore Mazi controllò i messaggi. *Hanno cercato di scassinare la porta del loft. Per favore, vieni,* aveva scritto Tilly.

25.

«Cos'è successo?» Mazi salì di corsa le scale del loft. Tilly e Benji erano seduti per terra davanti alla porta.

«C'era un tizio con una pistola» disse Tilly.

«Cosa? Pensavo avessero tentato di scassinare la porta...»

«Sì, l'abbiamo beccato che trafficava con la serratura, e quando si è girato ci ha puntato addosso la pistola».

«Cosa avete fatto?»

«Ci siamo messi con la schiena al muro e abbiamo alzato le mani».

«Vi ha minacciati?»

«Ci ha sorriso».

«Fanculo» disse Mazi. In tutti gli anni al commissariato centrale non aveva mai provato paura, un senso di pericolo così concreto. C'era sempre qualcun altro. Se non proprio con lei per lo meno in zona, in ascolto, in allerta. Adesso ebbe paura. Avvertì un intorpidimento alle braccia e alle scapole. Si piegò verso di loro, si accoccolò e posò una mano sul ginocchio di Tilly e l'altra su quello di Benji.

«Adesso va tutto bene. Avete reagito nel modo giusto. Conosco poliziotti che avrebbero risposto con meno autocontrollo».

L'angoscia spediva fitte alle tempie. Insieme a Mark, Benji e Tilly erano tutto il suo mondo.

«Descrivetemelo» disse per scuoterli dallo shock e prendere tempo per pensare.

«Circa uno e settanta» disse Benji, «più o meno della nostra età, magro, capelli chiari, cappellino da baseball, occhiali da sole».

«Con cosa stava scassinando la serratura, avete visto?»

«Aveva un mazzo di qualcosa».

«Benji, hai modo di contattare Tali?»

Tali era il proprietario del loft. In passato era stato vicino di casa di Benji, in un edificio fatiscente a Rishon LeZion, poco a sud di Tel Aviv. Avevano fatto amicizia e la sera giocavano a scacchi e bevevano vodka. Due anni prima, quando Tali si era cacciato in un guaio su cui Benji non aveva fatto domande e Tali non aveva fornito spiegazioni, aveva chiesto a Benji di trasferirsi nella sua «proprietà a sud di Tel Aviv» mentre lui teneva un profilo basso. Di tanto in tanto Tali si presentava senza preavviso portando a Benji salamini e alcolici di produzione casalinga, lasciava alcune cose nella stanza sul retro, ne prendeva altre e spariva. Durante una di quelle visite Benji aveva chiesto se era d'accordo che sua sorella aprisse lì la sua agenzia investigativa, in via temporanea. L'idea aveva talmente entusiasmato Tali che non aveva smesso di sghignazzare e farfugliare sotto i baffi mentre scaricava e caricava oggetti. Era iniziata così: il loft, già casa di Benji e ufficio dove lavorava a individuare bug nella sicurezza informatica, era diventato anche l'agenzia investigativa di Mazi. A Tali era molto grata, ma aveva rifiutato le sue proposte di andare a letto con lui per riconoscenza.

«Pensi che abbia a che vedere con lui?» chiese Benji.

«Vorrei per lo meno escluderlo prima di saltare ad altre conclusioni».

«D'accordo, cerco di contattarlo».

«Bene. Avanti, entriamo, dobbiamo pensare a come tenervi protetti».

Tilly e Benji si scambiarono un'occhiata nervosa.

«Da cosa dobbiamo essere protetti?» domandò Tilly.

«Inutile correre rischi» disse Mazi. D'improvviso le balenò in mente che forse i suoi fratelli non avevano colto lo scassinatore mentre entrava, ma mentre usciva. Il loft sembrava in ordine, però se quell'uomo era andato a posizionare microspie non aveva ragione di metterlo a soqquadro, anzi, il suo interesse era non destare sospetti.

«Avete già mangiato?» Decise di cambiare programma. «Io ho fame. Cosa vi andrebbe?»

«Norma Jean?» propose Benji con un barlume di sorriso.

«Aggiudicato».

Il Norma Jean aveva appena aperto ed era ancora vuoto. Si sedettero a un tavolo in un angolo, Mazi con la schiena verso il muro e la faccia rivolta verso la sala e gli altri due davanti a lei. La proprietaria era già lì e salutò agitando allegra un braccio. Mazi fece segno che volevano tre chupito, e un minuto dopo avevano davanti tre shottini di Glenlivet.

«Stiamo festeggiando qualcosa?» Tilly era perplessa.

«Brindiamo alla vostra salute» rispose Mazi. La sua preghiera di ringraziamento l'aveva detta in silenzio lungo la strada. Dal suo punto di vista, con Dio era già a posto.

Il whisky fece effetto, scaldò e calmò. Una volta ordinato da mangiare, Mazi si avvicinò ancora di più al tavolo. Tilly e Benji si chinarono in avanti. Mazi tirò fuori il foglio scarabocchiato trovato da Ari.

«Cosa c'è scritto qui?»

«*Tu quoque, Brute*» risposero in coro.

«Sono capace di leggere, ma cosa significa? E cosa vuol dire quello che c'è scritto qui?» Mostrò la fotografia della scritta a matita.

Tilly era la candidata naturale alla spiegazione, ma temette che la voce le uscisse acuta e spezzata. Fece segno a Benji che gli lasciava l'onore. Lui inspirò e cominciò a spiegare, lento.

«Si dice che siano state le ultime parole di Cesare. In realtà, a quanto pare non è vero. La frase viene da una tragedia di Shakespeare, la pronuncia Giulio Cesare quando scopre che Bruto, il suo protetto, è uno dei congiurati. Si usa per esprimere sorpresa per un tradimento».

«Quindi il tradimento di un figlio nei confronti del padre?» domandò Mazi.

Benji rifletté un momento, si voltò a chiedere un altro whisky e poi tornò a girarsi verso il tavolo. «Nella tragedia è una specie di tradimento filiale, sì. Ma si usa per ogni tipo di tradimento in famiglia, eccetto forse quello fra marito e moglie».

«E cos'è "*MAGARI FOSSI FULMINE*"?»

«Questa non la conosco. Tilly?»

«No, neanche a me suona nota. Fulmine potrebbe essere un soprannome?»

«Idea interessante. Benji, verifica se esiste qualcuno registrato come Fulmine nel telefono di Jasmin».

«D'accordo».

«Dove hai trovato quel foglietto?» chiese Tilly, che dopo essersi avventata sul suo roast beef sembrava un po' meno spaventata.

«Ho convinto Dudi a lasciarmi entrare in casa di Ari. Mi ha fatto accompagnare da un tizio che si chiama Shasho, dev'essere l'uomo che avete visto sullo yacht. Quando eravamo bambini era vicino di casa di Dudi a Mitzpe Ramon e minacciava sempre di buttarmi giù dalla finestra. Mi faceva paura da morire. Avrei un'infinità di cose da raccontare su quell'appartamento» disse Mazi e prese un boccone gigante dell'hamburger che nel frattempo le avevano servito, «ma preferisco concentrarmi su altro. Dunque» proseguì a bocca piena, «qualcuno ci ha anticipati e ha svuotato la cassaforte. Non so cosa contenesse. Ho trovato solo documenti di nessun valore. Nel resto della casa ho notato solo due cose interessanti. O meglio, solo due cose che sembravano personali. Alcune fotografie, inclusa una dell'amica che hai visto dall'estetista, Tilly. E questo Bruto. Le scritture sono evidentemente di due persone diverse». Ingoiò il boccone. «Possiamo ipotizzare che una sia di Ari, a mio avviso, sulla base di quello che il suo appartamento dice di lui, quella piccola a matita. La seconda potrebbe essere di Jasmin oppure del signor Shechter. Di Jasmin perché il fratello potrebbe averle fatto qualcosa e secondo tutte le testimonianze che ho ascoltato lei era la persona più importante nella vita di Ari, perciò se gli avesse scritto una frase del genere lui l'avrebbe tenuta. E il signor Shechter per via del rapporto padre-figlio, Giulio Cesare-Bruto. Possiamo cercare di recuperare campioni di scrittura di tutti e tre da sottoporre a perizia calligrafica». Si interruppe di nuovo per mangiare.

«Come facciamo a recuperare i campioni di scrittura?» s'informò Benji.

«Ancora non lo so...» Parlò di nuovo a bocca piena, abitudine che nemmeno Mark era riuscito a correggere. «Quello di Jasmin da Dudi. Quello di Ari forse al poligono. Con il signor Shechter sarà dura. Vi voglio mostrare altre cose. Le fotografie le lasciamo per ultime. Ho trovato un telefono usa e getta nel suo cassetto. Benji, ho il numero. Per favore, verifica se sul telefono di Jasmin sono arrivate chiamate da lì». Benji annuì. «Adesso guardate questo» e mostrò loro la fotografia della copertina del libro *Las dos Carlotas.* «Tilly, per favore, mettilo su Google Translate».

«Per cosa? È *Carlottina e Carlottina*».

«Ah sì?» disse Benji.

«Cos'è?» chiese Mazi.

«Scusa» disse Tilly, «a volte dimentico che la tua infanzia non è stata... come le altre. È un libro di Erich Kästner».

«Ah. Me lo riesci a riassumere?»

«Certo. Parla di due gemelle identiche che da piccolissime, dopo il divorzio dei genitori, vengono separate. Crescono senza sapere l'una dell'altra finché a dieci anni il destino le fa incontrare».

«Niente spoiler, mi raccomando» s'intromise Benji e sorrise alla cameriera che gli porgeva la sua bistecca.

«Cosa ci faceva Ari Shechter con un libro per bambini su due sorelle?» si stupì Mazi.

«Forse glielo leggeva la mamma?» suggerì Tilly.

«Forse...»

«Forse» propose Benji, «riguarda i loro anni in collegio, quando scappavano per stare insieme».

«Perché? Parla di un collegio?»

«Ehm... più o meno. Si svolge in Europa. Mandano le due bambine in un istituto per le vacanze e lì si ritrovano».

«Bene, può essere. E adesso annotiamo i nuovi obiettivi». La cameriera portò a Mazi la sua birra e lei le chiese carta e penna. Aprì la foto degli obiettivi sul telefono e cominciò a scrivere sul foglio, leggendo a mezza voce: «1. trovare una sistemazione per Tilly e Benji – Mazi. 2. trovare Vera – Benji e Tilly, incontrarla – Mazi».

«Chi è Vera?» s'informò Benji.

«Era la tata di Jasmin e Ari» rispose Mazi. «È l'unica informazione che sono riuscita a cavare da Yaffa Shechter. Il nome completo è Vera Portnoy. Dovrebbe essere sulla sessantina. Un tempo abitava a Rishon LeZion».

«Okay» risposero Benji e Tilly.

«3. dottor Neria. Fatto. Follow up: Ester? Ha abortito? Perché? – Mazi. 4. fotografie di Ester. Fatto. Follow up: chi sono gli uomini insieme a lei? – Tilly e Benji. 5. casa del macellaio. Fatto. Follow up: l'importatore dei materiali usati è legato alla Shechter Holding? – Tilly. 6. chi era l'ospite di Ari. Fatto. Follow up: convincere la psico a parlare – Mazi/Tilly? 7. appartamento di Ari. Fatto. Follow up: perizia calligrafica, decifrazione del libro, tornare da Alma con le fotografie – Mazi, Tilly. 8. Alma. Fatto. Follow up: fotografie e seguito di domande».

Quello che non scrisse ma tenne bene in mente era: controllare se Shasho aveva minacciato Guetta. In più, non aveva ancora presentato nessuna fattura a Dudi e l'indagine diventava sempre più lunga e costosa. Aveva già chiesto un prestito a un certo David Hayim, ma gliene sarebbe servito come minimo un altro prima della fine dell'investigazione. Non aveva senso chiedere soldi a Dudi se non aveva almeno un sospetto su dove fosse Jasmin. E doveva sistemare da qualche parte Tilly e Benji, portarli al riparo in un posto sicuro. Così facendo avrebbe anche risparmiato il costoso controllo per individuare l'eventuale presenza di microspie nel loft. Il caso si stava complicando, prendeva direzioni che Mazi non avrebbe mai immaginato. L'irruzione nel loft, l'uomo armato, le minacce a Guetta, i riferimenti di Dudi a Benny. Non le piaceva il modo in cui quell'indagine stava invadendo la sua sfera privata.

Mazi girò la lista verso Benji e Tilly. Tilly si sentiva fiacca. La fine dell'indagine si allontanava e intanto si aggiungevano sempre nuovi obiettivi. Fino a due settimane prima si era potuta concentrare completamente sulla Lee Strasberg, il suo biglietto da visita per uscire da Israele e dalla sua vita attuale. *Just when I thought I was out*, meditò con amarezza. Benji invece si sentì rinfrancato all'idea di avere incombenze da svolgere, elencate con chiarezza. Mazi aveva urgenza di fare sesso per recuperare concentrazione, ma prima si doveva occupare di Benji e Tilly. Si scusò, andò in bagno, chiuse a chiave e mandò lo stesso messaggio a tre persone diverse, Amir Guetta, Dudi Peretz e Alex Breiner: *Quando e dove ci possiamo incontrare? Urgente.*

26.

«Hai portato le Barbie?» chiese Alex aprendo la porta a Mazi, prima di notare che dietro di lei c'erano un ragazzo e una ragazza sui vent'anni.

«*Well, well, well, welcome*» disse e spalancò la porta, scoccò un bacio sulle guance a Mazi e porse la mano a Tilly, che allungò la sua per una stretta ma ricevette un bacio sul dorso accompagnato da un «*enchanté*». La cosa si ripeté con Benji, che arrossì per lo meno quanto Tilly.

Entrarono nell'appartamento in stile Tel Aviv alternativa, del tutto inconciliabile con qualunque idea avessero di un agente di polizia, eppure non c'erano dubbi: i centonovantadue centimetri nerboruti di Alex Breiner erano coperti da un'uniforme.

«*Ice tea* e biscotti?» chiese.

«Perché no?» rispose Mazi. «Come mai in divisa?»

«Ero di turno, *darling*. Voi intanto salite sul tetto, a quest'ora è una meraviglia. Vi raggiungo subito».

Mazi condusse Benji e Tilly su per una scala fino al piano del tetto, dove si trovavano l'ariosa camera da letto di Alex, un cucinotto, una doccia e un terrazzo abbastanza grande, con molte piante e una ghirlanda di lucine. Quando partì l'allarme, Mazi si limitò a spostarsi per sedere vicino a Tilly, le cinse le spalle e sussurrò: «Non succederà niente, al massimo vedremo l'intercettazione del missile». Benji era felice di non dover correre da nessuna parte. Alex comparve sul tetto con un vassoio di biscotti farciti di marmellata e una brocca di tè freddo e tutti insieme videro davvero l'intercettazione, tristi fuochi d'artificio. Tilly scoppiò a piangere, Mazi la strinse con entrambe le braccia e provò un'ondata di affetto per quella ragazza geniale, forte e bella, che l'aveva scelta per sorella maggiore. Tilly si accoccolò nell'abbraccio di Mazi e vi rimase finché non si fu calmata. Quando tirò fuori dalla maglietta di Mazi la faccia rigata di mascara, Alex era pronto ad allungarle una scatola di fazzoletti all'aloe vera. Dopo essersi soffiata il naso riuscì a sentire il profumo del mare e si rinfrancò. Alex servì il tè freddo e passò il vassoio con i biscotti.

«Vi presento Alex, che era, diciamo così, il mio socio al commissariato centrale» disse Mazi. «Alex, questi sono Tilly e Benji, i miei fratelli. Sono il tuo genere di persone».

«Intendi dire che sono gay?» chiese Alex.

«No, intendo dire che anche loro usano termini tipo "narrativa"». Gli altri tre sorrisero.

L'unico punto cieco di Mazi come investigatrice era che non avrebbe saputo riconoscere un omosessuale nemmeno vedendolo avvolto in una bandiera arcobaleno di paillettes a cantare *I will survive* in piedi su un carro al Pride. Perciò quando era arrivata al commissariato l'indifferenza di Alex nei suoi confronti l'aveva sconcertata. Lei non avrebbe comunque combinato niente con lui – i colleghi erano intoccabili –, ma le piaceva sentire che sarebbe stato possibile. Dopo due mesi Alex aveva deciso di liberarla dai tormenti. Aveva capito che era cieca di fronte alla sua omosessualità, nonostante indossasse la prima divisa modello skinny mai realizzata che gli conferiva l'aspetto di una ballerina in mezzo a una squadra di calcio.

«Vuoi venire da me stasera?» l'aveva invitata. «Possiamo vedere la puntata musical di *Buffy*, giocare con le Barbie e fare la classifica dei maschi più sexy del commissariato».

«Ah» aveva risposto Mazi.

«Sì» aveva detto Alex.

«Non mi piacciono né Buffy né le Barbie» aveva proseguito Mazi.

«Nemmeno a me» aveva detto Alex, «ma a me come a te piacciono gli uomini sexy, perciò l'invito resta valido».

«Allora volentieri».

Erano diventati amici e poi soci, cosa che soddisfaceva tutti perché nessuno si sentiva del tutto a suo agio con il frocio e la ninfomane. Loro poi preferivano essere insieme che non con i mammut, come chiamavano gli altri colleghi. Alex preparava cenette da Instagram mentre Mazi gli piegava il bucato. «Caspita, sei bravissima!» Alex si era stupito la prima volta.

«Sì, tonto, non sono davvero un uomo etero, sono una donna di origini irachene».

Dopo che Mazi aveva lasciato la polizia e Benji e Tilly l'avevano aiutata a uscire dal baratro, era capitato che Alex si consultasse con lei su qualche caso, finché non avevano concordato che non era salutare per nessuno dei due. Lei si doveva sforzare di non portargli rancore per non essere stato cacciato, e lui si doveva sforzare di non portare rancore a lei per essere stata cacciata e averlo lasciato solo. Anche se Alex era convinto, come le aveva ripetuto svariate volte, che nessuna forza al mondo l'avrebbe potuta trattenere nella polizia.

«Non è vero. Se non avessi avuto "il mio problema", avrei potuto rimanere» rispondeva lei.

«Non adottare la loro narrativa» ribatteva Alex. «Ti hanno sbattuto fuori perché eri troppo brava come agente investigativa e pessima come donna. Avrebbero trovato comunque una ragione per farti saltare».

«Non è giusto».

«Come fa una bambina senza mamma, senza papà e senza utero a credere ancora che la vita sia giusta?»

«Per te è facile parlare, Alex nato con la camicia» aveva ribattuto lei. I genitori di Alex, rimasti in Connecticut mentre il figlio si era trasferito in Israele, erano pieni di soldi come possono esserlo gli americani. Faceva il poliziotto per passione.

«Non con la camicia» le aveva confidato una volta, al buio, sul tetto, dopo parecchie tequile. «Con la cintura.

Era una cintura di pelle marrone con la fibbia dorata». Aveva la voce morbida quella sera, e Mazi aveva trattenuto il respiro mentre le raccontava della cintura con cui suo padre picchiava il fratello maggiore. Lei gli aveva porto la mano nel buio e lui l'aveva stretta ed erano rimasti così finché non li aveva svegliati l'alba. Non ne avevano mai più parlato.

Ripiombando nel presente Mazi capì, da come ridevano tutti e tre, che Alex aveva appena finito di raccontare come si erano conosciuti. Sorrise. Sapeva che sarebbero andati d'accordo, e riconsiderò per un attimo la compartimentazione che osservava nella vita, domandandosi se fosse davvero necessaria.

«Mi serve un favore» disse ad Alex. I tre si zittirono.

«Avanti, Lucky, spara».

«Ho bisogno che Benji e Tilly stiano da te per una settimana, finché non avrò scoperto se il tizio con la pistola che hanno trovato oggi al loft era un'intimidazione per noi o aveva appena finito di piazzare delle microspie».

Benji e Tilly parvero sorpresi dalla seconda parte della frase, ma non intervennero.

«E c'è una seconda cosa, di cui dobbiamo parlare a tu per tu. Non perché ve la nascondo» si rivolse a Benji e Tilly, «ma perché non voglio mettervi nei guai. Lui è ancora un poliziotto». Annuirono.

«Venite, tesori, vi mostro le vostre camere» disse Alex.

«Andate pure a dormire» aggiunse Mazi. «Domani tornerò con degli abiti e i vostri portatili. Ci aspetta una giornata lunga». Erano d'accordissimo. Il tempo doveva avere subìto una dilatazione, se consideravano che quella mattina erano ancora travestiti da ornitologi.

Scesero con Alex al piano di sotto. A sinistra della porta d'ingresso, dopo la cucina, c'erano il bagno e di fianco due camere. A Benji fu assegnato lo studio, con divano letto e centinaia di libri, e a Tilly la camera degli ospiti, con letto matrimoniale e centinaia di libri. Entrambe le camere erano pulite e gradevoli, con un ventilatore e una finestra esposta a ovest, per cui la temperatura era quasi sopportabile persino a luglio. Tilly andò a fare la doccia, poi rindossò i suoi vestiti e prese da uno scaffale un saggio sul cinema, ma non riuscì a addormentarsi. Voleva sgattaiolare in camera di Benji. Voleva confessargli la storia della scuola di recitazione, che ormai le pesava troppo, e fargli giurare che se lei fosse stata ammessa e avesse dovuto trasferirsi a New York, lui non avrebbe lasciato Mazi da sola. Ma temeva che se fosse uscita dalla camera si sarebbe imbattuta in Mazi o in Alex, e decise di rimanere a letto zitta zitta fino a quando non avrebbe sentito Mazi andare via.

Sul tetto Mazi beveva tequila e tè freddo e aspettava che Alex finisse di fare la doccia. Quando la raggiunse, in pantaloncini sportivi e maglietta bianca, fece alzare Mazi e si scambiarono un abbraccio. Era impagabile. Quando si risedettero, la luce fatata del muro della casa indorò i capelli sciolti di Alex.

«Che carini i tuoi fratelli».

«Mi sono spaventata di brutto» rispose Mazi. Ad Alex poteva confessare la verità.

«Chiaro. Qui sono al sicuro. Nessuno cercherebbe di violare l'appartamento di un poliziotto. Fa' solo in modo che evitino di uscire e rientrare al buio».

«Perfetto. Dimmi quando cominciano a intralciare la tua vita sessuale».

«Quale vita sessuale? Fatico anche solo ad avere una vita. Ma basta chiacchiere adesso, *spit it out*».

Mazi inspirò a fondo e lasciò uscire lentamente l'aria.

«Siamo a questo livello?» chiese Alex.

«Anche peggio. Non voglio coinvolgerti nei dettagli. Mi servono due favori. Primo, dovresti verificare se mi hanno impiantato delle microspie nel loft. Secondo, bisogna controllare un'eventuale denuncia di aggressione e un'altra di scomparsa per sapere se qualcuno ha davvero sporto denuncia e chi era e, se la denuncia c'è stata, quali agenti se ne sono occupati».

«Okay».

Mazi fornì ad Alex un intervallo di date in cui Ron

Lipman poteva aver presentato la denuncia di aggressione nei confronti di Ari Shechter e un intervallo simile per la presunta denuncia da parte della famiglia Shechter della scomparsa precedente di Jasmin. Alex promise di fare il possibile. Alle nove e mezzo Mazi uscì, appiccicosa di sudore in ogni centimetro del corpo. Stava per incontrare Amir Guetta. Il cuore le batteva all'impazzata all'idea che a momenti l'avrebbe visto, forse anche sfiorato, come una volta, quando era il terzo uomo. Partì in moto diretta alla spiaggia dell'Hilton.

Tilly sentì la porta che si richiudeva. Aspettò finché udì il rombo della moto, poi rimase ancora un attimo in attesa prima di sgattaiolare in camera di Benji, senza riuscire a spiegarsi perché aveva la sensazione di doversi muovere di soppiatto. Era buio. Benji doveva essere stanchissimo. Accese la torcia del telefono per controllare. La testa era nascosta sotto il copriletto. Rimase interdetta: Benji soffriva sempre il caldo, scalciava via la coperta persino d'inverno. Tilly restò immobile. Era dilaniata fra la netta sensazione che ci fosse qualcosa di strano, e la sua incapacità di compiere un gesto tanto invadente per i suoi standard come togliere il copriletto dalla faccia di Benji. Poi la sensazione di allarme prevalse. Sollevò l'orlo del copriletto e sotto trovò solo cuscini. E un foglietto. Per lei. «Mi spiace, *sis*, dovevo andare in un posto. Non ti preoccupare. Torno prima che faccia giorno». Tilly sospirò, piena di frustrazione. A quanto pareva, non era l'unica a nascondere qualcosa. Sgusciò di nuovo in camera e gli mandò un messaggio. *Scrivimi quando torni, così ti apro.*

In quattro minuti Mazi era alla spiaggia dell'Hilton. Amir Guetta era già lì, in fondo al frangiflutti, nel buio. I bagnanti se n'erano ormai andati ed erano usciti i runner e gli scarafaggi. Mazi gli si fermò accanto e gli passò il suo casco. Lui ci lasciò cadere dentro il telefono spento e Mazi tornò alla moto di buon passo e depositò nel bauletto i due cellulari. Adesso gli era di nuovo a fianco, vicino quanto possibile senza toccarsi. Ma prima che avesse il tempo di dire qualcosa su Shasho, fu lui a parlare. «Ho ricevuto una minaccia. Scritta».

Mazi si irrigidì. Amir le passò un foglietto ripiegato. Le mani si sfiorarono e Mazi sentì una scossa elettrica lungo il braccio e fino al petto. Aprì il foglietto e lo illuminò con l'accendino. Comunissima carta bianca, da stampante. Nel centro era scritto a mano, con una penna a sfera: «Fermati sennò finisci come Ari».

«Non hanno messo la virgola dopo "fermati"» commentò il giornalista.

Il fatto che cercasse di farla ridere le scaldò il cuore. «Come ti è arrivata?»

«Me l'hanno infilata sotto la porta».

«Perché pensi che sia una minaccia?»

«Cos'altro potrebbe essere?»

«Un avviso amichevole?»

«Però. È quello che pensi anche tu?»

«Non lo escludo. Ritieni che il fatto che abbiano scritto "Ari" e non "Ari Shechter" indichi che sono persone a lui vicine, oppure vogliono solo farti credere di esserlo?» gli lanciò a mo' di indizio.

«Penso significhi che la minaccia arriva direttamente dalla famiglia Shechter».

«E secondo te vogliono dire che la morte di Ari non è stata un incidente?»

«Chiaro».

«Quindi cosa intendi fare?»

«Indagare sull'incidente di Ari Shechter».

«Temevo che l'avresti detto. Ti pare saggio?»

«Saggio? Non so. Non la trovo una situazione piacevole, ma fino a questo momento in Israele non hanno mai assassinato un giornalista».

«Approccio positivo».

«A ogni modo» proseguì lui, «ho voluto che tu lo sapessi in caso mi dovesse succedere qualcosa». Si voltò a guardarla.

«Lo so» rispose Mazi, con il petto che scoppiava per il desiderio e l'impossibilità. «Anch'io».

«Bene. Adesso restituiscimi il telefono».

Mazi ringoiò un sorriso e s'incamminarono affiancati, rubandosi qualche sfioramento di spalle. Mazi inalò l'odore del sudore di Amir e pensò che in effetti luglio è un mese stupendo. Gli restituì il cellulare e montò in moto.

«Vado. Mi tieni aggiornata, Amir, usando un telefono usa e getta?»

Lui annuì e lei partì, con la sensazione che Amir fosse l'unico che forse l'avrebbe convinta a desiderare di liberarsi – ammesso che fosse possibile – del suo «hobby», come Halevi aveva definito le sue abitudini sessuali.

Benji non ebbe il tempo di mandare il messaggio a Tilly. Alle cinque del mattino incrociò Alex che stava uscendo per andare a lavorare.

«Non avresti dovuto essere in casa?» s'informò Alex.

«*Ask me no questions and I'll tell you no lies*» ribatté Benji.

«Sei senza dubbio il fratello di tua sorella» disse Alex e lasciò la chiave a Benji.

27.

Mazi aprì la porta in mutande, canottiera e pistola. Shasho la guardò come se la vedesse per la prima volta.

«Il capo ti vuole».

«Non è il mio capo».

«Non ti paga?»

«Non basta pagare per essere un capo».

Shasho diede una spinta alla porta ed entrò. Andò dritto nel cucinotto e aprì il frigo.

«È vuoto».

«Se avessi saputo che venivi avrei preparato una torta».

«Forza, vestiti e andiamo».

«Entro in doccia. Nel freezer c'è della vodka».

«Sono le cinque e mezzo del mattino».

«Spiacente. Sono stata io a chiamarti?»

Mazi andò a farsi una doccia veloce. L'incontro con Amir la sera prima l'aveva infiammata ed era rimasta in fiamme persino dopo due volte con Gai, il suo dirimpettaio. Aveva in programma di andare a correre quella mattina, per calmarsi. E adesso niente corsa e Shasho dietro la porta. Intendeva anche passare da Tilly e Benji per consegnare loro alcune cose. La lista degli obiettivi era lunga. Ma non c'era modo di evitare di andare con Shasho da Dudi senza piantare un casino. Uscì, si vestì e disse a Shasho che era pronta.

«Ti tromberei» le disse lui, «così». Picchiò il dorso della mano nel palmo dell'altra, a indicare che l'avrebbe presa in piedi, da dietro. Le due mani emisero il suono di un applauso. Lo sapevo che sei uno che mena, si disse Mazi.

«Magari alla prossima occasione» gli rispose.

Scesero. La sua Mercedes era parcheggiata sul marciapiede e bloccava la Cbr.

«Ti seguo».

«Senza fare cazzate».

«Tranquillo, ti seguo».

Si mossero in carovana. A quell'ora, alla velocità con cui viaggiavano, nel giro di otto minuti erano arrivati. Mazi parcheggiò la moto. Shasho parcheggiò a sua volta e le si fermò davanti, troppo vicino. Telefonò a Dudi, guardandola fisso negli occhi mentre parlava.

«L'ho portata».

«Falla entrare» sentì che gli rispondeva Dudi.

Shasho le passò una mano sui capelli rasati, dalla nuca verso l'alto. «Entra, Sinead».

Gli voltò le spalle ed entrò dal cancello. Dudi aveva lasciato aperta la porta di casa. Sentì l'acqua della doccia scrosciare al pianterreno. Le passò per la testa l'idea di infilarsi dentro con lui. La situazione è grave, pensò. Poi le venne in mente Lily, che alle sei del mattino di certo dormiva al piano di sopra nel suo lettino, e il pensiero la fece sbollire. Aprì il frigorifero, si versò un bicchiere di latte e si sedette in sala. Il pensiero corse a Benny.

Erano sempre stati insieme, o per lo meno così li ricordava: suo padre, Joshua Morris che tutti chiamavano Lucky Josh, l'istruttore di tiro capace di infilare sei colpi in un solo foro di proiettile a distanza di venti metri con la stessa facilità con cui gli altri uomini infilavano un gettone in una fessura. E Benny Peretz, il padre di Dudi, l'investigatore che fiutava una menzogna a cento metri con la stessa facilità con cui gli altri uomini fiutavano il letame. E lei. E Dudi.

Sua madre era morta e sepolta e la madre di Dudi era a casa, con Fortuna e le sorelle di Dudi, oppure al lavoro, a fare pulizie. Dudi era sempre stato attratto da suo padre, le pistole, i fucili, i discorsi sui calibri, sul tempo di reazione, sul contraccolpo, sugli addestramenti in aree edificate. Lei era sempre stata attratta da Benny, da quello che le insegnava sul linguaggio del corpo, sulla mimica, le abitudini strane e le devianze delle persone, i tic nervosi, la scena del delitto e, più di tutto, su come non permettere ai pensieri di interferire nelle informazioni trasmesse dai sensi. Era attratta da lui e, come aveva scoperto dopo la scomparsa di suo padre, anche lui era attratto da lei, nonostante avesse solo quattordici anni. Dudi si materializzò con un asciugamano in vita e nient'altro.

«Cosa?»

«Cosa cosa?»

«Perché mi guardi in quella maniera?»

«Perché hai addosso un asciugamano?»

«Perché ho fatto la doccia. Salgo a vestirmi».

«Dov'è Lily?»

«Dorme. Abbiamo un'ora. Torno subito».

Suo malgrado s'immaginò di seguirlo. Per fortuna Lily era in casa. Dudi salì e Mazi trovò il bagno degli ospiti e, nonostante detestasse quell'espediente, si masturbò in piedi, si calmò un pochino e uscì. Dudi era già vestito e in cucina, infilava mele nella Angel Juicer che le trasformava in succo con silenziosa efficienza.

«Mi hai messo le microspie in ufficio?»

«Cos'hai trovato da Ari?»

«Non molto. Quelle fotografie. Mi hai messo le microspie?»

«Allora perché non sei tornata qui come avevamo concordato?»

«Perché un uomo armato di pistola ha cercato di scassinare il loft e ha spaventato a morte i miei collaboratori».

Dudi si voltò verso di lei sorpreso. «Sei seria?»

«Non l'hai mandato tu?»

«Io no di certo. Però verifico con Shasho, che non gli sia venuto in mente di agire di testa sua».

«Mi vuole scopare».

«Ah, e tu non lo fai più?»

«Va' a farti fottere».
«Da te?»
«Magari, prima o poi».
«Cos'hai trovato da Ari?»
«Hai visto le fotografie?»
«Sì. Era la ragazza che mi hai mostrato anche tu, vero?»
«Sì».
«Mai vista prima. Chi è l'altra?»
«Alma, la hippy di cui ti ho parlato».
«Lei saprà chi è quella donna?»
«Ho intenzione di scoprirlo oggi».
«Ottimo. Cos'altro?»

Benny faceva esercitare Mazi su come raccogliere informazioni senza permettere ai pensieri di interferire. Le aveva anche insegnato a usare nelle indagini un metodo che chiamava «spontaneità controllata». Mazi ripensò a un pomeriggio, erano nudi a letto, nel monolocale vuoto a Mitzpe Ramon. Lei aveva quattordici anni, lui quarantadue. Nella stanza regnavano calura secca e oscurità. Lei era distesa pancia sotto con il viso rivolto verso di lui. Lui era sdraiato sul fianco, la testa posata sulla mano, e con l'altra carezzava la massa di riccioli morbidi che le incorniciava il viso.

«C'è un momento, in un'indagine» le aveva spiegato, «un momento in cui pensi di essere in un vicolo cieco. Ma non è davvero un vicolo cieco. Ci sono domande che ti pungolano anche se non trovano giustificazione nelle prove e magari nemmeno nelle circostanze. Quando arriva quel momento, ascoltalo. Abbandonati. È il momento in cui possono succedere i miracoli».

«Sempre?» aveva chiesto lei. Desiderava che in quel preciso istante, vicina al corpo grande e forte di Benny, sotto le sue mani calde e rassicuranti, di fronte al suo sorriso franco, immersa nei peli del suo petto, nell'odore mescolato di loro due, accadesse un miracolo che gli permettesse di stare insieme per sempre. Si era voltata sul fianco, si era stretta a lui e l'aveva abbracciato, e lui aveva abbracciato lei fortissimo e aveva detto che l'amava. «Per sempre?» gli aveva chiesto. «Per sempre» le aveva risposto.

Ma adesso, con Dudi, ancora non poteva chiedere quello che le premeva. Non era più la ragazzina innamorata di Benny. Era una donna, ed era stata la migliore investigatrice della polizia. Per le indagini aveva i suoi metodi, e sapeva di dover prima verificare alcune cose. Voleva parlare con la persona che aveva pubblicato la notizia della scomparsa di Jasmin e con Ron Lipman, per sentire la sua versione dei fatti.

«Ho trovato questo foglietto». Mostrò a Dudi la foto del foglio nel telefono.

«Cos'è?»

«Una frase di Giulio Cesare da una tragedia di Shakespeare. Parla del tradimento di Bruto nei confronti di Cesare».

«Ma guarda. L'hai trovato da Ari?»

«Sì, perché?»

«Interessante».

«Cosa? Vedo che hai in mente qualcosa».

La gamba di Dudi cominciò a saltellare e lui partì con il solito gesto di sfregarsi il mento. Si alzò e guardò fuori dalla finestra. Lei si alzò e gli andò vicino.

«Cosa?»

«Ricordi quel giornalista che ho detto a Shasho di avvisare?»

«Sì». Mazi si sforzò di suonare indifferente.

«È da parecchio che mi chiedo da dove ottenga le informazioni».

«Avrà una fonte che gliele fornisce». Mazi rispose volutamente con una banalità.

«Credo di sapere chi è questa fonte. O meglio, chi era».

«Chi?»

«Sai quando ha pubblicato l'ultima volta?»

«Quando?»

«Il giorno prima della morte di Ari. Sai da quando non ha più pubblicato?»

«Dimmi».

«Da quando Ari è morto».

«Pensi che la sua fonte fosse Ari?»

Dudi la guardò e annuì. «Credo che volesse annientare il suo Giulio Cesare».

«Eduardo?»

Dudi annuì una seconda volta.

«Ma perché?»

«Sei tu che frughi nel loro passato da due settimane. Dimmelo tu».

Mazi rifletté. Fino a quel momento l'idea non l'aveva nemmeno sfiorata. Non la possibilità che Ari fosse la fonte di Amir, né la possibilità che volesse annientare suo padre. Le tornò in mente una cosa che le aveva detto lo psicologo che la polizia l'aveva costretta a vedere. Lavorava molto con l'interpretazione dei sogni. Aveva detto a Mazi che solamente lei poteva conoscere l'interpretazione corretta dei suoi sogni. «È una sensazione» le aveva spiegato, «come il *clic* della cintura di sicurezza. *Clic*, s'incastra, funziona». Quando Dudi aveva fatto la sua ipotesi su Ari, Mazi aveva sentito il *clic*. Funzionava. «SAPPIAMO COSA HAI FATTO, A» diceva la scritta sugli uffici della Shechter Holding. *A* poteva stare per «*Aba*», «papà»?

«Posso salire un attimo nella vostra camera da letto?»

Dudi alzò gli occhi al cielo ma le indicò con un gesto di salire. «Però fai piano, non svegliare Lily».

Mazi salì, si avvicinò al comò con le fotografie, le fotografò e poi tornò al piano di sotto.

«Dudi, avete controllato la cassaforte di Ari prima di me?»

«No. Perché?»

«L'ho trovata svuotata. Ho appena pensato che se Ari era davvero la fonte, nella cassaforte potevano esserci altre informazioni che qualcuno ha già fatto sparire. Puoi chiedere a Shasho di controllare l'ufficio di Ari al poligono, in caso abbia nascosto qualcosa lì?»

«Lo farò».

Per la prima volta dall'inizio dell'indagine Mazi sentì che Dudi lavorava insieme a lei e non contro.

«Dudi, dimmi un'altra cosa. Conosci qualcuno soprannominato Fulmine? Potrebbe essere un amico di Ari o della famiglia?» Evitò di dire «di Jasmin».

«No, non lo conosco. Perché?»

«Così, niente di importante. Ci sentiamo stasera». Si congedò.

«Ci conto. In caso contrario, credo proprio che Shasho sarà contento di svegliarti anche domani mattina».

28.

Quando Mazi arrivò a casa di Alex poco dopo le sette del mattino, lui non c'era già più. Tilly e Benji erano seduti sul tetto, a bere acqua con ghiaccio davanti al ventilatore e lavorare dai cellulari. Mazi li rifornì di computer, caricabatteria, vestiti, spazzolini da denti e colazione e spedì Benji a farsi una doccia.

«Come hai dormito?» chiese a Tilly.

«Bene, Alex è carinissimo. Perché non ce l'hai fatto conoscere prima?»

«Così, abitudine. Comunque meglio, perché adesso avete un posto sicuro dove stare».

Tilly avrebbe avuto qualche obiezione sulla logica di quel ragionamento, ma le mancavano le energie. «Ho portato a termine alcuni dei miei obiettivi» annunciò invece, e immerse una carota nel formaggio cremoso. Benji tornò lavato e vestito e addentò con avidità un panino con la frittata.

«Racconta» la esortò Mazi.

«Bene, innanzi tutto ovviamente ho telefonato all'ufficio del signor Shechter. Per fortuna mi ha risposto la segretaria fissa: è spiacente, ma il signor Shechter non ha intenzione di riceverti. Poi ho scoperto chi è l'importatore della casetta del macellaio. Si chiama "Case in campagna". Sono una società controllata di una grande società edile, la Salman-Cohen, che ha eseguito molti progetti di infrastrutture, appalti pubblici, cose del genere».

«Bene. Sono legati in qualche modo agli Shechter?»

«In parte. In parecchi edifici la Shechter ha vinto l'appalto per lavori alle infrastrutture e affidato alla Salman-Cohen l'incarico di eseguirli. Ma non so se sia una vera irregolarità, perché da una parte la Shechter è una compagnia gigantesca e lavora con molte società, e dall'altra quelli della Salman-Cohen sono esperti di altissimo livello, perciò ha senso che la Shechter lavori con loro».

«Bene. Chiederò informazioni ad Amir Guetta anche su questo».

Benji e Tilly si guardarono e poi guardarono lei.

«*Anche* su questo?» chiese Benji.

«Lo conosci?» chiese Tilly.

«Eh, sì, un pochino» disse Mazi, furiosa con sé stessa. Ecco, si rimproverò, per questo serve compartimentare. Li ho appena portati qui da Alex e tutto mi si mischia. «In passato abbiamo avuto rapporti professionali e proprio ieri si è messo in contatto con me. Ha ricevuto una minaccia che ritiene provenire dagli Shechter».

«Ed è vero?» chiese Benji.

«Con tutta probabilità, sì. Ma c'è qualcosa di più interessante a questo riguardo». Cambiò argomento. «Dudi pensa che Ari fosse la fonte di Amir Guetta per le informazioni sugli Shechter. Secondo lui, la spiegazione del foglietto che abbiamo trovato, *Tu quoque, Brute,* potrebbe essere che Ari voleva rovinare suo padre».

«Perché mai?»

«Forse... non sono del tutto convinta, ma partiamo dall'ipotesi che sia stato realmente il signor Shechter a molestare Jasmin. Dopodiché ammettiamo che sia vero quello che Roi Zohar ci ha raccontato, che Ari ha massacrato di botte Ron Lipman. Forse Ari era molto protettivo nei confronti di Jasmin proprio perché aveva assistito alle molestie del padre. Se così fosse, possiamo supporre che si volesse vendicare del comportamento del padre con la sorella».

«E quindi» chiese Benji con cauta lentezza, «se il signor Shechter ha scoperto che il figlio minore svelava i suoi segreti a un giornalista, poteva essere un buon movente per ucciderlo simulando un incidente?»

«Forse» rispose Mazi.

Seguì una pausa. E dal momento che già tacevano, Benji attivò il timer e rimasero zitti per cinque minuti. Quando suonò, fu Tilly a parlare.

«A questo punto non sarebbe meglio rivolgersi alla polizia? La situazione non è diventata troppo complicata e pericolosa?» Non sapeva se aveva più paura di gente armata di pistola che scassinava loft oppure della reazione di sua sorella alla proposta di rivolgersi alla polizia. Ma Mazi non si scompose.

«Per quanto riguarda le complicazioni, no, il caso non è troppo complicato. La polizia lo affiderebbe comunque a qualcuno come me. Per quanto riguarda il pericolo, ho la sensazione che gli Shechter sarebbero più pericolosi se si sentissero pressati dalla polizia. Per il momento credono che io sia solo un'agente di polizia fallita e senza alcuna possibilità. Sono una scocciatura, ma non li preoccupo. Quindi è meglio lasciare le cose come stanno. Cercherò di carpire altri dettagli da Amir Guetta» disse, facendo ben attenzione a usare nome e cognome. «Cos'altro avete trovato?»

«Indirizzo e numero di telefono di Vera Portnoy. È stato facile» riferì Benji. «Ce ne sono solo tre in tutta Israele. Tilly ha chiamato e individuato l'unica che corrisponde per età».

«È disposta a incontrarmi?» s'informò Mazi.

«Questo lo dovrai scoprire tu» rispose Tilly. «Volevo capire se sapesse di Ari, ma non spaventarla».

«Ottimo lavoro. C'è altro?»

«Sappiamo chi sono gli uomini nelle fotografie» aggiunse Tilly.

Mazi si sedette. Bastava la minima menzione di quella notte per farle ritornare la nausea.

«Il rosso si chiama Dani Atzmon» lesse Tilly sul suo telefono. «Ex militare. Ex direttore del dipartimento tecnologia e logistica dell'esercito israeliano, attualmente presidente di una presunta società per lo sviluppo di infrastrutture che lavora in Sudan e Angola».

«Il sale della terra, insomma» commentò Mazi. «E il secondo? Quello con i capelli brizzolati?»

«È il direttore del dipartimento che controlla le esportazioni militari. Si chiama Noni. Arnon "Noni" Hetz. Secondo *The Marker*, nel giro di qualche mese terminerà il suo incarico, dopodiché dovrebbe essere nominato direttore del dipartimento acquisti del ministero della Difesa a New York. A quanto pare, aspetta solo di ottenere la conferma dal ministro».

«Molto interessante. Quindi abbiamo due personaggi legati al ministero della Difesa, uno in passato e uno attualmente. Uno fa traffico d'armi spacciandolo per sviluppo di infrastrutture in Africa, l'altro a breve diventerà direttore del dipartimento acquisti a New York. E gli Shechter tengono entrambi per le palle».

«In che modo?» chiese Benji. «Non ci hai raccontato niente di loro».

Mazi si alzò. Si accese una sigaretta e si sporse dalla balaustra, a guardare il mare. Si voltò di nuovo verso di loro.

«Non voglio che siate troppo addentro. Men che meno adesso, dopo quello che è successo al loft. Il che mi ricorda: hai mandato il messaggio a Tali?»

«Sì, ma non ho ancora ricevuto risposta» disse Benji.

«D'accordo. A ogni modo, senza fornirvi troppi dettagli, quella notte a Gerusalemme è successo che Ari mi ha fatto vedere due cose. Una è legata all'articolo di Amir Guetta: il governo sta vendendo un edificio antico, presumo alla Shechter Holding. La seconda è che già adesso in quel posto si svolge "un'operazione". È un'operazione di traffico di donne. Nessuno si arricchisce con la tratta delle donne, è un business secondario». A Tilly sfuggì uno sguardo terrorizzato, ma Mazi non se ne accorse. «In questo caso credo che non sia nemmeno finalizzato al guadagno. Serve a ricattare persone che occupano posizioni strategiche. Gli Shechter hanno quei due tizi – Dani

Atzmon e Noni Hetz – in pugno. Non so quale sia il loro fine. Chiederò ad Amir Guetta anche questo. Forse. Non voglio che corra troppi rischi».

«Credi che ci sia un legame con il nostro caso?» chiese Benji.

«Non ne sono affatto certa. Ci serviva verificare chi sono perché poteva essere una pista. Ma adesso non sono convinta che sarà di aiuto».

«Come si procede, allora?» chiese Tilly e pensò che Roi Zohar non le aveva ancora proposto di uscire e forse aveva chiesto il numero tanto per fare. Si sentì avvilita.

«Vi andrebbe di prendere un giorno libero?» chiese Mazi. «Starvene qui a poltrire, guardare la tv, prendere il sole sul tetto, non so... fare cose da persone normali».

«Cioè, intendi tutti e tre insieme?»

«No, io proseguirò con le indagini, ma ho pensato che voi potreste gradire un attimo di tranquillità» disse Mazi, a cui il fatto che i suoi fratelli minori fossero a casa di Alex rammentava che non erano né poliziotti né investigatori professionisti, e che al momento non li stava nemmeno pagando. Benji e Tilly si scambiarono un'occhiata. Si consultavano così, con uno sguardo. Mazi spense la sigaretta sulla balaustra e si allontanò per lasciare loro un momento. Quando tornò Benji disse: «Sì, sarebbe carino prendere una giornata libera. Richiamerò alcuni clienti».

«Bene. Una cosa importante: evitate il loft e casa di Tilly».

Tilly si fissò le scarpe. Non aveva ancora raccontato che aveva lasciato il suo appartamento e abitava da amici. Il segreto della scuola di recitazione ne comportava altri.

«E se uscite di qui, tornate prima che faccia buio, d'accordo? E ogni tanto avvisatemi che va tutto bene».

«Quando ti si rivede?» chiese Tilly, sentendosi un po' pressata.

«Passerò stasera».

Scese in strada, si sedette sulla moto e accese un'altra sigaretta. Pensò che quell'indagine era come guidare su una curva senza fine, aspettando di arrivare al rettilineo per vedere oltre, ma la curva proseguiva e proseguiva. Nessun orizzonte in vista. Aveva bisogno di ripulirsi la testa per distinguere le informazioni utili a scoprire cosa era successo a Jasmin da quelle che annebbiavano il campo. Ma con chi diavolo poteva fare sesso alle otto e mezzo del mattino? Era troppo presto per la maggior parte delle persone. Valutò ed escluse alcuni dei fissi e la capanna del bagnino nella spiaggia vicina. Pensò alle guardie che finivano i turni di notte nell'ospedale di Tel Aviv e avevano ancora un residuo di adrenalina, a cui la vicinanza con le malattie aveva risvegliato l'istinto vitale. Ma era troppo complicato. Poi si ricordò dei soldati. I soldati erano sempre vogliosi. Spense la sigaretta, s'infilò il casco e partì. Avrebbe colto Alma di sorpresa questa volta, e per strada avrebbe dato un passaggio a un soldato che cercava di rientrare a casa in licenza.

La fermata all'uscita da Tel Aviv era piena zeppa di autostoppisti. Mazi accostò per controllare la situazione. Cercò qualcuno con un borsone grande abbastanza da indicare che si assentava da casa per parecchio tempo, ma non troppo voluminoso per la moto. Preparò il secondo casco e lo appese al manubrio. Una recluta sembrava prossima a svenire. Due commilitoni lo stavano aiutando a sedersi e un terzo gli dava da bere. Dopo di loro, in fondo all'area di sosta, c'era un combattente dell'unità speciale Maglan, riconoscibile dalla spilla a forma di ibis. Belloccio e con un naso di proporzioni considerevoli. Mazi procedette fino ad arrivargli vicino e si tolse il casco.

«Vuoi un passaggio?»

«Dove vai?»

«Sha'ar Hagai».

Lui esitò un attimo.

«Se ti va, possiamo fermarci in un posticino lungo la strada».

Magari nella vita fosse tutto così semplice. Il combattente indossò il casco e montò con lo zaino in spalla.

Mazi lasciò il soldato più fortunato di Zahal poco prima di Sha'ar Hagai e proseguì diretta alla fattoria. I latrati cominciarono a farsi sentire mentre era a metà salita e aumentarono, ma nessuno uscì a controllare chi arrivava. Si inerpicò fino a casa di Alma e la colse di sorpresa seduta sul prato con la bambina in una piscinetta gonfiabile. Alma si alzò in piedi.

«È successo qualcosa?» domandò, e Mazi le vide in faccia la sequenza dei pensieri che le passavano per la testa, a partire da «hanno trovato Jasmin sana e salva a Buckingham Palace a bere un tè con la regina» fino a «hanno trovato il cadavere di Jasmin tagliato in pezzi e sparpagliato su una spiaggia».

«Sono successe molte cose» rispose Mazi. «Ho alcune domande urgenti ed ero da queste parti».

Mentiva con la libertà di chi non è tenuto a rispettare un protocollo. Alma si chinò verso la figlia.

«Dammi qualche minuto» disse. «Vieni, fragolina, la mamma ti porta dalla nonna». Avvolse la bambina in un asciugamano, la strinse al petto e si diresse con lei alla casa vicina. Pochi minuti dopo tornò, svuotò la piscina gonfiabile e portò anche quella all'abitazione al di là del sentierino e di alcuni alti cespugli. Mazi sentì aprire un rubinetto e l'acqua scorrere, poi vide una donna che somigliava ad Alma, una ventina d'anni più vecchia, uscire con la bambina in braccio. La donna agitò una mano per salutare Mazi cordialmente e Mazi alzò la sua in risposta. Quando la madre di Alma si chinò con la piccola, scomparvero ai suoi occhi.

«Preferisco non parlare qui» disse Alma. «Vieni, andiamo a casa di Lenny».

Mazi seguì Alma lungo i terrazzamenti fino a uno spiazzo di ghiaia e da lì sul sentiero sterrato che saliva verso est. Camminarono per diversi minuti fino a raggiungere un piccolo edificio di pietra di epoca ottomana. Era abbandonato e circondato da rovi, in gran parte secchi. Il muro a ovest gettava ombra. Alma sedette appoggiandoci la schiena e invitò Mazi a fare lo stesso. Prese una bottiglia di vetro piena d'acqua e due tazze di latta da dietro una roccia.

«Teniamo qui dell'acqua per quando abbiamo sete durante le passeggiate» spiegò e ne versò per entrambe.

«Come mai hai chiamato questo posto "casa di Lenny"?»

«Una volta, moltissimo tempo fa, ci abitava un tizio di nome Lenny, ma la forestale l'ha mandato via. Pensi di raccontarmi cos'è successo?»

«Fra un attimo ti racconto» rispose Mazi, «prima però vorrei farti alcune domande». Prese il telefono e aprì la fotografia di Jasmin e Alma insieme in barca. «Sei tu, vero?»

Alma si avvicinò il telefono e guardò, poi lo restituì a Mazi. «Sì, sono io. Eravamo al militare».

«Chi l'ha scattata?»

«Ari».

«Cosa ricordi di quel giorno?»

«Però mi racconterai cosa sta succedendo, vero?»

«Sì, te lo prometto» disse Mazi e guardò Alma negli occhi.

«Okay. Avevamo una settimana di licenza. Jasmin mi ha proposto di andare in barca con lei e Ari. Sapevano tutti e due portare la barca. Ci siamo divertiti da pazzi».

«Dove siete andati?»

«Non me ne intendo. Non sono capace di dirti direzioni e cose del genere. Secondo me navigavamo a caso. Il mare era calmo. Ogni tanto ci fermavamo. Nuotavamo. Cioè, non è esattamente nuotare, si lasciano sbattere le vele ma la barca avanza, perciò tu ti tieni a una fune e ti fai trascinare. È un'esperienza spettacolare fare il bagno nell'acqua davvero profonda».

L'idea fece rabbrividire Mazi.

«C'era qualcun altro con voi? Uno skipper? Un cuoco? Amici? Qualcuno che si fa chiamare Fulmine, per caso?»

«No, non c'era nessun Fulmine e nessun equipaggio, solo Sou, un'amica di Jasmin».

«È lei?» Mazi mostrò ad Alma la foto di Jasmin con Alma e la terza amica.

Alma prese di nuovo il telefono. «Sì». Sorrise. «Dove hai trovato queste foto? Non le avevo mai viste, anche se ricordo Ari che le scattava».

«A casa di Ari».

Alma sembrava perplessa. Mazi sentì che doveva farle capire che condivideva con lei cose importanti e segrete se voleva continuare a ottenere la sua collaborazione. «Sono entrata in casa sua a fare una perquisizione. Le ho trovate in una busta nascosta. Cosa mi puoi raccontare di Sou? Sai qual è il suo cognome, o da dove viene?»

«Chissà perché teneva nascoste queste foto» commentò Alma. «Non erano segrete. Sulla barca non è successo niente».

«Raccontami di Sou».

«Sì. D'accordo. Erano amiche del cuore fin dall'infanzia. Sou è la figlia della cuoca di casa Shechter. E siccome Jasmin era una bambina un po' trascurata, sai, per via del fatto che sua mamma era sempre malata e poi è morta, e Shaul era molto più grande e Ari piccolo, lei e Sou erano sempre insieme».

«Quando vi ha fatto conoscere? Dove ha fatto il militare Sou?»

«Non l'ha fatto. È araba».

Mazi rimase in silenzio. Nella sua mente una miriade di pezzi di informazioni si calamitò insieme in un secondo. Ricordò le parole di Yaffa Shechter, «Jasmin passava ore e ore giù, con i domestici, in cucina, con Samira, con la figlia di Samira, con Atef in giardino, con il fratello di Atef, l'autista di Edi, ma sì, come si chiamava, Khaled forse, o qualcosa di simile, iniziava per *K*».

«La mamma di Sou si chiama Samira?» chiese Mazi.

«Sì, mi pare di sì».

«E Sou per cosa sta?»

«Souad» rispose Alma, «ma non l'ho mai sentita parlare arabo e nemmeno ebraico. Lei e Jasmin parlavano in inglese, e Jasmin la presentava sempre come Sou».

«Allora come fai a sapere che è araba?»

«Perché ho visto Jasmin parlare arabo alcune volte, e

quando le ho chiesto come mai lo conosceva così bene, mi ha spiegato che era per via di Samira e Souad».

«Quando l'hai vista parlare arabo?»

Alma staccò qualche filo d'erba e li strofinò fra le dita. «Una volta qui vicino, nel villaggio arabo Abu Gosh. Avevamo mangiato al ristorante libanese e quando siamo uscite mi ha detto: "Che strano, c'è qui la macchina di mio padre". In effetti c'era lì parcheggiata una Mercedes nera con i finestrini oscurati e fuori aspettava un uomo anziano, che fumava. Le ho chiesto: "È lui tuo padre?" e lei è scoppiata a ridere, era proprio piegata in due dalle risate. Mi ha detto: "No, quello è Yasser, il suo autista, l'unica persona al mondo a cui mio padre è affezionato davvero". Dopodiché si è avvicinata un po' timorosa, un atteggiamento ben strano per lei, e ha chiesto a Yasser se suo padre fosse in macchina. Lui le ha risposto di no e poi sono passati all'arabo, lei parlava sciolta, non le solite quattro parole che sappiamo tutti, tipo *kaif halak* e *ahchamudlala,* era una conversazione vera. Poi è tornata da me e ha detto che dovevamo svignarcela prima che arrivasse suo padre».

«Dopo ne avete riparlato?»

«Non proprio. Le ho solo chiesto come mai sapeva l'arabo così bene e lei ha risposto che mi avrebbe presentato Sou al suo rientro, quell'estate, perché all'epoca studiava all'estero».

«Ricordi in quali altre occasioni l'hai sentita parlare in arabo?»

«Capitava che parlasse al telefono. In effetti, ora che ci penso, forse era proprio con Sou. Magari al telefono preferivano l'arabo. Poi una volta, durante il servizio militare, abbiamo bucato, siamo rimaste bloccate con la macchina di Jasmin all'incrocio Kursi, nel Golan, lo conosci? Mentre aspettavamo il carro attrezzi, intorno a noi si è fermato un gruppetto di ragazzi. Io ero un po' preoccupata, per la verità, è vero che ci offrivano aiuto, ma fra loro parlavano arabo e non capivo un tubo. A quel punto Jasmin – con quell'aria da principessina straniera e la

Golf decappottabile non si aspettavano che conoscesse la loro lingua – parte a chiacchierare con la massima disinvoltura». Alma scoppiò a ridere. «Sono rimasti di sasso. Si sono innamorati di lei, tutti e quattro. Hanno voluto aspettare con noi il carro attrezzi, gentilissimi».

«Sai per caso se Yasser l'autista e Samira hanno qualche legame?»

«Non ne ho idea. Non sono mai stata a casa di Jasmin. Cioè, a casa di suo padre».

«Com'è possibile?»

«Quando ci siamo conosciute, al militare, abitava già per conto suo».

«Dove?»

«A Tel Aviv. In piazza Masarik. Sopra un caffè».

Più di qualunque altra cosa dall'inizio dell'indagine, quella frase fece sentire a Mazi com'era limitata senza le risorse della polizia. Non faceva parte di una squadra di sei, sette, anche venti persone. Non aveva colleghi, né mandati di perquisizione, nessuna possibilità di nominare una squadra investigativa speciale. Si sentì come un giocoliere quando gli sfuggono di mano le palline. Quante cose aveva tralasciato: avrebbe dovuto parlare lei con il proprietario del caffè. Ma non aveva tempo da sprecare in frustrazione o autocommiserazione, emozioni che servivano solo a intralciare il ragionamento. Chiuse un attimo gli occhi.

«Grazie, Alma. Se hai ancora qualche minuto da dedicarmi, adesso vorrei raccontarti io qualcosa sull'indagine».

«Sì, ho ancora un pochino di tempo». Alma si raddrizzò.

«Una persona in amicizia con gli Shechter mi ha riferito che le foto diffuse da Ron Lipman sono arrivate anche a lui. E che lui le ha mandate, mantenendo l'anonimato, ad Ari. Ha detto di averlo fatto pensando che Ari avrebbe perso la testa, e se è vero quello che riferisce, Ari ci ha davvero visto rosso, ha trovato Lipman in un bar e l'ha massacrato di botte».

Alma seguiva la storia a occhi spalancati.

«La seconda cosa che ti volevo raccontare è che Ari e Jasmin hanno tagliato i ponti subito dopo quella faccenda. Se sto ricostruendo correttamente le date degli eventi, se n'è andata pochi giorni dopo la storia con Lipman, quando è sparita anche con te. Da allora lei e Ari si sono visti solo il venerdì a casa del padre o quando Ari andava a trovare Lily, la figlia di Jasmin e Dudi. Ma non si sono più incontrati da soli e non avevano contatti telefonici».

«Davvero? Ne sei sicura?»

«Ne sono sicura».

«Wow, non riesco nemmeno a immaginarlo, erano così legati».

«Alma, ricordi l'ultimo argomento di cui abbiamo parlato quando ci siamo viste? Lo dirò senza mezzi termini questa volta, e ho bisogno che tu capisca che è essenziale per l'indagine. Se Jasmin è scappata, devo capire da cosa scappava, e se ha minacciato di divulgare qualcosa, bisogna sapere di cosa si trattava e chi ci sarebbe andato di mezzo».

Alma annuì, seria.

«Penso che Jasmin abbia subìto un abuso. Sessuale. Voglio sapere da parte di chi, e cosa ne sai tu».

Alma rimase zitta. Abbassò lo sguardo e strappò altri fili d'erba. Mazi attese con pazienza, bevve la sua acqua e di colpo sentì fame. Non aveva mangiato da quando Shasho l'aveva svegliata, alle cinque e mezzo del mattino.

«Penso che sia stato suo padre» disse alla fine Alma. «Jasmin non ne ha mai parlato, non è stata lei a raccontarmelo. Ma ogni tanto buttava lì qualcosa. Non so, una volta era qui da me e mio padre era a torso nudo, e lei ha commentato che l'idea di suo padre senza camicia le dava gli incubi, ma non era una battuta, era serissima. Un'altra mi ha accennato che lei e Ari cercavano sempre di stare insieme durante i viaggi all'estero con il padre, che non volevano rimanere soli con lui. Cose di questo tipo. Non ricordo dettagli, mi spiace, ma ricordo che questa era stata la mia deduzione. Ho sempre sospettato che per questo Ari fosse così protettivo nei suoi confronti». L'erba nella mano di Alma ormai era completamente spappolata. Mazi allungò un braccio per stringerle una spalla.

«Lo penso anch'io» concluse.

29.

Mazi, seduta da Hezi spiedini, sudava per il peperoncino. Aveva mangiato i *kofta kebab* in una *pita* su un vassoio coperto di carta. L'olio di peperoncino mescolato alla salsa *tahina* le colava dalle dita. Le leccò e pulì con tovagliolini di carta che uscivano a mazzetti dal porta tovaglioli e bevve la limonata. Cominciava a delinearsi un profilo più chiaro di Jasmin. Mazi aveva conosciuto molte vittime di abusi sessuali. Il suo primo periodo al commissariato centrale era stato incentrato sui reati sessuali. Riconosceva gli schemi di comportamento, l'attrazione verso un maschio alfa, l'interruzione improvvisa delle relazioni di amicizia, le sparizioni, le bugie, i segreti, la compartimentazione: a ogni persona che entrava nella sua vita Jasmin raccontava una storia diversa, parziale, inventata. Riconosceva le manipolazioni e i rapporti di amore-odio nei confronti del nucleo famigliare. Riteneva di sapere perché Jasmin se ne fosse andata, e perché proprio in quel momento. Ma dov'era scappata e se fosse sana e salva, le domande per le quali Dudi Shechter l'aveva assunta, ancora non avevano risposta.

Mazi si era appostata per cogliere Ron Lipman di sorpresa. Aspettava sulla moto fuori dalla ditta dei Lipman a Herzliya, in un'ampia via senza un filo d'ombra. Aveva telefonato per accertarsi che lui si trovasse in ufficio e adesso sperava che uscisse per pranzo. Aveva letto che era stato nominato direttore del reparto innovazione tecnologica dell'azienda di famiglia dopo aver venduto con successo una tecnologia verde per la pulizia delle vasche dei pesci. Alle quattordici e trenta, un attimo prima che Mazi si arrendesse al caldo spietato, comparve Ron Lipman. Alto, attraente, pantaloni sartoriali, camicia bianca inamidata, camminava con una donna elegante e truccata, con i capelli stirati, pantaloni a sigaretta e tacchi a spillo.

Attraversarono la strada. Mazi li seguì lenta sul marciapiede e li vide entrare nel ristorante Kyoto, parcheggiò di fronte e fece il suo ingresso poco dopo di loro. Scelsero un tavolo sulla destra. Mazi si sedette al bancone in un posto da cui riusciva a vederli. Ordinò una soda e rimase a osservare. Arrivò il loro sushi. Mangiavano, bevevano sakè e conversavano. Lipman dava le spalle a Mazi, la donna era di fronte. All'inizio ascoltava soltanto. Poi parlò, scarsa mimica facciale e molti gesti delle mani. La magrezza le disegnava lineamenti spigolosi, naso rifatto e occhi grigio chiaro. Sotto il tavolo le loro gambe di tanto in tanto si sfioravano, forse per caso. Mazi mise una banconota sotto il bicchiere per potersi alzare in qualunque momento e attese. Quando la donna si alzò per andare in bagno, Mazi scattò in piedi e occupò il suo posto davanti a Lipman. Lui le rivolse un sorriso stupito.

«Ha sbagliato tavolo?»

«Ron Lipman?»

«Sì...»

«Mazi Morris, investigatrice privata. Ho bisogno di parlare con lei di Ari Shechter».

Lipman si irrigidì, serrò la mascella. «È morto in un incidente. Cosa resta da dire?»

Sopra il sopracciglio sinistro aveva una cicatrice sottile. Mazi allungò una mano sorprendendo Lipman, che d'istinto arretrò andando a urtare il fondoschiena della cameriera che stava passando dietro di lui e fu costretto a tornare in avanti. Mazi sfiorò la cicatrice con delicatezza, con la punta dell'indice, dal sopracciglio lungo la tempia, fino alla guancia, poi con un gesto rapido spostò la mano sul retro dei pantaloni, dove teneva la pistola, fra i jeans e la maglietta. Lipman rimase raggelato.

«Un regalo di Ari?» gli chiese.

Il sopracciglio segnato di Lipman si sollevò. «E se anche fosse?»

«So perché gliel'ha fatto».

«Forse crede di saperlo».

La donna spigolosa tornò dal bagno e si fermò vicino a loro.

«Ci hai messo così poco a sostituirmi?» commentò.

«Mi devi scusare, Inbal, avevo completamente dimenticato questo appuntamento. Rientra senza di me, per favore, penso io al conto».

«Ma non ho finito di mangiare» protestò lei con un sorriso forzato.

Lipman chiamò la cameriera. «Potrebbe incartare quello che è rimasto nel piatto della signora da portare via, per favore?»

«Grazie» disse Inbal. Si soffermò un altro momento in attesa di qualcosa che non successe, quindi girò sui tacchi.

Lipman si chinò verso Mazi. «Dunque, cosa vuole sapere di Ari Shechter, che Dio lo abbia in gloria?»

«Quanto tempo abbiamo?»

«Tutto il tempo che vuole».

Non era la risposta consueta a quella domanda. Mazi sentì aprirsi una porta. «Chi le ha lasciato quella cicatrice?»

Lipman guardò Mazi negli occhi. «Ari Shechter. Insieme a parecchie altre che al momento non può vedere. Mi ha mandato in ospedale per due settimane».

«L'ho incontrato, era molto più basso e magro di lei».

«Era molto motivato».

«Qual era la sua motivazione?»

«Vuole sapere quale motivazione lui credeva di avere, o quello che penso io?»

«Tutti e due».

Lipman si tirò indietro. Cercava la cameriera. Mazi lo osservò. Non bello quanto Ari, non virile quanto Dudi, una via di mezzo. Laureato in un'università di prestigio e abituato a ottenere tutto quello che voleva. Sfoggiava l'abbronzatura di chi possiede uno yacht. Ma c'era qualcos'altro, un accenno di morbidezza. L'avrebbe saputo a breve. La cameriera vide Lipman e arrivò quasi di corsa.

«Per me un espresso doppio. Per lei?»

«Anche».

Lipman tornò a chinarsi in avanti, gli occhi di nuovo fissi su Mazi. «Lui credeva che la sua motivazione fosse l'onore della famiglia. Intendeva vendicare qualcosa che riteneva avessi fatto a sua sorella, e non ha voluto limitarsi alle vie consuete».

«Quali sarebbero le vie consuete?»

«Annullamento di un contratto, querela, spionaggio industriale...»

«Cosa credeva che avesse fatto a sua sorella?»

«Credeva che avessi diffuso delle sue foto scandalose».

«Come mai aveva delle sue foto scandalose?»

«Non le avevo».

«Allora come ha fatto a diffonderle?»

«Non le ho diffuse».

«Mi spieghi».

Il caffè arrivò accompagnato da un biscottino. Lipman disdegnò il biscotto e bevve il caffè. Rifletté.

«Senta, Ari è morto. Non è un problema se le racconto di lui. Ma Jasmin è viva. Non mi pare il caso».

«Jasmin non c'è».

«Cosa significa "non c'è"?»

«È scomparsa da due settimane».

«Avete cercato all'Eliseo?»

Mazi fece cenno di no con la testa. «Non questa volta».

«Per chi lavora?»

«Dudi. Peretz».

«Sì, so chi è. Non ho mai parlato di quello che è successo con Jasmin».

Mazi rimase in silenzio. In una delle famiglie affidatarie in cui era stata, uno dei figli era di leva. Quando tornava in licenza, se non c'era nessuno in giro la molestava. Alcuni anni più tardi aveva saputo che era rimasto ucciso in un incidente durante un addestramento e si era sentita in colpa per ragioni che non riusciva a spiegare.

Lipman si passò di nuovo la mano fra i capelli. «D'accordo. Le va di scendere in spiaggia? Possiamo parlare lì».

«Volentieri».

Lipman lasciò alcune banconote sul tavolo. Mazi finì il caffè e andò in bagno. Quando tornò, uscirono e Lipman parlò al telefono. «Mor, cancella tutti gli impegni della giornata, ho avuto un imprevisto».

«Ha un problema con le moto?»

«Dovrei montare dietro?» Ron scoppiò a ridere. «Aggiudicato».

Lipman mise il casco e si sedette dietro di lei. A Mazi piaceva portare gli uomini, l'inevitabile contatto stimolava l'intimità.

Il parcheggio della spiaggia era pieno. Guerra o no, il mare è un buon rimedio per tutto. Scesero lungo il sentiero, incantevole e sporco. Le belle di notte avevano aperto troppo presto le loro corolle gialle. Sulla sabbia tolsero scarpe e calze e fecero il risvolto ai pantaloni. Un papà spaventato si precipitò a recuperare dall'acqua bassa un bimbetto caduto all'indietro. Camminarono lungo la riva in direzione nord fino a raggiungere una zona poco frequentata e si sedettero sul bagnasciuga a farsi lambire i piedi dall'acqua.

«Sa che in Israele non c'è reale differenza fra alta e bassa marea?» disse Ron.

«In che senso? Questa non è alta marea?»

«Questa? Queste sono onde. Ci sono posti, come in Portogallo sulla costa che affaccia sull'oceano, dove la linea dell'acqua si sposta di decine di metri fra l'alta e la bassa marea».

«Davvero? Non lo sapevo».

«Sono in tanti a non saperlo».

«Allora, mi racconta?»

«Sì». Ron rivolse lo sguardo al mare. «Sì. Sto solo pensando da dove cominciare».

«Cominci da cos'è successo con Jasmin».

«Il fatto è che non è successo nulla. Lei non era il mio tipo e io non ero il suo, e poi in quel periodo ero innamorato di un altro».

«Un altro?»

«Sì. Sono bisex. Per farla breve, ero innamorato ma era una cosa irrealizzabile. I miei mi ossessionavano con la storia di Jasmin. Mio fratello grande si era sposato con la nipote del presidente. Mia sorella minore usciva con uno che non era del giro, ma erano tutti convinti che si sarebbe quotato in borsa, e infatti è andata così. E io... avevano sempre saputo che con me non sarebbe stato facile. Forse se Jasmin non fosse stata com'era... forse avremmo potuto essere una coppia. Ma non credo che avesse idea di cos'è una coppia. Poveraccia» disse con sincerità.

«E cos'è successo?»

«Hanno cercato di combinare un fidanzamento, in stile Shechter-Lipman. Le nostre famiglie hanno organizzato una cena e ci hanno messi seduti vicini. Lui, Ari, non mi levava gli occhi di dosso. Poi un'altra sera ero al ristorante con mio fratello e sua moglie e di colpo me la sono ritrovata lì. Hanno continuato a spingerci l'uno verso l'altra finché non ho ceduto e l'ho invitata a uscire. Siamo andati al Rooftop e non è stato male. La serata è stata piacevole. Non noiosa, affatto, però non è scattata la scintilla. Io, come dicevo, ero innamorato di un altro. E Jasmin... Jasmin mi sembrava su un altro pianeta. Era molto chiaro che nessuno dei due si era veramente aperto. A fine serata l'ho accompagnata a casa. Abitava – lo ricordo bene perché era una cosa molto inusuale – nel centro di Tel Aviv, ma non in un palazzo nuovo o ristrutturato. Stava sopra un caffè normalissimo. Poi, prima di scendere dalla macchina, di colpo mi si avvicina e mi bacia, come se...» Si fermò e distolse gli occhi dall'acqua e da Mazi, in cerca di un posto più lontano dove lasciar vagare lo sguardo. «Il bacio è stato strano... non c'era stato niente a preannunciarlo. Ed è stato molto... ehm, apparentemente appassionato. Apparentemente nel senso letterale del termine. Io le ho restituito il bacio... per imbarazzo, per educazione, perché sono umano, non lo so. Lei ha detto: "Fatti sentire" e io ho risposto: "Certo", anche se di mio non ero affatto intenzionato. Fine».

«E poi?»

«Il giorno seguente sono andato a fare surf con un amico che era nella mia unità durante il militare, e dopo ci siamo bevuti una birra e gli ho raccontato tutto. È un amico carissimo, non del giro mio e di Jasmin. Uno di cui mi potevo fidare. Era anche l'unico al corrente della mia situazione sentimentale. Perciò gli ho raccontato quello che volevano le famiglie e quello che era successo e del bacio. E lui mi ha detto: "Ma sei fuori? Non ti impelagare con quelli là. Non sai che storie hanno?" Non capivo di cosa parlasse, era impossibile che li conoscesse, invece mi ha riferito che anche Ari e Jasmin erano stati nell'unità qualche anno dopo di noi – io non ne avevo idea perché per il servizio di riserva mi ero spostato altrove – e che girava voce che lei era la regina dei ghiacci e lui innamorato di lei, una situazione torbida da cui era meglio tenersi alla larga. Uff, svengo dal caldo. Pensavo che ci saremmo seduti in un posto dove prendere qualcosa da bere». Sorrise, e gli si formarono sottili rughe agli angoli degli occhi.

«Allora andiamo al ristorante laggiù».

Si alzarono e tornarono, camminando verso sud in riva all'acqua, alla zona frequentata, al ristorante davanti al mare gremito di gente e rumoroso. A un cameriere a torso nudo ordinarono due birre, patatine fritte e acqua minerale. Il mare metteva fame.

«Non ne avevo mai parlato prima, sa?»

«Le persone mi raccontano spesso cose di cui non hanno mai parlato prima».

«Non so nemmeno se lei è chi dice di essere».

Mazi sorrise e gli mostrò la sua licenza di investigatore privato.

Lui sorrise. «Per lo meno non ho fatto la figura dello scemo. Almeno non questa volta».

Birre, acqua e patatine arrivarono accompagnate da bustine appiccicose di ketchup. Lipman le aprì tutte e creò una collinetta di salsa fra i loro due piatti. Alzò il suo bicchiere di birra per un brindisi. Mazi ricambiò.

«Alla verità» disse lui e si pulì la schiuma dalle labbra con il dorso della mano. Mazi sorrise e aspettò paziente che Ron mangiasse qualche patatina e bevesse altra birra. Si stava preparando.

«Dopo il surf e quella conversazione con il mio amico sono tornato a casa distrutto e sono andato a dormire. Al risveglio è stato un assalto: mio fratello, la moglie di mio fratello, mia madre, tutti a chiedere com'era andato l'appuntamento e cosa intendevo fare. E c'era anche un messaggio di Jasmin. Scriveva che era stata una bellissima serata e se mi andava di rivederci. Ero stupito».

«Perché stupito?»

«Perché, obiettivamente, definire bellissima la nostra serata era un po' grossa. Era stata... sorprendente».

«In che senso, sorprendente?»

«Nel senso che... durante la serata lei era stata molto... non distaccata... non proprio fredda, ma neanche del tutto presente. Era come se fosse costretta a trovarsi lì, se stesse recitando una parte. Siccome anch'io ero stato in qualche modo obbligato, avevo trovato il suo comportamento normale, logico. Ma poi erano arrivati quel bacio inaspettato e il messaggio. Ero confuso».

«Dunque cosa ha fatto?»

«All'inizio niente. Era venerdì e per noi la cena del venerdì dai genitori è sacra. Caschi il mondo, si cena in famiglia. E le cene... Sono stato nella mia vita a cene di Shabbat in famiglie normali. Mi creda, non è la stessa cosa. Da noi sembra più un consiglio di amministrazione. Ognuno riferisce a cosa sta lavorando e come procede. Quella sera quando arriva il mio turno mi chiedono di Jasmin. Era quello su cui si aspettavano che lavorassi. Riferisco, tutto bene, siamo usciti, è stato simpatico, vi tengo aggiornati. A fine pasto mio padre mi chiama nel suo studio, mi dice di chiudere la porta, mi versa un whisky.

Beviamo in silenzio. Dopodiché se ne esce – mio padre parla come un militare – "Roni, tu non puoi essere omosessuale. È un giochetto da alternativi, non roba per te. Forza, concludi questo affare con Jasmin Shechter e noi vi compriamo una bella villa". Lo ascoltavo e sentivo le orecchie che mi diventavano paonazze, la faccia andava a fuoco. Come cazzo faceva a saperlo? Quasi quasi non lo sapevo nemmeno io. Avevo voglia di lanciare il bicchiere di whisky contro la finestra e spaccargli la sedia in testa. Ma gli ho detto: "Sì, signor comandante" e me ne sono andato, sono saltato sulla moto...»

«Motociclista?»

«Anch'io ho una Honda come la sua, solo 900». Sorrise.

«Magari avessi la forza di governare una 900». Mazi restituì il sorriso e sollevò la birra. «Alle Cbr. E poi cos'è successo?»

«Sono tornato a casa in condizioni... Vede, io ci sono cresciuto dentro, capisce? Sono cresciuto con il fatto che si deve servire la famiglia, seguire una determinata strada. In fin dei conti io la seguivo, la strada. Ma era chiaro tutto il tempo, a me e anche a loro, che non ero tagliato per quello. In ogni famiglia come la nostra c'è una pecora nera. Persino la famiglia reale britannica ne ha una. È così. Ma il pensiero che frugasse nella mia vita privata... che sapesse... Sul serio, io stesso cominciavo appena a rendermene conto. Avevo combinato ben poco. Qualche bacio con due uomini e un po' di preliminari con un altro, ancora non avevo fatto sesso davvero con un uomo. Io per primo speravo che mi passasse, non volevo incasinarmi l'esistenza. Ma il fatto che loro fossero al corrente... Sono tornato al mio appartamento, mi sono seduto da solo al buio, a bere, e a quel punto è arrivato un altro messaggio di Jasmin. *Ho finito con l'incubo della cena in famiglia. E tu?* Quel messaggio mi ha dato la sensazione di un destino comune. Ero già sbronzo e, sinceramente, quel messaggio mi ha scaldato un minimo il cuore. Le ho risposto che il mio era stato un incubo al quadrato, che ero tornato a casa e se voleva poteva venire a vedere un film. Avevo proprio voglia di non essere solo, di avere vicino qualcuno che capiva. Ai tempi i miei amici si dividevano fra quelli del nostro giro, con cui non si parlava del fatto che viviamo in una gabbia dorata, cosa che per altro non tutti pensano, anzi, che la maggioranza non pensa. E amici del militare o del surf, che immaginavano che la mia vita fosse solo rose e fiori. Quindi mi piaceva l'idea di trovarmi con una persona che capiva, e ammetto che tenevo anche a mente l'obiettivo di "concludere questo affare", come voleva mio padre. Penso di essermi illuso per un momento che se lei era come me forse poteva funzionare. E lei è venuta. E quella è stata una serata bellissima davvero. Abbiamo visto film per tutta la notte...»

«Ricorda quali?»

«Sì, me li ricordo». Sorrise. «*Harry Potter e il principe mezzosangue* e quello con Clooney, *Tra le nuvole*, un film carino, e *Moon* del figlio di Bowie, come si chiama, Duncan Jones. Abbiamo bevuto e riso un sacco. Poi, quando ormai albeggiava, siamo andati nel mio letto e ci siamo un po' toccati e baciati, ma è stato... più una cosa di affetto o di alcol, non vero sesso. Non ci siamo nemmeno spogliati. Ci siamo addormentati così, vestiti.

«Mi sono alzato per primo, poteva essere mezzogiorno, mi sono infilato nella doccia e poi sono sceso a prendere caffè e brioche per entrambi. Ero di ottimo umore. Torno e lei non c'è. Se n'è andata. Scomparsa senza lasciare tracce. Aveva lasciato la felpa che le avevo prestato e basta. Nemmeno una riga di spiegazione».

«Cos'ha pensato?» Mazi non chiedeva quasi mai a un uomo: «Come ti sei sentito?» L'esperienza le aveva insegnato che di fronte a quella domanda si trinceravano in sé stessi.

«All'inizio ho pensato che poteva essere scesa un attimo a fumare. Poi ho pensato che forse si era svegliata, non mi aveva visto, non aveva nemmeno trovato un biglietto... magari aveva creduto che ero stato io a svignarmela nell'attesa che lei se ne andasse. Ho cercato il mio telefono, non me l'ero portato quando ero sceso a prendere il caffè. Volevo mandarle un messaggio banale, un "Come va?" A quel punto vedo che ho dieci messaggi. Sabato mattina, ero stato fuori casa per una ventina di minuti, e mi ritrovavo dieci messaggi. Ho pensato che fosse morto qualcuno.

«Apro il primo, da un mio amico del giro di Jasmin e anche mio, e in un primo momento non capisco cosa sto guardando. C'erano tre fotografie di Jasmin nel mio letto, sembrava nuda, solo coperta da un lenzuolo nei punti strategici, e sorrideva. Dall'angolatura, dallo sguardo, sembrava che qualcuno l'avesse fotografata così, nel mio letto. Sotto c'era la risposta del mio amico, *Fratello, le ho cancellate, fallo anche tu.* Al che ho dedotto che le foto dovevano essere partite dal mio numero. Così nove messaggi da nove amici, tutti dello stesso giro, non i più intimi, sconvolti. Mi è preso un colpo. Avrei potuto pensare di essermi ubriacato al punto di non ricordare più niente, anche se non mi riduco mai in condizioni così gravi, ma le fotografie erano state scattate di giorno, non di notte. Sapevo benissimo che non erano opera mia e di certo non le avevo spedite in giro. Jasmin, come me, non si era nemmeno spogliata, perciò che diavolo era successo?»

Mazi non aveva il minimo dubbio sul fatto che Lipman le stesse raccontando la verità. Quell'uomo non le aveva semplicemente aperto una porta: le aveva fornito la chiave per tutte. Il pensiero che gli Shechter non lasciavano nulla al caso si ripresentò, prepotente. A quanto pareva, Jasmin era la Shechter più Shechter di tutti. Cos'altro hai combinato, Jasmin Shechter?, si chiese Mazi.

«Come ha reagito?»

«Mi sono seduto. Mi sono detto che dovevo riflettere, usare la logica. Ho mangiato la brioche e bevuto il caffè. Ho valutato la situazione. Ho eliminato le fotografie dal telefono e poi mandato un messaggio a tutti coloro che le avevano ricevute, scusandomi: erano state inviate senza cattive intenzioni, non mi sarebbe mai venuto in mente di imbarazzare e umiliare in quel modo una persona per cui provavo affetto e stima, li pregavo di cancellarle, di evitare di inoltrarle e di non menzionare mai più per nessun motivo l'increscioso episodio. Una frase finale alludeva in modo vago al fatto che chiunque si fosse comportato in modo diverso si sarebbe beccato una querela. Nel giro di un minuto mi hanno risposto tutti che era chiaro, scuse accettate, argomento archiviato. Fine, la storia era chiusa.

«Poi ho telefonato a mio padre e gli ho detto che gli dovevo parlare con urgenza. Sono volato da lui, ci siamo chiusi nello studio, gli ho raccontato più o meno la verità. Dovevo prepararlo alla possibilità che ci tornasse indietro un boomerang, non potevo permettere che venisse colto alla sprovvista. Ha chiamato mia madre. Lei è il suo consigliere. Gli ha detto che non aveva alternative, doveva far saltare l'accordo con gli Shechter a cui lavoravano da due anni, prima che lo facessero loro. Lei non aveva dubbi che fosse tutta opera di Jasmin, ma la considerava una pedina nelle mani del padre. Io non condividevo la sua idea, ma non l'ho detto.

«Sono tornato a casa svuotato. Mi sono messo d'accordo per uscire con un amico del surf. Siamo andati all'Armadillo, lo conosce?» Mazi annuì. «Eravamo seduti al bancone del bar. Io con la schiena alla porta. Di colpo sento una pacca sulla spalla. Mi giro. Avevo a malapena registrato che era Ari Shechter e mi arriva il primo pugno». Posò un dito sulla cicatrice sul sopracciglio. «E poi un secondo qui» e indicò la mascella destra. «Ho reagito, ma lui era una furia, non riuscivano a dividerci né a mandarci fuori, mi dava addosso con una furia cieca, era una belva. Chi ha assistito mi ha detto di non aver mai visto niente del genere, che in quel momento avrebbe potuto uccidere anche Muhammad Ali. La cosa è durata... non so, forse cinque minuti. Poi è andato via di corsa, si è dileguato. Quando è arrivata la polizia, non c'era già più.

«Ora, io sapevo chi era, ma non l'avrei mai rivelato, e lì dentro nessun altro lo conosceva. Il barman e alcune ragazze hanno detto alla polizia che somigliava a una versione in miniatura di Clint Eastwood, ma sa, è un po' poco come indicazione. Non avevano alcun indizio. L'ambulanza mi ha portato in ospedale e ci sono rimasto per due settimane tra interventi chirurgici e recupero. Durante quelle due settimane, l'affare tra i miei genitori e Eduardo e Shaul Shechter è saltato davvero e la notizia è trapelata ai giornali. Chiunque aveva ricevuto le fotografie avrà pensato che il motivo era quello, nessuno sapeva che ero in ospedale o chi mi ci aveva mandato. All'amico che era insieme a me ho detto che non avevo mai visto prima quel tizio, doveva essere uno psicopatico oppure uno che mi aveva scambiato per l'amante di sua moglie. Dopo hanno pubblicato la notizia che Jasmin era scappata da Israele e l'avevano ritrovata all'Eliseo, poi ho saputo che studiava all'Insead e alla fine che si era sposata con quel Dudi».

«Di lui cosa si dice?»

«Che lo ha incontrato all'Insead ed è un sempliciotto. Che tipo è?»

«È il mio cliente, quindi...»

«Capisco». La sua espressione si rabbuiò.

«Prometto che glielo racconterò quando l'indagine sarà finita. Questo, e qualunque altra cosa voglia sapere, d'accordo?»

«Non è obbligata».

«Però voglio».

«Va bene».

«Ron, ha idea di chi ha mandato le fotografie ad Ari?»

«Ho sempre supposto che sia stata Jasmin. Da un numero non suo, o qualcosa del genere».

«Logico» disse Mazi, benché sapesse perfettamente chi le aveva mandate: l'ennesimo pollo caduto nella rete di Jasmin Shechter. Il sole cominciò a tramontare. Mazi sentì l'intimità svanire pian piano, adesso che lui aveva confidato i suoi segreti e lei si era rifiutata di parlare di Dudi. Gli voleva rivolgere altre due domande prima che si dileguasse del tutto. Avrebbe usato quello che aveva in mano.

«Ha detto che ci sono altre cicatrici che non posso vedere».

Lui sorrise e la guardò negli occhi. Dopo aver trascorso alcune ore con lui, Mazi aveva capito che Ron Lipman guardava negli occhi quando voleva creare distanza, alzare un muro, non quando lo abbatteva. Distolse lo sguardo da lei e si slacciò tutti i bottoni della camicia bianca. La aprì e Mazi vide una cicatrice che partiva dall'incavo della spalla sinistra e scendeva in diagonale fino all'anca destra.

«Wow, ce l'ha davvero messa tutta».

Lipman rispose con un sorriso fiacco.

«Vuole vedere la mia?»

Lui scoppiò a ridere. «Ma sì, dài».

Mazi si aprì quattro bottoni dei jeans. Si alzò in piedi, una mano sulla pistola perché non cadesse, e con l'altra sollevò leggermente la maglietta. La cicatrice tagliava per lungo l'addome piatto, chiara, vistosa.

«Wow» reagì lui con le sopracciglia aggrottate. «Non si direbbe da cesareo».

«Non lo è». Mazi sorrise. «Un proiettile. Sono quasi morta».

«Grazie» rispose lui con un sorrisetto.

«Le posso fare altre tre domande?»

Ron annuì. Mazi vide che si era accorto che il suo era stato uno stratagemma per farlo parlare, ma non gli importava.

«Uno: nel vostro giro c'è qualcuno soprannominato Fulmine? Due: perché Jasmin si è comportata così? E in ultimo: qual è il problema di Jasmin?»

Ron Lipman guardò il mare che andava ingrigendo. Si riallacciò la camicia lasciando due bottoni aperti e bevve quello che era rimasto della bottiglia d'acqua. «Innanzi tutto, no, non conosco nessun Fulmine. Per quanto riguarda il perché... Penso che Jasmin volesse evadere da tutto. Non solo dalla storia combinata con me. Voleva bruciarsi i ponti alle spalle. Ma in un certo senso... Conosce *Il cavaliere oscuro*, il film? C'è un personaggio, l'assistente di

Batman, che gli dice, riferendosi a Joker: ci sono persone a cui semplicemente piace vedere il mondo che brucia. Penso che Jasmin volesse vedere il suo mondo in fiamme».

«Ma perché?»

«Secondo lei, perché?»

Mazi rimase in silenzio. Si guardarono negli occhi. Questa volta Ron non alzava un muro. La stava scrutando, per vedere se aveva capito. Mazi annuì.

«Ecco, precisamente per le ragioni a cui pensa lei» concluse Ron. «Mi dà un passaggio per rientrare?»

«Certo».

Si rimisero le scarpe perché il parcheggio era pieno di vetri, e raggiunsero la moto.

«Guida lei?» Non l'aveva mai proposto a nessuno.

Ron sorrise e montò in sella. «È un giocattolino», e scoppiò a ridere.

Mazi staccò la chiave della moto dalla chiavetta Usb a cui era attaccata e la porse a Lipman.

«Cosa c'è su quella chiavetta? Il segreto dell'atomica?»

«Solo documenti dell'indagine». Montò dietro di lui. Aveva voglia di abbracciarlo. Le ricordava un pochino Alex. Invece si appoggiò al bauletto e partirono. Rimase sorpresa vedendo che erano diretti a Tel Aviv. Guidava bene e Mazi si godé la strada fino al grattacielo Meier su viale Rotschild, dove Lipman si fermò e scese.

«È qui che abita?»

«Diciamo di sì. E lei dove abita?»

«Via King George, di fronte al parco Meir».

«Ah, poco lontano».

«Solo sulla cartina. Per ogni altro aspetto è lontanissimo». Mazi sorrise. «Grazie per oggi. Mi ha dato un grande aiuto».

«Spero che Jasmin stia bene, ovunque si trovi».

«Posso chiederle, solo per curiosità, se alla fine si è sposato?»

Lipman sollevò entrambe le mani per mostrare che non portava fede. «Frequento un tipo, da un anno e mezzo ormai. È simpatico, questa è casa sua». Sorrise.

Mazi restituì il sorriso e Lipman le girò le spalle e si allontanò. Lei rimise il casco e si diresse a casa di Alex per controllare come stavano Tilly e Benji, poi da lì proseguì per casa sua, passando prima da Gai, il vicino.

«Due notti di fila. Rischio di abituarmi».

«E allora abituati» ribatté Mazi e si spogliò.

30.

Mazi lasciò Tilly alla biblioteca centrale di Tel Aviv, Beit Ariela, e la guardò entrare. All'emeroteca sarebbe stata al sicuro e Mazi sarebbe tornata a prenderla davanti all'ingresso appena avesse finito. Aveva chiesto a Tilly di trovare il trafiletto sulla precedente scomparsa di Jasmin e su come alla fine era stata ritrovata nel palazzo dell'Eliseo. Online la notizia era irreperibile, gli Shechter dovevano aver fatto pressioni perché fosse eliminata. Mazi voleva sapere chi l'aveva scritto. Avevano definito un intervallo di tempo plausibile, risalendo all'indietro a partire dall'anno in cui Dudi e Jasmin avevano studiato all'Insead e sfruttando le informazioni fornite da Alma.

L'idea di trovarsi fuori dall'appartamento di Alex in un luogo comunque climatizzato e protetto allettava Tilly. L'allarme all'una di notte l'aveva sconvolta. Si era svegliata completamente disorientata, senza capire dove si trovava. Alex si era precipitato con lei e Benji verso la tromba delle scale, dove si erano rannicchiati, in imbarazzo, con vicini sconosciuti, un vecchietto calvo in maglietta e mutande e una coppietta con una neonata che aveva continuato a dormire in braccio al papà e un bambino di sei anni in lacrime. La situazione le aveva scosso i nervi già provati. In più, quella mattina aveva letto che a New York si svolgevano manifestazioni contro Israele, e le era montata l'ansia all'idea che durante il colloquio le parlassero di politica. Devo andarmene da qui, pensò. Poi, grazie alla sua notevole capacità di concentrazione, mise tutto da parte e si sedette a lavorare. Dopo tre ore trovò il trafiletto, nella cronaca rosa di un quotidiano molto popolare.

Scomparsa e ritrovata, era intitolato. Nell'articoletto si leggeva: «Anche a noi una volta è capitato di scappare di casa per lavorare come cameriera. Ma mentre noi servivamo un panino al tonno da Aroma a Eilat, Jasmin Shechter serviva *coquilles Saint-Jacques* ad Angela Merkel al palazzo dell'Eliseo. Jasmin, la prossima volta che vuoi sentirti una di noi, telefonami, sarà un piacere fare scambio con te».

Di fianco al trafiletto c'era la fotografia di uno schermo televisivo, dove si vedeva Jasmin al margine dell'inquadratura, in piedi, vestita da cameriera, dietro ai commensali a una cena ufficiale a cui partecipava anche Angela Merkel. Il volto di Jasmin era contornato da un cerchio rosso, e di fianco all'immagine ce n'era un'altra in cui Jasmin conversava con un giovane artista a un vernissage in una galleria. L'articolo non era firmato, ma l'intera sezione di cronaca rosa era curata da una certa Noa Markowitz.

Ora che Tilly aveva la data, verificò se anche altri giornali avessero pubblicato qualcosa, ma non trovò nulla. Fotografò da vicino il trafiletto, la data, la testata giornalistica, il nome della giornalista e mandò tutto a Mazi, chiedendole di non venire a prenderla, voleva fare due passi. Sentiva un bisogno disperato di un bagno di realtà, altrimenti sarebbe impazzita, perciò cercò lo Zara più vicino. Appena entrò nel negozio si sentì meglio.

Noa Markowitz non lavorava più al giornale. Aveva aperto un ufficio, promuoveva marchi di moda sui social. Due stanze in un bel palazzo, sullo stesso piano di un commercialista, un avvocato specializzato in risarcimento danni, due studi di produzione e lo studio di un noto cantante. Anche se la porta di Markowitz era di una brutta formica rivestita in legno, l'interno era tutto color crema, oro e piante. Alle pareti erano incollate con il washi tape fotografie di sfilate di moda, dalle finestre entrava molta luce e la temperatura dell'aria condizionata era, per una volta, adatta alle donne.

Noa Markowitz si alzò per accogliere Mazi. Inclusi i tacchi a spillo era alta esattamente come lei. I capelli scendevano in onde morbide che sfumavano in un *ombré* perfetto, il make-up era appropriato al lavoro e anche ai drink del dopo lavoro, e indossava abiti di haute couture, in perfetto stile donna in carriera. Porse la mano a Mazi. Unghie ovali, rosa chiaro.

«Ciao. Mazi, giusto? Prego, andiamo nell'altra stanza. Prendi una Coca Zero?»

«No, grazie, ho appena bevuto».

Nell'altra stanza due ragazze dell'età di Tilly erano sedute a parlare al telefono. Markowitz batté due volte le mani per indicare di uscire. «Forza, svelte» disse. Quando furono uscite, indicò una sedia da ufficio a Mazi e si accomodò su un'altra.

«Come posso essere utile?»

Mazi le allungò il suo biglietto da visita. «Come accennavo al telefono, sono un'investigatrice privata, in passato ho lavorato nella polizia. Mi ha assunta la famiglia Shechter...»

«Quegli Shechter?»

«Sì, quegli Shechter. Mi hanno assunta per contribuire alla sicurezza della famiglia dopo la tragedia accaduta ad Ari Shechter».

«Che cosa tre-men-da» commentò Markowitz.

«Davvero tremenda. Preferisco non entrare nei dettagli» disse Mazi, «ma vorrei porle alcune domande a proposito della notizia che ha pubblicato circa cinque anni fa, su Jasmin Shechter cameriera all'Eliseo».

«Sei un mito, da dove l'hai tirata fuori?»

«Ho trovato l'articolo sul frigorifero di Jasmin e di suo marito» mentì Mazi per lusingare Markowitz. Fuori dalla polizia, qualunque bugia era valida.

«Ma dài!» reagì Markowitz. «Non ci posso credere! Cosa volevi sapere? Era un articolo di gossip».

«Sì, ma lei era il redattore della sezione, vero?»

«Anche, insieme a tutto il resto. Quegli spilorci licenziavano un collega al giorno e a me appioppavano ogni volta un'altra mansione».

«Tipico. Volevo sapere come le è arrivata la notizia o come l'ha scoperta».

«In effetti è una storia simpatica». Si raddrizzò sulla sedia. «È iniziata per puro caso. Il nostro responsabile fashion aveva un'ossessione per Angela Merkel. Strano, lo so, valli a capire questi gay. La faccio breve: stava lavorando su un qualche *item* del suo stile, ammesso che lo si possa chiamare stile quell'orrore. Insomma, stava guardando il telegiornale alla tv francese, perché c'era un servizio su una cena ufficiale all'Eliseo a cui partecipava, ed era in estasi perché la Merkel per una volta indossava un vestito. Non li porta quasi mai. Così ha scattato una fotografia allo schermo con il cellulare ed è venuto a mostrarmela. Guardo, e in un angolo della foto vedo una faccia nota. Gli dico: "Ingrandisci, ingrandisci". E chi ti riconosco? Jasmin Shechter. Vado dalla responsabile del gossip, le chiedo: "Chi è?" Lei guarda e dice: "Jasmin Shechter, wow, cosa ci fa lì? Sembra vestita da cameriera. Di quando è?" Le abbiamo detto: "Di adesso. Forza, verifica, facci un pezzo". Sei sicura di non voler bere qualcosa?»

«Sicura».

«Insomma, per farla breve, è tornata da me due ore dopo, impanicata. Mi dice: "Penso di averti messo nei casini". Stressa-tis-si-ma. Ho cercato di capire cosa fosse successo, era in piena crisi isterica, ha tirato fuori che aveva chiamato gli Shechter per sentire cosa dicevano e l'avevano minacciata, non doveva azzardarsi a scrivere una parola, le avevano detto che anche la polizia aveva smesso di cercare. E lei, motivatissima – pensa che si occupava di gossip, ma in effetti dopo è diventata una giornalista molto seria –, è andata dalla responsabile della cronaca nera, che ha chiamato il suo contatto in polizia, e lì le hanno detto che avevano davvero ricevuto dall'alto l'ordine di abbandonare l'indagine. Così la ragazza ha richiamato la famiglia Shechter per sentire la loro risposta anche su questo, e loro hanno dato di matto e le hanno detto che avrebbero chiamato l'editore e prima di sera si sarebbe ritrovata senza lavoro».

«E la sera aveva ancora un lavoro?»

«Aspetta. Io non ho fatto una piega. Le ho detto: "La responsabilità è mia. Tu hai solo fatto quello che ti avevo chiesto". Ho preparato l'articolo dandogli un taglio da gossip, senza menzionare la polizia e la reazione degli Shechter e tutto il resto, e in effetti non passa un'ora che ricevo una telefonata dal caporedattore che mi dice di presentarmi da lui. Ci vado, e quello ce la mette tutta per farmi pressione: "Fallo sparire, Markowitz, non hai idea con chi ti sei impelagata". Robe così. Io non ho fatto una piega, tanto stavo solo aspettando che mi facessero il favore di licenziarmi per prendermi la liquidazione e levare le tende da quel posto. Perciò gli ho detto che era solo un trafiletto di gossip, che si desse una calmata e che per me poteva anche chiamare l'editore. Fine della storia, è stato pubblicato così ed è andato tutto bene. Un articolo pazzesco».

«Pazzesca tutta la storia» commentò Mazi.

«Da raccontare ai nipotini!»

«Per caso ricorda chi era il contatto della responsabile della cronaca nera alla polizia?»

«Ma figuriamoci».

«Potrebbe esserci un modo per scoprirlo? Mi può mettere in contatto con la responsabile della cronaca nera?»

«Ma volentieri. Aspetta un secondo». Cercò nel telefono. «Scrivi: Zehava Kuntz. Ecco il numero». Girò lo schermo verso Mazi. Mazi copiò veloce e si alzò.

«Grazie mille» disse, «è stata di grande aiuto».

«L'ho fatto con tutto il cuore. È un piacere ricordare quanto sono fortunata ad aver lasciato il giornalismo».

Zehava Kuntz abitava in un loft industriale in un'area di officine. Mazi si chiese innanzi tutto se fosse agibile come abitazione. Da agente di polizia avrebbe controllato subito, la prima carta da giocare in caso la giornalista avesse rifiutato di collaborare. Ma adesso non era nella polizia, ormai usava strumenti nuovi: seduzione, adulazione, travestimenti, bugie, false minacce. Alla fine mi chiameranno nello Shin Bet, pensò.

Il loft era piccolo. Una versione più autentica, o forse semplicemente più povera, della casa di Yaffa Shechter, a partire dai tappeti, pouf e cuscini fino ad arrivare al narghilè e alle decine di fotografie della padrona di casa al tempo in cui era giovane e affascinante.

Kuntz non era più affascinante. Poco oltre la cinquantina, sembrava fosse andata a dormire all'alba senza togliersi il trucco. E non lavorava più come giornalista di cronaca nera. «La paga era pessima, gli orari allucinanti, e poi ti trovi esposta agli aspetti meno belli della vita. Io sono una donna molto sensibile, assorbivo tutto, e ho cominciato a risentire degli effetti negativi sulla mia salute». Da qualche anno dava lezioni di disegno ai bambini nelle scuole materne del comune ed era soddisfatta. «Sono anche attrice, recito in spettacoli teatrali, per bambini e anche per adulti, canto, suono. Sono una persona molto creativa».

Mazi e Kuntz si sedettero su due sgabelli da bar vicino a una finestra sotto la quale c'era una piccola mensola su cui erano poggiati posacenere, sigarette e accendino. Zehava Kuntz si accese una sigaretta e anche Mazi ne accettò una.

«Per cosa mi diceva di avermi contattato?» chiese Kuntz dopo qualche tiro.

«Quando era una giornalista di cronaca nera, circa cinque anni fa, c'è stato un evento davvero insignificante. La responsabile del gossip le ha chiesto di controllare se era vero che la famiglia Shechter aveva fatto pressioni sulla polizia perché smettesse di occuparsi di una certa storia: la figlia, Jasmin Shechter, era scomparsa, e quando l'hanno ritrovata faceva la cameriera all'Eliseo, a Parigi. Ho sentito dire che lei ha chiesto al suo contatto in polizia, e lui ha confermato di aver ricevuto dall'alto ordine di chiudere il caso».

«Lei».

«Cosa?»

«*Lei* ha confermato, il mio contatto in polizia era una donna».

«Bene». Mazi sorrise. «Allora se ne ricorda».

«No, non ricordo. Ma avevo un solo contatto in polizia in quel periodo. Tiki. Tikva. Cos'altro vuole sapere?»

«Ricorda anche il cognome?»

«Certo. Tikva Ohayon».

«Grazie infinite» concluse Mazi prima di spegnere la sigaretta nel posacenere e alzarsi.

«Tutto qui?» chiese Kuntz.

«Per me è moltissimo» spiegò Mazi.

«Bene» disse Zehava. «Allora... ah, se ha figli...»

«Non ne ho» concluse Mazi. «Grazie ancora».

Mazi era seduta sulla moto a poche vie dall'appartamento di Zehava Kuntz. Alex le aveva recuperato il numero di Tikva Ohayon nel giro di pochi minuti, ma non l'aveva ancora chiamata. Stava riflettendo. Ohayon era ancora agente di polizia. Il fatto che Mazi fosse una ex poliziotta non facilitava le cose. A nessuno piace invischiarsi con una che se n'è andata in circostanze equivoche. In più, la storia di cui Mazi le voleva parlare puzzava, ed è dura uscire puliti da una storia che puzza: l'odore ti si appiccica addosso. Tastò la chiavetta Usb attaccata al portachiavi e si disse che aveva sempre quella. Se avesse dovuto convincere Ohayon a fidarsi, si disse, avrebbe potuto usarla. Telefonò.

Tikva Ohayon le aprì la porta del suo appartamento. Tutti gli altri erano stati acquistati da nuovi proprietari e ristrutturati, avevano la cucina open space e finestre con le inglesine. La casa di Tikva Ohayon era una capsula del tempo. Pavimento di piastrelle dipinte, corridoio a L, camere ampie con i soffitti alti, e porte interne di vetro satinato e legno bianco con la vernice ingiallita.

Mazi seguì Tikva nella seconda camera a sinistra. Davanti alla televisione accesa ma senza audio, seduto in una poltrona reclinabile e coperto da un plaid in piquet nonostante il caldo, c'era un uomo in pigiama. Lavato e pettinato, fissava la televisione silenziosa, con un ventilatore a piantana puntato addosso.

«Hayim» disse Tikva ad alta voce, «Hayim, ti presento Mazal. Era investigatrice di polizia. È venuta a parlare con me».

Hayim non diede segno di aver sentito.

«Hayim, vado con lei in cucina. Chiamami se hai bisogno di qualcosa».

Hayim non rispose e Mazi si chiese se avrebbe mai potuto chiamare. Girarono a destra nel corridoio e camminarono fino alla cucina lunga e stretta.

«Siediti, tesoro. Vuoi un tè con i biscotti?»

«Sì, grazie».

Mazi si sedette nel balconcino della cucina, su una sedia di formica vicino a un tavolo abbinato. Le finestre erano aperte, affacciavano su un cortile che non si poteva definire trascurato ma nemmeno curato. Un'area che avrebbe potuto diventare senza difficoltà un giardino a uso degli inquilini e invece non era niente. Tikva Ohayon servì a entrambe un tè in tazze di vetro e posò sul tavolo due piatti, uno di spumini e l'altro di biscottini al burro.

«Hai mangiato carne?» chiese.

«No».

«Ottimo, perché nei biscotti c'è il burro*».

«Non sei di turno oggi?» chiese Mazi.

«Ho fatto la notte» rispose Ohayon. «È il mio turno preferito. Così di giorno posso stare con lui, e poi mi piace essere in casa all'ora di pranzo quando tornano i ragazzi. Sono grandi ormai, ma preferiscono sempre il pranzo della mamma».

* Gli ebrei osservanti possono mangiare carne e latticini solo separatamente, ad alcune ore di distanza (*N.d.T.*).

«Quanto grandi?»

«Diciassette, sedici e quattordici. Ne avrei fatti altri, ma Hayim ha avuto l'incidente. Forza, spiegami cosa volevi. Se posso ti aiuto volentieri».

«Preferisci Tikva o Tiki?»

«Quel che preferisci tu».

«Allora Ohayon».

«Sei ancora una poliziotta, credimi». Ohayon scoppiò a ridere. «Avanti, parla».

«Circa cinque anni fa hai ricevuto la chiamata da una giornalista di cronaca nera, Zehava Kuntz, che ti chiedeva di Jasmin Shechter».

«E allora?»

«Il giornale voleva pubblicare una storia sul fatto che era scomparsa da due settimane e l'avevano trovata all'improvviso a Parigi. Gli Shechter hanno minacciato il giornale, non volevano che la notizia trapelasse. Hanno detto che anche la polizia aveva abbandonato le ricerche. Tu hai detto a Zehava Kuntz che era vero, avevi realmente ricevuto ordini di archiviare il caso».

«Dunque? Vuoi sapere se era vero?»

«Vorrei sapere come mai il caso è stato aperto. Se la famiglia non voleva che ci fosse di mezzo la polizia, chi aveva denunciato la scomparsa?»

Tikva Ohayon smise di riordinare i piatti e si sedette di fronte a Mazi. «Te lo dico solo perché eri in polizia. Ma tu devi giurarmi che lo tieni per te».

«Te lo giuro sulla Bibbia».

«L'unica ragione per cui me ne ricordo è che non mi è mai successo che mi dicessero di abbandonare una ricerca. In vent'anni nella polizia è stata la prima e unica volta. La famiglia non aveva denunciato la scomparsa». Prese un biscottino al burro, ne staccò un pezzetto e lo mangiò con il tè. «Era stata una sua amica a chiamare per segnalare che era sparita».

«Com'è possibile avviare un'indagine su un caso di scomparsa in base alla segnalazione di un'amica?»

«Non la si avvia. E infatti io non ci pensavo proprio,

ma Micky, che era di turno insieme a me, poveraccio, si porta dietro un trauma che gli peserà addosso fino alla pensione. Nella sua prima settimana al commissariato – ti parlo di vent'anni fa – i vicini di casa di un tizio avevano segnalato che temevano fosse scomparso. Non aveva famiglia, perciò era stato spedito lì Micky insieme a un collega. Erano entrati, lo avevano cercato, non avevano trovato niente, né segni di abbandono, né l'uomo. Dopo una settimana dall'appartamento aveva cominciato ad arrivare puzza. Erano entrati di nuovo e avevano rinvenuto il tizio, morto, nel gabinetto. Aveva avuto un arresto cardiaco, era caduto contro la porta, con la testa in avanti, e la bloccava. E Micky non aveva aperto quella porta. Per dieci anni l'hanno sfottuto con questa storia, dicevano che non era capace di trovare una persona scomparsa nemmeno se era morta nella stanza a fianco». Scoppiò in una sonora risata e Mazi le fece eco. Era una storia buffa, a suo modo.

«Insomma, da quel momento quando si tratta di persone scomparse non si assume rischi. In più ha cercato su Google chi era Jasmin Shechter, quindi ne voleva correre ancora meno. Mi ha detto: "Una così non sparisce per caso. Potrebbe essere un rapimento con richiesta di riscatto e diranno che non abbiamo fatto niente". Allora abbiamo pensato: l'indagine non è ancora aperta, fiutiamo qua e là e vediamo cosa esce. Al commissariato era una giornata fiacca».

«E cosa avete trovato?»

«Sta' a sentire. Il suo telefono non era raggiungibile, e lei non era a casa dei genitori, perciò siamo andati al suo appartamento. Tutto sempre senza aprire ufficialmente l'indagine, sia ben chiaro. Abitava dalle parti di piazza Rabin, sopra un caffè. Il proprietario ci dice che non la vede da una settimana. Jasmin prendeva il caffè da lui tutte le mattine, erano in ottimi rapporti, eppure non l'ha avvisato che partiva. C'era un tizio lì che ci ha sentiti. Uno che se ne stava seduto tutti i giorni, tutto il giorno, allo stesso tavolo, fino all'orario di chiusura. Sembrava non proprio a posto, un alcolista incallito. E ci racconta questo: una settimana prima ha visto un uomo entrare nel palazzo e ha avuto l'immediata sensazione che fosse un tipo sospetto. Perciò l'ha seguito e gli ha chiesto dov'era diretto, ma quello non gli ha risposto. Solo dopo che gli ha urlato dietro, il tipo si è girato nella sua direzione. Racconta che era identico, proprio due gocce d'acqua, a... accidenti, me lo sono dimenticato di nuovo, ah sì, ecco, ha detto che somigliava proprio, come due gocce d'acqua, all'*Ispettore Callaghan.* Gli chiedo: "Ispettore che?" E Micky mi risponde: "*Ispettore Callaghan,* Tiki, è un film". Dopo me lo sono guardato, parla di un poliziotto, insomma, non importa. Quel che conta è che ha detto che assomigliava all'attore, solo più basso, e anche che era tutto sudato e sembrava fuori di sé. E che è entrato nell'appartamento di Jasmin Shechter, aveva la chiave. Dopodiché quel tizio, l'alcolista che sembrava un po' svitato, è tornato giù dabbasso ad aspettare di vedere quando usciva Callaghan. Ha detto che il caffè ha chiuso e quello non era ancora uscito. Quindi mezzanotte, su per giù.

«Aspetta, aspetta, aspetta... Alla fine si addormenta sulla panchina e si risveglia sentendo il portone d'ingresso del palazzo che sbatte, vede Jasmin uscire come una furia, ci racconta, con un borsone in mano, fermare un taxi per strada. Jasmin non si accorge di lui, sta piangendo. Vai a sapere. Dice che erano le due del mattino. Jasmin sale sul taxi e sparisce. Lui adesso è sveglissimo, rimane ad aspettare Callaghan. Aspetta aspetta, alle cinque del mattino la porta si apre di nuovo ed esce Callaghan ancora più agitato, tiene in mano un foglio e grida: "Jasmin, Jasmin". Parte di corsa gridando: "Jasmin" e sparisce».

«Cosa avete fatto?»

«Abbiamo ritelefonato all'amica che aveva fatto la segnalazione, l'abbiamo convocata al commissariato. Anche lei un tipo strano».

«In che senso, strano?»

«Una fricchettona. Ma ci è sembrata credibile. Ha raccontato che Jasmin doveva passare a prenderla per andare a... accidenti». Chiuse gli occhi e posò il dito nella fossetta sotto il naso. «Sì, al Mitzpe Hayamim, un albergo di lusso in Galilea. Invece non era arrivata, non aveva chiamato e non rispondeva, e nemmeno il fratello di Jasmin, che la conosceva bene, le rispondeva. Abbiamo verificato con l'albergo, e in effetti c'era una prenotazione a loro nome e non si erano presentati. Le abbiamo chiesto il telefono del fratello e ce l'ha dato. Siamo andati da lui, ci ha ricevuti al poligono di tiro. Camminiamo verso di lui e quando siamo vicini Micky mi fa: "Ma ti prego, è davvero lui, è Callaghan".

«Gli chiediamo: "Dov'è sua sorella?" e lui risponde: "Non lo so". Gli chiediamo: "Quando l'ha vista l'ultima volta?" Dice: "Venerdì a cena, a casa dei nostri genitori". Gli chiediamo: "E sabato sera?" E lui: "No, non l'ho più vista". Gli diciamo: "L'hanno vista entrare nel suo appartamento verso le ventidue e uscire alle cinque del mattino" e lui ribatte: "Provatelo. Arrivederci".

«Non facciamo in tempo a rientrare al commissariato che ci chiamano dall'ufficio del comandante del distretto di Tel Aviv e dicono che hanno ricevuto una chiamata dal comando regionale, che è stato chiamato dal comando nazionale. "Abbiamo saputo che state ficcanasando in giro senza aver aperto un'indagine, senza denuncia da parte della famiglia. Lasciate perdere, altrimenti..."»

«E quindi?»

«Quindi abbiamo lasciato perdere. Nella mia situazione non potevo rischiare il posto, con Hayim e tre figli, e Micky stava per ottenere una promozione. Abbiamo lasciato perdere. Poi è uscita la notizia sul giornale e non ci siamo più preoccupati».

«Secondo te, cos'era successo?»

Tikva si alzò e prese una sigaretta, un accendino e un piccolo posacenere di vetro.

«Ti dà fastidio?»

«Prego, prego».

Tikva si infilò nello stretto spazio tra il tavolo di formica e la finestra aperta. Si accese la sigaretta e soffiò fuori il fumo.

«Allora, cosa ne pensi?» insisté Mazi.

«Hai un fratello?» rispose Tikva.

«Sì».

«Anch'io. E non si presenta a casa mia in piena notte».

31.

Alex informò Mazi che non erano state rinvenute microspie nel loft, ma lei non era ancora tranquilla. Permise a Tilly di tornare a casa, ma non volle che Benji rientrasse al loft e gli propose di fare a cambio per una settimana; lui avrebbe abitato da lei e lei avrebbe abitato nel loft. A Benji l'idea non piaceva e, francamente, nemmeno a Mazi. Ma riteneva che fosse più sicuro così. Passò dal loft per recuperare altri vestiti e il telefono di Jasmin. Benji controllò e riferì che non c'era nessun Fulmine tra i contatti di Jasmin.

Tikva Ohayon fornì a Mazi la data in cui Ari Shechter era stato presumibilmente visto uscire dall'appartamento di Jasmin. Ron Lipman le fornì la data in cui era stato ricoverato in ospedale dopo il pestaggio. Coincidevano. Adesso aveva una teoria su quello che era successo e sperava che Vera Portnoy, la tata di Ari e Jasmin, le avrebbe fornito i tasselli mancanti.

Vera Portnoy abitava in un piccolo appartamento con giardino a Kiryat Rishon.

La donna le aprì la porta, alta e impettita, capelli corti, completamente truccata. Era una di quelle persone per cui i vestiti sono un'armatura: jeans attillati, reggiseno imbottito.

«È arrivata in fretta» disse a Mazi, e si voltò per uscire dal soggiorno in giardino.

«Sono arrivata in moto» disse Mazi e la seguì.

«La cocciniglia mi sta distruggendo la vite» proseguì

Vera Portnoy. Indossò i guanti da giardino e inforcò gli occhiali da lettura. «È tutta infestata».

Mazi non aprì bocca. Aspettò in silenzio per otto minuti, durante i quali Vera Portnoy continuò il trattamento alla vite.

«Basta. Non ce la faccio più ad andare avanti, oggi. Entriamo» la invitò Vera Portnoy. Si tolse il grembiule e i guanti e li posò in un angolo del fazzoletto di giardino.

«Le va di bere e mangiare qualcosa? Ho della limonata e uno strudel. Ho provato una nuova ricetta. Non è affatto male». Non aspettò risposta, andò in cucina e tornò con un vassoio e sopra una brocca di limonata, due bicchieri e un piatto con una grossa fetta di strudel e un cucchiaio di panna montata. «Perché è rimasta in piedi? Sedersi non costa».

Mazi si sedette in punta di divano, di fronte al rinfresco che Vera Portnoy aveva sistemato sul tavolino scuro. Vera Portnoy si accomodò sulla poltrona davanti a lei con una grande ciotola di acciaio in grembo. Stese sul tavolo uno strofinaccio a righe e iniziò a estrarre dalla ciotola dei piccoli ortaggi verdi. Era okra, a cui tagliava il picciolo con un coltello per poi deporla sullo strofinaccio.

«È stagione. Sa che la si può comprare adesso e congelare? È ricca di zinco».

«Non lo sapevo» disse Mazi. «Le vorrei spiegare perché sono venuta».

«Be', certo».

«Presumo che abbia saputo di Ari Shechter».

«Certo che ho saputo, sono stata al funerale».

«Pensavo che non fosse consentito a nessuno di partecipare».

«Non so se e a chi fosse consentito. So solo che io l'ho cresciuto».

«Hanno telefonato per avvisarla?»

«Perché avrebbero dovuto telefonare? L'ho letto sul giornale e mi sono presentata».

«Chi altro c'era al funerale?»

«La famiglia».

«Jasmin c'era?»

«C'era il marito di Jasmin e c'era Shaul, c'erano i suoi figli, c'era persino Ester».

«Sa perché Jasmin non c'era?»

«Come faccio a saperlo?»

Mazi prese un boccone di strudel. Era pieno di noci. Bevve la limonata e si disse che con quella donna era inutile tergiversare.

«Signora Portnoy, Jasmin è scomparsa da ormai dieci giorni. Il signor Shechter e Shaul ed Ester non si vogliono rivolgere alla polizia. Dudi, il marito, mi ha assunta per trovarla. Ero un'investigatrice di polizia, adesso sono un'investigatrice privata».

«È una pessima notizia» disse Vera Portnoy, «ma non saprei proprio come aiutarla».

«Quanti anni aveva Jasmin quando lei ha smesso di essere la loro tata?»

«Dodici, aveva appena fatto il *bat mitzvah*».

«Direbbe che c'era qualcosa fuori dalla norma nella loro casa?»

«Non so cosa intenda per "fuori dalla norma". Era una casa normale, ma non c'era una madre, solo un padre che lavorava molto e una tata. Anche mia madre è morta quand'ero piccola, e anche mio padre lavorava molto».

«Pensa che il signor Shechter abusasse sessualmente di Jasmin?»

Vera Portnoy smise per un attimo di mondare l'okra.

«Non mi è mai passato per la testa» rispose e riprese il suo da fare, poi si interruppe di nuovo. «Ho visto un documentario sul Canale otto. Il fenomeno delle molestie sessuali è diffuso in egual misura in tutte le classi sociali».

«È vero» disse Mazi, alzandosi in piedi. «Grazie mille per aver accettato di incontrarmi».

«Non è assolutamente un problema. Ma temo di non esserle stata di alcun aiuto».

In effetti Vera Portnoy non era stata di alcun aiuto, a meno di non considerare la questione dello zinco nell'okra. Davvero non aveva visto nulla? Aveva visto e non voleva sapere? Ai tempi in cui c'era lei non succedeva? O forse la sua lealtà era più forte di tutto? Era arrivato il momento di esporre a Dudi la sua teoria e vedere come avrebbe reagito lui.

Ma prima aveva bisogno di una dose. Se lo sentiva nel corpo, come si sente la sete in bocca o la fame nello stomaco. Una volta, quando viveva a Rishon con Tilly, Benji e Mark, nella scuola guida della città c'era una stanzetta speciale. Una stanza dove gli insegnanti portavano le allieve e talvolta anche gli allievi. Mazi non ci era mai entrata. Già allora preferiva essere lei a prendere l'iniziativa. Adesso decise di controllare se la stanza esisteva ancora.

Lui non c'era. I tempi erano cambiati. Un pochino. Ma nella scuola c'era un insegnante di mezza età, villoso, con la pancia, che fu felice di portarla a fare un giro nel Bosco dei paracadutisti. Andarono con la sua automobile con il doppio freno. Prima della svolta a sinistra, nel bosco c'era un'ambulanza ferma a soccorrere un giovane motociclista. Lo superarono senza fermarsi, parcheggiarono e si inoltrarono tra gli eucalipti e le canne in riva al torrente, anche se al buio e con la guerra non c'era nessuno da cui nascondersi.

«Non hai paura che sul più bello cadano i missili?»

«Perché? Il tuo missile cade spesso?»

«Ma come parli? Sei peggio di uno scaricatore di porto!»

Lui stese una coperta di piquet e lo fecero due volte, per la gloria dello Stato d'Israele e dell'armata paracadutisti, mentre la sirena suonava e i missili cadevano nei campi aperti, e Mazi sentì il corpo che si rilassava e il cervello che le si schiariva. Poi il tipo la riaccompagnò alla scuola guida, dove Mazi aveva parcheggiato la moto, e le diede un biglietto da visita magnetico con il suo nome: «In caso ti venisse voglia di un po' di magnetismo». Mazi decise di tenerlo. Aveva una bella erezione e una coperta che profumava di ammorbidente. Ora poteva affrontare Dudi. Gli mandò un messaggio avvisando che era per strada e lesse quello arrivato da Tilly: *La segretaria del signor Shechter informa che lui non incontra persone sconosciute.*

Mentre arrivava nelle vicinanze, un fulmine rischiarò il cielo, seguito dal brontolio di un tuono. Il cancello della casa di Dudi e Jasmin era aperto. Il prato era al buio, ma il sentiero era illuminato e la piscina sfavillava dall'interno. Luci di lusso, pensò Mazi. Entrò in casa e si diresse al salotto buio. Cercò Dudi con lo sguardo e lo adocchiò che nuotava in piscina. Le tornò in mente quando da bambini nuotavano di notte alla spiaggia di Nitzanim. Uscì e si fermò al bordo della vasca.

«Morris» fece Dudi uscendo dall'acqua in costume da bagno attillato, poi prese un asciugamano dalla sedia e si strofinò i capelli. «Dimmi».

Il tuono rimbombò sopra la loro testa, un rumore forte come un'esplosione.

«Sapevi di Jasmin e Ari?»

«Jasmin e Ari cosa?»

«Sai benissimo cosa intendo».

«No, non so cosa intendi». Aveva l'aria stanca, insofferente. Al rombo del tuono successivo la afferrò per un braccio e la spostò. La potenza del tuono che seguì fu sbalorditiva e subito dopo venne giù il diluvio.

«Tua figlia» Mazi alzò la voce per sovrastare la pioggia, «è identica ad Ari».

«Mia figlia è identica a sua madre» le gridò Dudi di rimando.

«Dudi, quel che è sicuro è che non è affatto identica a te».

«Cosa vuoi? Sei venuta per farmi incazzare? Ti sei mai guardata allo specchio? Se ben ricordo, tua madre era chiarissima con gli occhi azzurri».

«Dudi». Adesso era Mazi a gridare. «Lily è figlia tua?»

Dudi buttò a terra l'asciugamano fradicio e le si parò dinnanzi in costume da bagno, mentre l'acqua gli scorreva addosso. «Cosa mi vuoi dire, eh, Mazi? Che è di Ari? È questo che stai dicendo?»

La pioggia scrosciante si andava attenuando.

«Non sto parlando di incesto. Intendo dire che l'ha violentata».

Dudi avanzò di un passo verso di lei.
«No».
«No, "so che non è successo"? Oppure no, "non ci voglio pensare"?»
«No, questa è una conversazione che non faremo».
«Sei sicuro che la vuoi ritrovare?»
«A cosa serve? Dimmelo» le gridò, vicinissimo. «A cosa serve? Ari è morto».
«Può essere che Ari abbia scoperto il vostro piano?»
«No».
«Era responsabile della sicurezza della famiglia, non gli sarebbe stato difficile piazzarvi una microspia».
«Non avrebbe osato farlo. Sai perché? Perché Jasmin non gliel'avrebbe mai perdonato».
«A quanto pare, gli ha perdonato il fatto di averla violentata e messa incinta».
«Non è successo, Mazi». Dudi stava per perdere il controllo. «Se è in questa direzione che stai indagando, non la troveremo mai. Deve farti piacere scoprire che la bambina perfetta ha avuto una vita di merda, ma non ci aiuta, cazzo».
«Non sono stata io a telefonarti per questa indagine. Perciò adesso dammi le risposte che ti chiedo. Hai fatto il test di paternità?»
«Perché avrei dovuto?»
«L'hai fatto?»
«No».
«Allora fallo».
«Perché?»
«Ho delle prove. Indiziarie, ma solide. Ari ha violentato Jasmin la sera prima della sua partenza per Parigi. Per questo se n'è andata. Sappi che le date coincidono perfettamente con la nascita di Lily».
La pioggia era più leggera. Dudi le era quasi addosso e parlò a bassa voce. «Quindi mi stai dicendo che mia moglie non mi amava, mi ha solo sfruttato per nascondere il fatto che suo fratello, che la stimava e adorava, in realtà era uno stupratore psicopatico e nonostante questo lei si

sentiva perfettamente tranquilla a lasciare nostra figlia in sua compagnia, anzi, no, scusa, *sua* figlia, perché Lily è figlia dello stupratore».

«No, non è quello che dico». Mazi non arretrò. «Quello che dico è che hanno avuto un'infanzia disgraziata. Dico che il signor Shechter ha abusato sessualmente di Jasmin. Fin dalla più tenera età. E Ari ha sempre voluto proteggerla. Ma ha fallito. Per questo motivo aveva un atteggiamento complesso e malsano nei suoi confronti. E dico che l'ha violentata. Una sola volta. E per questo voleva espiare. Sei stato tu a dirmi che secondo te voleva annientare suo padre. Che era lui la fonte di Amir Guetta. Eccoti la ragione. Voleva regolare i conti con lui per quello che aveva fatto a sua sorella e pagare per quello che le aveva fatto lui. A Lily voleva bene davvero. O perché era sua, o perché gli ricordava la sorella da bambina, prima che suo padre la devastasse. E per quanto riguarda la relazione fra te e Jasmin... solo tu sai se ti amava. Ma anche se ti amava tantissimo, questo non basta a provare che Lily è figlia tua. Se è di Ari, potrebbe essere la ragione per cui gli permetteva di passare tanto tempo con lei. E se suo padre la abusava e suo fratello l'ha violentata, direi che può spiegare perché voleva scappare da quella famiglia, soprattutto adesso che aspettava un'altra figlia».

Dudi la guardò negli occhi. La pioggia era ripartita più intensa, era impossibile sapere se stava piangendo. Rimasero uno di fronte all'altra, poi Dudi iniziò a tremare. Un tremito che gli squassava il corpo. Mazi gli strinse forte le spalle, finché il tremore s'indebolì e s'indebolì la pioggia e s'indebolì Dudi. Mazi tolse le mani dalle sue spalle e uscì.

Montò in sella e partì. Guidava piano, cauta. L'olio che era stato assorbito dall'asfalto per tutta l'estate adesso veniva in superficie con l'acqua e riempiva il pronto soccorso di motociclisti, come ogni anno alla prima pioggia. Quando scattò il verde svoltò a sinistra. La Mercedes Maybach nera emerse dal nulla e, silenziosa e rapida, andò dritta a speronarla. Mazi sentì che perdeva il controllo, il manubrio si fece molle e inutile tra le sue mani. Non respirava, un terrore puro le stirò la pelle del viso. Il tempo si mosse al rallentatore mentre la moto oscillava come un ubriaco da una parte e poi dall'altra. Pensò a sé stessa che pensava, in quella strana dilatazione temporale in cui le cose accadono da sole in un vortice esausto e calmo. Non resterà nessuno a trovare mio padre, si disse. La moto sbandò e si inclinò e slittò ancora avanti, poi tutto si arrestò di botto. Silenzio. Mazi era sdraiata su un fianco, con addosso la moto. Sapeva di aver sentito sbattere il casco. Cercò di capire se era viva. Qualcosa si fermò accanto a lei. La Mercedes Maybach. Mazi aprì gli occhi. La portiera posteriore si aprì. Mazi faticava ad alzare la testa. La moto le pesava addosso. L'enorme sagoma del signor Shechter incombeva su di lei. Abbassò un piede sul braccio destro di Mazi e lo schiacciò come un mozzicone di sigaretta.

«Ecco, adesso ci siamo incontrati» disse.

32.

Mazi perse conoscenza sull'ambulanza. Le pareva di sentire qualcuno ridere. *Cosa le avete dato? Perché sta ridendo?* Si risvegliò al pronto soccorso. Molte persone la toccavano e parlavano al di sopra della sua testa. *Controllate i parametri. Lesioni alla testa già escluse?* La portarono a fare radiografie. Arti, bacino, costole. *Non c'è contusione polmonare. Bene, è fatta di titanio, questa.* Mazi voleva camminare. *Tu non vai da nessuna parte. Ride di nuovo, ma cos'ha? Ossicodone 4 cc.* Fasciatura. *Farà male.* Non fece male. *Tramadolo.* Cominciò a sentirsi intontita. Quando si svegliò di nuovo era bendata, a letto. *Non si può alzare. Al mattino la vedrà un medico.*

Si addormentò. Quando aprì gli occhi, un'infermiera stava cambiando il sacchetto della flebo.

«Si pentirà di non avermi finita».

«Cosa?»

Si riaddormentò.

Al risveglio non era quasi più intontita. Quando provò a sollevarsi scoprì il gesso al braccio destro e avvertì dolori lancinanti alle costole. L'impulso a ridere era forte quasi quanto il dolore. Si mise dritta aiutandosi con la mano destra e rise. Rise a voce talmente alta che l'infermiera entrò a controllare cos'era successo.

«Tutto bene qui?»

Mazi si contenne. «Tutto benissimo. Questo cos'è?» Alzò il braccio ingessato.

«A lei cosa sembra?»

«Mi sembra un bel guaio. Quando me lo togliete?»

«Il medico risponderà a tutte le sue domande». L'infermiera uscì.

Mazi chiuse gli occhi e si concentrò. Pensò a Eduardo Shechter. Talmente grande, talmente potente da non riuscire a immaginare che qualcosa lo potesse toccare. Ma lei l'avrebbe toccato. L'avrebbe toccato e gli avrebbe fatto molto male.

Si alzò dal letto e, dopo diverse discussioni con le infermiere e il medico e una visita di Tilly, con l'espressione tesa e il naso rosso, che le portava vestiti, cibo e un telefono, alla quale Mazi impartì l'ordine tassativo di tenere un profilo basso, ottenne la lettera di dimissioni. Uscita dall'ospedale si sedette su una panchina a maledire l'umidità, poi tirò fuori il telefono e inviò tre messaggi. Nel primo, per Amir Guetta, scrisse: *Sono io. Non fare niente per quello di cui abbiamo parlato all'Hilton. Me ne occupo io.* Nel secondo, per Alex, scrisse: *Sono Barbie. Quando ci possiamo incontrare? Urgente*, e nel terzo: *Sono Femmina. Incontriamoci per una forma sul tetto tra mezz'ora.* Si alzò a fatica e cominciò a camminare lenta verso il tetto del centro commerciale in piazza Rabin. Si sforzò di non ridere in mezzo alla strada. Aveva un'aria già abbastanza sospetta, con la faccia gonfia e il braccio ingessato.

Durante gli anni in cui aveva vissuto a Tel Aviv, Mazi aveva conosciuto molti gruppi. Bellocci con cui faceva sesso e bellocce con cui si baciava, con il padre attore, la madre sceneggiatrice, un fratello cantante e una sorella dj, attratti da lei e da tutto quello che credevano rappresentasse. Non era mai diventata una di loro: gente che adorava le stesse scarpe, odiava le stesse band, lavorava insieme, beveva insieme, tutti che andavano a letto con tutti.

Mazi però aveva il gruppo del kung fu.

Per sette anni, due sere alla settimana, sul tetto del centro commerciale, erano stati solo lei e i ragazzi: Tamir il maestro e altri sette uomini. Loro avevano avuto bisogno di tempo per abituarsi a lei, mentre per Mazi dopo anni di polizia era normale essere l'unica donna in una stanza, come erano normali i soprannomi che si erano appioppati a vicenda: Burro, Arabo, Originale, Cervello, Grassone, Cazzo e Frocio.

Per i primi sei mesi durante gli allenamenti non aveva spiccicato parola. Era impegnata a prendere botte e restituirle. «Quello che tempra davvero è imparare a buscarle senza offendersi» le aveva detto un regista che Mazi aveva abbordato al Lucifer una notte, e che purtroppo aveva preferito parlare invece di scopare. Aveva ragione. Dopo un bel po' di botte Mazi aveva smesso di prenderla sul personale. Era diventata una cosa che succedeva perché lei non reagiva abbastanza in fretta o non era abbastanza concentrata.

A un certo punto gli uomini si erano abituati alla sua presenza, e lei aveva scoperto che Burro era proprietario di una catena di negozi di alimentari. Arabo era ebreo, un poliziotto, come lei all'epoca. Originale era un astro nascente nella magistratura e l'unico arabo del gruppo. Non che gli altri lo sapessero prima di sentire lui e Mazi parlare arabo, e Grassone aveva commentato: «Ehi, Razi, dove hai imparato l'arabo, al militare?» Razi e Mazi avevano continuato a ridere per tutto l'allenamento.

Cervello era un biondo fragile, neurochirurgo all'ospedale Ichilov. Se non l'avessero dimessa quella mattina, Mazi avrebbe contattato lui. Grassone, che sembrava il presidente del sindacato dei camionisti, era un pezzo grosso in televisione temuto da tutti. Cazzo era un tipo con le ciglia lunghe, paurosamente bello, un ex delinquente diventato legittimamente milionario. Mazi era Femmina, soprannome con il quale avevano dimostrato un notevole garbo. Dopotutto, era stata chiamata in modi ben peggiori. E Frocio era il caporedattore di un sito web di successo.

Mazi sapeva di poter contare su Frocio. Non solo perché era un giornalista onesto, ma anche perché quando due persone si picchiano per sette anni, anche a occhi chiusi, sviluppano un particolare genere di lealtà. Entrò nel centro commerciale e salì sul tetto con l'ascensore. Quando arrivò lui era già lì, stava praticando la quinta forma con movimenti fluidi e parlava nell'auricolare. «Tesoro, non puoi pubblicare foto di minorenni senza il consenso scritto dei genitori, dove hai studiato giornalismo? Su Youporn? Vatti a leggere la voce "etica giornalistica" su Wikipedia». Una volta terminata la conversazione notò il nuovo look di Mazi: occhio nero e gesso dalla spalla fino alle dita della mano. Mazi gli sorrise e sollevò la maglietta per mostrare le altre fasciature.

«A cosa è servito insegnarti il kung fu?» le chiese.

«Dovresti vedere l'altro. Forza, spegni il telefono».

«Addirittura?»

Mazi annuì. Appoggiò i cellulari su un cespuglio lontano e si sedette di fianco a lui sui gradini di pietra.

«Allora, cosa ti è successo?»

«Sono scivolata con la moto».

«Mi stai prendendo in giro?»

«Lascia perdere un attimo. Ho per te del materiale che può essere una bomba. Se hai un reporter a cui vuoi far fare un salto di carriera, è quello che gli serve. Ma sappi che rischiate di bruciarvi».

«Materiale di che tipo?»

«Si comincia con l'incidente di Ari Shechter».

«Cos'altro?»

«Devo sapere se ci stai».

«Cosa intendi per "rischiate di bruciarvi"?»

«Pressioni dall'alto, minacce del genere licenziamenti, del genere che può andarci di mezzo la salute».

«Del genere scivolate con la moto?»

«Anche».

Frocio accavallò le gambe, accese una sigaretta a Mazi e una per sé e rifletté. Mazi fumò e aspettò, paziente.

«Ci sto» disse una volta finita la sigaretta. «Ma dammi qualche altro dettaglio».

«Per quanto riguarda i materiali, sono cose da reportage in prima serata. Corruzione, criminalità, connivenza politica-malavita. Ma anche cose più folli».

«Va bene... E per quanto riguarda il resto?»

«Per quanto riguarda il resto, dovrai accettare tutte le mie condizioni. O così o niente. Ci stai?»

«Ho la donna adatta».

«Sicuro?»

«Sicuro. Andiamo da lei adesso».

«Ah, cavolo. Non so, Danuch... non so se è il caso che io mi esponga. Per me è pericoloso».

«Non funzionerà in nessun altro modo, Morris. Lo deve sentire direttamente da te. Non ti brucerà».

«Ci si può fidare di lei?»

«Al mille per cento».

«Va bene».

Scesero nel parcheggio, alla sua Mini Cooper rossa. «Cacchio, Danuch, i ragazzi conoscono la tua auto?»

«Come credi che mi sia guadagnato il soprannome?»

L'abitacolo profumava di patchouli alla vaniglia. Mazi sudava sotto le bende. Aspettò che il condizionatore iniziasse a raffreddare. Lasciarono la città diretti verso sud, imboccarono la superstrada 20, presero lo svincolo 431, svoltarono verso Ramle, proseguirono fino al Moshav Sitria e seguirono la stretta carreggiata del paese. Ai due lati fiammeggiavano cespugli di buganvillea fucsia. Si fermarono davanti a una casa immersa nel verde. Un ronzio e un *clic* e oltrepassarono il cancello di ferro. Bussarono in codice alla porta e la giornalista uscì.

«Kessler, Morris. Morris, Kessler». Mazi porse la mano sinistra per una stretta.

«Scusa se ti siamo piombati qui di sorpresa» disse Danuch. «Sei libera?»

«Nessun problema» rispose Kessler. «Sediamoci». Poteva avere l'età di Tilly, pelle che non aveva visto abbastanza sole e occhi curiosi.

«Dove possiamo mettere i cellulari?» chiese Mazi.

Kessler aprì una vecchia scatola di munizioni, del tipo che il padre di Mazi le portava quand'era bambina, e tutti e tre depositarono i telefoni spenti. Si sedettero intorno a un tavolo, all'ombra di un albero di melograno soffocato dalla buganvillea. Danuch si accese una sigaretta e fece segno a Mazi che poteva iniziare.

«Sono amica di Danuch e investigatrice privata. Ex agente di polizia al commissariato centrale di Tel Aviv. Ho del materiale esplosivo da passarti. Sono informazioni che, se le usi con accortezza, ti possono costruire una carriera al livello di Amir Guetta. Ma ci sono anche dei rischi. Rischi concreti».

«Cosa significa?»

«Significa che riceverai minacce, è praticamente sicuro. Ti faranno pressioni per fermarti. Cercheranno di offrirti mazzette per convincerti a mollare e poi di incastrarti se dovessi prenderle. Se hai qualche scheletro nell'armadio, qualcosa che può mettere in imbarazzo te o il sito, verrà fuori. Se hai fatto qualche cavolata...» Kessler non le sembrava tipo da fare cavolate. «Preparati perché verranno fuori».

«Okay. Cos'altro?»

«Per quanto riguarda le minacce, è tutto. Ma si tratta di criminali. Significa che finché sei dentro questa storia non dovrai essere sola, forse dovrai trasferirti dai tuoi genitori».

«Questa è la casa dei miei genitori. Sono morti da poco» disse Kessler.

«Mi dispiace, condoglianze» disse Mazi.

«Grazie. C'è altro?»

«Hai un contatto nella polizia?»

«Sì».

«Bene, allora sta' a sentire come faremo».

Dopo che Mazi ebbe imposto a Kessler le sue condizioni (trasmettere alla polizia qualunque cosa Mazi le avesse chiesto senza rivelare, nemmeno con la più vaga allusione, la sua identità), le spiegò che tipo di informazioni avrebbe trasmesso (informazioni che avrebbero permesso alla polizia di evitare figuracce) e cosa Kessler avrebbe dovuto chiedere in cambio (anticipazioni sulla pubblicazione degli sviluppi dell'indagine), e poi le diede il primo ragguaglio: poche ore prima che Ari Shechter rimanesse ucciso nell'incidente, aveva guidato a velocità sostenuta senza alcun problema ai freni, dopodiché aveva lasciato l'auto parcheggiata per qualche tempo a Gerusalemme. Mazi fornì a Kessler la posizione precisa. Ce l'aveva grazie alla seconda microspia, quella che Ari non aveva cercato né trovato.

«Insomma» disse a Kessler, «devi riferire che se qualcuno ha messo mano ai freni dell'auto, dev'essere successo nell'intervallo fra quando ha parcheggiato e il presunto incidente».

«E poi se indagano mi forniranno anticipazioni rispetto agli sviluppi dell'indagine?»

«Questo è quello che devi chiedere, sì. Ricordati di darmi tre ore di preavviso prima di pubblicare la notizia che è in corso un'indagine».

«Certo. L'idea è che appena uscirà la notizia la famiglia Shechter farà pressioni alla polizia perché indaghi?»

«Al contrario, la famiglia Shechter farà pressioni alla polizia perché *non* indaghi».

«Cosa? Perché?»

«Due ragioni. Innanzi tutto, la gente come gli Shechter non ama che la polizia ficchi il naso nei suoi affari. Partono dalla convinzione che la polizia non è per loro. È per persone come te, persone a cui magari rubano in casa il computer portatile, oppure per i delinquenti, gli spacciatori, non per gente come loro, filantropi che creano posti di lavoro per migliaia di famiglie e pagano un sacco di tasse. Se dovessero piegare qualche piccola legge alle loro necessità, dal loro punto di vista non sarebbe un crimine. Capisci?»

«Ho capito».

«Perfetto. La seconda ragione per cui gli Shechter faranno di tutto per evitare un'indagine è una cosa che NON puoi dire alla polizia. Nemmeno il minimo accenno, perché se lo fai mi bruci». Kessler spalancò gli occhi. «Jasmin Shechter è scomparsa. Da undici giorni».

«Wow. Quindi è per questo che non hanno permesso ai media di accedere al funerale?»

Mazi sorrise a Danuch. Aveva avuto ragione. Kessler era sveglia.

«Sì. Ecco cosa puoi dire alla polizia» proseguì Mazi. «Gli dirai che la tua fonte può assicurare con certezza che Jasmin Shechter non ha partecipato al funerale di suo fratello. Siamo d'accordo?»

«Sì» disse Kessler scrivendo su un quaderno.

«E ricorda: rilascia le informazioni gradualmente, e non riportare o pubblicare niente senza darmi tre ore di preavviso».

Kessler annuì.

«Te la caverai?» chiese Mazi, e non perché era preoccupata per Kessler.

«Perfettamente» rispose Kessler imperturbabile.

Mazi non ci avrebbe scommesso i suoi soldi, ma per il momento poteva bastare.

33.

Tilly si svegliò alle sette del mattino con un mezzo mal di testa da sbornia, sul materasso nella cameretta in casa di Eitan e Pazit, gli amici da cui si era trasferita per risparmiare. Aveva deciso che quel giorno avrebbe raccontato a Benji delle selezioni alla scuola di Lee Strasberg e dell'appartamento. Adesso che non era impegnata con l'indagine provava uno strano senso di solitudine. Si alzò senza far rumore, fece la doccia in quattro minuti, si vestì e uscì di casa per andare al tempio laico del sabato mattina di Tel Aviv: la Bakery.

Benji si svegliò alle sette con un mal di testa colossale da sbornia dopo una serata a base di birra e *Dungeons & Dragons* seguita da una conversazione cuore a cuore innaffiata di vodka con Tali, che si era presentato senza preavviso a mezzanotte passata. Dopo che si erano congedati, Benji aveva camminato cinque chilometri per raggiungere la ex della quale in famiglia nessuno sapeva e che negli ultimi tempi cercava di riconquistare. Si erano baciati a lungo, poi lui aveva ripercorso i cinque chilometri fino a casa di Mazi e si era addormentato sul materasso in terrazzo. L'avevano svegliato la luce e il silenzio del sabato mattina. Era entrato in casa, aveva acceso l'aria condizionata e il bollitore ed era crollato addormentato sul divano.

Mazi si svegliò nel loft per un improvviso prurito sotto il gesso. Si sollevò a sedere e cercò di trattenere l'anima, che vagava nella regione sotterranea del sonno. L'aria era calda e pesante.

Nel cucinotto la radio era accesa.

Quando ne esco compro regali per tutti
Quando ne esco sarò una persona nuova nel mondo
Quando ne esco
Quando ne esco
Una scala d'oro sul bordo di una buca
Il corpo ha una fine
L'anima non ha fine
Non ha fine

Si spogliò, infilò il braccio ingessato in un sacchetto di plastica ed entrò nella doccia. Quando ne esco, pensò, magari parto alla ricerca di Josh. Il tempo senza di lui si comportava come se fosse non-tempo, solo spazio. A ogni anno che passava lo sentiva più lontano geograficamente, in un posto più sperduto, a sempre più ore di distanza. Ma i genitori non ti lasciano mai veramente. Quello che stava per fare a Eduardo Shechter era esattamente quello che suo padre le aveva insegnato: «Si aspetta che tu cerchi di sfuggirgli. Tu invece muoviti verso di lui». Sorrise tra sé e sé.

Una volta uscita dalla doccia si asciugò sommariamente, si bendò, indossò un nuovo paio di jeans e una maglietta bianca senza maniche, preparò un caffè e sedette sul balcone per fumatori a ripensare alla breve visita a Vera Portnoy, domandandosi se poteva aver tralasciato qualcosa. Fu allora che le tornò in mente Zvika.

Zvika era il genero di Shoshana, la vicina di Sasson e Madeleine, i nonni di Mazi. Shoshana aveva tre figlie, tutte e tre sposate. Una era sposata con un avvocato. Una era sposata con un medico. E una era sposata con Zvika. Shoshana era troppo garbata per esprimere la profonda delusione nei confronti di Zvika. Non diceva mai una parola cattiva su di lui, in compenso però concludeva le frasi sempre allo stesso modo: «persino Zvika». «Ieri ci siamo visti per accendere insieme la prima candela di Hanukkah. È stato bellissimo. Hanno cantato tutti, persino

Zvika». Oppure «Aharon ha compiuto ottant'anni. Tutti hanno mandato degli auguri carinissimi, persino Zvika».

Nella famiglia di Mazi all'epoca – lei, suo padre, Sasson e Madeleine – il «persino Zvika» di Shoshana era diventato una battuta ricorrente, un'espressione idiomatica per indicare un outsider inadeguato e indesiderato. Come Ester Shechter? Vera Portnoy parlando del funerale di Ari aveva usato la stessa espressione: «C'era il marito di Jasmin, c'era Shaul e c'erano i suoi figli, c'era persino Ester».

Non fosse stato per Zvika, forse quel commento sarebbe passato inosservato all'orecchio di Mazi. Ma non era passato inosservato. Fece un collegamento tra il «persino Ester» di Vera Portnoy e quello che le aveva raccontato Yaffa Shechter. «Alla fine si è sposato con un'argentina... Ma in fin dei conti non è poi così male... Edi ha costretto Ester a scendere in cucina da Samira, la cuoca... Solo dopo le hanno permesso di ritornare al piano di sopra. Adesso avrà anche un biglietto da visita, la segretaria, la borsetta di Chanel. Ma quando Shaul l'ha raccattata dal nulla... solo perché era argentina Edi ha acconsentito a quel matrimonio». Ester era «persino Ester». Una di loro, ma non fino in fondo. Mazi pensò agli occhi di Ester. Occhi del genere, in una posizione del genere, dovevano notare un mucchio di cose.

Nel mini frigobar del loft non c'era cibo. Mazi si chiuse la porta alle spalle, guardò con frustrazione la moto riparata che il meccanico aveva lasciato sotto il loft e si diresse a piedi verso Burekas Eli. Aspettò in fila dietro tre tassisti che avevano parcheggiato sul viale con le quattro frecce accese, e quando arrivò il suo turno riempì un sacchetto di *burekas* al formaggio e agli spinaci e tornò al loft. Si sedette a mangiare pensando ad Amir Guetta. Forse, se lei gli avesse chiesto aiuto esplicitamente, lui avrebbe accettato. Non aveva nulla da perdere. Gli mandò un messaggio. *Non è cambiato niente, ma ho bisogno del tuo aiuto. E anche di raccontarti alcune cose. Ti va di incontrarci stasera?*

Spense il telefono per ridurre la tensione dell'attesa carica di aspettativa e tornò a riflettere su Jasmin. Jasmin non possedeva molto che fosse solo suo. I suoi soldi di fatto erano del padre. I suoi cari... Ari in qualche modo l'aveva tradita. Con Alma aveva tagliato i ponti. E Sou? Souad? Dove stava? Come la poteva trovare? Non aveva nemmeno un cognome. All'improvviso le venne un'idea. Un'idea così semplice che non capì come aveva potuto non pensarci prima. Disgraziatamente non avrebbe potuto attivarsi fino all'indomani.

Accese il telefono. Ancora nessuna risposta da Amir. Esitò un attimo, dopodiché scrisse a Cazzo il messaggio che aveva evitato di mandare nei sette anni di allenamento di kung fu.

Dove sei di bello?

Cominciavo a pensare che non me l'avresti mai chiesto, fu l'istantanea risposta.

Le mandò un indirizzo, abitava in un grattacielo. Mazi salì su un taxi e nel giro di sedici minuti era lì. Sette anni di desiderio giungevano a compimento. Cazzo scopava come faceva kung fu: forte ma non troppo, preciso ma non troppo. Dopo mangiarono uova strapazzate e *kabanos* e bevvero birra in terrazza e rimasero seduti quando partì una sirena d'allarme mentre il sole tramontava. Mazi era sotto la doccia quando arrivò il messaggio da Amir. *Tra mezz'ora al Peacock?* Mazi si congedò da Cazzo con un bacio e prese un altro taxi per il Peacock, sentendosi una favola.

Arrivò con cinque minuti di anticipo, ancora fuori attirò lo sguardo della cameriera con i capelli rossi e le fece un cenno per chiedere se all'interno aveva posto per due. La cameriera le indicò di entrare.

Dentro era vietato fumare. Di solito Mazi detestava gli ambienti asettici, cosa che al Peacock non la disturbava. Non era un locale squallido. Era un posto per alcolisti beneducati, che vomitano dopo, a casa. Si sedette in fondo al bancone, rivolta verso l'ingresso. Una barman bionda le servì un *arak* e, prima che potesse berlo per allentare la tensione dell'incontro, entrò Amir. Una spanna più alto di tutti. Camicia bianca un minimo spiegazzata, tre bottoni aperti. Mazi sentì le cose che solo Amir Guetta le faceva sentire. Un desiderio di stringersi forte che andava oltre la semplice fisicità. Alzò una mano. Lui la vide e rimase turbato. La cameriera gli rivolse un sorriso provocante, del tipo che le cameriere rivolgevano sempre ad Amir e che si spegneva in un secondo, perché lui non li notava né ricambiava. Si sedette vicino a Mazi e ordinò una birra. Mazi sentì che emanava odore di vodka, era contenta che avesse iniziato a bere prima.

«Cos'è successo alla tua faccia? Cosa... hai avuto un incidente?»

«Sì, sono scivolata con la moto».

«Stai bene?»

«Sì, ma ho bisogno del tuo aiuto».

«D'accordo. Cosa ti serve?»

Mazi valutò da dove cominciare. «Non hai ricevuto altre lettere come quella, vero?»

«No».

«Bene». Inspirò a fondo. «Allora ecco: Jasmin Shechter è scomparsa. Da quasi due settimane».

La barman posò la birra davanti ad Amir.

«Da chi l'hai sentito?» domandò lui quando si fu allontanata.

«Sono io che la dovrei ritrovare. Mi ha assunto suo marito».

«David Peretz?»

«Sì, Dudi».

«Quindi per te è già diventato Dudi?»

«Lo conosco da sempre».

Amir serrò i denti. «Come mai non me l'avevi mai detto mentre mi occupavo degli Shechter?»

«Non eravamo in contatto».

Amir bevve un sorso e guardò verso l'ingresso, e Mazi pensò che sapevano ben poco l'uno dell'altra. Solo quello che si riesce a dire in due appuntamenti.

«Ti va di uscire a fumare una sigaretta?» le chiese.

Lei annuì. Presero i bicchieri. Amir chiese da accendere a un tedescone alto. Attraversarono la strada per andare a sedersi nella piazza del teatro Habima su una panchina sotto l'albero in cima alla collinetta artificiale. Da lì potevano vedere tutto dall'alto, isolati.

«Raccontami tutto dall'inizio».

«Tutto cosa?»

«Tutto su come tu e Dudi Peretz vi conoscete da sempre».

«Quanto tempo hai?»

«Il tempo che ti serve».

Mazi raccontò ad Amir, per la prima volta, della sua infanzia. Come suo padre e Benny avevano servito insieme nella polizia di frontiera e nello Shin Bet e come li avevano selezionati per creare Yamam, l'unità speciale antiterrorismo. All'inizio le due coppie non erano particolarmente affiatate. «Mia madre era un'attrice esordiente immigrata dall'Inghilterra. A quanto mi ha raccontato nonna Madeleine, aveva paura della madre di Dudi, e la madre di Dudi aveva paura di lei. Poi, quando sono nata io, mia madre ha avuto una depressione *post partum*. Doveva sentirsi molto sola, sempre stando a quanto mi ha detto la nonna. Aveva dovuto interrompere la carriera di attrice e le sue amiche del teatro non andavano a trovarla. A quel punto la mamma di Dudi si è prodigata, si è proprio trasferita a casa nostra per una settimana e ha insegnato a mia madre ad allattare, a cambiare il pannolino, a fare il bagnetto alla neonata...»

«La neonata saresti tu?»

«Sì. Insomma, Madeleine mi ha detto che Sima, la madre di Dudi, ha insegnato a Eve, che sarebbe mia madre, a essere felice della bambina. Che sarei io. Ma poi quando avevo due anni...» Buttò giù il resto dell'*arak* e chiese ad Amir una sigaretta, e le loro dita si toccarono e la scossa elettrica partì. «... è successa una cosa. Ci hanno sparato. Dicono che mirassero a mio padre. Lui si era appena chinato per allacciarsi le scarpe. Non ricordo se te l'ho raccontato, il suo soprannome era Lucky Josh. E hanno colpito me e mia madre».

«Hanno colpito te e tua madre?» Amir spalancò gli occhi.

«Sì. Io ero in braccio a mia madre. Ha ucciso lei e ferito me. Ero gravissima. Sono rimasta in ospedale per sei mesi, ricoverata in terapia intensiva, poi in reparto e dopo in un centro di riabilitazione. I medici hanno detto che ero "una piccola leonessa", che avevo avuto un recupero incredibile». Mazi sorrise. Amir si era dimenticato di fumare e la sigaretta continuò a bruciare fino a consumarsi. La buttò via e si riscosse.

«E poi?»

«E poi ho vissuto un po' con mio padre fra una base e l'altra e un po' con i nonni. Passavamo un sacco di tempo insieme noi quattro: mio papà e Benny, il padre di Dudi, a cui ero affezionatissima, e io e Dudi. Ci divertivamo». Sorrise. «Facevamo la parte degli ostaggi durante gli addestramenti dell'unità e loro ci salvavano calandosi dalle finestre con le funi...»

«Quale unità?»

«Yamam. Per questo so sparare da quando ho sei anni. Mio padre riteneva che fosse il modo migliore per aiutarmi ad affrontare il trauma della ferita, della sparatoria. Io e Dudi facevamo irruzione nelle cucine dell'unità per rubare il cioccolato. Lui era la mente, io il braccio, io scassinavo». Sorrise. «E poi, quando avevo dodici anni, mio padre, che non era già più nella Yamam, è scomparso. Non lo hanno mai più trovato. Due anni dopo Benny, il papà di Dudi, è morto di infarto. E i miei nonni sono morti in un incidente, e io ho cominciato a passare da una famiglia affidataria all'altra, e io e Dudi ci siamo persi di vista. Non abbiamo avuto più contatti fino a adesso». Omise il dettaglio dell'incontro a Londra e osservò Amir che cercava di metabolizzare. Era la seconda volta quella settimana che raccontava la sua storia tutta in una volta. Forse era troppo. Quando la raccontava così, sembrava davvero pesante. Nella quotidianità, era solo la sua vita.

«Senti, non mi va di tornare dentro. Andiamo da qualche parte».

«Aspetta qui un secondo» disse Mazi, che attraversò di corsa la strada, pagò e tornò da lui. Fermarono un tizio per accendere e s'incamminarono verso nord lungo il filare di alberi.

«Ma hai una famiglia adesso?» domandò Amir.

«Sì. Mio zio arrivato dall'Inghilterra, il fratello di mia madre, mi ha adottata quando avevo sedici anni. I suoi figli, che tecnicamente sarebbero i miei cugini, sono per me fratelli».

«Grandi? Piccoli?»

«Otto e dieci anni più giovani di me. E tu?»

«Io? Madre, padre, una sorella maggiore e una minore, un fratello più piccolo, nonni, nonne, nipoti, cugini, zii, zie, donne che chiamiamo zie senza che nessuno sappia come siamo imparentati». Amir Guetta scoppiò a ridere. «Una tribù».

«Sembra meraviglioso».

«Sì... no... non so». Rise di nuovo.

Attraversarono via Dizengoff per inoltrarsi in una viuzza tranquilla.

«Adesso dimmi come ti posso aiutare».

«Ho bisogno...» Si bloccò un attimo. «Ho bisogno di qualcuno con cui parlare dell'indagine».

Amir sorrise e annuì con un'espressione di finta disperazione. Lei sorrise e fece spallucce. Rimasero in silenzio mentre scendevano per via dei Profeti, svoltavano a sinistra in via Ibn Gabirol e la attraversavano per comprare una birra al volo.

«Come vuoi che facciamo?» chiese Guetta in un sussurro.

«Ti posso fare alcune domande?»

Amir annuì.

«Hai pubblicato la notizia che il governo avrebbe concesso autorizzazioni a scavi straordinari vicino alla Città Vecchia. Sai anche se le ha già concesse e a chi?»

«Le ha già concesse e sì».

«Si tratta degli Shechter?»

«Sì. Anche se non figurano direttamente».

«Puoi darmi dei dettagli?»

«Sì. È un progetto gigantesco che prevede la costruzione di una rete fognaria. Il bando è stato vinto dalla Salman-Cohen, una società di impianti con molta esperienza in progetti che richiedono scavi complessi». Parlava con la voce che Mazi conosceva dalle interviste. «Ma la notizia non ancora resa nota è che è in atto una fusione tra la Salman-Cohen e la Shechter Holding».

«Cacchio!» commentò Mazi.

«Infatti».

Raggiunsero via Dubnov e la attraversarono andando verso il giardino Dubnov, quello su cui affacciava l'appartamento di Ari Shechter. S'inoltrarono lungo il sentiero dirigendosi, senza bisogno di dirlo, alla parte posteriore, più buia, e si sedettero sui gradini di pietra accanto a una scultura ambientale.

«Per quali ragioni i rabbini e gli archeologi si oppongono?» chiese Mazi.

«Perché si oppongono? Per quanto riguarda i rabbini, è una reazione automatica. Gli scavi della rete fognaria costeggiano le mura della Città Vecchia, non gli piace che venga toccata quella zona. Anche per gli archeologi di solito è una reazione automatica. Giusta, ma automatica. Sai com'è Gerusalemme, basta sputare e si centra un'antica caverna di sepoltura o un serbatoio d'acqua sotterraneo preistorico. Ancora non so perché siano arrabbiati in questo caso specifico, ma ho la sensazione che ci sia qualcosa sotto».

«Fognature...» ripeté Mazi quasi a sé stessa.

Amir ridacchiò.

«Ci sono stata» spiegò Mazi.

«Dove?»

«Sottoterra in quella zona. Siamo entrati da un vicolo e siamo scesi in profondità. Ci sono corridoi, stanze e un salone, e quando siamo usciti, quando sono uscita, ero vicino a Mamilla».

«Con chi eri? A far cosa?»

«Con Ari Shechter. La notte in cui è stato ucciso».

«Che storie tiri fuori...» le disse. Prese una sorsata di birra. «Insomma, racconti o no?»

«Cosa?»

«Cosa ci facevi in quel posto. Cosa ci facevi in quel posto con Ari Shechter».

Mazi annuì. Raccontò tutto ad Amir. Il colloquio con Ari al poligono di tiro, lo spiacevole incontro con Dani Atzmon («Dani Atzmon, ex direttore del dipartimento tecnologia e logistica?» «Sì, proprio lui».), fino al momento in cui aveva oltrepassato l'auto distrutta di Ari Shechter. Quando ebbe terminato, Amir la guardò con uno sguardo che Mazi non riuscì a decifrare.

«Cosa?»

«Mi imbarazza dirlo».

«Forza, cosa?»

«Muoio dalla voglia di sapere che effetto fai con un vestito e i capelli lunghi».

Mazi scoppiò a ridere e lui le fece eco.

«Parliamo sul serio: cosa ne dici?»

«Devo ancora metabolizzare. Ma questo spiega molte cose».

Finirono le loro birre e Amir dimenticò di stare in guardia. Quando Mazi chiese: «Cosa, per esempio?» parve sorpreso di averla così vicina. Prese un'altra sigaretta ma non aveva l'accendino, perciò si limitò a tenerla in mano.

«Per esempio, il modo in cui gli Shechter tengono tutti per le palle, perdona la metafora».

«Di', Amir, chi era la tua fonte riguardo agli Shechter? Hai pubblicato un articolo sulle tangenti per la stazione di Mamilla, e ho visto anche una notizia sull'associazione Cuore d'oro che non sapevo come collegare perché riguardava la Salman-Cohen, ma ora capisco che sono legati anche a quella».

«Sì, sono legati anche a quella. Ma non so chi sia la fonte».

«In che senso? La fonte era anonima? Ti ho sentito spiegare in un'intervista che le fonti anonime non esistono!»

«Hai visto quell'intervista?»

«Le ho viste tutte» rispose Mazi a voce bassa.

Lui la guardò in silenzio e lei sostenne lo sguardo.

«Sì, be'... in effetti non esistono realmente fonti anonime» si riprese Amir. «Di solito si tratta di svitati che mi mandano e-mail con teorie di cospirazione su unità segrete del Mossad che ricattano cittadini e cose del genere. E comunque, non è sano».

«In che senso, non è sano?»

«È la relazione tra giornalista e fonte a creare la reciproca responsabilità. Quando manca un rapporto consolidato, metti caso si presentasse da me qualcuno dicendo: "Prendi questo materiale, è strepitoso, esplosivo", be', non può funzionare. Ci bruceremmo entrambi».

«Allora perché questa volta l'hai preso?»

«Per due ragioni. La prima è che mi ha fornito prove, non teorie. Mi ha passato la documentazione. Materiale che solo qualcuno dall'interno poteva ottenere. Poi ho incrociato i dati. Ho verificato ed è risultato tutto vero. Il secondo motivo è che non mi ha rivelato chi era. Non so chi fosse, quindi non lo posso bruciare. Non ho paura di bruciarlo».

«Ma se fosse una persona di cui non vuoi favorire gli interessi? Potrebbe averti usato come una pedina nel suo gioco».

«Che importanza ha, se è la verità?»

«La verità non esiste. Cos'è la verità? È una versione della realtà».

«Supponiamo che la verità non esista. Non lo credo, ma supponiamolo. Sarai d'accordo con me che esistono i fatti? Forse questi fatti costituiscono un quadro parziale della realtà. Ma è comunque un quadro parziale che deve venire alla luce. Non posso tenermi nel cassetto materiali del genere e non pubblicarli».

Mazi finì la sua birra. «Penso che la tua fonte fosse Ari Shechter».

«Ari Shechter? Come ti è venuto in mente?»

«Hai sentito la tua fonte dopo il suo incidente?»

«No... Ma anche prima la sentivo ben di rado. Intendo dire che potrei non averla ancora sentita. Perché pensi che fosse lui? Che interesse avrebbe avuto a fare una cosa simile?»

Mazi fece un lungo respiro. «Ecco la mia idea...»

Raccontò tutto ad Amir. Tutto quanto era rilevante per l'indagine. Lui non la interruppe, se non una volta per esprimere preoccupazione per l'irruzione nel loft. Quando gli raccontò del suo incontro con il signor Shechter, la sua espressione passò da preoccupata a furibonda. «E non l'hai denunciato alla polizia?»

«Dài, Amir!»

«Ma... hai mai subìto una minaccia così grave quando eri al commissariato centrale?»

«No, ma mi sono trovata in situazioni sgradevoli. E tu, Amir?»

«Una volta hanno minacciato di mettermi una bomba sotto l'automobile».

«Cosa hai fatto?»

«Non ho l'automobile». Scoppiarono a ridere. «Sono stato attento. Cosa intendi fare adesso? Non mi hai ancora chiesto l'aiuto che volevi».

Mazi si alzò per stiracchiarsi e controllare che non ci fosse nessuno nei paraggi.

«Penso» gli sussurrò all'orecchio, «che il signor Shechter adesso stia cercando Jasmin. Secondo me, vuole mettere a tacere anche lei. La devo rintracciare prima di lui. Quindi quello che mi serve sapere è chi sono le persone di cui lui si fida. Saranno tre o quattro, non di più. Voglio creare un diversivo, seppellirle sotto un monte di guai mentre io mi sbrigo a trovare Jasmin».

Si allontanarono leggermente. Lui la guardò negli occhi, poi sussurrò di rimando: «Penso che ci siano tre persone di alto profilo di cui si fida: Shaul Shechter, Yochai Schultz, il suo direttore finanziario che è con lui da una trentina d'anni, e Hila Zarhin, la sua avvocatessa. Anche lei lo affianca da trent'anni».

«C'è un modo per legarli agli scandali per corruzione?»

«Sono tutti legati. Firmano ogni contratto, ogni trasferimento di denaro».

«Amir, avrei ancora un'altra richiesta, o meglio due, entrambe impegnative».

«Dimmi».

«La prima è di non scrivere di loro in questa fase. Fornirò informazioni a un'altra persona. Una persona che non conoscono, in modo che nessuno corra pericoli. E la seconda, di essere rintracciabile quando ti cerco».

Amir finì l'ultimissimo sorso. Si alzò e le tese la mano. Lei ricambiò la stretta e si alzò, poi salì su un gradino più in alto. Adesso i loro occhi erano quasi alla stessa altezza. Amir si avvicinò e rimasero così in piedi, le labbra che quasi si sfioravano, gli occhi tanto vicini da vedere sfocato. Le diede un bacio in fronte.

«Ricevuto» le disse.

«Grazie» gli rispose. «Ti tengo aggiornato».

34.

Quando Mazi uscì da casa di Alex alle cinque del mattino, le scoppiava la testa per tutte le informazioni che aveva dato e ricevuto e doveva ricordare, e il corpo la spingeva in due direzioni opposte: stanchezza e desiderio. In moto era facile tirare su qualcuno, ma così, a piedi e con una mano ingessata, era troppo vulnerabile.

Nel loft si sdraiò sul materasso nella stanza sul retro e cercò di masturbarsi, ma era complicato e scomodo e frammenti dell'investigazione si mescolavano alle fantasie erotiche. Finì per addormentarsi con la mano tra le gambe e sognò incidenti stradali e microspie.

Si risvegliò, madida di sudore, alle undici passate. Fece una doccia fredda per cercare di riprendersi e tornare in sé, e appena terminato trovò ad aspettarla un messaggio di Kessler: alle quindici sarebbe uscita una prima notizia sulla possibilità che la morte di Ari Shechter non fosse stata un incidente.

Alcune ore prima, alla riunione mattutina del commissariato centrale, Alex aveva riportato, come concordato con Mazi, di aver ricevuto da fonte affidabile l'informazione dell'imminente pubblicazione della notizia che la morte di Ari Shechter non era stata accidentale. Aveva suggerito di agire con la massima tempestività e ottenere un mandato per intercettare i telefoni della famiglia Shechter prima di quel momento, al fine di ascoltare le loro reazioni. I comandanti avevano convenuto sull'opportunità della proposta e lui aveva mandato a Mazi conferma che tutto procedeva come previsto.

Mazi sorrise tra sé e sé quando lesse il messaggio, e ne mandò uno a Dudi.

Il tuo amico amante delle finestre ha trovato qualcosa? Posso venire per colazione?

Sì e sì, ma è ora di pranzo, fu la risposta.

Mezz'ora più tardi le stava aprendo la porta. Dudi sembrava sempre appena uscito da una Spa, ma per la prima volta dall'inizio dell'indagine aveva di nuovo l'aspetto di chi tiene il mondo per le palle.

«Hai fatto sesso con qualcuno?» gli chiese Mazi.

«Devi migliorare i tuoi convenevoli, Morris». Passarono in cucina e Dudi aprì il frigorifero. «Cosa vuoi mangiare?»

«Quello che c'è. Shasho ha trovato qualcosa nell'ufficio di Ari al poligono?»

Si sedette vicino all'isola, davanti a un bicchiere di succo d'arancia. Dudi prese delle cose dal frigo e le posò sul ripiano di marmo. Aprì un mobile della cucina, tirò fuori tre cartelle di cartone beige e le spinse verso di lei. «Buon appetito» le augurò. Mazi aveva l'acquolina in bocca. Si trattenne dal ridere. Per abitudine prese un tovagliolo di carta e lo usò per aprire la prima cartella.

«Tu le hai già visionate?»

«Sì».

«Contengono qualcosa che potrebbe metterti nei guai?»

«Ma ti pare?»

«Sempre meglio assicurarsi».

Il primo documento nella cartella era un contratto di affitto per l'appartamento numero uno in via Hasharon 12 a Tel Aviv. Il locatore era la Shechter Facility Management. Il secondo documento era un altro contratto di affitto, per l'appartamento numero due nello stesso edificio. Il documento successivo era il contratto dell'appartamento numero tre. Nella cartella c'erano dodici contratti per dodici appartamenti a quell'indirizzo. Il firmatario per conto degli Shechter era Shaul Shechter. Lo studio legale era Zarhin. Mazi conosceva quel palazzo. Era uno dei bordelli più noti della città. La polizia faceva irruzione e metteva i sigilli spesso per via delle pressioni di persone che avevano investito in appartamenti in zona e volevano tutelare il valore della proprietà. Poche ore dopo, le donne rompevano i sigilli e tornavano alle loro stanze – di solito l'unico posto che avevano al mondo – e la polizia chiudeva un occhio.

Dal punto di vista legale, i contratti non avevano alcun valore. Gli Shechter avrebbero sempre potuto dichiarare di avere avuto contatti soltanto con gli inquilini, che avevano fornito un certificato penale pulito, e di non conoscere la destinazione d'uso dello stabile. Non avrebbero mai considerato di vendere proprietà solo a causa dell'attività che vi si svolgeva. Le aziende famigliari come la Shechter Holding operavano con margini ampi e comodi e pianificavano con pazienza i decenni futuri. Un giorno quell'area sarebbe stata riqualificata, e gli Shechter sarebbero stati soddisfatti del loro investimento. Dopodiché avrebbero venduto il terreno dell'edificio traendone profitti enormi, oppure al suo posto avrebbero costruito un grattacielo di lusso per persone che non sarebbero state capaci di riconoscere la raffinatezza nemmeno se le avessero colpite in testa con una bottiglia di Dom Pérignon. Ma l'aspetto giuridico contava poco. La notizia che la famiglia Shechter possedeva un palazzo che ospitava un famigerato bordello valeva oro per lo scandalo che avrebbe suscitato.

Dudi mise in tavola due piatti di verdure condite con olio d'oliva, frittata di uova d'oca, foglie di vite ripiene e una spessa fetta di pane fresco. Si sedette di fronte a lei e cominciò a mangiare. In una mano la forchetta, nell'altra il pane. Aveva appetito.

Mazi iniziò a sua volta a mangiare. Aveva fame, ma le cartelle le bruciavano la punta delle dita. Aprì la seconda cartella tenendola a distanza, per non macchiarla d'olio. Vide subito che quella era una cartella da passare ad Amir Guetta. Ricevute di donazioni. All'Università di Tel Aviv, all'Università di Gerusalemme, al Politecnico di Haifa, al Museo d'Israele, al Museo delle Terre Bibliche, all'Autorità israeliana per le antichità, al Centro per la memoria della Shoah Yad Vashem, all'ospedale Ichilov. Tutte istituzioni di alto profilo. Posti dove possono affiggere a tuo nome una targa sul muro, oppure dedicarti un muro intero o intitolare a tuo nome un edificio. Nella cartella non c'erano donazioni in beneficenza ad alcuna associazione che si occupasse di poveracci di qualche tipo: niente orfani, senzatetto, donne maltrattate o bisognosi. Mazi finì la frittata, chiuse la seconda cartella e aprì la terza. Dudi smise di mangiare. Rimase fermo a fissarla mentre lei cercava di decifrare cosa aveva davanti.

Mazi odiava già leggere in ebraico; l'inglese poi diventava una vera tortura. Le lettere formavano a fatica parole che si univano in frasi solo con grande sforzo. Quando poi le frasi si trovavano inserite nei piccoli riquadri di documenti ufficiali vecchi e sbiaditi, per Mazi lo sforzo era intollerabile. Spinse da parte il cibo senza neppure accorgersene.

«Mi puoi versare qualcosa da bere?»

«Soda o whisky?»

«Il secondo» gli rispose senza distogliere lo sguardo dai documenti. Se li avvicinò e li sfogliò uno dopo l'altro nel tentativo di dare un senso a quello che aveva sotto gli occhi. Non era inglese. Era spagnolo. Mazi non parlava spagnolo. Ma la parola «estradizione» era quasi identica in inglese. E la data sul documento ingiallito lasciava poco spazio a malintesi, soprattutto per chi conosceva la storia bene come Mazi. Dudi le mise davanti un bicchiere di whisky con ghiaccio. L'odore era così forte che quasi non serviva bere.

«L'hai visto?» Alzò lo sguardo su di lui. Dudi era rimasto in piedi con il suo whisky in mano. Aveva un'espressione che Mazi non gli aveva mai visto. Un'espressione da Apocalisse.

«L'ho visto» rispose.

«Capisco bene cosa c'è scritto?»

«Capisci bene cosa c'è scritto».

«Quindi è questo il segreto del signor Shechter?»

Dudi annuì. Il cuore di Mazi martellava all'impazzata.

«E sei d'accordo che io lo faccia pubblicare?» si assicurò Mazi.

«Io voglio che tu lo faccia pubblicare» le rispose a voce bassa. «Voglio che tu tiri fuori qualunque cosa gli garantisca un posto all'inferno».

«Ti rendi conto che anche se Jasmin... ti rendi conto che non te lo perdonerà mai?»

Dudi annuì. «Non me lo perdonerà, ma io lo faccio per lei».

Mazi annuì a sua volta. Non restava altro da dire.

35.

«La polizia sospetta che la morte di Ari Shechter non sia stata accidentale». La notizia di Kessler fu pubblicata alle quindici in una posizione di rilievo sulla homepage del sito. L'articolo era accompagnato da una vecchia foto formato tessera di Ari Shechter e accanto un'immagine del veicolo distrutto. «Secondo fonti autorevoli vicine all'indagine, la polizia indaga sull'ipotesi che elementi criminali abbiano sabotato l'auto di Ari Shechter per causarne la morte». All'ora della pubblicazione, grazie ad Alex che aveva convinto i suoi superiori a non farsi beccare con le braghe calate, la polizia teneva sotto controllo il telefono del signor Shechter e dei suoi fedelissimi, e aspettava.

Alle 15:00 entrò nell'ufficio del signor Shechter la sua segretaria con i capelli grigi e la voce roca. Ne uscì un minuto più tardi e telefonò a Shaul Shechter. «Il signor Shechter la prega di leggere quanto le ho appena inviato e di occuparsene».

Alle 15:05 Shaul Shechter telefonò a sua moglie.

«Hai visto?» le domandò.

«Ho visto» rispose lei.

«Occupatene» le ordinò.

«Me ne sto occupando» gli rispose e riattaccò.

Alle 15:10, dopo aver preso due compresse di Nurofen Forte ed essersi ripassata il rossetto, Ester telefonò all'avvocatessa Zarhin.

«Hai visto?» le chiese.

«Ho visto. Scioccante» le rispose Zarhin.

«Dal punto di vista legale possiamo fare qualcosa?» chiese Ester.

«Per il momento no» rispose Zarhin. «Seguo e ti tengo aggiornata».

Ester riattaccò.

Alle 15:30 Ester chiamò Dani Atzmon, il rosso con le mani sudaticce ex direttore del dipartimento tecnologia e logistica dell'esercito israeliano. «Dani, sono Ester Shechter» disse mettendo l'accento sul cognome.

«Ciao, Ester, come stai?» le rispose lui in tono distaccato.

«Ho ricevuto delle belle fotografie di te» proseguì Ester in tono insolitamente gentile, «insieme al nostro amato Ari e alcune amiche. Sei fotogenico, Dani. Le donne ti apprezzano, vedo. Hai letto le notizie, Dani? Lo sai cosa c'è scritto nella Bibbia? Dopo avere commesso un omicidio ti vuoi impadronire dell'eredità*, eh, Dani?», e riattaccò.

Alle 15:45, dopo aver preso un Valium, Dani Atzmon uscì di casa senza rivolgere la parola a nessuno, guidò fino al parcheggio dello spazio per eventi Paradiso sull'acqua. Fermò l'auto in un angolo del parcheggio vuoto. Un giorno infrasettimanale durante una guerra non è particolarmente gettonato per i matrimoni. Buttò giù altri tre Valium con dell'acqua e chiamò sua moglie Michal. «Dove sei? Non eri qui un attimo fa?» gli chiese lei. «Michal, perdonami per tutto. Non permettere che scrivano cose brutte su di me» le disse e riattaccò. Si sparò un colpo in testa, ma fallì, come in tante altre cose che richiedevano precisione e responsabilità. Perse conoscenza e si risvegliò poche ore dopo in ospedale, circondato da agenti di polizia.

Frattanto Ester Shechter aveva spento il suo cellulare e l'aveva lasciato in ufficio. Era scesa con l'ascensore nel centro commerciale Azrieli ed entrata in un negozio di

* La citazione dal Libro dei Re, 1:21:19, è usata di frequente anche nell'ebraico moderno (*N.d.T.*).

telefonia per acquistarne uno usa e getta. Dopo essere tornata in ufficio a prendere il cellulare, partì in macchina diretta a Ramat Hahayal, la Silicon Valley israeliana. Trovò un parcheggio, posteggiò in retromarcia e sgattaiolò fuori dall'auto per entrare nell'enorme parco nascosto dietro i brutti palazzi occupati da uffici. Il parco era vuoto. Tutti i programmatori e le responsabili del personale stavano rinserrati negli uffici con aria condizionata a digerire pranzi comprati con i buoni pasto. Ester era in un bagno di sudore nel suo abito di haute couture. Si avvicinò al ruscello e buttò via senza esitazione il telefono spento, poi rimase a guardarlo sparire nell'acqua densa. Accese il telefono usa e getta, collegò un auricolare, tirò fuori dalla borsa il biglietto da visita dell'investigatrice privata Mazal Morris e le telefonò.

Mazi sudava copiosamente insieme a due ventiduenni camerieri del Rampa, nell'appartamento che condividevano non lontano dal loft di Benji. La sirena d'allarme, che a uno fece perdere l'erezione e all'altro ne fece venire una nuova, non li interruppe. Ma lo squillo del telefono ebbe su Mazi un effetto istantaneo. Li spinse via entrambi, saltò giù dal letto e rispose al numero sconosciuto. Ascoltò. «Sono lì tra quindici minuti» disse e riattaccò. «Tagliami il gesso e dammi tre Brufen» ordinò a uno dei due. Il tipo obbedì. Mazi montò in moto e nel giro di dieci minuti parcheggiava a pochi metri da Ester.

«Voleva parlare con me?»

Ester si faceva aria sventolando una brochure del Museo di Tel Aviv e sudava sotto il trucco e gli enormi occhiali da sole. Li tolse e i suoi occhi stretti e penetranti fissarono quelli di Mazi, come a scrutarle l'anima.

«Sediamoci all'ombra».

Presero posto su una panchina. Il braccio di Mazi pulsava dolorosamente nonostante gli antidolorifici.

«Fammi vedere che non stai registrando» disse Ester.

Mazi le mostrò che il suo telefono era spento, poi si alzò e sollevò la maglietta senza battere ciglio. Non aveva mai considerato la nudità un'umiliazione. Ester ebbe un sussulto quando vide le ferite che Mazi non aveva avuto il tempo di bendare, ma non commentò. Guardò dritto davanti a sé e Mazi tornò a sedersi al suo posto.

«C'è una cosa che non ti ho raccontato» riprese Ester.

«Cosa?»

Ester si umettò le labbra. «È successa cinque anni fa. No, sette. C'era una festa a casa di Eduardo. In giardino. Di sabato. Non per un'occasione speciale. Organizziamo spesso eventi del genere. Business. A un estraneo potrebbero sembrare riunioni fra famiglie di amici. Ma non sono amici. Gli amici non esistono. Esistono solo gli affari. Di questi eventi sono responsabile io. È necessaria la massima accuratezza. Ogni dettaglio è un messaggio. Chi invitare, a che ora, quale cibo si serve, quale vino, quali le composizioni floreali più adatte all'occasione. È una lingua che questa gente impara a leggere ancora prima dell'alfabeto. Le donne sono le più brave. Di notte, a letto – se dormono ancora insieme – traducono ai loro mariti. "Hai notato i fiori? Iris. Shechter pensa di poter fare a meno di te". O "Hai notato la camicia di Shechter? Aveva tre bottoni aperti. Ti sta offrendo un'occasione. Adesso devi fare un gesto grandioso se la vuoi sfruttare"». Prese dalla borsa una fiaschetta rotonda dorata di Rémy Martin, la aprì e bevve una lunga sorsata. Mazi sentì l'odore di cognac e pensò che avere un testimone che beveva alcolici durante l'interrogatorio era uno dei vantaggi di non essere più un'agente investigativa della polizia. Ma il cognac non ebbe l'effetto di ammorbidire Ester, che serrò le mascelle.

«La festa era all'aperto e tutti i bagni al piano terra erano occupati. Io ero incinta. Dodicesima settimana. Solo Shaul lo sapeva. Mai avuto nausee peggiori nella mia vita. Sono salita al piano di sopra, nel bagno vicino alla stanza che era stata la camera da letto di Eduardo e Caterina prima che lei morisse. Nessuno usava mai quella stanza. Ho vomitato, mi sono lavata la faccia, ho sistemato il trucco e mi sono seduta un attimo prima di tornare giù a sorridere a tutti». Mazi stentava a immaginare Ester sorridente. «All'improvviso ho sentito Eduardo parlare nella stanza a fianco e sono rimasta pietrificata. Non so nemmeno perché. Un'ondata di puro terrore, non ho altre parole per definirlo. Di colpo ho registrato che non dovevo essere lì, nel bagno di quella camera da letto. Ho spento la luce e sono rimasta seduta, zitta, sul water. Allora ho sentito un'altra voce. Una voce giovane. All'inizio non ero nemmeno sicura se appartenesse a un maschio o a una femmina. Solo dopo ho capito. Chiedeva: "Era la sua stanza?" e lui ha risposto: "Sì, eccola in foto. Era bellissima. La donna più bella del mondo, bella come Elena di Troia. Aveva quattordici anni quando l'ho vista per la prima volta a Bariloche". La voce ha risposto: "Quattordici anni, la mia età. Dov'è Bariloche?" "In Argentina. Ecco, questa è la prima collana che le ho regalato". Non so perché, ma in quel momento mi sono inginocchiata e ho sbirciato attraverso il buco della serratura. La luce era fioca, doveva provenire da un abat-jour. Riuscivo a vedere la ragazzina. Mi dava le spalle. Sottile, non ancora donna, aveva i capelli lunghi, castani. L'ha messa a sedere posandole le mani sulle spalle, sul bordo del letto, così Eduardo era di fronte a lei, e a me. È un uomo gigantesco. Le ha mostrato la collana. Distinguevo a fatica i particolari. Le ha sollevato i capelli, le ha preso le mani perché li tenesse e le ha allacciato la catenina. Ero paralizzata. Avevo la sensazione che stesse per succedere qualcosa di tremendo. Non ho mai provato un simile terrore in vita mia. Mi è venuto un conato e ho avuto paura di vomitare e farmi sentire. Mi sono rannicchiata sul tappetino del bagno e ho aspettato».

«E cos'è successo?»

«Non lo so con certezza. Sentivo le voci ovattate, forse mi ero tappata le orecchie. Un pianto soffocato. Poi ho sentito che lui diceva: "È ora di andare", e la porta che si apriva e si richiudeva. L'ho sentito canticchiare un brano d'opera, aprire e chiudere un cassetto. Poi la porta si è aperta e richiusa di nuovo. Mi sono trattenuta finché non l'ho sentito uscire e chiudere la porta, poi ho vomitato di nuovo. È un miracolo che non sia entrato in bagno. Un vero miracolo. Ho vomitato talmente tanto che ho temuto di abortire. Dovevo tornare alla festa, ma non ce l'ho fatta. Sono scappata dalla porta posteriore della cucina. Ho mandato un messaggio a Shaul che avevo dei crampi forti. È stata dura arrivare a casa. Mi sono messa a letto e ho dormito per ventiquattro ore. Nei giorni successivi ho sofferto di incubi. Sognavo Eduardo che entrava nel bagno e mi strangolava con le sue mani.

«Una settimana dopo è uscito un articolo su un quotidiano finanziario, diceva che uno degli ospiti alla festa si era ritirato da un accordo gigantesco con la Shechter Holding. Era un affare a cui stavano lavorando da un anno e mezzo. Conoscevo quell'uomo. Aveva due gemelli di quattordici anni, un maschio e una femmina. La povera disgraziata doveva avergli raccontato tutto. Come avrai capito, nel nostro ambiente non ci si rivolge alla polizia. La notte dell'articolo sul giornale l'ho sognato. Ho sognato di essere lì. E questa volta, prima che fosse finita, prima che mi scoprisse e mi strangolasse, mi alzavo per guardare dal buco della serratura. E vedevo che non era la gemella, era Jasmin.

«Quando mi sono svegliata, mi sono resa conto di averlo sempre saputo. Di avere sempre saputo cosa aveva fatto a Jasmin. Pochi giorni dopo, durante l'ecografia morfologica ho scoperto che aspettavo una bambina. Quella stessa mattina sono andata dal professor Neria e ho abortito. A Shaul ho detto che era stato un aborto spontaneo. Ho sempre desiderato una figlia. Era tutta la vita che desideravo una figlia. Ho ucciso mia figlia pur di non farla nascere in questa famiglia».

«Mi dispiace davvero» disse Mazi, in tutta sincerità. «Qual era il cognome dei gemelli?»

«Non devi rivolgerti a loro».

«Glielo giuro sulla vita di mia madre» disse Mazi.

«Tzelon» rispose Ester.

36.

Mazi si vestì di nero dalla testa ai piedi. Jeans neri, maglietta nera, giacca in pelle nera che le si appiccicava alla schiena e casco nero, sotto il quale il sudore scorreva dalle tempie lungo i lati del collo nonostante fossero già passate le sei di sera. Era seduta sulla motocicletta, a poche case dalla fortezza degli Shechter, e scrutava la strada dallo specchietto retrovisore. Aveva il braccio di nuovo fasciato, ma niente gesso. Non poteva rinunciare alla moto proprio in quel momento. Aveva letto sul cellulare tutto quello che una ricerca semplice poteva rivelare sulla famiglia Tzelon e sui gemelli Ron e Rona, che adesso avevano ventun anni. Rona aveva ancora i capelli lunghi, mossi, che le arrivavano fino alla vita sottile. In alcune foto di un matrimonio del jet set era in piedi, sorriso timido, abito da sera azzurro con le spalline, accanto al suo gemello Ron, longilineo come lei e quasi del tutto identico, a parte i capelli corti e l'aria altezzosa.

Alle sei e mezzo arrivò la Mercedes Maybach di Eduardo Shechter, che scivolò senza far rumore nelle viscere della terra dopo aver attraversato un cancello elettrico. Adesso, rifletté Mazi, aveva un'altra ora, ora e mezzo da aspettare. Continuò a cercare informazioni sui gemelli Tzelon. Tutti i profili di Rona erano privati. Mazi aveva un profilo falso che Tilly alimentava con fotografie, stato e amicizie perché risultasse credibile. Valutò di chiedere l'amicizia a Rona Tzelon, ma decise di aspettare. Avrebbe prima controllato i profili del gemello, dove forse poteva trovare altre informazioni anche su di lei.

Il profilo Instagram di Ron Tzelon era aperto e molto attivo. Si faceva fotografare di continuo, sul bordo di piscine, durante feste, voli aerei e al ristorante, circondato da belli e belle, con indosso pellicce fosforescenti, orecchini di brillanti, strati di collane d'oro con ciondoli con il suo nome, cuori, stelle di Davide. «Femminile come un monile» sentì Sabag sussurrarle nella testa. Mazi continuò a scorrere, cercando di non perdere la concentrazione mentre vedeva centinaia di immagini quasi identiche per contenuto e composizione. Cercava Rona Tzelon, della quale fino a quel momento aveva trovato soltanto una foto insieme a Ron mentre brindavano con alti boccali di birra su una cima innevata. I volti vicini erano identici, due gocce d'acqua. Mazi continuò a scorrere, ma senza trovare altre foto di Rona.

Un'ora più tardi, l'enorme cancello degli Shechter si aprì ed emerse una donna sui cinquantacinque, alta, capelli neri mossi e tailleur blu. Si fermò con le spalle rivolte al cancello, sbadigliò, tirò fuori un cellulare dalla borsetta rossa, mandò un messaggio e lo ripose, tirò fuori una bottiglietta d'acqua, bevve e poi se la avvicinò al viso. Un attimo dopo tirò fuori di nuovo il telefono, lesse un messaggio e voltò le spalle a Mazi per girarsi in direzione dell'ingresso del parcheggio sotterraneo. Il cancello elettrico si alzò e dal varco uscì una Mercedes di modello più vecchio di quello del signor Shechter che le si fermò accanto. Lei aprì la portiera ed entrò sedendosi accanto all'autista. Svoltarono a sinistra e Mazi li seguì. Se le sue supposizioni e conclusioni erano corrette, Samira era la madre di Souad, e l'amicizia tra Jasmin e Souad si trovava nell'angolo morto del campo visivo degli Shechter, con l'eccezione di Ari, naturalmente. «Ormai per lui il campo visivo è tutto morto» scherzò l'odioso Sabag nella sua testa. Mazi voleva scoprire dove viveva Samira. Da tutto quello che Benji era riuscito a scoprire, sembrava davvero che Jasmin non avesse lasciato il paese. Quindi forse si era solo trasferita nella zona morta, a casa della famiglia di Souad.

La Mercedes imboccò la strada costiera e da lì svoltò verso l'incrocio Glilot. C'era traffico e per Mazi era facile tallonarli con la moto senza essere notata. La Mercedes proseguì verso lo svincolo Kessem, in direzione Rosh HaAyin, e s'immise sull'autostrada 6. C'era meno traffico, ma abbastanza da garantire un inseguimento sicuro. Altre moto superavano Mazi, veloci. La Mercedes prese lo svincolo per la statale 1 e Mazi fece lo stesso. Proseguirono sulla strada per Gerusalemme, oltrepassarono Sha'ar Hagai e uscirono allo svincolo Hemed in direzione di una rotonda. Girarono a destra e Mazi sempre dietro. Quando rallentarono e svoltarono per entrare a Ein Naqquba, lei proseguì rapida con il cuore che batteva all'impazzata.

Tornata al loft, Mazi trovò Tilly seduta sulla poltrona sul balcone dei fumatori fuori dalla porta di ferro a bere una Coca Diet.

«Ciao, sorella» la salutò Tilly sorridendo.

Mazi ricambiò il sorriso. «Perché non sei entrata?»

«Adesso è casa tua».

«E allora?» Arruffò affettuosamente i capelli della sorella e aprì la porta. «Fra un secondo vengo a sedermi con te» le disse. Dopo essere uscita dalla doccia, dove si era sciacquata di dosso ogni traccia dei camerieri del Rampa e tre strati di sudore, prese due birre dal minibar e uscì a sedersi fuori con Tilly.

«Come va?» chiese Tilly in un tono vago che lasciava spazio a tutto.

«Bene» rispose Mazi. «Benissimo. E tu?»

«Benissimo anch'io» mentì Tilly, che era terribilmente tesa. Aveva passato il colloquio e già raccontato di New York a suo padre e a Benji, ma a Mazi non ancora. Le porse una mano e Mazi la strinse. Rimasero sedute in silenzio tenendosi per mano, a guardare davanti a loro e bere birra.

«Perché hai lasciato la polizia?» chiese alla fine Tilly.

«Credevo che non me l'avresti più chiesto» rispose Mazi.

Mazi era entrata nell'ufficio di Halevi, che aveva un'espressione esausta e tetra ma era riuscito a produrre un'ombra di sorriso per lei.

«Siediti, Morris. Vuoi che Ruhama ti prepari un caffè?»

«Mi servirà un caffè?»

«Ti servirà qualcosa di più forte».

«Hai qualcosa di più forte?»

Lui aveva sorriso, stanco, e annuito. Aveva chiamato Ruhama all'interfono: «Nessuno può entrare e non passarmi telefonate», preso una bottiglia di *arak* all'anice dal mobiletto vicino al tavolo, due bicchieri di polistirolo e poi versato a entrambi.

«Che lusso» aveva commentato Mazi.

«Alla tua salute, figlia mia» aveva detto Halevi sollevando il bicchiere. «Non avrai la promozione, non adesso, né mai».

«Cosa?» Questo Mazi non se l'aspettava. Aveva dimostrato di eccellere costantemente, dal giorno in cui era entrata in polizia. «Perché?»

Halevi era rimasto zitto.

«Tirami fuori il nome di un investigatore migliore di me!»

«Sai benissimo che non ce l'ho».

«Allora perché?»

«È per via della tua condizione. Dicono che ti espone a rischi».

Era seguito un silenzio. Mazi doveva metabolizzare tutto quello che la frase sottintendeva. Sapevano. Halevi sapeva. Forse sapevano tutti, o comunque tutti alla fine avrebbero saputo. Lei era argomento di conversazione. Non era difficile immaginare cosa avevano detto, e sapeva che era meglio non immaginarlo. Ma la cosa peggiore era la decisione. Bastardi ipocriti, avevano collezionato abbastanza peccati da riempirci uno stadio e giudicavano lei.

«Non corro rischi e non mi vergogno. Non sono mai andata con nessuno della polizia. Lo sai, vero?»

«Lo so, e lo sanno anche loro. Zadok sosteneva persino che sei frigida. Milstein non si è fatto sfuggire l'occasione, ha detto a Zadok che se non era capace di...» Halevi era abituato a parlare con Mazi come con gli uomini, ma quella volta era stato davvero difficile. «Che se non era riuscito a convincere una come te a fare sesso con lui, era il caso di capirla una buona volta per tutte e smettere di molestare tutte le donne della polizia».

Mazi si era alzata e aveva cominciato a camminare su e giù per la stanza. Si sentiva esplodere di rabbia come non le era più successo dalla morte di Benny. Una rabbia che il suo corpo troppo piccolo non poteva contenere.

«E questo non espone Zadok a rischi? Il fatto di molestare sessualmente tutte le donne della polizia? E il fatto che Milstein tradisca sua moglie? Non lo espone a rischi? E il fatto che Kadosh sia alcolizzato? Non lo espone a rischi? E che Schuster prenda mazzette non lo espone a rischi?»

«Come... Come fai a sapere queste cose?»

«Perché è il mio lavoro saperlo e perché sono un'investigatrice con i controcoglioni».

«Bella espressione» aveva detto Halevi.

«Quindi a chi danno la promozione? A Dorit? Che va in maternità un giorno sì e uno no?»

«La maternità è perdonabile».

Mazi era scoppiata in una risata isterica, risata che era tornata a trasformarsi in rabbia. Aveva mollato un pugno alla cassettiera di metallo, ammaccandola. Halevi aveva avvisato Ruhama nell'interfono: «Ruhama, mi raccomando, qui non entra nessuno, ricorri pure alle maniere forti per impedirlo».

«Il problema» aveva sussurrato a Mazi, «il problema è il video».

Mazi era rimasta raggelata. Si era avvicinata. Halevi si era alzato.

«Quale video?»

«Mazi, lo sai quale. Il video di cui parla tutto il paese».

Mazi aveva sentito un brivido freddo in tutto il corpo. I suoi pensieri correvano. Il video l'aveva visto. Le era arrivato da mille posti diversi. Aveva sentito le voci. Nel commissariato centrale, al negozio vicino, al kung fu, dalla scientifica. Ma la faccia della ragazza non si vedeva, e portava la parrucca bionda e le lenti a contatto verdi. E il vestito, che era già scivolato giù dall'alto e risalito dal basso, le rimaneva addosso proprio in vita e nascondeva la cicatrice. Era sicura di non essere riconoscibile. Era rimasta in silenzio.

Halevi aveva parlato a voce bassa. «Ai piani alti ne è arrivata un'altra versione, diversa da quella che gira. Qualcuno ha ripreso dal bar. Si vede la tua faccia. Chiaramente» aveva detto a fatica. Il comandante del distretto l'aveva chiamato quello stesso giorno. Gli aveva spiegato cosa mostrava il video. Halevi aveva detto che gli credeva e non aveva bisogno di vederlo. Il comandante del distretto aveva detto che era un ordine. «Voglio che tu veda con i tuoi occhi che è lei» aveva insistito, «così non potrai accusarmi di inventare calunnie». Halevi lo aveva guardato.

«Hai due alternative» gli aveva detto il comandante del distretto quando Halevi aveva distolto lo sguardo come mai gli capitava davanti a un cadavere. «Sono disposto a distruggerlo e a tappare la bocca a chiunque, in modo che il suo nome non venga mai fuori». Halevi era paralizzato, immobile, in attesa. «Ma tu le comunicherai che deve prendere la sua roba e andare a casa».

«E quale sarebbe l'alternativa?» aveva chiesto con voce roca.

«Può rimanere, con la prospettiva di non vedere una promozione per il resto della vita, ma adesso schiaccio invia e lo spedisco al mondo intero».

Halevi aveva le mani legate. «Dammi una copia per lei e poi cancellalo» aveva risposto. «Cancellalo. Guardami bene negli occhi e garantiscimi che non ne è rimasta nemmeno una copia, e io le parlo. Ti rendi conto che stai per perdere la migliore investigatrice che abbiamo addestrato?»

«Questo lo posso sopportare» aveva risposto il comandante del distretto, «quello che non posso sopportare è che la polizia passi per un bordello».

Halevi non aveva riferito a Mazi tutto questo. Aveva solo aperto il cassetto e le aveva consegnato la chiavetta Usb.

«Lasciamelo vedere».

«Mazi... perché?»

«Lo voglio vedere».

Halevi aveva inserito la chiavetta e aperto la cartella. Poi si era alzato ed era andato alla finestra, cercando di concentrarsi sul buio fuori. Mazi si era seduta sulla sua sedia e aveva avviato il video. Aveva visto la ragazza. Le era parsa molto giovane e piccola. Non le sembrava di conoscerla. Ma indossava la sua parrucca, il suo vestito e le sue scarpe. Aveva fermato il video ed espulso la chiavetta.

«Chi l'ha visto?» si era informata.

«Non lo so. Mi ha garantito che avrebbe cancellato tutte le altre copie, che questa sarebbe rimasta l'unica al mondo, e che avrebbe ribaltato la polizia per ottenere che il video e il tuo nome non vengano mai e poi mai fuori».

«Ma io devo sparire?»

«Ha detto che puoi restare, ma non avrai mai una promozione e lui diffonderà il video».

Mazi si sentiva la faccia come se avesse aperto il congelatore e ce l'avesse cacciata dentro. Non aveva dubbi sul fatto che il video non sarebbe stato eliminato, per lo meno non subito, forse solo dopo che chiunque voleva spassarsela se la fosse spassata. Ma non ne soffriva. Di colpo si sentiva priva di peso. Non aveva più niente per cui vivere, nessun posto dove andare.

«Non resterai, vero?»

«No» aveva risposto in un sussurro. «Non resterò».

«Dalle risorse umane ti daranno un'esenzione dalla formazione. Puoi ottenere subito la licenza come investigatrice privata». Halevi sentiva le parole impastargli la bocca come segatura.

Una morsa di gelo le stringeva il cuore. Voleva i suoi

genitori. Voleva una mamma o un papà che le dicessero che aveva ragione, che erano gli altri a sbagliare e che sarebbe andato tutto bene.

«Halevi» aveva detto, «puoi darmi un abbraccio come lo dai a Yoni?» Yoni era il figlio maggiore di Halevi. «In questo momento mi manca troppo Josh».

Halevi aveva abbracciato Mazi. Era stata l'ultima volta che l'aveva visto. Subito dopo era caduta in picchiata e si era schiantata.

«Non direi che l'ho lasciata» rispose Mazi a Tilly. «Più che altro mi sono scontrata con il soffitto di cristallo e mi si è rotto sulla testa».

«Quindi ti hanno discriminata come donna?» Tilly spalancò gli occhi.

«Eh... più o meno. Sì e no. È stato soprattutto per via della mia "condizione". Sai di cosa sto parlando, vero?»

«All'incirca. Suppongo».

Rimasero in silenzio, a bere.

«È per questo che non hai una relazione di coppia?»

«È una delle ragioni, sì».

«Ma la coppia non dovrebbe servire... proprio per quello? Uno con cui puoi sempre... puoi sempre stare?»

Mazi sorrise. «No. Non puoi amare una persona e usarla in quel modo. E comunque, da quello che ho sentito dire, le coppie non passano tutto il tempo a fare sesso».

«Sì, forse, non saprei... Non sono certo un'autorità in fatto di vita di coppia». Mazi sorrise a sua sorella.

«Posso chiederti un'altra cosa?» domandò Tilly.

«Certo».

«Tu hai la sensazione di usare le persone con cui lo fai?»

«No, assolutamente no. È reciproco. E con molti di loro capita solo una volta».

«Dove trovi tutti questi uomini con cui andare?»

Mazi scoppiò a ridere. «Non lo vuoi sapere davvero, sorellina. Fidati».

«Un po' vorrei».

Mazi bevve ancora e rifletté per un momento, poi rispose seria: «È... È come se ci fosse una lunghezza d'onda... a livello emotivo o di consapevolezza, non so bene come definirla, e quando sei sintonizzata senti che può succedere con chiunque in qualsiasi momento. Senti che la realtà vera è così e la maggior parte della gente o non la vede o la ignora, perché... perché li spaventa o gli incasina la vita. E se sei su quella lunghezza d'onda, riconosci le altre persone che la vedono nello stesso modo. Basta un secondo per intendersi».

«Wow» commentò Tilly e sprofondò nei suoi pensieri. Rimasero di nuovo in silenzio per un po' di tempo, e Mazi cercò di rammentare se era sempre stata così, o quando se n'era accorta.

«E di Amir Guetta cosa mi dici?» chiese Tilly.

«Non lo so. Sono molto... Ma è complicato».

«Lui lo sa?»

«Più o meno».

«Si può curare?»

«Forse. Ci sono degli psicologi. Dei gruppi di sostegno. Alla polizia una volta mi hanno costretta a incontrare un tizio e parlare. Ma per me non è una priorità, al momento».

«Capisco» disse Tilly. Avrebbe davvero voluto sfruttare l'occasione per raccontare alla sorella della scuola di recitazione, ma aveva esaurito il coraggio. Rimase muta, oppressa dal senso di colpa.

«L'ex direttore del dipartimento tecnologia e logistica dell'esercito, Dani Atzmon, si trova in stato di fermo all'ospedale Meir di Kfar Saba. È accusato di essere coinvolto nel presunto omicidio di Ari Shechter. Atzmon, impegnato in affari nel campo delle attrezzature per infrastrutture ed ex direttore del dipartimento tecnologia e logistica dell'esercito oggi in pensione, ha tentato di suicidarsi sparandosi in testa questa mattina. Questa la reazione dell'avvocato di Atzmon, Zachi Navot: "Il mio cliente si dichiara innocente, è vittima di un ricatto le cui mostruose dimensioni saranno chiarite a breve"».

L'articolo di Kessler fu pubblicato online alle ventidue e trenta di domenica, due ore e mezza dopo l'edizione più importante del telegiornale e mezz'ora dopo che i quotidiani erano andati in stampa. Mazi era stesa sul divano nel loft in mutande e canottiera da uomo. Alla vista della notizia sorrise fra sé e sé. Li voglio vedere a spegnere questo incendio, si disse. Adesso l'indagine acquisiva vita propria e a Mazi non importava che direzione avrebbe preso, purché facesse terra bruciata. Presto avrebbe anche diffuso il contenuto delle tre cartelle.

Tornò ai profili Instagram dei gemelli Tzelon. Mandò una richiesta di amicizia a Rona Tzelon, dopodiché si mise a frugare nell'account di Ron, con la speranza di trovare maggiori dettagli riguardo alla gemella. Osservava ogni immagine con attenzione. Leggeva ogni singola descrizione. Trascorse quasi un'ora in quel modo, ma sentiva che qualcosa le stava sfuggendo. Si spostò sul letto, si masturbò pensando ai camerieri del Rampa, venne veloce e forte e tornò al divano con la testa lucida. In quel momento la vide. Fra le tante collane di Ron Tzelon c'era una catenina sottile con un ciondolo a forma di cuore d'oro con un piccolo diamante al centro. Il *clic* nella sua testa questa volta fu un'esplosione. Come aveva potuto non rendersene conto fino ad allora? A quel punto intervenne un *deus ex machina*: Ron Tzelon caricò un video dal bar dove se la stava spassando con tre amiche. Mazi si vestì, prese la pistola e montò in moto.

37.

Passarono tre giorni. Una marea di notizie scandalose sulla famiglia Shechter inondò i media, tale che avrebbe fatto dimenticare la guerra se non si fosse mantenuta ben presente con missili, morti e sirene d'allarme. Mazi continuava a non permettere a Benji di tornare al loft, e lui la sera se ne stava seduto sul tetto dell'appartamento della sorella e sentiva i manifestanti pacifisti gridare i soliti slogan davanti al grattacielo Fortezza Zeev: «Gli ebrei e gli arabi rifiutano di essere nemici» e «A Gaza e Sderot i bambini vogliono vivere». Di tanto in tanto gli slogan venivano interrotti dalla musica di tamburi di un gruppo di anarchici, che immetteva un po' di energia nelle piccole, demoralizzate manifestazioni.

Tutti i dipendenti dell'ufficio di Hila Zarhin, dai soci all'ultimo dei tirocinanti, si dannavano ventiquattro ore al giorno per produrre prove del fatto che la famiglia Shechter non conosceva la destinazione d'uso dell'immobile nella zona della stazione centrale. Tentavano inutilmente di spiegare quanto poco gli Shechter fossero coinvolti nella stipula dei contratti. Nessuno voleva starli a sentire. La gente preferiva credere che non fosse possibile accumulare una ricchezza favolosa come la loro grazie a un onesto, duro lavoro. Se fosse stato possibile, non si spiegava come mai tante persone oneste e industriose non riuscissero ad arrivare alla fine del mese.

Il direttore finanziario della Shechter Holding, un uomo calvo e scialbo di nome Yochai Schultz, era altrettanto impegnato a spegnere gli incendi appiccati da Amir Guetta grazie alla cartella ricevuta da Mazi. Vani erano i tentativi di confutare il nesso tra donazioni e gare d'appalto pilotate e di negare le trattative per l'acquisizione della Salman-Cohen da parte della Shechter Infrastrutture. Vano sostenere che la Shechter Holding garantiva semplicemente gli standard più alti e che il suo enorme potere economico le permetteva di offrire preventivi più vantaggiosi. I fatti parlavano chiaro.

Shaul Shechter, la moglie Ester e i due figli erano irrintracciabili. Erano partiti per le vacanze estive, un viaggio tra le isole greche su uno yacht gigantesco con un enorme equipaggio e due investigatori privati. Mazi ipotizzò che stessero cercando Jasmin, dopo che Dudi aveva «confessato» a Shaul in un «momento di debolezza» che lui e Jasmin di tanto in tanto si trastullavano con l'idea di vivere una «vita pacifica sull'isola di Sifnos». Una giornalista particolarmente intraprendente e abile nell'utilizzare la radio riuscì a raggiungere Ester tramite il capitano dello yacht con un pretesto. La risposta di Ester fu: «La famiglia Shechter si prodiga in favore della società israeliana. Contribuiamo con innumerevoli donazioni a ospedali e a istituzioni educative e culturali. In questo momento cerchiamo di riposare in famiglia e riprenderci dalla terribile tragedia che ci ha colpiti. Sarò lieta di vederla all'evento di raccolta fondi per il cancro alle ovaie che organizzo annualmente, dove avremo occasione di parlare diffusamente».

Ma non ci fu giornalista o stratagemma che riuscì a raggiungere Eduardo Shechter. L'ufficio e la casa erano circondati da nuove guardie del corpo che sembravano reclutate direttamente dall'unità della pubblica sicurezza. Usciva dal parcheggio sotterraneo di casa sua nella Mercedes con i finestrini oscurati e quattro motociclette lo scortavano fino al parcheggio sotterraneo del palazzo degli uffici, e lo stesso al ritorno. La segretaria con i capelli grigi respingeva, prostrata ma efficiente, chiunque chiamasse.

Dudi comprò dei biglietti aerei per sé e per Lily. Andarono all'aeroporto, si cambiarono d'abiti nei bagni e ripartirono con un'auto sostitutiva senza imbarcarsi su alcun volo. Andarono nella casa in cui era cresciuto Dudi a Mitzpe Ramon, era la prima volta per Lily. Lily non aveva mai ricevuto tante attenzioni: dalla bisnonna Fortuna, dalla nonna Sima, dalle sorelle di Dudi che vivevano ancora lì e da tutti i loro figli e figlie. A Mitzpe Ramon non era necessario rinchiudersi in casa quando suonava l'allarme. Passarono molto tempo all'aria aperta, visitarono la fattoria dove si allevavano gli alpaca, la segheria, il cratere vulcanico, il punto panoramico, saltarono sul trampolino e corsero attraverso l'acqua spruzzata da un tubo. Dudi indossò i pantaloncini di jeans di Benny che sua madre si era rifiutata di buttare e si sentì più felice di quanto non gli capitasse da molto, molto tempo.

A Ein Naqquba Mazi parcheggiò la moto, a poche vie di distanza dalla casa della famiglia di Souad. Era calata la notte, secca e buia, e Mazi era vestita di nero. Camminò silenziosa, disinvolta, con le morbide scarpe da kung fu, testa china e occhi rivolti a terra, facendo del suo meglio per sembrare un ragazzino, e riuscendoci. Non aveva intenzione di bussare alla porta d'ingresso. Girò intorno alla casa, appoggiò un piede e una mano sul davanzale della finestra e si issò a fatica, con il braccio destro che pulsava di dolore. Dal davanzale della finestra saltò sul tetto della pergola in giardino e da lì al cornicione della finestra successiva, benedicendo le scelte architettoniche dei padroni di casa.

Un tubo di plastica era agganciato alla parete esterna con morsetti d'acciaio. Mazi li usò come scala. Si fermò al piano di sopra, una gamba a ogni lato del tubo posata su un morsetto e le mani strette alla ringhiera del tetto, illuminato da una luce gialla e da una ghirlanda di luci colorate. Respirò piano e rimase in ascolto. Sentì un ventilatore acceso e lo scricchiolio di una sedia di plastica, ma nessuno conversava. Dalla ringhiera scendevano sbarre di ferro fra cui erano tesi fili di ferro sui quali si arrampicava una vite, e a cui era appesa la ghirlanda.

La pistola era infilata nel retro dei pantaloni, ma Mazi non aveva intenzione di sfoderarla. Già così correva il rischio di sorprendere qualcuno che poteva reagire sparandole. Si tirò su con entrambe le mani, trattenendo a stento un gemito di dolore. Scavalcò con la gamba destra la ringhiera, poi con la sinistra, e saltò sul tetto, atterrando con le spalle rivolte alla persona lì seduta. Si voltò rapidissima e rimase ferma, con le mani in alto.

Jasmin Shechter sbiancò in volto nella luce gialla e colorata e si posò una mano sul cuore e l'altra sul ventre tondo. Mazi era sempre immobile, a braccia alzate.

«Mi posso avvicinare?» chiese.

Jasmin emise un sospiro risentito e le fece cenno di accostarsi. Mazi abbassò le mani e avanzò lenta, finché il suo viso non fu in piena luce. Mise una sedia di plastica di fronte a quella di Jasmin e si sedette.

«Stai bene?» chiese a Jasmin.

«Non aspettavo ospiti» rispose lei, e spostò i capelli lisci dai due lati del viso. «Devi essere Mazi. Ti consiglio di non cercare di fare niente, tutti gli uomini della famiglia sono al piano di sotto».

«Non ho intenzione di rapirti e riportarti indietro».

«Allora perché ti sei intrufolata qui? Soldi? Ti pagherò il doppio di quello che ti danno. Da quanto ho sentito, la fortuna non ti ha arriso molto nella vita».

«No, grazie. Ho l'impressione che non sia il caso di trovarsi in debito con gli Shechter».

Jasmin si accese una sigaretta sottile, prese una boccata e si appoggiò allo schienale. «Allora perché sei qui?»

«Ti volevo trovare. Volevo assicurarmi che fossi viva e farti alcune domande».

«Non intendi informare qualcuno di avermi trovata?»

«Hai l'impressione che stia telefonando?»

«Cosa t'importa se sono viva?»

«Mi importa per Lily».

«Oh... La detective sentimentale, che carina. Non ti intralcia sul lavoro?»

«Sono un'investigatrice, non una detective sentimentale, e Lily non è solo tua figlia, è anche la nipote di una persona che mi era molto cara».

«Del padre di Dudi con cui andavi a letto quando avevi quattordici anni?»

Wow, Dudi, pensò Mazi, hai davvero raccontato a questa donna cose che non avevi mai tirato fuori con nessuno.

«Proprio così. Per quanto mi riguarda, Lily è la nipote di Benny».

«Non ti preoccupare per Lily. Starà benissimo. Dopo il parto me la riprenderò e ci trasferiremo insieme in un posto sicuro in attesa che Eduardo tiri le cuoia».

«Potrebbe volerci parecchio tempo».

«Ho pazienza. E poi magari avrò fortuna». Sputò fuori il fumo e sorrise. «Allora, cosa mi vuoi chiedere? Sono curiosa».

«Ti voglio chiedere perché hai abbandonato Ari».

L'espressione di Jasmin cambiò di colpo.

«Cosa mi hai chiesto?»

«Perché hai abbandonato Ari? L'hai lasciato da solo e adesso è morto».

Jasmin cercò di ricomporre la maschera che aveva indossato prima, ma la mano con cui teneva la sigaretta le tremava.

«Mio fratello è morto in un incidente».

«Tuo fratello è stato assassinato da vostro padre. Sei scappata, gli hai voltato le spalle, e lui l'ha ucciso. Perché l'hai fatto? Perché hai smesso di proteggerlo proprio ora, dopo averlo sostenuto in ogni modo per tanti anni?»

La mano di Jasmin continuava a tremare.

«Come fai a saperlo?» chiese a bassa voce.

«Cosa? Che per tutti questi anni eri tu a proteggere lui e non lui che proteggeva te? Che tuo padre ha abusato di lui e non di te? Come faccio a sapere questo?»

Jasmin annuì, la mano scossa dal tremore, la faccia quella di una bambina.

«Le fotografie nella doppia cornice nella camera da letto tua e di Dudi. Chi è ritratto in quelle foto?»

«L'hai chiesto a Dudi?» chiese con un filo di voce.

«Ho chiesto. Ha risposto che quella a colori è Lily e in bianco e nero sei tu alla stessa età. Ma non sei tu».

«No».

«È Ari».

Jasmin annuì. Il tremito si estese all'altra mano, che era posata sulla pancia in un gesto di protezione, e poi passò alle braccia, alle spalle. Sembrava attanagliata dal gelo. Mazi proseguì.

«L'ho capito quando ho visto Ron Tzelon con addosso la collana di tua madre».

«Cosa? Chi è Ron Tzelon?» chiese Jasmin come se la domanda le causasse dolore.

«Il figlio dei Tzelon. Sette anni fa, quando aveva quattordici anni, tuo padre gli ha fatto qualcosa a una festa a casa vostra. E prima di farglielo gli ha messo al collo la catenina di tua madre, che poi ha dimenticato di riprendersi».

«Ma come, come fai a sapere tutto questo?»

«Qualcuno l'ha visto. Non ti posso dire chi. La persona che l'ha visto credeva che tuo padre l'avesse fatto a Rona Tzelon, la gemella di Ron, ma non sapeva che a quell'età anche il gemello maschio aveva i capelli lunghi. L'ho trovato. Indossa ancora la collana».

Jasmin lasciò cadere a terra la sigaretta e si nascose il viso tra le mani scuotendo la testa.

Mazi continuò. «Per tutti questi anni, quando eravate bambini, i pasticci che combinavi, le tue fughe con lo skipper, con lo chef, le fughe dal collegio in Svizzera...»

«Volevo che l'attenzione di Eduardo fosse puntata su di me perché lo lasciasse in pace, era solo un bambino, era così gentile, così bello. Ogni volta che scappavo Eduardo doveva lasciarlo stare e trovare me, lasciarlo stare e pagare qualcuno per togliersi dall'imbarazzo che creavo, o sistemare qualche casino che avevo fatto...» Adesso tremava in tutto il corpo.

«Tu facevi da parafulmine».

Jasmin la guardò a occhi spalancati.

«Come...?»

«Ho esaminato le sue cose dopo l'incidente». Mazi tirò fuori il foglio su cui Jasmin aveva scritto ad Ari *Tu quoque, Brute?* e lo diede a Jasmin. «Giralo». Jasmin voltò la pagina e lesse le parole che Ari aveva scritto a sé stesso: *MAGARI FOSSI FULMINE.* Perso ogni residuo di autocontrollo scoppiò in lacrime, stringendo il biglietto al cuore e piangendo a dirotto, forse per la prima volta da quando era una donna adulta.

«Non avrei mai dovuto lasciarlo. Non avrei dovuto lasciarlo. Ari, il mio Ari. Ho pensato solo al mio bambino, ho pensato solo che dovevo portare lontano il bambino, che non potevo metterlo in pericolo, non doveva crescere in seno alla mia famiglia». Sollevò il viso bagnato verso Mazi. «Capisci? Lo capisci? Tu non avresti fatto lo stesso?»

Epilogo

Jasmin ebbe fortuna: Eduardo Shechter non arrivò vivo a festeggiare il capodanno ebraico a settembre. Si suicidò sparandosi in testa nella sua casa di Herzliya dopo la pubblicazione del contenuto della terza cartella. Così riportava un importante quotidiano in un articolo intitolato *Il milionario che ha venduto suo padre agli assassini*: «A differenza di quanto ha dichiarato in numerose interviste in passato, a quanto pare Eduardo Shechter – il milionario filantropo – non era un ammiratore della classe operaia. Tutt'altro. Cresciuto solo dal padre nella più assoluta miseria, a Buenos Aires, da ragazzo non ha dimostrato altro che disprezzo per l'eredità intellettuale e peronista del padre, un giornalista ebreo, anzi, desiderava vederlo morto. Compiuti vent'anni, nel 1975, il giovane Eduardo Shechter ha trovato il modo di sbarazzarsi dell'odiato, debole padre: l'ha denunciato all'esercito argentino accusandolo falsamente di avere rapporti con l'attivista ebreo Markus Ustinsky. Come Ustinsky, anche Shechter padre ha subìto un atroce destino: è stato torturato a morte e i suoi resti non sono mai stati ritrovati. Il documento in cui accusava il padre (vedi riquadro) ha rappresentato per il giovane, ambizioso Eduardo un biglietto da visita per entrare nell'apparato di sicurezza israeliano. Shechter ha usato questo documento per dimostrare nelle più alte sfere la sua inflessibilità, ed è diventato l'intermediario per gli accordi sulle vendite di armi israeliane all'Argentina dopo l'embargo americano.

Shechter ha edificato l'impero di famiglia su ingerenze nella politica ai massimi livelli. Tutti i mezzi erano leciti: intermediazioni losche con il regime dittatoriale del paese natio, menzogne, dissimulazione, l'omicidio del padre. Non temeva che un giorno il suo segreto sarebbe stato rivelato? A quanto pare, Shechter era convinto di godere di immunità a vita (risposta del ministero della Difesa nel riquadro)».

Jasmin Shechter non versò una lacrima, ma nemmeno perdonò Dudi per la nuova eredità associata al suo cognome, e si separarono con l'aiuto dell'avvocatessa Hila Zarhin. Dudi si trasferì in una nuova casa, non lontano da Jasmin, Lily e dal figlio non ancora nato, e riprese a dedicarsi alla finanza a Londra. Jasmin tornò a casa da Lily, che un giorno avrebbe potuto raccontare in un'intervista dell'anno più terribile della sua vita, quello in cui sua madre era scomparsa, suo zio era rimasto ucciso in un incidente, suo nonno si era suicidato, suo padre se n'era andato e, più tragico ancora, le era nato un fratellino. Ma fino alla nascita del fratello (Ben-Ari Shechter), aveva avuto la mamma tutta per sé, e la notte dormivano insieme come piace fare alle mamme quando i papà non sono in casa.

Tilly non riusciva a trovare il coraggio di confessare. Ma quando arrivò il pagamento da Dudi, e Mazi portò lei e Benji a festeggiare, meno di due giorni prima della sua partenza per New York, non le rimase scelta. Mazi brindò alla sua salute e disse che era davvero orgogliosa e felice per lei. Lasciarono Benji dalla sua nuova ragazza e stabilirono che Mazi avrebbe accompagnato Tilly all'aeroporto. Si salutarono con un abbraccio, dopodiché Mazi tornò a casa e pianse disperata per un'ora. Due giorni dopo lei, Benji e Mark accompagnarono Tilly all'aeroporto. Dopo averla salutata, Mazi scoccò al padre adottivo e al fratello un bacio veloce e partì per una vacanza nel Sinai. Poche ore più tardi era sotto una tenda beduina a bere succo di guava sulla sua spiaggia preferita. A poca distanza, Israele era lacerata e Gaza distrutta. Ma il Sinai era in pace. Il Mar Rosso si estendeva a perdita d'occhio, pigro e limpido. La musica di Kamal Tarabas le riscaldava l'anima. Mazi sapeva già che Amir Guetta non sarebbe arrivato, nonostante lo avesse invitato. Ad Amir servivano promesse e lei non ne aveva da offrire. Ma al sole non importa per chi splende, e in quel momento splendeva per lei.

Questo libro è stampato col sole

Fabbricato da Grafica Veneta S.p.A. con un processo di stampa e rilegatura
certificato 100% carbon neutral in accordo con PAS 2060 BSI

Stampato per conto di
Neri Pozza Editore, Vicenza
da Grafica Veneta S.p.A., Trebaseleghe (PD)
nel mese di febbraio 2024
Printed in Italy